Heidrun Wagner

WOULD YOU MISS ME?

MAXIMUM

WAS IST MIT VIVIEN PASSIERT?

Was machst du, wenn alles, woran du geglaubt hast, von einem Moment zum nächsten nicht mehr zählt? Wenn es verschwunden ist, im großen Nichts der aufgelösten Träume?

Ich brauche dich. Jetzt. Aber du hast alles kaputtgemacht …

Zwischen den beiden besten Freundinnen Nora und Vivien herrscht absolute Funkstille. Seit Vivien sich mit Janus, dem Herzensbrecher der Schule, eingelassen hat, ist sie nicht mehr die Gleiche. Dann verschwindet Vivien spurlos und angeblich weiß keiner ihrer neuen Freunde, was mit ihr passiert ist. Nora spürt, dass etwas Schlimmes geschehen sein muss.

Als kurz darauf Kleidungsstücke von Vivien aus dem Fluss gezogen werden, geht die Polizei von einem Selbstmord aus. Nora kann das nicht glauben. Sie macht sich auf die Suche, doch je mehr sie über die letzten Wochen aus Viviens Leben herausfindet, desto mehr Zweifel und Fragen kommen auf. Wie gut hat sie ihre beste Freundin wirklich gekannt?

Um die Wahrheit zu finden, muss Nora auf Viviens neue Freunde zugehen. Kann sie ihnen vertrauen oder wissen sie mehr und versuchen, etwas zu vertuschen?

Der spannende Auftakt der „Little Secrets"-Reihe.

Heidrun
Wagner

WOULD YOU MISS ME?

LITTLE SECRETS-REIHE

MAXIMUM

Hauptstraße 33
27299 Langwedel
www.maximum-verlag.de

1. Auflage 2022

Lektorat: Diana Schaumlöffel
Korrektorat: Gisela Wunderskirchner
Layout: Alin Mattfeldt
Satz: Sabine Knape
Covergestaltung: Alin Mattfeldt
E-Book: Mirjam Hecht

Druck: Booksfactory
Made in Germany
ISBN 978-3-948346-65-2

Für
Yumi und Leonora
und alle, die für ihre Freundschaft
bis zum Mond gehen
und zurück

VOR DEM STURM

Was machst du, wenn alles, woran du geglaubt hast, von einem Moment zum nächsten nicht mehr zählt? Wenn es verschwunden ist im großen Nichts der aufgelösten Träume?

Ich brauche dich. Jetzt.

Aber du hast alles kaputtgemacht.

Du?

Oder war es doch ich?

Wir beide?

Ich stehe wieder auf der Brücke, starre in die Dunkelheit und horche, die Hände gegen das Geländer gestützt. Unter mir rauscht der Fluss vorbei.

Es ist kalt.

Eisig kalt. Wie die Leere in meinem Herzen.

Was machst du, wenn niemand mehr da ist und kein Weg dich zurückführt? In das Land, in dem noch alles möglich war? In dem du dich verlassen konntest, statt verlassen zu werden, und Versprechen niemals gebrochen wurden?

Ich stemme mich hoch und suche mit den Füßen nach Halt. Vorsichtig, ich will nicht fallen, nicht jetzt. Ganz langsam lasse ich los und richte mich auf. Bis ich stehe. Auf dem Geländer. Links von mir die Brücke, rechts von mir grauschwarzes Nichts. Irgendwo dort unten rauscht das Wasser.

Die Arme zur Seite gestreckt, versuche ich zu balancieren. Ein Schritt. Zwei.

Ich habe in einer Lüge gelebt. Die ganze Zeit.

Zwischen mir und dem Abgrund sind nur ein paar Millimeter.

Balanceakt.

Sieht so Freiheit aus? Ich bleibe stehen und schaue in die schwarze Leere.

Ich.

Bin.

Frei.

Hinter mir heult ein Motor auf. Ich drehe den Kopf.

Shit! Ein grellweißer Strahl blendet mich. Ich schwanke, reiße die Arme hoch und

…

SCHNEEFLOCKE IM WASSER

Diese Nachricht wurde gelöscht.
19:38

Warum schickt Vivien mir nach drei Wochen Funkstille eine Nachricht? Na ja, schicken ist zu viel gesagt, sie hat sie sofort wieder gelöscht. Mann! Wie soll ich jetzt darauf reagieren? Ich schiebe es schon seit gestern Abend vor mir her. Was, wenn sie den falschen Chat erwischt hat und jemand anderem schreiben wollte? Elise zum Beispiel? Dann ist es superpeinlich, wenn ich ihr antworte. Das sieht aus, als hätte ich die ganze Zeit nur auf ein Zeichen von ihr gewartet.

»Achtung!« Ein Skater rast auf mich zu und schneidet mir den Weg ab.

»Ey!«, schreie ich und stolpere zurück. Dabei rutscht mir das Handy aus den Fingern. »Kacke! Pass doch auf!«

Er dreht sich noch nicht einmal um, hebt nur kurz die Hand und kommt sich dabei wahrscheinlich supercool vor.

»Hallo? Wie wär's mit 'ner Entschuldigung?«, brülle ich ihm hinterher.

Ohne die kleinste Reaktion fährt er einfach weiter auf das Schulgebäude zu. Offenbar ist er nicht nur blind, sondern auch taub. Ich bin kurz davor, ihm nachzurennen und ihn von seinem Skateboard zu zerren. Seine Baseballcap sitzt verkehrt herum. Der orange Kreis über dem Schirm wird immer kleiner, je weiter er sich entfernt.

»Idiot!«, murmle ich und bücke mich.

Mr. Baseballcap hat mehr Glück als Verstand. Das Handy ist mit der Hülle auf einem Grasbüschel gelandet und hat nicht einmal einen Kratzer abbekommen. Wenn es einen Display-Bruch gehabt hätte, hätte ich ihn gekillt. Neben mir kichern zwei Mädels, so klein, wie die sind, wahrscheinlich sechste Klasse, maximal siebte.

Haha, sehr witzig!

Die beiden interessieren sich null für den Beinahe-Display-Bruch, sie sind viel zu sehr damit beschäftigt, Mr. Baseballcap anzuhimmeln, der bei den Fahrradständern bremst, sein Skateboard mit einem Fußtritt in die Luft katapultiert und auffängt. Woah, wie lässig! Pfff. Um dem Ganzen noch eins draufzusetzen, gibt er sich ein High five mit Janus. Mann, das ist Cedric. Ich bin so blind! Cedric, der beste Kumpel von Janus, dem größten Idioten der Schule. Was soll man von so einem schon erwarten? Wenigstens ist Vivien nicht bei ihnen.

»Volldeppen!«, knurre ich, wische den Dreck von meinem Handy und lasse es in die Tasche gleiten.

Mit zwei Sätzen springe ich die Steinstufen hoch und gehe ins Schulgebäude. Noch drei Tage bis zum Wochenende. Ich reihe mich in den Strom der Schüler ein, steuere in Richtung Chemiesaal und massiere meine Schläfen. Warum habe ich nach nicht einmal einer halben Minute in der Schule schon wieder Kopfschmerzen? Mein Handy stößt einen Pfiff aus.

Ups, wegen Cedric habe ich vergessen, es auf lautlos zu stellen. Ich ziehe es nur halb aus der Tasche, habe keinen Bock, es abgenommen zu bekommen, und schiele auf das Display. Eine Nachricht von meiner Mutter? Sie muss doch schon seit einer Dreiviertelstunde von der Nachtschicht zurück sein. Wieso schläft sie nicht?

Guten Morgen Nora, warum hast du mir nicht erzählt, dass du dich wieder mit Vivien verträgst? Ich freu mich so für euch! Aber beim nächsten Mal gibst du mir bitte Bescheid, wenn sie hier ist. Okay?

Was? Vivien und ich haben seit Wochen kein einziges Wort miteinander gesprochen, das weiß Mama doch! An der Front gibt es keine Neuigkeiten. Viviens gelöschte Nachricht kann man ja wohl nicht zählen.
Das Handy pfeift direkt noch einmal. Mann, wer ist das jetzt? Vivien, die sich für heute Nachmittag mit mir verabreden will? Nachdem unser Streit offenbar Geschichte ist? Wenn es so einfach wäre, hätten wir das längst gemacht, meine verdammt noch mal beste Freundin und ich.

Es ist nicht Vivien, logisch nicht, es ist noch einmal meine Mutter. Mein Magen zieht sich zusammen, und ich kann die Enttäuschung fast schmecken. Echt. Was für ein Schwachsinn, als ob es so leicht ginge, das habe ich doch nicht wirklich geglaubt.

Sag Vivien bitte, dass sie ihre Mutter anrufen soll. Sie hat irgendetwas zu Hause vergessen. Danke, Schatz, bis später! ♥

Hm? Wieso will Viviens Mutter ihr über mich etwas ausrichten? So, als wäre alles wieder wie vor unserem Streit? Hier stimmt etwas ganz gewaltig nicht. In einem Schwung drehe ich mich um. Autsch! Super, ich bin genau in das Mädchen hinter mir gerannt. Wir halten uns beide die Stirn.

»Pass doch auf!«, schnauzt sie und funkelt mich an.

»’tschuldigung«, murmle ich.

Ihr Mund klappt auf, sicher will sie mich weiter anmotzen, aber für so was habe ich echt keine Zeit. Ich muss Vivien abfangen, bevor sie für die nächsten beiden Stunden im Kunstsaal verschwunden ist und nicht mehr auf ihr Handy sieht. Schnell schiebe ich mich an dem Mädel vorbei und renne los. Ein Wort hallt mir den Gang entlang hinterher, ***Zicke*** oder so. Was soll das denn jetzt? Sie braucht nicht so zu tun, als hätte ich sie schwer verletzt. Wie wär's, wenn sie selbst mal die Augen aufmacht?

Der bescheuerte Kunstsaal ist genau auf der anderen Seite der Schule, und ich bin komplett außer Atem. Verdammt! Warum ist die Tür zu? Es hat noch nicht einmal geläutet! Mann, dann ist der Wallner bestimmt schon drin, und ich muss Vivien schreiben. Reden wäre besser, einfacher. Ich schnaufe durch, lehne mich an die Wand und ziehe das Handy aus der Tasche. Jetzt läutet es zur ersten Stunde. Super, die Neumann wird sich freuen, wenn ich in Chemie zu spät komme.

»Nicht so viel auf das Handy sehen, sonst nimmst du nur wieder jemandem die Vorfahrt.«

Ich hebe den Kopf. An mir läuft Cedric vorbei und grinst mich an.

»Haha, sehr witzig. Wie wär's, wenn du einen Gang runterschaltest? Oder kannst du nicht bremsen mit dem Ding?«

»Dem Ding, hm? Man nennt es auch Skateboard, Punkmädchen.«

Pfff. Punkmädchen, ja klar, Skaterboy. Was weißt du schon?

Nur weil ich limettengrüne Haare habe, bin ich noch lange kein Punk. Echt. Er lacht über seinen bescheuerten Kommentar und geht in Richtung Kunstsaal. Moment. Hat er mit Vivien zusammen Kunst?

»Cedric!«, rufe ich in letzter Sekunde.

Er dreht sich um, die Augenbrauen hochgezogen, den Kopf zur Seite geneigt. Hallo? Ich habe nur seinen Namen benutzt. Das ist kein Grund, mich anzustarren, als wäre ich ein Alien.

»Kannst du mir einen Gefallen tun?«

Wenn er jetzt etwas Blödes sagt, bekommt er die volle Ladung ab. Den Beinahe-Display-Bruch habe ich noch lange nicht vergessen.

»Kommt drauf an.«

Jemand drängt sich hinter ihm vorbei und geht in den Kunstsaal, aber Cedric ignoriert das komplett. Die Tür schlägt wieder zu, und auf einmal stehen wir allein auf dem Gang. Aus dem Saal kommt das schleifende Geräusch von Stühlen, der Wallner sagt etwas über den Krach hinweg, hier draußen ist seine Stimme nur gedämpft zu hören. Und Cedric steht da, als hätte er alle Zeit der Welt. Das ist so typisch, er ist genauso arrogant wie Janus.

»Kannst du Vivien bitte ausrichten, dass sie nach Kunst hier warten soll?«

»Warum schreibst du ihr nicht?«

»Weil sie es jetzt sicher nicht mehr liest?« Ich unterdrücke ein Schnauben.

Muss er so blöde Fragen stellen? Einen Moment lang schaut er mich einfach nur an. Es macht ihm Spaß, mich zappeln zu lassen. Ich sehe es an dem Grinsen, das auch in seinen Augen aufblitzt.

Danke, Vivien, danke.

Ich hole Luft, drücke mein Zungenpiercing gegen die Zähne und erwidere seinen Blick. Eigentlich hätte ich es mir sparen können. Als ob er sich dazu herablassen würde, irgendjemandem bei irgendetwas zu helfen. Was erwarte ich eigentlich von dem besten Kumpel des größten Idioten der Schule?

»Wenn sie da ist, geb ich ihr Bescheid. Zufrieden?«, sagt er auf einmal, dann dreht er sich um und drückt die Tür zum Kunstsaal auf.

»Ja. Danke.« Ich sage es extra leise, aber wahrscheinlich hätte er es auch nicht gehört, wenn ich normal gesprochen hätte, so schnell wie die Tür hinter ihm zuknallt.

Will ich mich echt auf ihn verlassen? Vielleicht ist es besser, wenn ich Vivien trotzdem schreibe. Für alle Fälle. Auch wenn sie beim Wallner nie auf ihr Handy sieht. Die gelöschte Nachrichtenbox im Chatverlauf strahlt mich an. Irgendetwas ist definitiv nicht in Ordnung.

> Wir müssen reden. Warte bitte nach Kunst auf mich, oder schreib mir, wo wir uns treffen können. Okay?

Klingt das zu needy? Soll ich es wieder löschen? Super. Wenn meine Mutter irgendetwas falsch verstanden hat, bin ich geliefert.

BITTERSÜSSER BLUES

»Viv? Was ist los?«

Wir saßen bei mir zu Hause auf dem Sofa, jede eine Tasse heiße Schokolade in der Hand. Auf dem braun-weißen Milchschaum schwammen schweinchenrosane Marshmallows. Vivien hatte sie mitgebracht. Seit wir uns gesetzt hatten, hatte sie noch kein einziges Wort gesagt.

Sie zuckte mit den Schultern, wegen der Sonnenbrille konnte ich ihre Augen nicht sehen. Egal, sie schaute sowieso nur auf ihre Tasse. »Kannst du dich noch erinnern, wie Janus neulich vor dem Underdog *aufgetaucht ist und diese riesigen Seifenblasen gemacht hat?«*

Ich stöhnte auf. »Wie könnte ich diese dämliche Aktion je wieder vergessen? Ich hätte Fotos machen sollen.« Ein Lächeln huschte über Viviens Lippen. »Was ist los, Viv?«, fragte ich noch einmal.

Sie schüttelte den Kopf, nippte an ihrer Tasse und schaute mich immer noch nicht an. Warum sagte sie mir nicht, was los war, verdammt? Und warum fing sie ausgerechnet jetzt mit Janus an?

»Ich treff mich mit ihm. Heute Abend.«

»Bitte?« Heiße Schokolade schwappte über den Tassenrand auf meine Hand. Scheiße! »Schlechter Scherz, Viv! Ich meine, wir reden hier von dem Janus, der auf jeder Party mit einer anderen rummacht. Also der Typ, der ständig eine Wette mit seinem besten Kumpel am Laufen hat, wen er als Nächstes rumkriegt? Den meinst du, oder? Aber mit dem würde sich meine superclevere und allerbeste Freundin Vivien nie treffen … das …«

Mir gingen die Worte aus. Vivien und Janus. Allein die Vorstellung war schon lächerlich. Hallo? Vivien sollte sich einreihen in die Schlange von Janus' hirnlosen Eroberungen? Nicht im Traum!

Sie drehte mir das Gesicht zu, endlich, jetzt hätte ich wirklich gern den Ausdruck in ihren Augen gesehen. Aber die großen Gläser der Sonnenbrille versperrten mir immer noch die Sicht. Ich wusste es auch so, spürte ein Ziehen in meinem Magen. Vivien machte keine Witze. Es war ihr voller Ernst.

»Du kennst ihn überhaupt nicht, Nora. Er ist …«

»Was? Muss ich dich daran erinnern, wie wir oft genug live beobachten konnten, wie er Woche für Woche mit einer anderen rummacht? Komm schon, Viv, du bist nicht blöd, willst du dich echt von ihm verarschen lassen?«

»Hör auf!« Sie knallte die Tasse auf den Tisch. Braunfleckige Schokoladenmilch verteilte sich auf dem dunklen Holz. »Menschen können sich ändern, oder? Du könntest dich auch ändern, wenn du das wolltest. Und nur, weil du das nicht willst, heißt das noch lange nicht, dass Janus es nicht kann!«

»Spinnst du jetzt? Ich könnte mich ändern? Fange ich jede Woche was mit 'nem anderen an?«

»Du bist so selbstherrlich, Nora. Was weißt du schon über Janus? Nichts. Rein gar nichts!«

Ich lachte auf, obwohl mir nicht zum Lachen war. Noch nie, ehrlich, noch nie hatte Vivien so etwas zu mir gesagt. Sie hatte sich doch selbst immer wieder über diesen Idioten ausgelassen. Und jetzt war auf einmal ich das Problem? Das kapierte ich nicht. Echt, ich kapierte es nicht.

»Was muss ich denn von ihm wissen? Mir genügt voll und ganz, was ich bisher von ihm gesehen habe.« Ich richtete mich auf, musterte Viviens Gesicht, ihre zusammengepressten Lippen.

Es langte, ehrlich.

»Eben nicht! Wenn es nur darauf ankäme, wärst du nicht mehr als ein übellauniger Punkfreak mit grün gefärbten Haaren. Aber du bist so viel mehr, oder? Denkst du, ich wäre sonst mit dir befreundet?«

»Limettengrün«, warf ich ein.

Unser Running Gag. Ich wollte sie zum Lachen bringen, die Anspannung aus dem Raum vertreiben. Aber Vivien lachte nicht.

»Viv, bitte«, fing ich wieder an, weil ich ihr Schweigen nicht ertrug. »Wir wissen beide, dass Janus es noch nie auch nur mit irgendeiner ernst gemeint hat. Was willst du von ihm? Er wird dir das Herz brechen. Und dann?«

»Pfff!« Sie stand auf. »Ich hatte echt gedacht, dass du meine Freundin bist, Nora. Ich hatte geglaubt, dass du mir das gönnen würdest, statt dich so aufzuführen, als würde die Welt zusammenbrechen. Was ist dein Problem? Sag's mir! Was?«

Sie wartete nicht einmal auf eine Antwort, sie rannte einfach an mir vorbei in den Flur. Ohne sich noch einmal umzudrehen.

»Viv!«, rief ich ihr hinterher. »Weil ich deine Freundin bin, sage ich dir die Wahrheit. Was willst du? Soll ich dich anlügen und dir gratulieren?«

»Schön, dass du immer alles besser weißt! Vergiss es, Nora. Weißt du was? Ich brauche keinen eifersüchtigen Babysitter, ich komm ganz gut alleine klar.«

Die Wohnungstür knallte zu, und ich stand vor dem Sofa, immer noch die Tasse heißer Schokolade in der Hand. Viviens schweinchenrosane Marshmallows hatten sich längst im Milchschaum aufgelöst. Ich nahm einen Schluck. Es schmeckte ekelhaft süß, und mein Magen zog sich zusammen.

Vielleicht war es auch nicht die Schokolade, vielleicht waren es nur die Worte, die Vivien gesagt hatte.

Nur weil du dich nicht ändern willst, heißt das noch lange nicht, dass Janus das nicht kann!

Wie konnte das alles so schiefgehen? Ich hatte nur versucht, Vivien vor dem größten Fehler ihres Lebens zu bewahren. Eifersüchtig, ja klar. Als ob das mein Problem gewesen wäre.

»Nora Holm!«

Die Stimme der Neumann reißt mich aus meinen Gedanken.

Ich blinzle, brauche einen Moment, um meine Gedanken auf den Chemiesaal zu fokussieren und das beklemmende Gefühl abzuschütteln. »Ja?«

Verdammt. Ich will nie wieder an diesen Streit denken und an das, was Vivien mir an den Kopf geknallt hat. Und alles nur wegen Janus, diesem Idioten, der den Streit nicht wert gewesen war!

»Welcher der drei Stoffe ist sowohl hydrophil als auch lipophil?«

»Äh …«

Mann, die Frage ist stinkeinfach. Wenn ich wüsste, von welchen Stoffen sie spricht. Ich schiele zur Tafel, aber da steht nichts. Irgendjemand kichert. Haha, sehr witzig! Die Neumann kommt auf mich zu.

»Hier«, sagt sie und knallt mir einen Aufgabenzettel auf den Tisch. »Bis Montag will ich die Ergebnisse von dir. Verstanden?«

Toll. Vielen Dank! Als ob die anderen besser aufpassen würden.

Ich war noch nie so froh über das Läuten, das die Doppelstunde beendet, werfe meine Sachen in die Tasche und renne los. Hinter meiner Nachricht ist nur ein Haken. Hat Vivien das Handy ausgeschaltet? Nee, niemals.

Die Tür zum Kunstsaal steht offen, und der Gang ist leer. Keine Spur von Vivien. Mann! Hat Cedric ihr nichts ausgerichtet? Oder hat sie keinen Bock, mich zu treffen? Hat sie die Nachricht jetzt wenigstens bekommen? Ich ziehe das Handy wieder aus der Tasche.

»Du und dein Smartphone, ihr seid unzertrennlich, oder?«

Das Handy rutscht mir fast noch mal aus der Hand. »Was?«

Cedric. Schon wieder. Mit dem obligatorischen Grinsen im Gesicht. Wo kommt er so plötzlich her?

»Hast du es Vivien ausgerichtet?«, frage ich und versuche, nicht genervt zu klingen, obwohl er es verdient hätte.

Nichts hat er ausgerichtet. Jede Wette.

»Sie war nicht da.«

»Was soll das heißen, sie war nicht da? Ist sie krank oder was?«

Wie passt das denn mit der Nachricht von meiner Mutter zusammen? Wenn sie krank wäre, würde ihre Mutter ihr ja wohl nichts über mich ausrichten lassen.

»Keine Ahnung, das musst du sie schon selbst fragen. Oder den Wallner.« Cedric nickt mir zu und schlendert betont langsam den Gang entlang Richtung Hof.

Spitze, und nun? Ich muss mit Vivien reden. Sofort. Warum ist sie nicht in der Schule? Jetzt ist Schluss, ich versuche sie anzurufen! Mist, mein Herz hämmert wie blöd, und mir ist total heiß. Mann, das ist nur ein Anruf bei meiner besten Freundin. Okay, ehemals besten Freundin.

Auf dem Klo ist ein Mädchen aus der Zehnten. Sie schaut sich unendlich lange im Spiegel an. Hat sie zu Hause keine Spiegel oder was? Bis sie endlich geht, bin ich ein nervliches Wrack. Was soll ich Vivien sagen? Wie wär's mit:

Hey, ich bin's, Nora. Sag mal, wie kommt meine Mutter bitte darauf, dass wir uns wieder verstehen?

Oder:

Hey, ich habe offensichtlich einen Filmriss oder so was, dabei war ich gestern stocknüchtern und die ganze Zeit zu Hause. Aber irgendwie glaubt meine Mutter, dass wir uns getroffen haben. Kannst du mir das erklären?

Haha, bescheuerter geht's nicht mehr. Es ist sowieso egal. Statt zu klingeln, geht die Verbindung direkt zu einer Bandansage:

The person you are calling is temporarily not available.

Was soll das denn jetzt? Hat Vivien ihr Handy echt ausgeschaltet? Das ist so untypisch. Außer in Kunst schaut Vivien alle zehn Minuten drauf. Mindestens. Was ist hier los? Ich probier's bei ihr zu Hause, habe keinen Bock mehr auf den Mist. Nach dem fünften Klingeln hebt jemand ab.

»Hallo?« Das ist nicht Viviens Stimme.

Ich atme auf. Weiß immer noch nicht, was ich zu ihr sagen soll.

»Hallo, hier ist Nora.«

»Ah, Nora! Hat deine Mutter dir ausgerichtet, dass Vivien mich anrufen soll? Ich erreiche sie nicht.«

Okay. Offensichtlich ist Vivien nicht zu Hause.

»Ja, aber ich hab sie noch nicht gesehen.«

»Seid ihr nicht zusammen in die Schule gegangen?«

Zusammen? Wieso das denn?

»Die Nachricht von meiner Mutter kam erst zu Stundenbeginn, und ich hab in den ersten beiden Stunden Chemie.«

»Oh, ach so. Sag deiner Mutter bitte noch mal, dass es mir leidtut, dass ich sie heute Morgen geweckt habe. Wenn Vivien mir gesagt hätte, dass deine Mutter diese Woche Nachtschicht hat, hätte ich darauf bestanden, dass ihr bei uns schlaft. Wann seid ihr gestern ins Bett?«

Bitte? Vivien hat bei uns geschlafen? Das wüsste ich!

»Äh, nicht zu spät, ehrlich. Wir waren beide kaputt«, sage ich trotzdem, kann jetzt schlecht alles auffliegen lassen. »Wir haben noch eine Serie geschaut und uns dann hingelegt.«

»Na, wenn du es sagst.« Es klingt nicht so, als würde Viviens Mutter mir das abnehmen. »Richtest du ihr bitte aus, dass ihre Kunstsachen noch hier stehen? Ich glaube, die braucht sie heute. Und sie soll nach der Schule direkt nach Hause kommen, ich muss etwas mit ihr besprechen.«

»Kein Problem, mach ich. Schönen Tag noch.«

»Danke, dir auch, Nora.«

Super, jetzt habe ich noch ungefähr sechseinhalb Stunden Zeit, Vivien aufzutreiben und herauszufinden, was hier los ist. Wo bitte hat sie übernachtet? Bei Elise vielleicht? Das hätte sie ihrer Mutter doch erzählt!

ZUGEMAUERT

Auf dem Weg zur Mathestunde versuche ich zu verstehen, was passiert ist. Vivien muss ihren Eltern gesagt haben, dass sie bei uns schläft. Bis vor unserem Streit haben wir das oft gemacht, auch unter der Woche. Hat sie mir deshalb eine Nachricht geschickt? Damit ich nicht alles auffliegen lasse, falls ihre Mutter sich bei uns meldet? Aber warum hat sie die Nachricht sofort wieder gelöscht? War es ihr peinlich? Hatte sie Angst, ich könnte Fragen stellen?

Moment. Sie war letzte Nacht aber nicht bei dem Volldeppen Janus, oder? Das hätte ich niemals gedeckt. Erst recht nicht, nachdem er sie vor einer Woche abserviert und gleich auf der nächsten Party mit einer anderen rumgemacht hat. Nicht, dass ich Vivien das nicht schon vor drei Wochen prophezeit hätte. Aber sie musste ja deswegen mit mir streiten.

Trotzdem. So tief ist Vivien nicht gesunken. Das hat sie ihm niemals verziehen. Außerdem war Janus alleine bei den Fahrradständern, und Vivien ist überhaupt nicht in der Schule aufgetaucht. Das passt nicht zusammen.

Auch in Mathe bleibt Vivien verschwunden, spätestens jetzt hätten wir uns sehen müssen. Dafür ist Elise mit ihren beiden Sidekicks da, Emma und Jasmin. Elise, der Supersonnenschein unserer Stufe. So viel gute Laune, das ist schon nicht mehr normal. Vivien und ich waren uns immer einig: Die werfen sich irgendetwas ein, ganz sicher.

Von Mathe bekomme ich nichts mit. Ich brauche einen Plan, aber ich habe keinen Bock, mit Elise zu sprechen. Leider ist sie die Einzige, die wissen kann, was Vivien gestern Abend gemacht hat und wo sie jetzt ist. Statt mit mir hängt Vivien ja seit drei Wochen lieber mit Elise und den Skaterboys ab. Und das nur, weil sie von mir die Wahrheit nicht hören wollte. Danke, echt! Sobald es läutet, folge ich Elise und ihren Sidekicks. Zum Glück hat sie sich vor Kurzem die Haare weiß gefärbt, so ist ihr hinten aufgebauschter Bob im Gedränge gut zu erkennen.

»Elise?« Ich rufe erst, nachdem der Gang schon fast leer ist, will keine Zuschauer.

Es ist sowieso schon peinlich genug, überhaupt auf Elise angewiesen zu sein. Sie bleibt stehen und dreht sich zu mir um. Ihr Gesicht ist nicht wirklich unfreundlich, aber das Dauerlächeln ist verschwunden. Bestimmt weiß sie, was ich alles über ihren besten Kumpel Janus gesagt habe. Spitze. Unter den Voraussetzungen wird sie mir sicher gern weiterhelfen.

»Was ist?«, fragt sie, und es klingt nicht die Spur freundlich.

Ihre beiden Sidekicks stehen links und rechts neben ihr, die Arme verschränkt. Ein paar Leute aus unserer Stufe laufen langsamer und schauen zu uns herüber.

Danke für eure Aufmerksamkeit!

Okay, vielleicht habe ich mich mit dem Supersonnenschein geirrt. Die drei ausdruckslosen Gesichter mir gegenüber wirken eher wie der langsam dunkler werdende Himmel, kurz bevor es anfängt zu regnen. Eine Strähne fällt mir ins Gesicht. Limettengrün. Ich streiche sie hinters Ohr, will Elise direkt in ihre auffällig geschminkten Augen sehen. Wahrscheinlich steht sie morgens zwei Stunden früher auf, um auch ja perfekt gestylt zu sein. An Vivien kommt sie trotzdem nicht ran. Hat sie deshalb die Fotos von Vivien gepostet? Um sie schlecht dastehen zu lassen?

Blöde Kuh!

Wollen die drei mich mit ihren Blicken einschüchtern? Ich richte mich auf. Da müssen sie sich schon was Besseres einfallen lassen als den lahmen Versuch, mich niederzustarren.

»Weißt du, was mit Vivien ist?«

Auf Elises Gesicht zeigt sich nicht die kleinste Regung. Nur ihre eisblauen Augen wirken auf einmal noch einen Tick kälter. »Keine Ahnung. Warum fragst du sie nicht selbst?«

Sie knallt mir die Worte hin, als könnte sie sich die Antwort nicht denken. Wie viel weiß sie von Viviens und meinem Streit? Bei dem Gedanken wird mir schlecht. Vivien weiß so gut wie alles über mich. Was davon hat sie Elise erzählt?

»Ihr Handy ist aus.« Ich schiebe mein Kinn ein Stück vor, sehe Elise genau ins Gesicht, damit mir nicht das kleinste Zucken entgeht.

Sie schüttelt nur den Kopf und dreht sich weg. »Tja, dann kann ich dir leider auch nicht weiterhelfen.«

»War sie gestern Abend mit euch unterwegs?«, rufe ich ihr nach.

»Warum interessierst du dich so plötzlich dafür, mit wem sie sich trifft?« Elise wirft mir einen kurzen Blick über die Schulter zu.

»War sie, oder war sie nicht?«

»Nein.« Sie wendet sich endgültig ab und geht den Gang entlang. Ihre beiden Sidekicks begleiten sie, nur sehen sie jetzt mehr aus wie Bodyguards. Emma, die mit den ausgefransten weißblonden Haaren, dreht sich noch einmal um. Etwas an ihrem Blick ist seltsam. Wie sie zwischen mir und Elise hin und her sieht, das ist nicht normal. Aufgeschreckt, fast ängstlich.

Elise lügt.

Sie hat Vivien gesehen, oder sie weiß zumindest, wo Vivien gestern war. Mist. Das kann nur eines bedeuten.

HERZENSSPLITTER

Vor der Mensa fange ich ihn ab. Echt, bis heute Morgen hätte ich geschworen, mir eher die Zunge abzubeißen, als mit dem Vollidioten Janus auch nur ein Wort zu wechseln. Immerhin ist nur Cedric bei ihm, was wenigstens die Zahl der potenziellen Zuschauer einschränkt.

»Warst du gestern Abend mit Vivien unterwegs?«, frage ich direkt, will ihn überrumpeln, ihm weniger Zeit geben nachzudenken.

Okay. Vor allem will ich dieses blöde Gespräch hinter mich bringen.

»Hä? Wieso?« Er bleibt stehen, streicht sich den dunklen Pony aus der Stirn und sieht mich an.

Ein Lächeln im Mundwinkel.

Spar dir deinen Charme besser für jemanden auf, der genauso wenig Hirn hat wie du, Janus.

»Kannst du zur Abwechslung einfach mal auf eine Frage antworten?« Ich verschränke die Arme und versuche, ihn niederzustarren.

»Sie sind nicht mehr zusammen, falls dir das entgangen sein sollte«, mischt Cedric sich ein.

Warum hält er nicht einfach die Klappe?

»Ist es nicht«, gebe ich zurück, ohne Janus aus den Augen zu lassen. »Also warst du gestern mit ihr unterwegs?«

Janus verschränkt jetzt auch die Arme und lehnt sich ein Stück nach hinten. »Wieso interessiert dich das?«

»Weil sie nicht hier ist.« Erst als ich es sage, merke ich, wie bescheuert das klingt. »Und auch nicht zu Hause«, schiebe ich nach.

Cedric fängt an zu lachen. Ich kneife die Augen zusammen und funkle ihn an.

»Sorry, aber das war die bescheuertste Erklärung, die ich jemals gehört habe.« Er schüttelt den Kopf, wieder sein dämliches Grinsen im Gesicht. »Du tust ja fast so, als ob Janus sie entführt hätte.«

»Und, wenn er es hat?« Ich mustere Janus, so, als würde ich es wirklich für möglich halten.

In Wahrheit will ich ihn nur zur Weißglut bringen. Eine kleine Rache für den Streit, den Vivien und ich seinetwegen haben, und für Viviens Herz, das er gebrochen hat. Ich habe es ihr ja gesagt, von Anfang an, auch wenn ich mich lieber geirrt hätte. Wirklich.

»Sag mal, spinnst du?« Janus starrt mich mit offenem Mund an, seine Hände zu Fäusten geballt.

Volltreffer. Ich kann ein Grinsen nicht unterdrücken.

»Hör zu, Vivien und ich haben seit genau acht Tagen kein Wort mehr miteinander geredet«, fährt er fort und geht einen Schritt auf mich zu. »Wenn ich noch einmal so eine Scheiße höre, wird, wer auch immer das gesagt hat, es bitter bereuen. Kapiert? Los Cedric, ich hab Hunger!«

Im Vorbeigehen rempelt Janus gegen meine Schulter. Statt brav seinem idiotischen Kumpel zu folgen, bleibt Cedric noch einen Moment vor mir stehen. Unsere Blicke treffen sich.

»Falsches Thema, okay? Seit sie mit ihm Schluss gemacht hat, liegen seine Nerven ein wenig blank.«

Sie? Sie hat Schluss gemacht? Klar, ganz bestimmt.

Ich zucke mit den Schultern. »Mhm. Deshalb musste der Arme sich gleich von der Nächsten trösten lassen. Logisch. Macht Sinn.«

Cedric schüttelt den Kopf. »Glaub, was du willst.«

Er lässt mich stehen und joggt hinter Janus her. Toll, das läuft alles genau nach Plan. Ich bin nicht einen Schritt weiter. Mann, nur noch drei Stunden, bis Viviens Mutter anfängt, Fragen zu stellen. Maximal.

Ein paar Jungs drängen sich an mir vorbei. Einer von ihnen trägt eine blaue Wollmütze, fast so eine wie Adrian, der Stalker. Moment mal … das ist es! Warum bin ich nicht gleich auf ihn gekommen? In den Wochen vor unserem Streit ist er überall aufgetaucht, wo Vivien war. In den Pausen in der Schule, bei ihrem Nebenjob im *Underdog*, beim Stadtbummel, einfach überall. Creepy, echt. Aber wenn er das immer noch macht, weiß er definitiv, wo Vivien gestern Abend war. Mist. Der einzige Ort, an dem ich ihn noch nie gesehen habe, ist die Mensa. Dafür ist er ständig im PC-Raum. Wann macht der auf? Um zwei oder erst um drei? Egal, ich werde es herausfinden.

HINTER DEN MASKEN

Für die Stunde Mittagspause ziehe ich mich hinter die Mensa zurück, habe keinen Bock, mich noch einmal mit Janus auseinanderzusetzen. Erst recht nicht, wenn Elise in der Nähe ist. Ich gehe dorthin, wo Sebastians Motorrad steht, weil sich niemand ungefragt in die Nähe dieser Maschine wagt und es somit der störungsfreiste Ort auf dem ganzen Schulgelände ist. Und auch der, an dem noch nicht einmal die Pausenaufsicht vorbeikommt. Gut so.

Sebastian Hachenbach, unser Koch und der mit Abstand coolste Typ der Schule. Wahrscheinlich müssten wir *Sie* sagen und *Herr Hachenbach.* Aber jeder, der bei ihm Praktikum gemacht hat, sagt einfach Sebastian.

Ich versuche, durch die kleinen Küchenfenster zu erkennen, ob er da ist. Sieht nicht so aus. Verdammt, ich hätte gern mit jemandem geredet. Jemand, der kein Idiot ist.

Dann halt nicht. Ich ziehe das Handy aus der Tasche, schaue zum hundertsten Mal heute den einen Haken hinter meiner Nachricht an, auch wenn das nichts ändert, und gehe schließlich auf Instagram. Eine halbe Minute später bin ich auf Elises Account:

Elislifebehindthemask.

Der Name ist überraschend cool für eine, die immer so darauf bedacht ist, bei allen Lehrern gut dazustehen. Leider ist es fake. Alles, was sie hier zeigt, ist nur das Image, das sie für andere pflegt und kein Stückchen echt. Ich schwöre. Trotzdem hat sie es in den letzten Monaten auf zweieinhalbtausend Follower geschafft. Seit sie in der Maske im Theater jobbt und letztes Halloween ein paar echt coole Horrorgesichter gepostet hat. Von denen sie wahrscheinlich kein einziges selbst geschminkt hat, aber egal.

Ich muss ein ganzes Stück nach unten scrollen, bis ich die beiden Fotos wiederfinde, die sie letzten Freitag hochgeladen hat. Elise postet im Schnitt zwei bis drei Bilder am Tag. Das meiste ist Schrott. Wenn man nichts zu sagen hat, macht man es mit sinnlosen Fotos auch nicht besser. Wen interessiert denn bitte, was sie isst oder in welchem Café sie sich ihren Kaffee reinzieht? Weniger schlimm, aber immer noch nicht interessant, sind die Fotos mit irgendwelcher Deko.

Schaut mal, wie süß! Soll ich mir das kaufen? Das würde doch supergut auf meinen Schminktisch passen. Was meint ihr?

Schminktisch. Klar. Die ist so was von durchgeknallt. Es ist mir doch egal, was Elise sich ins Zimmer stellt. Und ich wette, es ist selbst den Leuten egal, die ihr geantwortet haben.

Like mein Zeug, und ich like deines. Wenn ich hier noch ’nen Kommentar hinterlasse, klicken bestimmt ein paar Leute auf mein Profil.

Pfff. Vivien fährt da auch voll drauf ab. Aber immerhin postet sie keine Fotos von ihren Schminksachen und erst recht kein Essen. Tiefer als Foodposting kann man nicht sinken.

Endlich. Hier sind die beiden Fotos von Vivien und diesem creepy Typen. Okay, für einen Mittzwanziger sieht er ganz gut aus. Aber hallo? Warum posiert er mit zwei Siebzehnjährigen? Auf dem Ersten ist Elise mit drauf. Sie und Vivien stehen links und rechts von ihm, und er hält beide im Arm. Prolliger ging es nicht, oder? Und dann knutschen sie ihm auch noch die Wangen. Das passt überhaupt nicht zu Vivien. Die rennt nicht herum und knutscht irgendwelche Typen, mit denen sie wahrscheinlich noch nicht einmal drei Worte gewechselt hat. War sie besoffen? Hat Elise ihr irgendwelches Zeug gegeben? Mann, warum muss Vivien immer ihre übergroße Sonnenbrille und den weißen Hut tragen? Ich will ihre Augen sehen. Sie muss total dicht gewesen sein. Jede Wette.

Keine Ahnung, wo Elise diesen Typen ausgegraben hat. Sie hat ihn jedenfalls verlinkt. Ah, der Text! Mir wird schlecht. Ehrlich.

Schaut mal, wen wir getroffen haben! @blackcat danke, dass du meine BFF @viv_tree so heldenhaft aufgeheitert hast! Sie macht gerade echt viel durch.

Deine beste Freundin?

Hat Elise einen Knall? Bis vor drei Wochen hat Vivien in dem ganzen Schuljahr gerade mal zehn Sätze mit ihr gesprochen. Wenn es hoch kommt. Und jetzt sind sie beste Freundinnen? Ich drücke das Zungenpiercing gegen die Zähne und versuche, an etwas anderes zu denken. Das Display verschwimmt vor meinen Augen.

Scheiße. Wenn Vivien deine beste Freundin wäre, hättest du diese Fotos nicht gepostet!

Die Kommentare darunter sagen alles. Irgendein Typ, der auf seinem Profilbild die Augen verdreht und die Zunge rausstreckt, fragt:

Sind die beiden nicht ein bisschen zu jung für dich, Black?

Gut erkannt, *Quasimodo!* Dieser *Blackcat* postet als Antwort den Smiley mit der Sonnenbrille. Das ist so kaputt, echt jetzt. Aber die nächste Frage von *Quasimodo* schießt den Vogel ab:

Welche von den beiden hast du mit nach Hause genommen, Black?

Dafür war selbst *Black* sich zu schade zum Antworten. Für diese bescheuerte Frage könnte ich *Quasimodo* eine reinhauen. Was glaubt er eigentlich, wie billig Vivien ist? Ich würde so lange auf ihn einprügeln, bis er sich bei ihr entschuldigt und sein jämmerliches Profil für immer und ewig löscht! Anschließend würde ich zu Elise gehen und ihr superschickes Smartphone zertrümmern. Vielleicht kapiert sie dann, was sie mit ihrem Post angerichtet hat? Die Hoffnung stirbt zuletzt.

Bei den Kommentaren von *Blackcats* Fanclub verliere ich den Glauben an die Menschheit. Ehrlich. Wie kann man so etwas Dämliches öffentlich schreiben?

Aah, Black, du siehst sooo sexy aus! Ich werd ganz eifersüchtig …

*Wann treffen wir uns wieder? Ich vermisse dich schon! *zwinker**

Und ganz unten kommt dann noch der Kommentar von Cedric: *Das ging ja schnell @revolution_PandD_style.*

Revolution_PandD_style ist Janus' Nick. Ich lass mich gar nicht erst über den Namen aus. Cedric tut gerade so, als wäre es ein Verbrechen, wenn Vivien sich von einem anderen Typen in den Arm nehmen lässt. Sein Kommentar bezieht sich bestimmt auf das zweite Foto, auf dem Vivien allein mit *Blackcat* ist. Diesmal hat er beide Arme um sie gelegt und drückt ihr einen Kuss auf die Wange. Sie lacht in die Kamera, ihre Augen sind immer noch hinter der Sonnenbrille verborgen. Leider. Sonst könnten alle sehen, dass das Lächeln nicht bis in ihre Augen reicht. Hundertpro. Cedric hat das nur nicht geblickt. Aber Viviens Kopf ist ganz leicht von dem Typen weggeneigt, als wollte sie den Abstand vergrößern. Und ihr Lächeln ist steif. Mir kann sie nichts vormachen, konnte sie noch nie. Ich habe sie oft genug in Situationen lächeln sehen, in denen ihr nicht zum Lächeln war. Jeden anderen kann sie mit diesem steifen Lächeln vielleicht täuschen. Den Hohlkopf Janus auf alle Fälle. Sie ist ein Naturtalent und sieht immer super aus, vor jeder Kamera, ganz egal, wie scheiße sie sich fühlt. Sie weiß einfach, wie sie sich in Pose werfen muss. Und wenn Elise sie wirklich kennen würde, hätte sie dieses Foto niemals hochgeladen.

Cedric spinnt. Was soll das heißen, *ging ja schnell*? Janus zu zeigen, wie wenig sie sich aus ihm macht, nachdem er mit ihr ein paar Tage vorher Schluss gemacht hat? Idiot, wenn er nicht einmal das kapiert. Als ob Vivien so wäre wie Cedric und Janus. Als ob ihr Herz nicht von Janus in tausend Splitter zertrümmert worden wäre. Wenn ihr nichts an ihm liegen würde, hätte sie sich niemals mit mir gestritten.

Die Antwort auf Cedrics Kommentar ist von einer Tusse einen Jahrgang unter uns. Sie hat es Samstagabend gepostet:

*Wir haben uns um sein gebrochenes Herz gekümmert. *zwinker**

Auch wenn ich schon weiß, was mich erwartet, drücke ich auf ihren Nick und scrolle zu dem Foto, das sie letzten Samstag gepostet hat. Darauf ist Janus zu sehen, wie er rumknutscht, aber das ist nicht sie auf dem Bild. Seit Montag weiß ich, wie sie aussieht. Sie hat lockiges, rotes Haar. Wahrscheinlich macht er mit einer Freundin von ihr rum, keine Ahnung. Das Foto ist zwar von der Seite aufgenommen, aber der Fokus liegt auf Janus' Gesicht und mehr als das und ein paar blond und schwarz gefärbte Haare von dem Mädchen, mit dem er rummacht, sind nicht zu erkennen. Der Text darunter ist richtig creepy:

You are out of the picture, sweetheart!

Sie hat Vivien getaggt, damit ihre Botschaft auch sicher ankommt. Die hat sie nicht mehr alle. Ehrlich. Trotzdem ist es der beste Beweis für die Doppelmoral von Janus und Cedric. Die können natürlich direkt nachdem sie Schluss gemacht haben, mit der Nächsten rummachen. Es stehen ja genug Mädels ohne Selbstachtung in der Schlange. Aber Vivien soll bitteschön in ihrer Trauer versinken und für die nächsten zwei Monate Janus hinterherheulen. Arschlöcher, echt!

Warum musste Elise diese bescheuerten Fotos posten und dann auch noch mit einem Typen, der offensichtlich keine auslässt und mindestens sechs Jahre älter ist? Jetzt sieht es so aus, als würde Vivien mit jedem rummachen.

BFF – dass ich nicht lache!

»Hast du keinen Hunger?«

Ich zucke zusammen und sehe hoch in Sebastians breites Gesicht. Mann, muss er sich so anschleichen? Soll ich einen Herzinfarkt bekommen, oder was?

Er streicht sich über den Dreitagebart und schüttelt den Kopf, ein paar blonde Strähnen fallen ihm in die Stirn. »Ich wusste nicht, dass du so schreckhaft bist?«

»Sehr witzig …«

»Was ist los?« Er zieht ein Päckchen Zigaretten aus der Tasche und zündet sich eine an.

Auf dem Schulgelände, echt, was für ein tolles Vorbild! Manchmal frage ich mich, ob die Pausenaufsicht hier absichtlich nicht vorbeikommt, weil die Lehrer keine Lust haben, sich mit Sebastian anzulegen?

»Vivien ist verschwunden«, sage ich.

»Was meinst du mit *verschwunden?*« Er macht einen tiefen Zug und stößt den Rauch in einer langen Wolke nach oben.

Wie ein Drache kurz vorm Feuerspucken. Vielleicht ist das Tattoo auf seinem Oberarm gar keine Schlange?

»Sie ist nicht hier.«

»Ist sie krank?«

Ich schüttle den Kopf. »Dann wäre sie ja zu Hause, oder? Aber da ist sie auch nicht.«

Er zieht die Augenbrauen hoch und sieht mich kurz an. »Du meinst, sie schwänzt die Schule?«

»Ich weiß es nicht. Ich habe das Gefühl, dass irgendetwas nicht stimmt. Es passt nicht zu ihr, die Schule zu schwänzen, oder?«

Statt zu antworten, zieht er wieder an der Zigarette. Er sieht nachdenklich aus.

»Und, dann war da noch …«

Die Nachricht, will ich sagen, aber ich komme nicht dazu. Die Hintertür zur Küche geht auf, und eine ältere Frau schaut heraus.

»Sebastian, kannst du bitte kommen? Es gibt hier ein Problem …«

Ein Problem? Die Mensazeit ist fast vorbei, was für ein Problem gibt es da bitte?

»Tut mir leid, die Pflicht ruft«, sagt er und holt einen kleinen Taschenaschenbecher raus, um die Zigarette auszudrücken. »Lass uns später weiterreden, okay?«

Ich nicke. Auch wenn wir später nicht mehr reden werden. Später bin ich weg. Ich habe nur noch knapp zwei Stunden, um Vivien zu finden. Allerhöchstens.

HOFFNUNG

Du kannst nicht mehr aufhören zu weinen,
wenn du einmal damit angefangen hast.
Wusstest du das?
Da kannst du vorher so stark wie du willst erscheinen.

Es ist so viel Scheiße passiert,
aber ich habe gelacht und geredet,
bis zum totalen Knock-out.
Hätte sowieso nur einem einzigen Menschen vertraut.

Stattdessen habe ich lieber meinen eigenen Lügen geglaubt,
wollte nicht wissen, wie's mir in Wirklichkeit geht.
Hab die Angst und den Schmerz
mit einem Lachen davongefegt
und gewartet.
Bis jemand meine Scheinwelt durchschaut.

Die Wahrheit sieht in dem ganzen Geäst
und keine der Lügen mehr stehen lässt.
Wollte, dass jemand mich auffängt und hält,
bevor ich in meinen eigenen Tränen ertrinke.
Und mich nimmt, wie ich bin.
Ohne die zentimeterdicke Schminke.

STALKERGEFLÜSTER

Mann, die Zeit läuft mir davon. Der bescheuerte PC-Raum macht heute erst um drei auf, was scheiße ist, obwohl ich um zwei sowieso beim Rothaus im Unterricht sitzen muss. Aber die Stunde hätte ich sausen lassen, ehrlich.

Wo treibt Vivien sich bitteschön herum? Sie verschwindet doch nicht einfach mal so für eine Nacht, schwänzt am nächsten Tag Schule und taucht dann wieder auf, als ob nichts gewesen wäre. Das ist so ganz und gar nicht Vivien. Außer sie hat sich in den letzten drei Wochen in einen komplett anderen Menschen verwandelt. Das glaube ich nicht, nein, das glaube ich einfach nicht. In meinem Bauch ist auf einmal ein Druck. Als hätte ich heute Mittag einen Haufen Steine gegessen, statt unfreiwillig zu hungern.

Ich nehme zwei Stufen auf einmal und komme total außer Atem beim PC-Raum an. Hoffentlich sind jetzt nicht lauter Programmiernerds hier.

Mann, Vivien, du bist mir echt was schuldig.

Adrian, der Stalker. Ausgerechnet. Obwohl. Bis vor ein paar Monaten war er noch völlig normal. Na ja, nicht normal. Unauffällig halt und ruhig. Angenehm. Keine Ahnung, warum er auf einmal beschlossen hat, Vivien zu stalken. Okay. Vivien sieht gut aus. Nein, nicht einfach nur gut. Sie ist das coolste Mädchen der Schule. Mit Abstand. Ich verstehe immer noch nicht, warum sie sich ausgerechnet mit Janus eingelassen hat, der viel zu blöd ist, um das zu kapieren. Er ist doch die ganze Zeit nur damit beschäftigt, sich und der Welt zu beweisen, was für ein toller Kerl er ist. Kein Raum für andere. Dass er in der zwölften ist, während wir noch in der elften abhängen, reißt es auch nicht raus.

Adrian hat sich bis jetzt nie für ein Mädel interessiert. Neben Mathe und Informatik existiert für ihn nichts. Was will er ausgerechnet von Vivien? Vivien, der schon schlecht wird, wenn sie das Wort *Mathe* nur hört? Sie passt überhaupt nicht zu ihm, kapiert er das nicht? Egal wie cool sie ist.

Warum mache ich mir darüber überhaupt Gedanken? Wenn er mir sagen kann, wo Vivien gestern war, bin ich wenigstens einen Schritt weiter. Na ja. Creepy ist es trotzdem.

Die Hand auf der Klinke horche ich an der Tür. Nichts. Entweder ist er allein, oder sie sind alle damit beschäftigt, auf ihre Bildschirme zu starren.

Ich schiebe die Tür auf. Wann war ich das letzte Mal im PC-Raum? Wahrscheinlich als wir uns alle einen Account anlegen mussten. Mein Passwort habe ich sofort wieder vergessen. Kein Interesse, auf dem Schulserver meine Hausarbeiten oder Referate abzulegen, wo Leute wie Adrian meinen Account hacken und alles lesen können.

Hier hat sich nichts verändert. Der Raum wird immer noch von den beiden Doppeltischreihen dominiert, mit jeweils acht Computern, alle zur Tafel hin ausgerichtet. Sie sind in Paaren angeordnet, damit die, die es nicht blicken, einen PC-Pro an die Seite bekommen, der sie erleuchtet. Haha. Ich war so was von froh, als ich Informatik abwählen konnte. Offensichtlich bin ich nicht die Einzige. Außer Adrian ist niemand hier. Zum Glück. Das macht es einfacher. Er sitzt in der letzten Reihe am Fenster und schaut sofort auf. Statt irgendetwas zu sagen, sieht er mich einfach nur an. Hallo? Habe ich ’nen fetten Pickel auf der Nase? Der PC-Raum ist für alle offen, oder etwa nicht? Mann, ich sollte dieses Gespräch so schnell wie möglich hinter mich bringen, es fängt jetzt schon an, mich zu nerven.

»Hey, Adrian. Hast du ’nen Moment Zeit?«, frage ich und drücke die Tür hinter mir zu.

Er räuspert sich. »Äh klar. Brauchst du Hilfe am PC? Sind alle frei …«

»Cool.« Ich gehe nach hinten und lasse mich auf den Stuhl neben ihm fallen.

Wow! Mit den roten Wangen kommt seine blaue Brille richtig gut zur Geltung.

»Was ist?«, frage ich, weil er nicht aufhört, mich anzustarren.

»Nichts.« Er lehnt sich zurück, und dabei rutscht der Stuhl ein Stück nach hinten.

War das Absicht?

»Ich bin nicht wegen einem PC-Problem hier«, fange ich an.

Je schneller ich zum Punkt komme, umso eher bin ich hier wieder draußen. Die ganze Situation ist schräger, als ich gedacht hätte. Awkward. Ehrlich.

»Okay?«, murmelt er, und es klingt ganz und gar nicht okay.

Pfff. Sein Blick schweift zum Bildschirm.

Twitch.tv.

Aha. Kenne ich nicht. Wem auch immer das Profil gehört, ist offline. *Aditheguard.* Was ist das bitte für ein Nick? Adrian bemerkt meinen Blick und minimiert das Fenster. Auch ’ne Art mir zu zeigen, dass mich seine Sachen nichts angehen.

»Warum bist du dann hier?«, fragt er, und irgendetwas an seinen Fingern muss total interessant sein.

Jedenfalls sieht er lieber seine Hände an als mir ins Gesicht. Toll. Er tut gerade so, als ob ich ihn fressen wollte. Dabei war ich ihm gegenüber bisher immer nett. Na ja, okay. Seit er angefangen hat, Vivien zu stalken, vielleicht nicht mehr. Aber das ist ja wohl nicht meine Schuld.

Oder?

»Du weißt nicht zufällig, wo Vivien sich gestern Abend rumgetrieben hat?«

Jetzt schaut er mich an, mit aufgerissenen Augen. »Äh, nein?« Er zupft an einer der braunen Strähnen, die unter seiner blauen Wollmütze hervorlugen. »Also, ich meine, wieso sollte sie mir sagen, was sie macht?«

Sagen nicht, aber du weißt es vielleicht trotzdem, weil du sie seit Monaten stalkst? Ich beiße mir gerade noch auf das Zungenpiercing. Schätze der Hinweis wird ihn nicht zum Reden bringen. Mann, muss es immer komplizierter werden? Kann Adrian mir nicht einfach erzählen, was er weiß? Oder ob er etwas weiß? Wenigstens ist er mir jetzt nicht damit gekommen, dass ich ja wohl besser wissen müsste als er, wo sich Vivien herumtreibt. Als ihre beste Freundin.

»Ich dachte, du hast sie vielleicht gesehen?«

So zufällig? Ich ziehe die Augenbrauen hoch und fange seinen Blick ein. Er will mich das mit dem Stalken jetzt nicht aussprechen lassen, oder?

»Äh, nein, tut mir leid. Außer in der Schule bin ich ihr schon länger nicht mehr begegnet«, murmelt er und schaut wieder auf seine Hände.

»Echt nicht? Noch vor drei Wochen hatte ich den Eindruck, dass du überall dort auftauchst, wo Vivien ist«, sage ich.

Es hilft ja nichts. Ich hätte es ihm und mir gerne erspart, ehrlich. Aber was soll ich denn machen, wenn er sich so begriffsstutzig stellt?

»Wir haben das vor etwa eineinhalb Wochen geklärt, sie und ich.« Er sieht ganz kurz zu mir, lächelt und konzentriert sich wieder auf seine Finger.

»Was habt ihr geklärt?« Bin ich einfach zu blöd, oder drückt er sich absichtlich so rätselhaft aus?

»Na ja, ich wollte ihr nur etwas sagen …«

»Die ganze Zeit? Du bist ihr überallhin gefolgt, nur um ihr etwas zu sagen?«

Das glaube ich nicht. Wenn es so wäre, hätte er doch gleich mit ihr reden können, statt sie wochenlang zu stalken. Für wie doof hält er mich?

»Ja. Klingt bescheuert, ich weiß. Wenn sie mich nicht konfrontiert hätte, hätte ich ihr wahrscheinlich bis heute nichts erzählt. Aber, wie gesagt, wir haben es vor etwa eineinhalb Wochen geklärt.« Er zieht die Schultern hoch, sieht mich aber nicht an.

»Und was genau hast du mit ihr geklärt?«, hake ich nach.

»Es war etwas Persönliches. Nicht so wichtig. Es ...« Weiter kommt er nicht.

Die Tür fliegt auf, und ausgerechnet Janus platzt in den Raum, mit Cedric im Schlepptau. Das ist jetzt nicht wahr, bitte, das ist jetzt echt nicht wahr!

»Hey Adi! Sag mal, kannst du ...« Janus bricht ab und sieht mich an. Die Augen zu kleinen Schlitzen verengt. »Was willst du hier?«

»Ich wüsste nicht, was dich das angeht«, fahre ich ihn an.

Was für ein eingebildeter Idiot! Kommt hier rein und tut so, als ob er und nicht Adrian für den PC-Raum zuständig wäre, als ob er darüber bestimmen könnte, wer hier ist.

»Danke, Adrian«, sage ich in meinem allerfreundlichsten Tonfall, so, als wäre unser Gespräch sowieso schon beendet und stehe auf. »Kann ich noch mal vorbeikommen, wenn ich noch 'ne Frage habe?«

»Äh klar. Aber ich hab echt keine Ahnung, was ...«

»Schon gut«, unterbreche ich ihn.

Mann, bitte fang jetzt nicht vor Janus damit an, was ich dich gefragt habe.

Ich lächle Adrian zu. Obwohl er in meiner Achtung gerade um hundert Punkte gesunken ist. Mindestens. Was will er ausgerechnet mit Janus? Adrian, unser superschlauer Nerd. Wie kann er es ertragen, länger als fünf Minuten in einem Raum mit diesem Idioten zu sein? Im Vergleich zu Adrian ist Janus auf dem geistigen Niveau einer Tiefkühlpizza.

Janus lässt mich nicht aus den Augen und weicht kein Stück zur Seite. Ich muss mich an ihm vorbeidrängen, um aus dem PC-Raum zu kommen. Pfff. An der Tür drehe ich mich noch einmal um.

»Bis morgen«, sage ich zu Adrian und ignoriere sowohl Janus als auch Cedric im Vorbeigehen.

Cedric lacht. Ja, sehr witzig.

»Sei vorsichtig mit der«, höre ich Janus hinter mir. »Die hat 'nen totalen Knall!«

Die Tür schlägt zu. Ich werfe einen Blick über die Schulter.

Was war nicht so wichtig, Adrian?

Das stimmt doch nicht. Wenn es nicht wichtig wäre, hätte er Vivien nicht wochenlang verfolgt. Und was wollen bitteschön Janus und Cedric von ihm? So wie Janus ihn begrüßt hat, klang es fast, als ob sie die besten Kumpels wären. Toll. Dann wird er ihnen sicher gleich erzählen, warum ich hier war. Es könnte nicht besser laufen. Ehrlich. Ich verdrehe die Augen und gehe.

DOPPELSPIEL

Jetzt habe ich nicht einmal mehr eine Stunde, bevor Vivien zu Hause auftauchen muss. Hoffentlich macht sie es einfach. Soll ich sie vorwarnen? Mann! Warum hat ihr Handy noch immer keinen Empfang? Egal, ich schreib ihr trotzdem.

> Hey, ich soll dir ausrichten, dass du direkt nach der Schule nach Hause kommen sollst. Deine Mutter will was mit dir besprechen.

Klingt das okay? Es hört sich nicht so an, als würde ich mir Sorgen machen. Oder? Mache ich mir aber. Scheiße!

Ich drücke auf *Senden.* Wenn ich noch eine Sekunde länger warte, schreibe ich noch *Was ist los???* oder *Wo zur Hölle bist du???*, und das wäre total daneben. Vor allem wenn Vivien bis morgen wieder auftaucht.

Wie lange braucht mein Handy denn bitte, um die Nachricht zu übertragen? Wartezeichen, ein Haken. Mann! Warum erscheint der zweite nicht? Ich ruf noch mal an. Nein, das bringt nichts. Wenn ihr Handy keine Nachrichten empfängt, kommen auch keine Anrufe durch. Nicht, dass ich es nicht trotzdem schon hunderttausend Mal versucht hätte. Sie kann doch nicht in einem Dauerfunkloch stecken.

Wenn du wieder auftauchst, bist du mir ’ne verdammt gute Erklärung schuldig, Viv. Verlass dich drauf!

Mein Handy klingelt. Vivien? Verdammt, es ist nur die Festnetznummer. Also ganz sicher ihre Mutter. Ich kann nicht rangehen.

Weiß ja immer noch nicht, was los ist. Lautlos, ich stelle das Handy auf lautlos und ignoriere den Anruf.

Mann, Vivien, wo bist du?

Nach Hause kann ich jetzt auch nicht. Ihre Mutter ruft garantiert bei uns an, wenn sie mich auf dem Handy nicht erreicht. Wenn meine Mutter zu Hause ist und rangeht, muss ich ans Telefon. Und dann? Was soll ich dann sagen?

Äh, tut mir leid, hier lag wohl ein Missverständnis vor. Ich hab Vivien seit gestern Nachmittag nicht mehr gesehen. Ruf doch mal bei Elise an. Ich schätze, sie hat bei Elise gepennt.

Haha. Bei Elise, die vor mir so getan hat, als ob sie keine Ahnung hat, aber ganz sicher etwas weiß. Und letzten Freitag den schlimmsten Post aller Zeiten hochgeladen hat. Fuck you, Elise!

Ich trete gegen den Bordstein. Au! Mein Fuß fühlt sich an, als würde er gleich explodieren. Das Handy in meiner Tasche brummt. Noch ein Anruf von Viviens Mutter. Mist. Ich sollte meiner Mutter Bescheid geben, falls sie zu Hause ist. Hoffentlich ist sie nicht zu Hause, sonst ruft sie mich an, sobald sie mit Viviens Mutter geredet hat.

Hey, ich muss noch was in der Stadt besorgen. Einen Block und ein paar Stifte für die Schule. Kann später werden.

Und jetzt? Moment mal. Es gibt einen Ort, an dem Vivien sein könnte, wenn sie sich wegen irgendetwas verstecken wollte. Mein Handy brummt schon wieder. Nur meine Mutter. Zum Glück.

Alles klar, Schatz. Ich bin auch noch unterwegs. Hoffentlich sehen wir uns, bevor ich zur Schicht muss. Ich komme auf alle Fälle vorher nach Hause. Essen ist im Kühlschrank, falls du Hunger hast.

Warum ist sie unterwegs? Egal, immerhin kann Viviens Mutter sie so nicht erreichen, sie ruft Mama nur übers Festnetz an, aus Angst, sie sonst während der Schicht zu stören. Ich lasse das Handy zurück in die Tasche gleiten und renne zur Straßenbahn. Keine Zeit mehr verlieren. Warum bin ich nicht früher darauf gekommen?

DIE ANGST IM UNTERGRUND

Endhaltestelle. Außer mir ist niemand mehr in der Bahn. Wie lange war ich schon nicht mehr hier? Eine Ewigkeit und drei Wochen. Nein, seit letztem November, weil es uns zu kalt wurde. Wie jedes Jahr.

Beim Aussteigen bläst mir eisiger Wind ins Gesicht. Scheißwetter. Ich schlage die Kapuze wieder hoch, schaue auf den Boden und bin froh über die Musik im Ohr. *We Are Scientists*, was total Trashiges halte ich jetzt nicht aus. Direkt hinter den Gleisen führt ein Trampelpfad zum alten Güterbahnhof, mitten durchs Gestrüpp. Der Bahnhof ist seit Jahren stillgelegt, und irgendwann soll hier alles abgerissen werden. Mann, was hatte Vivien Schiss, als wir zum ersten Mal hier waren.

»Nora! Warte!« Vivien stand noch immer oben bei den Gleisen.

Ich verdrehte die Augen und unterdrückte ein Lachen. »Jetzt komm schon runter, Viv!«

»Und was ist mit dem Schild? Hier steht …«

Ja, ja, ich wusste, was dort stand und hörte nicht mehr hin. Manchmal konnte Vivien echt anstrengend sein. Wer lässt sich bitteschön von einem »Betreten verboten!«-Schild den Spaß verderben? Ich ging um die Kurve und ließ sie oben stehen. Sie würde nachkommen, sie hatte mich noch nie hängen lassen.

Der Trampelpfad endete vor einer Blechhütte. An der Tür hing ein Schloss, aber eines der Seitenfenster war eingeschlagen.

»Viv! Das musst du dir ansehen!«

»Was ist denn?« Ihre Stimme klang näher.

Ich grinste. Wusste ich es doch. Ein Blick über die Schulter, und ich sah Vivien um die Kurve kommen.

Die Hütte bestand aus einem einzigen Raum. Er war fast leer. Nur drei Stühle lagen über den Boden verteilt, und in der Ecke hinter der Tür stand ein Schreibtisch mit aufgezogenen Schubladen.

»Meinst du, hier waren irgendwelche Einbrecher?«, fragte Vivien.

Sie stand jetzt genau neben mir.

»Keine Ahnung. Vielleicht haben sie auch alles ausgeräumt, als sie den Güterbahnhof stillgelegt haben?« Ich stieg durch den Fensterrahmen und sprang auf den Haufen Scherben im Inneren.

»Warum hat dann jemand das Fenster eingeschlagen?« Vivien blieb draußen, die Augenbrauen zusammengezogen.

»Ist doch egal! Weißt du, was das hier ist?«, fragte ich und drehte mich mit ausgestreckten Armen im Kreis.

»Eine leer stehende Hütte?«

»Falsch!« Ich stoppte und sah Vivien in die Augen. Damals trug sie noch keine übergroße Sonnenbrille. Ihre Gefühle konnte sie trotzdem vor fast jedem verbergen. »Das hier ist unser zukünftiges Geheimversteck!«, verkündete ich mit einer ausladenden Geste in den Raum und fühlte mich wie ein Makler, der die coolste Wohnung der Stadt im Angebot hat.

»Du spinnst! Was ist, wenn hier irgendwelche Obdachlosen übernachten und uns mit 'nem Messer bedrohen?«

»Wow! Gut, dass wir keine Vorurteile haben, was?« Ich lachte. »Hier war seit Monaten niemand mehr, Viv!«

»Woher willst du das wissen?«

Ich deutete auf die Scherben unter dem Fenster und die Dreckschicht am Boden. Vivien war nicht überzeugt, aber das machte nichts. Ich hatte es mir in den Kopf gesetzt, schon in dem Moment, in dem ich die Hütte entdeckt hatte. Und Vivien wäre nicht Vivien gewesen, wenn sie mich im Stich gelassen hätte.

Nach der Kurve bleibe ich stehen. An der Tür der Hütte ist immer noch das Schloss, genau wie vor vier Jahren. Okay. Es ist inzwischen noch rostiger. Wahrscheinlich könnten wir es locker aufbrechen, wenn wir das wollten. Aber dann könnte jeder Depp in unser Versteck kommen. Hinter das kaputte Fenster haben wir eine Spanplatte geklemmt. Von außen sieht es aus wie zugenagelt, nur wenn man den Trick kennt, kann man sie ganz leicht beiseiteschieben. Bevor ich das mache, schaue ich sie mir genau an. Sie ist vor Kurzem bewegt worden. Definitiv. Der Moosrand schließt nicht mehr mit dem Rahmen ab.

Vivien! Ich schiebe die Platte so schnell ich kann zur Seite und springe ins Innere.

Mein Handy brummt. Egal jetzt! Blinzelnd sehe ich mich um. Niemand sitzt auf der alten Matratze, die wir im Eck gebunkert haben. Die Stühle, auf denen Vivien ein paar leere Whiskyflaschen von ihrem Vater als Kerzenständer aufgestellt hat, stehen an der Wand, genau dort, wo wir sie letzten Herbst hingeschoben haben. An der Kiste, in der wir eine Decke und vier Kissen lagern, hängt noch das Vorhängeschloss.

Aber jemand war hier, die Spanplatte wurde bewegt. Ganz sicher! Hätten Vivien und ich nicht gestritten, hätten wir unser Versteck bestimmt vor zwei Wochen wieder reaktiviert. Jetzt, wo der Winter vorbei ist.

Ich schließe die Augen und atme tief ein, hoffe Viviens Geruch aus der Luft filtern zu können. Es riecht nur modrig und feucht. Langsam gehe ich zu der Matratze, streiche über den vergilbten Stoff. Als müsste Viviens Wärme noch zu spüren sein. Es fühlt sich kühl an. Die Feuchtigkeit ist über den Winter in die Matratze gezogen. Aber Vivien war hier. Wer hätte sonst die Spanplatte bewegen sollen? Ich krame nach dem Schlüssel und schließe das Schloss an der Kiste auf. Meine Finger zittern. Sekundenlang starre ich auf die Decke und die Kissen, will es nicht wahrhaben. Ich muss sie immer verstauen, weil Vivien es nicht schafft, alles reinzubekommen. Wenn sie an der Kiste gewesen wäre, würde ich das sehen. Auf den ersten Blick. Sie hat die Kiste nicht angerührt.

Das darf nicht wahr sein. Ich knalle den Deckel wieder zu. Sackgasse, verdammt, ich bin schon wieder in einer Sackgasse!

Was hast du hier gemacht, Viv? Und wo bist du jetzt?

Ich zerre das Handy aus der Tasche. Es war nur ein Anruf von Viviens Mutter. Der dritte oder schon der vierte jetzt? Ich kann ihr nicht mehr ewig ausweichen. Aber was soll ich denn sagen? Wenn sie mich anruft, bedeutet das nur eines. Vivien ist immer noch nicht zu Hause. Seit dieser bescheuerten Nachricht, die sie gelöscht hat, bevor ich sie lesen konnte, habe ich nichts mehr von ihr gehört. Das war vor zweiundzwanzig Stunden. Mindestens. Aber Vivien war hier. Nicht unbedingt gestern, trotzdem, lange kann es noch nicht her sein. Sonst hätte sich neues Moos auf der Platte gebildet. Übernachtet hat sie hier jedenfalls nicht. Vielleicht … vielleicht hat sie mir eine Nachricht hinterlegt? So wie früher? Mein Blick fällt auf eine Holzdiele vor der Matratze.

»Hier!« Vivien hielt mir eine Blechdose hin.

Ich sah den Hundewelpen mit der Weihnachtsmannmütze auf dem Kopf an, der mir mit großen Augen vom Deckel aus entgegenstarrte.

»Oh, nice. Ein Weihnachtsmann mitten im Sommer. Was soll ich damit?«

Vivien verdrehte die Augen. »Manchmal bist du echt schwer von Begriff!«

»Pfff, schönen Dank auch. Ich wusste gar nicht, dass du neuerdings auf Hundebabys abfährst?«

»Mahaaann, Nora, das ist unser geheimer Briefkasten. Hier drin können wir alles sammeln, was niemand finden soll und …« Sie machte eine Pause und wartete, bis ich sie ansah. »Und für den Fall, dass wir nicht miteinander reden können, können wir uns Nachrichten hinterlegen.«

»Ähm, am besten noch in Geheimschrift mit Zitrone und Kerze, oder wie? Warum sollten wir nicht miteinander reden können?«

Sie zuckte mit den Schultern. »Keine Ahnung. Spione oder so was.«

Ich nahm ihr die Dose aus der Hand und streckte dem Welpen die Zunge raus. »Meinetwegen. Wenigstens ist sie wetterfest. Ich weiß, wo wir sie verstecken können, wenn du echt drauf bestehst.«

Sie bestand darauf. Logisch. Wenn Vivien sich etwas in den Kopf gesetzt hat, zieht sie es durch. Bis zum bitteren Ende.

Ich bücke mich zu dem losen Dielenbrett und hebe es an. Auf der Dose liegt kein Staub, heißt das …? Nicht wahr, oder? Das glaube ich nicht. Los, geh schon auf, du blöder Deckel!

Ein Klackern, und ein Schwall Papier fällt mir in den Schoss. Das meiste davon kenne ich auswendig. Ein paar alte Schatzkarten, Poetrys, Zeitungsartikel, Fotos. Ich sortiere alles zurück in die Dose und schaue mir jedes Poetry zweimal an. Vivien hat sie geschrieben, in ihrer Poetryphase. Immer, wenn sie sich richtig scheiße gefühlt hat und es nicht zeigen wollte. Statt zu reden, hat sie die Texte in die Dose gelegt und gewartet. Ich habe sie gefunden. Alle. Und gelesen. Danach haben wir geredet. Immer.

Warum tu ich so, als wäre alles wie früher? Vivien denkt wahrscheinlich nicht einmal mehr an die eingerostete Blechdose. Seit zwei Jahren hat sie hier nichts mehr reingelegt. Mindestens. Was ist das? Es sind nur noch zwei Blockseiten übrig. Die großen Schnörkel von Viviens Schrift erkenne ich sofort. Genau wie die nach links gekippten Buchstaben, die aussehen, als würden sie gleich umfallen. Meine Finger zittern schon wieder. Diese beiden Zettel habe ich noch nie gesehen. Ganz sicher. Warum sind sie ohne Datum?

GEDANKENSCHWER

Deine leeren Worte kleben auf der Zunge wie abgelaufene Gammeltorte.

Deine Gedankenschrauben,
auf die ich gehört habe mit meinem Kleinkindchenglauben.
Ich hab in deiner Lüge gelebt,
hab's nicht gemerkt, bin einfach dahingeschwebt,
bis du sie platzen hast lassen, die schillernde Seifenblase,
und mich hast sitzen lassen, am Ende der Sackgassenstraße.

Hier ist es dunkel, und es ist kalt.
Aber ich komm nicht raus,
bin tausend Mal schon gegen die Mauer geprallt.
Hab den Glauben verloren,
und du, du hast dich mit deinen Lügen verschworen.

Lässt mich zurück, doch ich kann nicht mehr.
Keinen einzigen Schritt.

Bin gedankenschwer.

Gedankenschwer … Scheiße, Vivien. Warum hast du mich nicht angerufen?

Woher hätte ich das wissen sollen? Zwei Jahre lang kein einziger Text, und jetzt das. Ich dachte, sie hätte aufgehört zu schreiben. Verdammt, ich hätte sofort hierherkommen müssen. Gleich nachdem Janus mit ihr Schluss gemacht hat, der Idiot. Spätestens als ich diese bescheuerten Fotos mit ihr und diesem *Blackcat* gesehen habe.

Mann, Vivien, warum hast du den Mund nicht aufgemacht?

Den zweiten Zettel will ich nicht mehr lesen. Was bin ich für eine Freundin, wenn ich noch nicht einmal auf die Idee komme, hierher zu gehen? Nur um sicher zu sein? Jetzt ist es zu spät. Vivien ist weg. Nein. Nein! Das ist sie nicht, sie taucht wieder auf. Vielleicht ist sie ja längst zu Hause? Mein Handy hat schon ziemlich lange nicht mehr gebrummt. Scheiße! Ich war noch nie besonders gut im Lügen. Ich schließe kurz die Augen, bevor ich doch weiterlese.

LEBENSLEER

Leere füllendes Schwarz im Gedanken lähmenden Schmerz
verschluckten Schrei im Herz.
Ungehört, vielleicht auch völlig verdörrt.
Wer bin ich?
Bin ich geistesgestört?
Ich schaff das nicht mehr,
bin gedankenleer.
Zurückgelassen, nein, völlig verlassen,
bekomm ich es immer noch nicht zu fassen.

Ich,
im falschen Design.
Ich hab es versaut,
hab sie mir alle vergrault.
Oder sie mich? Ich weiß es nicht.
Mutterseelenallein renne ich querfeldein,
bis ich stolper und liegen bleib,
nicht ein einziges Wort mehr aufschreib.

Ich halte das keine Sekunde noch aus,
will endlich hier raus.
Ich liebe dich ...
Nicht!
Du stehst mir im Licht.
Egal was du sagst,
ich wunder mich, wann du mich endlich fragst,
was ich von dir will?

Meine Antwort? Die wäre laut und schrill.
Ich will, dass du gehst,
dich nie wieder umdrehst.
Behalt deine Lügen!
Du kannst dich nur selbst betrügen.
Aber ich, ich kann das nicht mehr.
Ich
bin
lebensleer.

Warum habe ich nicht sofort auf Viviens Nachricht reagiert? Ich hätte es doch wissen müssen. Wenn alles in Ordnung gewesen wäre, hätte sie sich nicht einfach so nach drei Wochen Funkstille gemeldet. Ganz sicher nicht.

Wo bist du, Vivien?

Ich springe auf, laufe durch die Hütte und scanne jeden einzelnen Millimeter. Aber ich finde kein Zeichen von ihr, nicht den kleinsten Hinweis darauf, wo sie ist. Ganz ehrlich. Alles wirkt genauso, wie wir es letzten Herbst hinterlassen haben, als wir das Versteck winterfest gemacht haben. Bis auf die beiden Texte und die verschobene Spanplatte deutet nichts auf Vivien hin. Es ist fast so, als ob sie nie hier gewesen wäre. Die Platte kann ja jeder bewegt haben.

Mein Handy brummt. Eine Nachricht von meiner Mutter. Sie hat versucht, mich anzurufen, habe es nicht bemerkt.

Nora, wo bist du? Bitte melde dich sofort bei Viviens Mutter, sie macht sich Sorgen. Was ist los mit euch? Muss ich mir auch Sorgen machen?

Ja, müsstest du. Aber vor allem muss ich mir welche machen. Es war doch klar, dass es Vivien scheiße geht, nachdem Janus sie abserviert hat. Aber nein, ich habe gewartet, bis sie sich meldet und dann noch nicht einmal reagiert.

> Nein, es ist alles in Ordnung. Hab die Zeit vergessen. Ich ruf sie an. Versprochen.

Was, wenn Vivien etwas passiert ist?

> Danke, Schatz. Ich muss gleich los, komm bitte bald nach Hause, ja? Und vergiss nicht das Essen im Kühlschrank.

Ja, klar. Immer diese Gewissensberuhigungssätze. *Komm bitte bald nach Hause.* Was passiert, wenn nicht? Sie ist doch sowieso nicht da, um es zu kontrollieren.

Ich setze mich auf die Matratze und lese die beiden Texte. Wieder und wieder. Bis mir die Worte im Kopf herumschwirren und mein Schädel brummt.

Sitzen gelassen ... ich komm nicht raus ... verloren ...
ich kann nicht mehr ... gedankenschwer ... zurückgelassen ...
ich halte das keine Sekunde noch aus ... lebensleer ...

Scheiße! Ich falte die Zettel zusammen, krame nach einem Stift und kritzle auf die Rückseite.

WO BIST DU??? BITTE MELDE DICH!

Meine Schrift ist total verzittert. Das klingt jetzt nicht nur needy, es sieht auch so aus. Aber das ist mir egal. Mann, ich war so blind! Warum war ich zu stolz und habe lieber gewartet, bis sie sich meldet? Ich kenne sie doch lange genug, sie macht nicht den ersten Schritt. Erst recht nicht, nachdem alles mit Janus genauso eingetroffen ist, wie ich es ihr vorhergesagt habe.

Ich lege die Zettel ganz oben in die Dose. Wenn Vivien zurückkommt, sieht sie als Erstes meine Nachricht. Und auch wenn sie sich sonst nicht meldet, wird sie mir eine Antwort hinterlassen. Ganz, ganz sicher.

Bevor ich gehe, kontrolliere ich noch mal, ob alles wieder so ist, wie es war. Die Dose liegt unter der lockeren Bodendiele versteckt, der Deckel der Kiste ist wieder verschlossen, und alle Stühle stehen an ihrem Platz. Selbst die Spanplatte lehne ich mit der Moosschicht an die Kante des Rahmens.

Bitte Vivien, tauch wieder auf!

DER PREIS WAR ZU HOCH

Ich muss ihre Mutter anrufen, das ist zu groß, das kann ich nicht mehr decken.

»Hallo?« Viviens Mutter geht schon nach dem ersten Klingeln ran. Als würde sie die ganze Zeit neben dem Telefon sitzen und auf meinen Anruf warten. Das ist nicht gut.

»Ich bin's, Nora …«

»Nora! Gott sei Dank. Weißt du, wo Vivien ist? Sie sollte schon seit Stunden zu Hause sein. Hast du ihr ausgerichtet, dass sie direkt nach der Schule heimkommen soll?«

Ich bleibe stehen, bin überfordert von der Frage, und die ganze Zeit hämmert nur ein einziges Wort durch meinen Kopf: *gedankenleer*.

»Ich … äh …« Verdammt, was soll ich denn sagen?

»Nora?« In der Stimme von Viviens Mutter schwingt auf einmal noch etwas anderes mit. Hat sie Angst? »Ist alles in Ordnung?«

»Ich habe keine Ahnung, wo Vivien ist.«

Jetzt ist es raus.

Stille. Nur der Atem von Viviens Mutter in der Leitung, dann das Klackern einer Tasse. Sie sitzt auf der Eckbank an dem großen hellen Küchentisch, ganz sicher. Mit Blick auf die spacig-verschlungene blaue Glasvase auf dem weißen Fensterbrett, in der immer eine Rose und eine Gerbera mit ein bisschen Grünzeug stecken. Von Viviens Vater für seine beiden Mädels. Kitschig. Aber süß. Irgendwie.

»Was soll das heißen, du weißt nicht, wo sie ist?« Viviens Mutter klingt auf einmal weit weg, als wären wir mit meinem Geständnis in zwei verschiedene Universen katapultiert worden.

Es tut mir leid, wirklich, ich wollte dich nicht anlügen, ich dachte … Was? Was habe ich gedacht?

»Ihr Handy ist aus oder in einem Dauerfunkloch. Ich hab ihr nichts ausrichten können und hab keine Ahnung, was los ist.« Die Worte sprudeln aus mir heraus, und ich bin kurz davor, ihr alles zu erzählen, von Janus und *Blackcat* und von Elise, die Vivien total in den Rücken gefallen ist.

Und von mir. Wäre Vivien noch hier, wenn ich ihre Zettel sofort gefunden hätte?

»Aber sie war doch bei dir? Ihr seid heute Morgen zusammen in die Schule gegangen. Richtig?«

Es klingt nicht wie eine Frage. Sie will nur eine Bestätigung. Alles soll in Ordnung sein, dabei ist überhaupt nichts in Ordnung. Zumindest fühlt es sich nicht so an. Ich schlucke, muss die Enge in meinem Hals loswerden.

»Ich habe Vivien seit gestern Mittag nicht mehr gesehen«, flüstere ich.

Meine Stimme klingt kratzig. Ich sehe das Gesicht von Viviens Mutter genau vor mir. Die großen braunen Augen, Vivien hat sie von ihr, mit denen sie zum Fenster hinaussieht. Ungläubig, nein, enttäuscht. Ich habe ihr Vertrauen missbraucht. Sie haben mich in ihrer Familie aufgenommen, die ganzen letzten sechs Jahre lang, und ich habe sie angelogen. Verdammt. Ich hätte Vivien nicht decken dürfen. Dieses eine Mal nicht. Sie hat mir nicht einmal den Auftrag dazu gegeben. Oder? Wie soll ich das wissen, wenn ich keine Ahnung habe, was in ihrer bescheuerten Nachricht stand?

»Vivien hat nicht bei dir übernachtet?« Die Stimme von Viviens Mutter zittert.

»Nein.«

»Aber du hast mir doch heute Morgen gesagt, dass ihr zusammen zur Schule gegangen seid?« Sie schreit fast.

Schritte. Sie ist aufgestanden und läuft jetzt bestimmt durch die Küche.

»Ich wollte Vivien erst abfangen und fragen, was los ist. Aber …« Ich kann nicht mehr weiterreden.

»Aber was?«

»Sie war nicht in der Schule«, sage ich, ganz leise.

Als wäre die Wahrheit weniger schlimm, wenn ich sie nicht laut ausspreche.

»Willst du mir damit sagen, dass Vivien heute die Schule geschwänzt hat?«

»Ich … ich glaube …«

Ich glaube, was ist das denn für eine Ansage? Ja, sie hat die Schule geschwänzt. Und ich habe keine Ahnung, warum!

Die Schritte stoppen. »Wenn Vivien heute Nacht nicht bei dir war, wo war sie dann?«

»Ich weiß es nicht. Ich habe sie gestern Mittag in der Mensa das letzte Mal gesehen«, sage ich noch einmal.

»Und was ist mit der Serie, die ihr euch gestern Abend zusammen angeschaut habt?«

»Das war …« Ich breche ab.

Gelogen. Es war gelogen.

»Was war das? Nora, das ist jetzt wirklich wichtig. Wo war Vivien gestern Nacht?« Die Stimme von Viviens Mutter klingt dringlich, und jetzt höre ich ganz deutlich die Angst hinter den Worten.

Wovor hat sie Angst?

»Ich weiß es nicht«, wiederhole ich und schließe für einen Moment die Augen.

Wo kommen die Tränen so plötzlich her? Es ist zum Kotzen. Echt!

»Ich hab mit Vivien seit drei Wochen nicht mehr gesprochen«, platzt es aus mir heraus. »Ich habe keine Ahnung, wo sie gestern nach der Schule hin ist. Frag Elise oder Janus, vielleicht wissen die etwas.«

Vielleicht erzählen sie Viviens Mutter die Wahrheit. Ich bezweifle es, aber was weiß ich schon?

»Ihr seid zerstritten? Warum erfahre ich das erst jetzt?«

Keine Ahnung. Schätze, so oft, wie Vivien schon vor dem Streit immer bei mir abhängen wollte, ist das nicht aufgefallen. Bis vor ein paar Monaten sind wir fast nur bei Vivien gewesen. Ich habe nie verstanden, warum sie das plötzlich nicht mehr wollte. Wo auf einmal das Problem war. Noch so ein Punkt, weswegen ich auf sie sauer war. Schon bevor der Streit wegen Janus alles kaputtgemacht hat.

»Warum hast du mir das nicht gleich heute Morgen erzählt?«

»Ich dachte, ich finde sie und kann sie fragen, was los ist.«

Toller Plan, echt. Total überzeugend.

Viviens Mutter schnauft. Jemand sagt etwas im Hintergrund. Ich glaube, es ist Viviens Vater.

»Nora? Hier ist Robert«, kommt jetzt tatsächlich seine Stimme aus dem Handy.

»Hey«, sage ich.

Ich stehe ganz still. Ein Windstoß fährt in die Kapuze, meine Nackenhaare stellen sich auf, und ich zittere. Nicht nur ein bisschen. Ich zittere am ganzen Körper, habe das Gefühl, nie wieder warm zu werden.

»Habe ich das jetzt richtig verstanden?«, fährt Viviens Vater fort. »Vivien und du sind zerstritten, du hast keine Ahnung, wo sie sich gestern herumgetrieben hat und weißt auch nicht, wo sie heute Nacht war? Oder wo sie jetzt ist und warum ihr Handy den ganzen Tag schon nicht zu erreichen ist?«

Mit jeder Frage spüre ich die Kälte ein wenig mehr. In jeder Frage schwingt ein Vorwurf. So, als hätte ich mit einem einzigen Wort all das verhindern können. So, als wäre es meine Schuld, wenn Vivien irgendetwas passiert sein sollte. Weil ... weil was? Ich habe nicht behauptet, dass ich irgendwo übernachten würde und bin dann verschwunden. Ohne jede Spur. Verdammt noch mal, es ist nicht meine Schuld! Warum fühle ich mich trotzdem so scheiße?

»Nora? Bist du noch dran?«, fragt Viviens Vater. Seine Stimme klingt ruhiger, freundlicher als eben.

»Ja.«

»Vivien war gestern Nacht nicht bei dir?«

»Nein.«

Wie oft wollen sie mich das noch fragen?

»Und du hast keine Ahnung, wo sie war?«

»Nein.«

Auch daran hat sich in den letzten zwei Minuten nichts geändert.

Er seufzt. »Was ist bloß los mit ihr?«

»Das wüsste ich auch gern«, antworte ich, obwohl ich mir nicht sicher bin, ob er die letzte Frage wirklich mir gestellt hat oder Viviens Mutter oder nur sich selbst.

»Robert, mach Schluss«, höre ich Viviens Mutter im Hintergrund. »Wir müssen zur Polizei. Ich will keine Minute länger warten!«

»Lass es uns erst noch einmal auf ihrem Handy probieren«, erwidert er.

Zur Polizei? Warum jetzt zur Polizei? Vivien hat sicher nichts angestellt, und es ist ihr auch nichts passiert. Oder? Sie ist doch viel zu tough, ihr würde niemals etwas passieren. Sie ist ...

»Nora, ich muss aufhören. Wir melden uns. Ja?« Viviens Vater kappt die Verbindung, noch bevor ich die Chance habe zu antworten.

Lässt mich allein mit den tausend Fragen, auf die ich keine Antworten finde. Ich halte das nicht aus, und warum fällt mir ausgerechnet jetzt wieder Viviens Text ein?

Lebensleer.

Was hat sie damit gemeint? Zum hunderttausendsten Mal höre ich mir heute die Frau auf dem Tonband an:

The person you are calling is temporarily not available.

Der kalte Wind treibt mich schließlich nach Hause. In unsere Dreizimmerwohnung, in der nur das Essen im Kühlschrank auf mich wartet, weil meine Mutter auf Nachtschicht ist. Ich lass es stehen, habe keinen Hunger mehr.

Um zwei Uhr nachts sehe ich zum letzten Mal auf mein Handy, versuche immer wieder, Vivien anzurufen. Ohne Erfolg. Weil ich die Stille in der Wohnung nicht aushalte, lasse ich zum Einschlafen eine Serie laufen.

FREUNDSCHAFT

Ganz egal was passiert, wir halten zusammen!
Das haben wir uns versprochen.
Vor so langer Zeit,
wir mussten es nicht wiederholen,
es war einfach gültig, bis in alle Ewigkeit.
Mit dir ist es anders,
hat er gesagt und mich so fest gehalten,
als hätte er Angst, mich sonst zu verlieren.
Vergiss, was war, hat sie gemeint.
Du gehörst jetzt zu uns,
und wir lassen dich sicher nicht hängen.

Am Ende war ich trotz allem allein.
Wie konntest du meinen Schmerz übersehen?
Wieso ließ er mich einfach so gehen?

Wo war sie, als alles zusammenbrach
und ich nicht wusste, was kommt danach?

Würdet ihr merken, wenn ich nicht mehr hier bin?
Würdet ihr mich vermissen?
Nach mir suchen, mit schlechtem Gewissen?
Oder waren das alles nur hohle Worte?
Und es ging nie um mich,
oder uns,
sondern nur um den Schein.
Ist letztlich nicht jeder von uns allein?

Austauschbar und schon vergessen

Mann, ich hasse es. Echt! Im Laufschritt renne ich durch die leeren Gänge. Immerhin bin ich noch aufgewacht, bevor meine Mutter nach Hause kam. Sonst hätte ich ihr erklären müssen, wieso der Fernseher läuft und ich in voller Montur auf dem Sofa penne. Mit dem Läuten stehe ich im Klassenzimmer, und direkt hinter mir kommt der Rothaus durch die Tür. Punktlandung.

Cedric und Elise beobachten jeden meiner Schritte, aber ich ignoriere sie, so gut es geht. Auf dem Weg nach hinten in die Ecke ans Fenster, zu meinem Platz, laufe ich an Adrian vorbei. Sobald mein Blick ihn streift, schaut er weg. Toll. So viel zum Thema, ich könnte jederzeit wieder bei ihm im PC-Raum vorbeikommen.

Der Rothaus geht zur Tafel und startet gleich durch. Muss er so eine monotone Stimme haben? Im verzweifelten Versuch, mich wach zu halten, kritzle ich Muster und Männchen auf meinen Block. Wie soll ich bitte den Schultag durchhalten?

Mist, ich habe mit offenen Augen gepennt und das Läuten nicht realisiert. Jetzt stehen mir alle blöd im Weg, und ich kann versuchen, irgendwie durchzukommen.

»Na? Bist du wieder aus deinem Dornröschenschlaf erwacht?«, kommt eine Stimme von der Seite.

Cedric. Er setzt gerade seine Baseballcap auf, verkehrt herum, logisch und zwinkert mir zu. Spinnt er? Ich bin doch nicht eine von den hirnlosen Mädels, die schon fast in Ohnmacht fallen, nur weil er sie anschaut.

»Halt die Klappe!«, zische ich und schiebe mich an ihm vorbei.

»Hat hier jemand zu wenig Schlaf gehabt?«, ruft er mir hinterher.

Sein Lachen höre ich noch auf dem Gang. Superwitzig, echt.

Ich fasse es nicht! Vivien ist jetzt schon den zweiten Tag verschwunden, und Elise hängt mit ihren Sidekicks und den Skaterboys bei den Fahrradständern ab, als wäre nichts passiert. Haben die sie noch alle? Janus fährt mit einem anderen aus der zwölften gerade gegenläufig im Kreis. Sie springen gleichzeitig mit ihren Boards, drehen sich einmal in der Luft, und nach der Landung klatschen sie sich ab. Cedric, Elise und Emma und Jasmin jubeln ihnen zu. Alles ist wie immer, als hätte Vivien nie existiert.

Tolle Freunde hast du dir da ausgesucht, Viv. Echt.

Ich verschränke die Arme und baue mich vor dem Fahrradständer auf, streiche eine limettengrüne Strähne hinters Ohr und funkle Elise an. Der Skater, der mit Janus gefahren ist, nickt in meine Richtung. Janus schaut über die Schulter, schwankt, springt gerade noch von seinem Board und kickt es mit einem Tritt nach oben, um es aufzufangen. Cedric legt den Kopf schief, ein Lächeln im Mundwinkel. Er soll bloß seine blöde Klappe halten. Ich meine das ernst. Elise lehnt gegen einen der Pfosten, die das Blechdach über den Fahrradständern tragen, und mustert mich von oben bis unten. Ich erwidere ihren Blick, sehe genau in ihre eiskalten blauen Augen. Wie kann sie hier herumstehen und so tun, als ob alles in Ordnung wäre?

»Was willst du?«, bricht sie das Schweigen.

Es klingt, als würde sie über die Fahrradständer bestimmen und darüber, wer hier abhängen darf und wer nicht.

»Best Friends Forever, hmm?«, sage ich und beobachte sie genau.

Für einen Moment reißt sie die Augen auf, dann verengt sie sie zu kleinen Schlitzen.

»Was geht dich das an? Du hast Vivien doch hängen lassen. Nur weil du zu eifersüchtig warst, um ihr Janus zu gönnen!«, schnauzt sie mich an.

Bitte? Ich war zu eifersüchtig? Habe ich diese bescheuerten Fotos gepostet oder sie?

Netter Versuch, Elise.

»Klar. Ich war eifersüchtig. Immerhin hab ich es nicht nötig, Vivien wie eine Schlampe aussehen zu lassen. Hast du Angst gehabt, dass sie beliebter sein könnte als du, oder was ist dein Problem?«

»Sag mal, spinnst du?« Elise kommt einen Schritt auf mich zu.

Sie sieht aus, als würde sie jeden Augenblick ausrasten oder mir ins Gesicht springen oder beides. Ich richte mich auf.

Na los! Komm doch, wenn du dich traust.

Jemand hinter mir stößt einen Pfiff aus. War das Cedric?

Warte nur, du bist als Nächstes dran!

Auf einmal steht Janus zwischen mir und Elise, die Hände in beide Richtungen ausgestreckt. Wie ein Kampfrichter, der uns in der Rundenpause auseinanderhalten will.

»Hey Mädels, kriegt euch wieder ein …«

»Geht's noch? Wenn ich du wäre, würde ich mal schön still sein!«, fahre ich ihn an.

Noch ein Wort von ihm, und ich knalle ihm eine. Er spielt sich hier als Schiedsrichter auf, dabei war er es doch, der alles kaputtgemacht hat! Er und Elise. Sie haben Vivien fertiggemacht, und jetzt ist sie verschwunden.

»Komm mal wieder runter.« Jemand legt mir eine Hand auf die Schulter.

Cedric. Hat er sie noch alle? Ich soll runterkommen? Was würde er denn machen, wenn Janus plötzlich verschwunden wäre? Wegen mir? Ich reiße mich von ihm los, gehe auf Janus zu, bleibe nur wenige Zentimeter von ihm entfernt stehen und schaue ihm in die Augen. Auf die kurze Distanz fällt mir zum ersten Mal der hellbraune Ring um die Pupillen auf. Hallo? Seine Augenfarbe interessiert mich einen Dreck! Er blinzelt, aber er weicht keinen Schritt zurück. Auch gut.

»Willst du mich verarschen, Janus? Ich soll mich wieder einkriegen? Klar. Dir ist ja scheißegal, was mit Vivien ist, du …«

»Erzähl du mir nicht, was mir egal ist! Du hast keine Ahnung, was zwischen mir und Vivien war, du hast dich in den letzten Wochen null für sie interessiert!«

»Ach ja? Immerhin hab ich nicht mit ihr Schluss gemacht und mich dann vier Tage später von einer anderen über meinen Herzschmerz *hinwegtrösten* lassen!«

»Halt den Mund, du weißt überhaupt nicht, wovon du sprichst! Sie war dir doch die ganze Zeit egal!«, schreit er mich an.

»Egal? So egal wie euch, die ihr hier fröhlich abhängt und so tut, als ob alles in Ordnung wäre, obwohl Vivien seit zwei Tagen verschwunden ist?«, brülle ich zurück.

»Was?« Janus weicht einen Schritt zur Seite und starrt mich an. »Denkst du dir jetzt irgendwelche Scheiße aus, oder was?«

»Hallo?«, mischt Elise sich auf einmal ein. »Nur weil Vivien zwei Tage nicht in der Schule war, musst du nicht gleich so ausrasten und alle möglichen Leute wegen irgendetwas beschuldigen. Hast du dir schon mal überlegt, dass sie vielleicht einfach nur krank ist?«

Ich funkle sie an. »Krank? Warst du gestern bei ihr für einen Krankenbesuch? Oder warum bist du dir da so sicher?«

»Was geht dich das an?«

»'Ne ganze Menge. Wieso glaubst du, haben Viviens Eltern mich gestern Abend angerufen und gefragt, wo sie ist, wenn sie krank im Bett liegt?«

»Du lügst.« War da ein Zittern in Janus' Stimme?

Ich sehe ihn nicht an, ich behalte Elise im Blick. Warum ist sie so ruhig? Weiß sie, was mit Vivien ist?

»Ist bei euch alles in Ordnung?«, fragt eine Frauenstimme.

Wie auf Kommando wirbeln wir alle herum. Hinter den Fahrradständern steht eine Polizistin. In Uniform. Direkt neben ihr ist ein Polizist.

Wir müssen zur Polizei!

Sind sie wegen Vivien hier? Ich bringe kein Wort heraus, kann sie nur anstarren. Will mich irgendwo festhalten, falle jeden Moment, aber neben mir ist nur Janus.

»Äh ja klar, danke«, stammelt er.

»Wir proben nur für ein Video«, sagt Cedric.

Für ein Video? Was ist das denn für eine bescheuerte Ausrede?

»Soso.« Die Polizistin mustert jeden Einzelnen von uns.

Dann tauscht sie einen Blick mit ihrem Kollegen, er nickt, und sie drehen sich ohne ein weiteres Wort um und gehen auf das Schulgebäude zu.

»Was glaubst du?«, zische ich Janus ins Ohr. »Wenn alles in Ordnung ist, warum ist dann jetzt die Polizei bei uns in der Schule?«

Er öffnet den Mund, will etwas antworten, aber ich will mir seine Ausreden nicht anhören. Ich will nichts mehr hören, will nur noch weg. Ohne ihn anzusehen, drehe ich mich um und laufe in Richtung Mensa. Sebastian. Bitte lass Sebastian hinten bei seinem Motorrad stehen und eine rauchen.

EIN NETZ, GEKNÜPFT AUS LÜGEN

Sebastian war nicht da, trotzdem tauche ich erst zum Läuten in der Klasse auf. Diesmal ist es Absicht, Cedric sitzt mit mir in Geschichte, und ich habe echt keinen Bock, mir irgendeinen Kommentar von ihm reinzuziehen über die Aktion bei den Fahrradständern. Er schaut hoch und beobachtet, wie ich durch die Reihen zu meinem Platz gehe. Kann er bitte mit dem Gestarre aufhören? Ich setze mich und fixiere ihn mit zusammengekniffenen Augen.

Schau weg!

Er denkt nicht daran. Die Baseballcap liegt neben ihm auf dem Tisch, und seine schwarzbraunen Locken sehen total durcheinander aus. Aber irgendwie nicht scheiße, fast schon cool. Alles an Cedric ist inszeniert, bis hin zu den verwuschelten Haaren. Genau wie bei Janus. Merkt er nicht, wie bescheuert das ist?

Die Tür geht auf, und der Müller kommt rein. Fünf Minuten zu spät. Wie immer. Dafür fängt er sofort an zu reden, als könnte er so die Zeit wieder reinholen. Der spinnt, aber alles ist besser als der Starrwettbewerb mit Cedric. Ich schaue nach vorn und versuche, mich auf den Müller zu konzentrieren. Der Lautsprecher knackst.

»Janus Eichmann, bitte ins Sekretariat kommen!«, hallt die Stimme der Sekretärin durchs Klassenzimmer.

Scheiße. Sie sind echt wegen Vivien hier. Mir wird schlecht. Ich drehe mich zu Cedric, wir sehen uns einen Moment lang an. Er zieht die Augenbrauen zusammen und hebt ganz leicht die Schultern.

»Wenn ihr jetzt bitte alle eure Aufmerksamkeit wieder nach vorne richten könntet«, sagt der Müller.

Er sieht mich an, und ich nehme einen Stift in die Hand, versuche zu lächeln und warte, bis er mit dem Unterricht weitermacht. Mann, ich muss wissen, was los ist. Ich muss mit den Polizisten reden. Warum rufen sie Janus, den Idioten? Er wird ihnen doch eh nichts sagen. Warum rufen sie nicht mich und erzählen mir, was mit Vivien ist?

Zehn Minuten vor Stundenende knackt der Lautsprecher wieder.

»Elise Plötz, bitte ins Sekretariat kommen!« Die Sekretärin klingt so, als würde sie ständig irgendwelche Schüler aus dem Unterricht rufen.

Was sie normalerweise nie tut. Die rufen nur in ganz dringenden Fällen jemanden. In Notfällen. Warum ausgerechnet Janus und Elise? Ich bin Viviens beste Freundin, sie müssen mir sagen, was mit ihr ist. Sobald es läutet, springe ich auf.

»Alles klar bei dir?«, spricht mich jemand auf dem Gang an.

Adrian. Wo kommt der so plötzlich her? Er hat schon wieder total rote Wangen. Ist er gerannt? Warum spricht er auf einmal mit mir? Heute Morgen hat er noch so getan, als ob er nicht mit mir reden wollte. Mann, ich habe jetzt echt keine Zeit für ihn.

»Wieso?«

»Du siehst, äh, müde aus. Und abgehetzt.« Er schiebt sich die blaue Wollmütze ein Stück aus der Stirn.

Ich sehe müde aus. Wie süß. Ich sehe total fertig aus, bin selbst heute Morgen vor meinen dunklen Augenringen erschrocken, als ich in den Spiegel geschaut habe.

»Ja, alles bestens. Danke«, sage ich und lasse ihn stehen.

Ich muss mit ihm reden, aber nicht jetzt, jetzt schaff ich es nicht, mich zu konzentrieren.

Was würden sie machen, wenn ich einfach ins Sekretariat gehe, ganz egal, ob sie mich gerufen haben oder nicht? Nichts wahrscheinlich. Außer mich zurück in den Unterricht zu schicken. Ziellos laufe ich durch die Gänge, kann jetzt nicht in Physik, echt nicht.

Der Lautsprecher knackt. Ich bleibe stehen und starre ihn an.

Bitte, ruf mich.

»Nora Holm, bitte ins Sekretariat kommen!«, fordert mich die Stimme der Sekretärin auf.

Jetzt, wo ich den Polizisten gleich gegenüberstehen soll, kann ich mich auf einmal nicht mehr bewegen. Scheiße. Der Gang ist längst leer, als ich endlich zur Treppe gehe und Stufe für Stufe nach oben steige. Ich könnte umdrehen. Umdrehen und abhauen, so tun, als ob alles in Ordnung wäre, die Wahrheit ignorieren. Genauso müssen sich Schweine fühlen, wenn sie vom Transporter ins Schlachthaus getrieben werden. Aber mich treibt niemand. Nur die Angst. Meine Angst um Vivien.

Die Sekretärin sieht kurz auf und schickt mich direkt ins Büro der Freiberger. Toll. Wenn unsere Rektorin sich reinhängt, ist es richtig übel. Ich bleibe auf der Schwelle stehen. Die Polizistin stockt kurz, als sie mich erkennt, und nickt dann.

»Komm rein, Nora!« Die Freiberger fängt mich an der Tür ab und schiebt mich in den Raum. »Das hier sind Frau Schaar und Herr Kimmel von der Polizei. Sie haben ein paar Fragen, nichts Schlimmes, keine Sorge. Ich habe eben mit deiner Mutter telefoniert und abgeklärt, ob das in Ordnung ist. Sie meint, dass du das selbst entscheiden sollst.«

Die Freiberger hat mit meiner Mutter geredet? Super, jetzt macht die sich auch noch Sorgen.

Ich sehe mich um, war noch nie im Büro der Freiberger. Neben einem großen Schreibtisch steht ein kleines schwarzes Tischchen, um das vier verchromte Stühle gruppiert sind. Die beiden Polizisten sitzen auf der Schreibtischseite, Frau Freiberger deutet auf einen der freien Stühle, wartet, bis ich sitze und nimmt dann auf dem anderen Platz.

»Sind Sie wegen Vivien hier?«, frage ich direkt und sehe den Polizisten an.

Er hat keinen so durchdringenden Blick wie seine Kollegin.

»Wegen Vivien Tremmel, genau. Du bist mit ihr befreundet, wenn ich richtig informiert bin?«, erwidert die Polizistin.

»Wissen Sie, wo sie ist? Ist ihr etwas passiert?« Ich springe fast wieder vom Stuhl auf.

Aber die Polizisten wissen nichts, oder sie wollen es nicht sagen. Sie stellen mir tausend Fragen, auf die es keine Antworten gibt. Zumindest keine einfachen, die alles erklären würden. Unseren Streit, die Funkstille, meine Scheißwut. Auf Janus und auch auf Vivien. Sie hat mich hängen lassen, abserviert, wegen diesem Idioten, der es nicht wert ist, unsere Freundschaft aufs Spiel zu setzen. Und jetzt sitze ich bei der Freiberger und werde mit Fragen bombardiert, als könnte das Vivien zurückbringen. Irgendwie.

Weswegen habt ihr gestritten?

Hat Vivien sich in den letzten Wochen seltsam verhalten?

Hattest du das Gefühl, dass sie irgendetwas belastet hat?

Hat Vivien jemals davon gesprochen wegzulaufen?

Wenn sie weglaufen würde, wo würde sie hingehen? Was denkst du?

War sie in letzter Zeit besonders verschlossen?

Still?

Traurig?

Ich weiß es nicht, ich weiß es doch nicht! Bis vor drei Wochen war alles in Ordnung mit ihr. Sollen sie doch Elise und Janus fragen. Ob er erzählt hat, dass er Schluss gemacht und ein paar Tage später gleich was mit einer anderen angefangen hat? Sicher nicht. Ob Elise ihnen die tollen Fotos gezeigt hat? Ja klar, dann könnten sie gleich mal diesen *Blackcat* auftreiben und fragen, warum der sich von zwei Minderjährigen abknutschen lässt. Kommt sicher total gut an bei der Polizei. Elise hat nichts davon erzählt. Unter Garantie. Die riskiert niemals ihren Ruf bei der Freiberger.

Ich halte den Mund. Wenn die Polizisten das Foto sehen, bekommen sie ein falsches Bild von Vivien, und das will ich nicht. Muss ich es trotzdem erzählen? Hilft das irgendwie, um sie wiederzufinden?

»Habe ich das jetzt richtig verstanden«, unterbricht die Polizistin meine Gedanken. »Du kannst uns nichts zu Vivien sagen, weil ihr nach eurem Streit den Kontakt abgebrochen habt?«

Ich nicke, lasse den Blick zu dem schwarzen Tischchen schweifen, auf dem ein künstlicher Blumenstrauß in einer gelben Vase steckt.

»Warum hast du ihrer Mutter gestern Morgen nicht sofort gesagt, dass Vivien nicht bei dir übernachtet hat?«

»Ich …«

Was? Ich wollte sie decken, weil sie trotzdem meine beste Freundin ist und ganz sicher ihre Gründe gehabt hat? Klar. Das klingt total überzeugend. Ich zucke mit den Schultern und antworte nichts.

»Ist dir bewusst, dass so wertvolle Zeit verloren gegangen ist?«

Ich schaue auf. Von dem stechenden Blick der Polizistin in das runde Gesicht ihres Kollegen.

»Ist ihr etwas passiert?«, frage ich wieder.

»Das wissen wir noch nicht. Wir sind gerade dabei, alle Möglichkeiten zu überprüfen und das Schlimmste auszuschließen«, entgegnet sie.

Das Schlimmste? Soll ich ihnen von der gelöschten Nachricht erzählen? Oder von Viviens Texten? Kann ich das, ohne unser Geheimversteck zu verraten? Die würden uns doch sofort aus der alten Hütte rauswerfen, aus Sicherheitsgründen oder so was.

»Worüber hast du dich heute Morgen mit Janus Eichmann und Elise Plötz gestritten?«, fragt die Polizistin weiter.

Was? Warum fängt sie mit dem Streit an? Das hat doch nichts mit Viviens Verschwinden zu tun! Also schon, aber nicht so! Sie sollte sich lieber einmal fragen, warum ihr Verschwinden Elise und Janus völlig egal ist.

»Ich bin nicht gut auf die beiden zu sprechen, das ist alles«, antworte ich.

»Wir haben gehört, dass Vivien den Kontakt zu dir abgebrochen hat, seit sie mit ihnen befreundet ist. Stimmt das?«

Bitte? Hat die Polizistin sie noch alle? Das klingt, als hätte Vivien mich loswerden wollen, aber so war das nicht. Mann! Warum ist mir jetzt zum Heulen? Ich ziehe die Augenbrauen zusammen und schau mir wieder die künstlichen Blumen an.

Nicht heulen, jetzt, bloß nicht heulen!

»Elise Plötz und Janus Eichmann machen sich Sorgen um dich«, fährt die Polizistin fort. »Sie sagen, dass du dich in letzter Zeit immer mehr zurückgezogen hättest und noch weniger Menschen an dich heranlassen würdest als vorher?«

Hallo? Warum tut sie so, als ob ich das Problem wäre? Sorgen? Klar, toller Witz. Das Letzte, was Janus und Elise sich machen, sind Sorgen um mich. Die sorgen sich ja noch nicht einmal um Vivien. Was soll das? Warum machen sie vor der Polizei auf einmal einen auf supersozial? Als ob sie sich jemals für jemand anderen als sich selbst interessiert hätten!

Ich kneife die Augen zusammen und schüttle den Kopf.

Nicht durchdrehen jetzt, nicht durchdrehen, sonst wollen sie bestimmt mit meiner Mutter sprechen.

»Bei mir ist alles in Ordnung. Danke.«

»Wenn du das sagst …« Es klingt nicht so, als würde die Polizistin mir glauben. Blöde Zicke, sie kennt mich doch überhaupt nicht! »Wenn dir noch etwas einfällt, dann melde dich bitte bei uns. Okay?«

Ich nicke. Kann nicht sprechen. Wenn ich jetzt den Mund aufmache, schreie ich sie an. Jede Wette.

Die Freiberger schickt mich raus. Hoffentlich ruft sie nicht noch mal bei meiner Mutter an, wegen der *Sorgen*, die sich hier alle auf einmal um mich machen. Sonst fragt sich meine Mutter wieder, ob sie ihren Job kündigen muss. Um auf mich aufzupassen. Als ob ich drei Jahre alt wäre und das irgendetwas ändern würde.

UNERWÜNSCHTE SORGEN

Vor dem Sekretariat fängt mich die Pfister ab. »Hast du kurz Zeit, Nora?«

Was? Die Pfister ist unsere Vertrauenslehrerin, und viele finden sie relativ cool, obwohl sie schon über fünfzig ist, immer eine Hochsteckfrisur trägt und weit geschnittene Stoffhosen und Blusen mit Blümchenmuster anzieht.

Vivien und ich fanden sie noch nie besonders cool. Sie hat eine komische Art. Macht auf betont jugendlich und ist dabei total spießig. Keine Ahnung, warum wir scheinbar die Einzigen sind, denen das aufgefallen ist.

»Äh, ich hab schon die halbe Physikstunde verpasst und sollte wohl besser zurückgehen ...«

»Ich habe Bescheid gegeben. Kommst du bitte für einen Augenblick mit?« Sie wartet nicht einmal meine Antwort ab, geht direkt zwei Türen weiter zu dem Vertrauenslehrerbüro, obwohl jetzt überhaupt keine Sprechstunde ist.

Hallo? Ich stör sie ja auch nicht während ihres Unterrichts. Soll sie sich doch mal lieber um die Schüler kümmern, die sie sprechen wollen. Falls es da welche gibt.

In ihrem Büro deutet die Pfister auf einen von zwei giftgrünen Ikea-Sesseln und setzt sich auf den anderen. Es ist so eng, unsere Knie berühren sich beinahe. Kann ich wieder gehen? Bitte?

»Du siehst müde aus, Nora. Ist alles in Ordnung mit dir?«

Lange um eine Sache herumreden, ist offenbar nicht ihre Art.

»Ich hab schlecht geschlafen.«

»Warum?« Sie beugt sich nach vorn und mustert mein Gesicht. »Bedrückt dich etwas? Du kannst mit mir sprechen, wenn etwas nicht in Ordnung ist.«

Wah! Das ist ja noch creepier, als Vivien und ich uns das immer vorgestellt haben!

»Ich hab mir Sorgen wegen Vivien gemacht, das ist alles.«

Das kann ich ja jetzt sagen, wenn sogar die Polizei wegen ihr hier ist.

»Verständlich. Ihr wart sehr eng befreundet, nicht wahr?«

Hallo? Fängt sie jetzt auch damit an? Muss ich mit ihr das Gleiche noch mal durchkauen, wie eben mit den Polizisten? Es kotzt mich an, echt, warum können mich nicht einfach alle in Ruhe lassen? Moment mal. Wieso sagt sie *wart?*

Ich antworte der Pfister so knapp wie möglich. Das hier ist Viviens und meine Sache. Warum soll ich irgendwem etwas über unsere Freundschaft erzählen, was ich noch nicht einmal mit Vivien geklärt habe? Als ob das helfen könnte, sie zu finden. Kann es nicht. Wie denn? Das Ganze ist über drei Wochen her!

»Nora«, sagt die Pfister nach einer Ewigkeit Frage-Antwort-Spiel.

Sie legt eine Hand auf mein Knie, ich spanne alle Muskeln an, will mein Bein wegziehen, weiß aber nicht wohin damit.

»Du kannst jederzeit zu mir kommen, wenn dich etwas bedrückt. Wir machen uns wirklich Sorgen um dich. Du siehst oft müde aus und bist so still geworden. Gibt es etwas neben dem Streit mit Vivien, das dich belastet?«

Was? Die spinnt, sie spinnt einfach. Mich belastet nichts. Nur weil die meisten anderen auf dieser Schule verwöhnte und hirnlose Idioten sind, heißt das nicht, dass ich das Problem bin.

Nur weil du dich nicht ändern willst, heißt das noch lange nicht, dass Janus das nicht kann!

Toll. Warum muss ich ausgerechnet jetzt an Viviens Vorwurf denken? Ich bin nicht das Problem, verdammt!

»Nora?« Die Pfister beugt sich noch ein Stück nach vorn, um mir in die Augen zu sehen.

Wartet sie auf eine Antwort?

»Es ist alles in Ordnung, ehrlich«, sage ich und presse mir ein Lächeln ab.

Hinter meinem Rücken balle ich eine Faust und drücke die Fingernägel in meine Handfläche.

Nicht schreien, nur nicht schreien.

»Du lebst alleine mit deiner Mutter nicht wahr?«

Wie kommt sie jetzt auf meine Mutter? Wir leben schon seit sieben Jahren allein, und bisher hat das niemanden interessiert. Was will die Pfister von mir?

»Äh, ja. Wieso?«

Wenn ich noch eine Sekunde länger lächeln muss, schreie ich doch.

»Das kann manchmal ganz schön fordernd sein, für dich und für deine Mutter. Sie arbeitet auch Nachtschichten, oder?«

»Nicht oft. Warum?«

Gelogen. Eiskalt gelogen. Aber das geht die Pfister nichts an. Irgendwo muss das Geld ja herkommen, oder? Kann ja nicht jeder so ’nen easy Job haben wie sie. Sie soll meine Mutter hier rauslassen.

»Ich kann mir vorstellen, dass du dich manchmal ziemlich einsam fühlst, und …«

»Nein!«

Die Pfister nimmt endlich die Hand von meinem Knie und legt den Kopf schief. »Bitte?«

»Ich fühl mich nicht einsam, und es geht mir gut«, sage ich betont ruhig, aber es fällt mir superschwer, sie nicht anzuschreien.

»Manche Jugendlichen machen richtig wilde Phasen durch, in denen sie alles mögliche Zeug probieren. Auf der Suche nach einem Glücksgefühl. Weißt du, was ich meine?«, macht die Pfister einfach weiter.

Alles mögliche Zeug? Spinnt sie jetzt total?

»Ich suche keinen Kick. Es geht mir gut.« Selbst für mich klingt das jetzt mehr wie ein Knurren.

Scheiße.

»Warum hast du so oft dunkle Augenringe, wenn du in die Schule kommst? Nora, ich will dir keine Angst machen, ich will dir helfen. Verstehst du? Ich bin auf deiner Seite.«

Ja, klar. Genauso hört es sich an. Ich nehme keine Drogen, okay? Geht das nicht in ihr verdammtes Hirn?

»Vielen Dank, Frau Pfister«, sage ich in meinem allerfreundlichsten Tonfall und beiße mir fast die Zunge dabei ab. Aber wenn ich jetzt ausraste, ruft sie meine Mutter an. Garantiert. »Es geht mir wirklich gut. Ich mache mir nur Sorgen um Vivien, das ist alles. Wenn es mir mal schlecht gehen sollte, werde ich sofort zu Ihnen kommen. Versprochen.«

Einen Teufel werde ich! Eher werfe ich mich vor einen Zug, als mit der Pfister über meine Probleme zu reden.

Meine Lüge funktioniert. Unglaublich. Sofort verzieht die Pfister ihre Lippen zu einem Lächeln. Creepy.

»Gut, ich verlasse mich auf dich, Nora. Du meldest dich, wenn es irgendwelche Probleme gibt. Ja?«

Ich beiße auf mein Zungenpiercing und nicke. Als sie mich endlich gehen lässt, muss ich aufpassen, nicht auf meiner eigenen Schleimspur auszurutschen. Noch nie habe ich mich so sehr vor mir selbst geekelt. Ehrlich. Noch nie.

Bevor ich in den Unterricht zurückgehe, sehe ich auf mein Handy. Eine Nachricht von meiner Mutter.

Schatz, eure Rektorin hat bei mir angerufen. Die Polizei sucht nach Vivien? Weißt du, was los ist? Gott, ich mache mir solche Sorgen! Ich werde heute Nachmittag bei den Tremmels anrufen. Hoffentlich taucht Vivien wieder auf. Soll ich später zu Hause bleiben? Wollen wir reden?

Mann, sie soll sich keine Sorgen machen. Bitte nicht. Musste die Freiberger unbedingt bei ihr anrufen?

Schon okay, ehrlich. Du hast ja ab morgen sowieso frei, oder?

Sie antwortet nicht. Wahrscheinlich schläft sie längst wieder.

Kurz vor der Mittagspause klopft es an der Klassenzimmertür, und die Pfister steht im Raum. Mit besorgtem Gesichtsausdruck erklärt sie uns, dass Vivien seit Dienstagabend vermisst wird und sich bitte alle bei ihr melden sollen, die Vivien in der Zwischenzeit gesehen oder eine Idee haben, wo Vivien gewesen sein könnte.

»Damit wir die Polizei nicht mit unnötigen Informationen überschwemmen, werde ich das koordinieren. Also sprecht mich an. Auch der kleinste Hinweis könnte wichtig sein.«

Ja, genau. Und deshalb filtert die Pfister es vor. Damit die kleinen Hinweise garantiert verloren gehen. Oder wie hat sie sich das gedacht?

In der Pause ist Viviens Verschwinden das Thema Nummer eins. Scheinbar ist die Pfister durch alle Klassen gerannt. Super, ich gehe heute nicht in die Mensa, ständig schaut mich jemand an. Es wissen ja alle. Vivien und ich waren unzertrennlich, bis vor drei Wochen. Ich ertrage die Blicke nicht. Ehrlich nicht. Diese Mischung aus Sensationsgier und Mitleid. Zum Kotzen. Es ist zum Kotzen.

BIS ZUM ENDE DER WELT

Ich gehe doch in die Mensa. Habe keinen Bock, Geld für den Kiosk auszugeben. Wenn ich kurz vor knapp komme, sind die meisten Leute eh schon wieder weg. Zum Glück haben die niedrigen Klassenstufen eine Stunde vor uns Mittagspause.

»Wir geben nach halb kein Essen mehr aus«, schnauzt mich der alte Drache bei der Ausgabe an.

»Ich musste noch was nacharbeiten und habe es nicht früher geschafft.«

Mann, was denkt die Alte, wer sie ist? Kann ihr doch egal sein, wann ich zum Essen komme! Die Mensa ist bis zwei geöffnet, ich habe noch volle zwanzig Minuten.

»Vorschrift ist Vorschrift.« Sie zuckt mit den Schultern und dreht sich weg.

Hallo?

»Soll ich jetzt verhungern, oder wie?«

»Du kannst ja rüber zum Kiosk gehen«, blafft sie mich an.

Ekelhafter alter Drache! Ich trete ihr gleich gegen die Ausgabetheke, ich …

»Gib ihr noch was, Anne.« Ein breitschultriger blonder Typ erscheint im Türrahmen zur Küche.

Sebastian Hachenbach, mein Retter in der Not! Okay, mit dem großen Messer in der Hand sieht er gerade ein kleines bisschen scary aus. Ich an Annes Stelle würde mal lieber tun, was er sagt. Sie schaut ihn kurz an, zuckt wieder mit den Schultern und murmelt etwas, das klingt wie *Narren gefressen* und *verwöhnte Gören*. Haha, da sieht sie mal, was sie davon hat, wenn sie Dienst nach Vorschrift macht! Ich lächle in Sebastians Richtung, aber er ist schon wieder in der Küche verschwunden.

»Hier!« Der alte Drache knallt mir einen Teller Nudelauflauf hin.

»Oh, vielen Dank!«, sage ich mit meiner allerhöflichsten Stimme und mache einen Knicks.

»Jaja, lass mir meine Ruhe!« Sie dreht sich um und sieht das breite Grinsen in meinem Gesicht leider nicht mehr.

Ich suche mir einen Platz, um den herum alle Tische frei sind. Damit keiner der Idioten hier auf die Idee kommt, mich anzusprechen. Wenigstens ist Sebastian da. Vielleicht habe ich eine Chance, mit ihm zu reden. Später. Mein Blick streift Elise, die auf der anderen Seite mit ihren beiden Sidekicks an einem Tisch sitzt, mit Janus, Cedric und den ganzen Skaterboys. Das war's dann. Kann Sebastian mir bitte das große Messer leihen? Wenn meine Mutter jetzt wegen den beiden Idioten denkt, dass ich Drogen nehme, kill ich sie. Schönen Dank auch!

Cedric bemerkt meinen Blick und nickt in meine Richtung. Für einen Moment sehen auch Janus und Elise zu mir. Ich umklammere die Gabel wie eine Waffe und kneife die Augen zusammen. Sie wenden sich ab. Feiglinge!

Schnaubend ramme ich die Gabel in den Nudelauflauf und schaue dem alten Drachen beim Putzen der Ausgabetheke zu. Wenn Vivien nicht gewesen wäre, hätte ich mit Sebastian wahrscheinlich nie mehr als fünf Worte gewechselt, und er hätte jetzt den Drachen nicht dazu gebracht, mir noch etwas zu essen zu geben. Das hat schon bei unserer Praktikumswoche angefangen, oder? Mann. Ich will jetzt nicht an Vivien denken.

»Wie war dein Name noch mal?«, fragte Sebastian mich.

Was hatten wir vor 'nem Jahr noch für einen Respekt vor ihm, Vivien und ich. Er ist ein Muskelpaket, und ein paar Leute behaupten, dass er mit seinem Motorrad schon einmal um die ganze Welt gefahren ist. Obwohl er gerade mal dreiundzwanzig oder vierundzwanzig ist. Und er ist cool. Mit dem Dreitagebart und dem Schlangentattoo an seinem durchtrainierten Oberarm.

»Nora.« Ich sah ihm direkt in die hellblauen Augen.

So schnell ließ ich mich trotzdem nicht einschüchtern.

»Okay, Nora. Du schneidest die Karotten, und Vivien schält die Kartoffeln.« Er hielt mir den Griff von einem der scharfen Küchenmesser hin und drückte Vivien einen Gemüseschäler in die Hand.

»Ey! Warum darf ich nicht schneiden?«, fragte sie.

Er musterte einen Moment lang ihre große Sonnenbrille und schüttelte den Kopf. »Nicht mit dem Ding im Gesicht.«

»Was? Warum?« Vivien stemmte die Hände in die Hüften.

Ich drehte mich schnell weg. Sonst hätte sie das Grinsen in meinem Gesicht gesehen und wäre ganz sicher sauer geworden.

»Weil du dir so innerhalb von fünf Minuten den Finger abschneidest.« Er ging zur Spüle und füllte eine Salatschüssel mit Wasser.

»Von wegen! Ich bin Meisterin im Blind-schneiden!«

Sebastian zog die Augenbrauen hoch, und Vivien musste lachen.

»Bestimmt. Du schälst trotzdem die Kartoffeln. Wenn du in dieser Woche irgendetwas schneiden willst, musst du die Brille abnehmen. Kapiert?«

»Ich habe das im Griff«, widersprach Vivien.

Sie ließ sich nie etwas sagen, von niemanden.

»Ach ja?« Sebastian wandte sich noch nicht einmal zu ihr um.

»Ja. Wie wäre es, wenn du mich einfach machen lässt?«

»Viv …« Ich schaute über die Schulter.

Es war garantiert keine gute Idee, Sebastian schon am ersten Tag gegen uns aufzubringen. Echt nicht.

Sie hatte die Hände in die Hüften gestemmt. »Also?«

Er sah sie durchdringend an. Fast so, als wollte er hinter den Brillengläsern ihre Augen erkennen.

Dann stellte er die Schüssel vor ihr auf den Tisch. »Wirf die geschälten Kartoffeln hier rein.«

Ohne ein weiteres Wort ging er zur Hintertür hinaus, lehnte sich gegen sein Motorrad und zog eine Packung Zigaretten aus der Tasche.

»Bist du jetzt völlig durchgeknallt?«, fragte ich leise.

»Mhm.« Vivien stand ganz still und beobachtete, wie Sebastian sich eine Zigarette anzündete.

Ein Scheppern reißt mich aus meinem Tagtraum. Ich zucke zusammen und starre auf ein Schälchen Mousse au Chocolat, direkt vor mir.

»Du siehst so aus, als könntest du das gebrauchen.« Sebastian nickt mir zu, legt einen Löffel vor mir ab und nimmt den noch halb vollen Teller mit dem Nudelauflauf mit.

Blinzelnd sehe ich mich um. Die Mensa ist leer. Wie lange habe ich vor mich hin geträumt? Vivien. Mist, es fühlt sich an, als wäre sie gerade noch hier gewesen. Dabei ist sie seit zwei Tagen verschwunden. Ohne jede Spur. Ich tauche den Löffel in die Mousse au Chocolat. Gab es heute nicht einen Apfel zum Nachtisch?

Sebastian wischt die Tische ab. Von dem alten Drachen ist nichts mehr zu sehen. Extra Nachtisch. Das hat sonst nur Vivien von ihm bekommen. Vivien, immer wieder Vivien.

Es war keine zwei Wochen später. Vivien und ich hatten uns in der Mensa festgesessen, weil wir über einem Referat brüteten. Außer uns saß noch eine Gruppe Mädels aus der Zwölften an einem der Nebentische. Sie waren damit beschäftigt, jede von Sebastians Bewegungen zu beobachten und zu versuchen, ihn auf sich aufmerksam zu machen. Ich weiß noch genau, wie still es am Nebentisch wurde, als er mit zwei Schälchen Crème brûlée aus der Küche direkt auf uns zukam.

»Hier, Nervennahrung«, erklärte er und stellte sie vor uns ab.

Er sah dabei nur Vivien an.

Die strahlte unter ihrer Sonnenbrille. Der weiße Hut lag neben ihr auf dem Tisch. »Wow, vielen Dank!«

Er nickte uns zu. »War noch übrig von letzter Woche und muss weg.«

Die Mädels am Nebentisch fingen an zu tuscheln, aber wir ignorierten sie.

»Darf ich dich adoptieren?«, fragte Vivien.

Sebastian zog die Augenbrauen zusammen. »Dafür bist du ungefähr zwanzig Jahre zu spät dran.«

»So doch nicht! Als großen Bruder. Ich könnte einen gebrauchen. Einen, der sich gut um seine kleine Schwester kümmert«, sie hob grinsend die Crème brûlée hoch, »und so cool ist, dass mich alle beneiden.«

»Stellt die Schälchen dann auf den Tresen.« Sebastian zuckte mit den Schultern und drehte sich weg.

Aber nicht schnell genug. Wir sahen beide das Lächeln, das ganz kurz über sein Gesicht huschte.

»Gib's zu, du bist verknallt«, flüsterte ich, nachdem er wieder in der Küche verschwunden war.

»Nora, du spinnst! Wenn ich könnte, würde ich meine Eltern wirklich dazu bringen, ihn zu adoptieren. Er wäre der allercoolste große Bruder.« Sie beugte sich zu mir. »Macht dich das nicht fertig, wenn er dich mit völlig ausdruckslosem Gesicht und diesem stechenden Blick ansieht?«

»Quatsch. Er ist einfach nur ernst.«

Vivien hatte immer schon einen Hang zur Übertreibung.

»Okay, okay. Aber stell dir vor, er wäre auf unserer Seite. Stell dir vor, er würde jeden, der uns nervt, mit diesem Killerblick niederstarren.«

Ich verdrehte die Augen und schob mir einen Löffel Crème brûlée in den Mund. Von mir aus konnte Sebastian mit seinem Killerblick *ansehen, wen er wollte. Solange er uns weiter mit Nachtisch versorgte.*

»Er hat keinen Killerblick. Außerdem ist er sowieso schon auf deiner Seite, und bestimmt würde er dich auch sofort als seine kleine Schwester adoptieren. Zufrieden?«

»Jupp!« Vivien verzog den Mund zu ihrem typischen Vivienlächeln. So wie sie immer lächelt, wenn sie gewonnen hat.

»Geht's dir jetzt besser?« Sebastian steht genau vor mir, ich habe ihn nicht kommen sehen.

Mann, Nora, hör auf zu träumen!

Ich nicke, auch wenn es mir nicht besser geht. Kein Stück. Er setzt sich mir gegenüber an den Tisch und sieht mich an. *Killerblick*, würde Vivien jetzt wieder sagen. Aber das stimmt nicht. Er sieht mich ganz normal an. So wie immer. Okay, mit diesem Blick würde er locker die Hauptrolle für einen Revolverhelden beim Duell bekommen. Aber er kann ja nichts für seinen Gesichtsausdruck.

»Die Polizei war hier. Sie suchen nach Vivien«, sage ich.

Ich muss mit jemandem reden, sonst platze ich. Und er ist mit Abstand der Normalste in der ganzen Schule. Jetzt, wo Vivien nicht mehr da ist.

»Ich weiß. In der Küche waren sie auch. Sie haben auch fast alle Lehrer verhört.«

Verhört. Das klingt, als wäre die ganze Schule verdächtig. Aber was sollen die Lehrer bitte mit Viviens Verschwinden zu tun haben? Sie war ja nicht einmal hier, als sie untergetaucht ist. Bin ich auch verdächtig? Und Janus? Oder Elise?

»Ihr hattet nicht mehr so viel miteinander zu tun in der letzten Zeit.« Es ist eine Feststellung, keine Frage.

Trotzdem schüttle ich den Kopf. Nein, hatten wir nicht.

»Was war los?«

»Wir hatten einen Streit.« Mit dem Löffel kratze ich in dem leeren Glasschälchen herum.

»Wegen dem Skater?«

Ich zucke mit den Schultern. War es so offensichtlich? Wahrscheinlich. Die ganze Schule hat es mitbekommen, zumindest fühlt es sich so an. Okay, außer Janus' Fanclub hat sich bisher keiner dafür interessiert.

»Was glaubst du, was mit ihr ist?«, fragt Sebastian weiter.

Ich schaue auf, direkt in seine hellblauen Augen. Ist er besorgt? Sollte er auch sein. Er hat ganz schön versagt als großer Bruder. Von wegen beschützen. Ich habe auch versagt. Nein, vor allem ich. Woher hätte er wissen sollen, was mit Vivien los war? Ich hätte mich bei ihr melden müssen. Aber klar, beleidigt sein, war ja viel einfacher!

»Ich weiß es nicht«, antworte ich und bin selbst überrascht, wie fest meine Stimme klingt. »Aber ich werde es herausfinden!«

Um jeden Preis. Ich schwör' es dir, Vivien. Bei meinem Vater!

ABGELEGT UND AUSGETAUSCHT

Eine Frage der Polizistin geht mir nicht mehr aus dem Kopf.

Hat Vivien jemals davon gesprochen wegzulaufen?

Nein, hat sie nie. Zumindest nicht bis vor drei Wochen. Ich hab keine Ahnung, was in ihr vorgegangen ist, als der Vollidiot Janus mit ihr Schluss gemacht hat oder nach diesem glorreichen Post von Elise.

Lebensleer ...

Aber wenn sie wirklich abhauen hätte wollen, hätte sie Geld gebraucht. Ich gehe zum Plattenladen, vielleicht hat sie sich von Oliver einen Vorschuss geben lassen?

Das *Underdog* liegt in einer Seitengasse am Rand der Innenstadt. Immerhin nur zwei Minuten von der Straßenbahnhaltestelle entfernt. Das ganze Schaufenster ist vollgepackt mit Platten. *Dekoriert,* sagt Vivien immer. Aber mal ehrlich, stapelweise Platten ohne Sinn und Ordnung verteilt, ist nicht dekoriert.

Vivien hat mit ihrem Job im *Underdog* einen Vinylhype in der Schule ausgelöst. Dabei nervt sie allein schon die Bedienung eines Plattenspielers. Sie würde das niemals zugeben, aber ich kenne sie lange genug, um ihr das anzusehen.

Sobald ich die Tür öffne, stürmt Hubertus mir entgegen und tänzelt schwanzwedelnd vor mir auf und ab.

»Ey, Kleiner«, flüstere ich und gehe vor ihm in die Hocke, zwei Schritte neben der Tür.

Kleiner ist gut. Wir sind jetzt auf Augenhöhe, und Hubertus versucht, mir das Gesicht abzulecken. Ich muss lachen und schiebe ihn ein Stück zur Seite, vergrabe die Hände in seinem hellbraunen Teddybärenfell und kraule ihn hinter den Ohren.

»Hubertus! Lass die Kundschaft in Frieden!«, ruft jemand aus Richtung der Verkaufstheke, die um die Ecke steht.

Die Stimme erkenne ich sofort. Oliver. Viviens Chef. Ich habe keine Ahnung, wie er mit Nachnamen heißt. Alle nennen ihn nur Oliver, obwohl er aussieht wie Mitte fünfzig mit den Geheimratsecken und den kurzen grauschwarzen Haaren. Mindestens. Wie immer interessiert es Hubertus nicht, was sein Herrchen ihm sagt. Er ist viel zu sehr damit beschäftigt, mich zu begrüßen. Klar, wir haben uns ja seit über drei Wochen nicht mehr gesehen, der kleine Teddybär und ich.

»Ich hab dich auch vermisst«, flüstere ich ihm zu.

Mann, warum ist mir jetzt zum Heulen? Hubertus drückt mir leise winselnd die Schnauze ins Gesicht. Hundekuss. Jetzt ist meine ganze Wange feucht. Spinner!

»Hubertus!« Oliver kommt um die Ecke, sieht mich und bleibt stehen. »Ach, du bist es. Was gibt's?«

Wow, das nenne ich mal eine freundliche Begrüßung. Er gibt Hubertus ein Zeichen. Der stupst mir noch einmal die weiß umrahmte Schnauze gegen die Hand und trollt sich um die Ecke. Sicher zu seinem Korb hinter der Theke.

Ich richte mich wieder auf, stecke die Hände in die Taschen meines schwarzen Mantels. »War Vivien am Dienstag hier?«

Oliver zieht die Augenbrauen zusammen und funkelt mich an. »Nein. Warum fragst du?«

Weil sie verschwunden ist?

»Ist alles in Ordnung?«, hake ich nach.

»Oh, das habe ich schon immer so an dir geschätzt, deine unglaubliche Einfühlungsgabe! Nichts ist in Ordnung. Vivien hat mir am Dienstagabend auf den AB gequatscht, dass sie für den Rest der Woche nicht zum Arbeiten kommen kann. Als ob ich so schnell Ersatz finden würde.«

Das ist ganz und gar nicht gut. Also hat sie geplant unterzutauchen?

»Und wieso?«

Oliver mustert mich. »Müsstest du das nicht besser wissen? Seid ihr nicht befreundet?«

»Ja, aber wir haben uns die letzten Tage nicht gesehen, und da dachte ich, ich schau kurz vorbei, ob sie hier ist.«

»Um sie vom Arbeiten abzuhalten, so wie immer?« Oliver verschränkt die Arme.

Von Kundenbindung durch zuvorkommenden Service hat er auch noch nie etwas gehört. Oder?

»Ich weiß nicht, warum ich sie überhaupt noch hier arbeiten lasse. Die Hälfte der Zeit ist sie mit irgendwelchen Mitschülern oder Freunden beschäftigt, statt Platten zu verkaufen«, knurrt er weiter.

»Immerhin haben eine Menge Leute von unserer Schule durch Vivien angefangen, sich Platten zu kaufen.« Jetzt reicht es. Echt.

Oliver tut gerade so, als ob Vivien nichts arbeiten würde. Dabei kann sie den Leuten fast alles aufschwatzen und ist immer superfreundlich. Das weiß er genau!

»Stimmt. Aber du gehörst nicht dazu. Genauso wenig wie der Typ mit dem Skateboard, der nicht nur sie vom Arbeiten abgehalten, sondern auch noch potenzielle Kunden vergrault hat.«

Ich verziehe den Mund, will nicht daran denken, wie oft Janus seit der Party Ende Februar im *Underdog* aufgetaucht ist. Und dann war da noch die Aktion mit den Seifenblasen. Das war oberpeinlich, und ich verstehe bis heute nicht, warum Vivien rausgegangen ist und mit ihm gesprochen hat. Danach war es vorbei. Es hat zwar gedauert, bis er sie richtig breitgeschlagen hatte, aber ihr Herz hat ihm seit diesem Nachmittag gehört, sonst hätte sie bei unserem

Streit nicht genau damit angefangen. Leider war Oliver mal wieder nicht da. Der hätte Janus davongejagt und Viviens Herz gerettet. Unfreiwillig, aber das wäre egal gewesen, es hätte uns eine Menge Ärger erspart.

»Was ist? Hat es dir die Sprache verschlagen?«, fährt Oliver mich an.

Charmant wie immer.

»Vivien hat hier schon 'ne Menge Umsatz gemacht.« Ich kneife die Augen zusammen.

»Sicher«, antwortet er, aber selbst ich kann den ironischen Unterton hören. »Wenn sie ihre Schichten ausfallen lässt, wirkt das nicht gerade umsatzsteigernd.« Er schüttelt den Kopf und geht zurück zur Theke. »Dabei lief es in den letzten beiden Wochen richtig gut. Weder du noch dieser Typ sind hier aufgekreuzt. Nur das Mädchen mit den weiß gefärbten Haaren. Aber die hat wenigstens Ahnung von Musik.«

Mir bleibt der Mund offen stehen. Elise? Elise war hier im *Underdog*? Das ist … ich weiß nicht, was es ist, aber das geht überhaupt nicht! Hubertus kommt hinter der Theke hervorgesprungen und drückt seine feuchte Schnauze an meine Hüfte. Es hilft nicht gegen das Gefühl, einfach ausgetauscht worden zu sein.

»Ist sonst noch was?«, fragt Oliver.

Er gibt Hubertus wieder ein Zeichen, aber der bleibt neben mir stehen. Ich schaue dem kleinen Teddybären in die kugelrunden Augen und schlucke die Tränen runter.

»Warum hat Vivien abgesagt?«, frage ich noch einmal, ohne den Blick von Hubertus zu lösen.

»Magen-Darm-Grippe«, antwortet Oliver.

»Hat sie zufällig nach einem Vorschuss gefragt? Irgendwann in den letzten beiden Wochen?«

Wenn sie wirklich abhauen wollte, braucht sie Geld. Wobei, wenn sie die Kohle genommen hat, die sie für unseren Flug gespart hat, hätte sie erst einmal ausgesorgt. Nein, das hat sie nicht gemacht. Hundertpro.

»Vorschuss? Bin ich die Wohlfahrt?« Oliver schüttelt den Kopf. »Du hast nicht zufällig die Nummer von dem weißhaarigen Mädchen?«

Bitte? Er will Vivien ersetzen? Ohne Vorwarnung? Hat er sie noch alle?

»Zufällig nicht«, antworte ich und bemühe mich, meine Stimme neutral klingen zu lassen.

Ich muss gehen. Sofort. Noch ein Wort über Elise, und ich springe ihm ins Gesicht.

»Ich glaub, ich mach dann mal einen Krankenbesuch bei Vivien«, sage ich und drehe mich um.

»Ja, mach das. Und sag ihr, sie soll mir so schnell wie möglich Bescheid geben, was mit nächster Woche ist!«, ruft Oliver mir noch hinterher.

Klar, ich mache auch noch seinen Nachrichtenübermittler. Er spinnt doch! Nicht einmal ein *gute Besserung* oder so was. Aber Vivien weiß ja, für was für einen Arsch sie arbeitet. Selber schuld. An ihrer Stelle hätte ich mir längst einen anderen Job gesucht. Ganz egal, wie cool es klingt, wenn sie sagt, dass sie im *Underdog* arbeitet. Hubertus begleitet mich bis zur Tür. Ich streichle ihm zum Abschied über das Teddybärenfell, und er drückt die Nase gegen die Glasscheibe und sieht mir nach. Wenn Oliver das bemerkt, flippt er aus, wegen der Flecken. Garantiert.

Sobald ich in der Gasse stehe, fange ich an zu rennen. Ohne Ziel, einfach nur weg und nicht mehr an das denken, was Oliver gesagt hat. Auf keinen Fall.

Kalter Wind bläst mir ins Gesicht. Hoffentlich fängt es nicht an zu regnen. In den letzten zwei Wochen hat es ständig geregnet. Fast jeden einzelnen Tag.

Toll. Ich bin bis zum Park gerannt. Da hätte ich auch Hubertus mitnehmen können, der wäre über ein bisschen Bewegung bestimmt froh gewesen. Na ja, Oliver hätte ihn nie mit mir mitgelassen, und ich habe absolut keinen Bock darauf, später noch mal Viviens übellaunigem Chef zu begegnen.

Ich setze mich auf eine Bank und ignoriere die schwarzgrauen Wolken am Himmel. Immerhin schützt der Mantel mich vor dem Wind, und bei dem Wetter ist niemand unterwegs. Alles hat seine Vorteile, selbst das miese Aprilwetter. Die Kapuze wirft auf beiden Seiten große Falten. Ich ziehe sie mir über den Kopf und sperre die Welt aus. Ich will niemanden sehen, lieber so tun, als ob ich unsichtbar bin. So tun als ob, pfff, dass ich nicht lache!

Hat Vivien mich echt durch Elise ersetzt? Nach einem einzigen Streit? Okay, nach dem schlimmsten Streit, den wir jemals hatten. Trotzdem. Haben ihr die letzten sechs Jahre nichts bedeutet? Hat sie mich ausgetauscht, nur weil ich ihr die Wahrheit über Janus ins Gesicht gesagt habe? Dafür sind Freunde doch da! Verdammt noch mal.

Scheiße, Vivien, wo hat dich dein Vertrauen zu Elise denn hingebracht? Vielleicht hätte ich dir auch noch an den Kopf werfen sollen, was ich über diese falsche Kuh denke, wo ich schon einmal dabei war? Hätte das etwas geändert? Hättest du mir das geglaubt? Diese beschissenen Fotos, das hätte noch nicht einmal ich von ihr erwartet. Ehrlich nicht. Wie nötig hat Elise es denn, sich und der Welt zu beweisen, wie viel toller sie ist?

WAS DU ZEIGST UND WER DU BIST

Heute Morgen bin ich extra früh los, wollte auf keinen Fall meiner Mutter begegnen. Bin ihr gestern schon aus dem Weg gegangen. Wenn wir uns sehen, will sie mit mir über Vivien reden, ich weiß es einfach. Aber ich kann nicht über Vivien reden. Sonst hätte ich das schon mit der Polizistin gemacht. Oder mit der Pfister. Mit der Pfister? Als ob.

Viviens Handy hat noch immer keinen Empfang. Mann! Sie hält es normalerweise nicht einmal eine Stunde ohne ihr Handy aus, und jetzt ist sie seit drei Tagen nicht erreichbar.

Klasse, wegen meiner Flucht heute Morgen bin ich auch noch viel zu früh in der Schule. Da wird die Reinhard sich sicher freuen, wenn ich ausnahmsweise mal überpünktlich in Deutsch erscheine. Was macht Cedric schon hier? Er sitzt hinten in der Mitte, völlig in sein Handy vertieft. Der Tag könnte nicht besser anfangen.

Ich gehe zu meinem Platz am Fenster in der letzten Reihe, lasse mich auf den Stuhl fallen und wühle in der Tasche nach Block und Mäppchen. Die Tür schwingt auf, und Elise kommt rein, mit Emma und Jasmin im Schlepptau. Auch das noch. Sie sieht zu mir, stockt kurz und mustert mich. Ich erwidere ihren Blick. Soll sie doch zuerst wegschauen.

Na also. Langsam beuge ich mich zu meiner Tasche. Alles ist besser, als ein weiterer Starrwettbewerb mit Elise. Was ist das? In dem Fach unter meiner Bank blitzt ein heller Fleck auf. Ich taste danach. Ein Schmierzettel? Nein, es fühlt sich dicker an. Ich ziehe es ein Stück nach vorn. Ein Brief? Hat den jemand hier vergessen? Quatsch. Außer uns hat in diesem Zimmer niemand Unterricht. Oder? Elise kichert. Ich schaue hoch. Sie ist über Emmas Handy gebeugt und schaut sich mit Emma und Jasmin irgendetwas auf dem Display an.

Egal. Was steht auf dem Umschlag? Mit einer schnellen Bewegung lasse ich ihn in die Tasche gleiten. Weder Elise noch Cedric schauen in meine Richtung. Gut. Ich nehme die Tasche auf den Schoss und sehe mir den Brief genauer an.

NORA

Die Buchstaben prangen in blutroter Schrift auf dem weißen Umschlag. Sie sehen aus, als wären sie mit einer Schablone aufgemalt worden. So gleichmäßig und aus einzelnen Linien zusammengesetzt, mit millimetergroßen Abständen.

Gestern lag der Brief noch nicht unter der Bank, der wäre mir aufgefallen. Von wem ist er? Natürlich steht kein Absender drauf. Das wäre auch zu einfach gewesen. Okay, am besten tue ich erst einmal so, als wäre nichts. Hat Cedric ihn hier hinterlegt? Ich schiele zu ihm, er schaut genau in dem Moment auf, begegnet meinem Blick, und ganz kurz friert sein Gesichtsausdruck ein. Ein Zwinkern später konzentriert er sich wieder auf sein Handy.

Warum ignorieren sowohl er als auch Elise mich? Trotz unseres Streits gestern? Haben sie ein schlechtes Gewissen, weil ihnen endlich klar geworden ist, dass Vivien verschwunden ist? Wer's glaubt. Elise tritt immer nach, wenn sie kann. Hat sie etwas mit diesem Brief zu tun? Ist das ihre Antwort auf den Streit? In dem Fall zerreiße ich ihn und schmeiße die Fetzen weg. Ungelesen.

Während der ganzen Deutschstunde beobachte ich Elise. Sie ignoriert mich. Komplett.

Endlich läutet es. Ich will so schnell wie möglich raus.

»Hast du ein Problem? Oder warum glotzt du mich die ganze Zeit an?«, zischt Elise mir zu, als ich mich an ihr vorbeidränge.

»Lass mich in Ruhe!«, raunze ich zurück.

Ich kann ja wohl hinsehen, wo ich will.

In der Pause gehe ich hinter die Mensa, weil sie am anderen Ende des Hofs liegt, von den Fahrradständern aus gesehen. Cedric, Janus und Elise sollen auf keinen Fall mitbekommen, was ich mit dem Brief mache. Falls er von ihnen ist. Die Genugtuung gebe ich ihnen nicht.

Also ... lesen oder wegwerfen? Mann! Ich hasse es. Egal wie ich mich entscheide, ich werde es bereuen. Ich spüre es jetzt schon. Verdammt.

Mit einem Ratsch ist der Umschlag offen. Drinnen ist nur ein Blatt Papier. Bedruckt. In kleiner Schrift. Anonym also. Feiglinge!

Ich falte es auf.

Hallo Nora,

oder sollte ich schreiben: Liebe Nora? Wohl kaum.

Geht's noch? Was ist das bitte für ein Ton?

Wärst du lieb, dann wärst du eine Freundin, auf die man sich verlassen kann. Dann hättest du nicht seelenruhig zugesehen, wie es Vivien von Tag zu Tag schlechter ging und nichts unternommen. Hat es dir Spaß gemacht? Insgeheim? Hast du ihr Leiden genossen? Warst du stolz darauf, recht behalten zu haben? Mit all dem, was du ihr bei eurem Streit an den Kopf geworfen hast?

Hölle, nein!

Ich glaube schon. Nein, ich glaube es nicht nur, ich weiß es.

Ich beobachte dich, Nora. Lange schon. Du bist so mit dir und deiner »ach so armen kleinen Seele« beschäftigt, die ja schon »so viel« durchmachen musste. Weil du viel zu früh deinen Vater verloren hast. Was für ein guter Grund, allen anderen ihr Glück vorzuwerfen. Nicht wahr?

Lass meinen Vater hier raus! Was glaubst du, wer du bist? Ich kill dich. Ganz sicher. Wenn ich dich in die Finger bekomme, kill ich dich!

Meine Hand verkrampft sich. Ich werde diesen Brief in Fetzen reißen, nein, verbrennen! Ich werde nichts mehr lesen. Kein einziges Wort. Meine Hand fängt an zu zittern, und ich versuche, meinen Fingern zu befehlen, das Papier zusammenzuknüllen. Sie bewegen sich nicht, und ich lese weiter, kann nicht anders.

Du warst von Anfang an neidisch auf Viviens intakte Familie und ihren Vater, der alles für sie tun würde. Wie oft hast du dir gewünscht, du könntest sie sein? Du kannst es ruhig zugeben, ich kenne dich. Besser, als du glaubst. Dich und deine geheuchelte Freundschaft. Ich weiß, dass du am liebsten mit Vivien tauschen und sie ersetzen wolltest.
Nun, dein Wunsch hat sich erfüllt. Vivien ist weg. Ist das nicht wunderbar?

Das ... das ist nicht wahr. Jetzt zittert mein ganzer Arm, etwas in mir ist bis zum Zerreißen gespannt. Die Worte graben sich in mein Herz, und von irgendwoher flüstert eine Stimme mir zu:

Was ist, wenn es stimmt? Wenn du der Grund bist, warum sie verschwunden ist?

Das ist nicht wahr, es ist … nicht wahr.

Und den Streit, den du vom Zaun gebrochen hast, als Vivien dir ihr Herz ausschütten wollte! Unter dem Vorwand, sie vor Janus schützen zu wollen.
Bist du dir sicher, dass das der wahre Grund war? Hattest du nicht eher Angst, du könntest sie an ihn verlieren? Angst, er könnte eine größere Rolle in ihrem Leben spielen als du und dich ersetzen?
Sei ehrlich, Nora. Du hast doch schon erreicht, was du wolltest.
Vivien ist weg.
Für immer.
Sie wird nie wieder zurückkommen.
Nimm ihren Platz ein, wenn du kannst. Nimm dir ihren Vater und den Freund noch dazu. Du glaubst ja, du wüsstest alles.
In Wirklichkeit weißt du nichts. Weder über den Vater noch über den Freund.
Vivien könnte noch hier sein, wärst du die Freundin gewesen, die sie immer in dir gesehen hatte. Aber du hast sie im Stich gelassen.
Kannst du weitermachen und so tun, als ob es nicht deine Schuld wäre?

Jemand,
der weiß, wer du wirklich bist.

Von weit weg höre ich das Läuten. Die Pause ist zu Ende. Aber ich bleibe sitzen, starre auf das bedruckte Papier und kann die Worte nicht fassen. Was soll das heißen, Vivien wird nie wieder zurückkommen? Ist sie …

Nein! Es geht ihr gut, ich bin mir sicher, es geht ihr gut. Sie ist untergetaucht, das ist alles. Aber warum?

Wie oft hast du dir gewünscht, du könntest sie sein?

Nie, verdammt! Ich stopfe den Brief zurück in den Umschlag und werfe ihn in die Tasche, will ihn nicht mehr sehen. Wer immer das geschrieben hat, glaubt, so viel von mir und Vivien zu wissen, und weiß nichts!

Es ist gelogen! Jede einzelne Zeile.

Die Schulstunde ist schon zur Hälfte vorbei, als ich endlich aufstehe und mich auf den Weg zum Sekretariat mache.

Ich habe Glück, die Freiberger ist im Unterricht, und die Sekretärin scheint nicht besonders viel Lust zu haben, sich mehr Arbeit als nötig aufzuhalsen. Ich muss mir nicht einmal Mühe geben, die Kranke zu spielen. Nach dem Brief fühle ich mich scheiße genug. Es geht leichter, als ich dachte. In dem Moment, in dem ich mich umdrehe, merke ich es: Es war zu leicht.

Die Pfister steht in der Tür und mustert mich. »Was ist los, Nora?«

»Mir, äh, mir geht es nicht gut. Seit der Pause war ich schon viermal auf Toilette.« Ich drücke die Hände gegen meinen Bauch. Toll, warum fühlt sich mein Gesicht so heiß an? »Ich glaub, ich muss so schnell wie möglich ins Bett.«

Die Pfister zieht die Augenbrauen zusammen. »Hast du was genommen?«

Was genommen? Hallo? Klar, wenn ich irgendwelche Drogen eingeworfen hätte, würde ich das jetzt zugeben. Wie naiv ist sie?

»Mir ist wirklich nicht gut, ich will einfach nur nach Hause.« Ich stoße auf und halte die Hand vor den Mund.

»Sollen wir deine Mutter anrufen, damit sie kommt und dich abholt?«

»Nein, das ist nicht nötig. Ich ruf sie gleich selbst an.«

Kann die Pfister mich bitte einfach gehen lassen? Meine Mutter schläft noch, und sie macht sich auch so schon genug Sorgen. Ich kann jetzt nicht mit ihr reden. Ganz sicher nicht.

»Ich möchte dich am Montag in meiner Sprechstunde sehen, Nora. Verstanden?«

Ich beiße die Zähne zusammen und nicke. Wozu? Ich habe echt keinen Bock, nach dem Wochenende schon wieder mit der Pfister zu reden. Aber solange sie meine Mutter raushält werde ich alles machen, was sie will.

FÜR IMMER

So leise wie möglich sperre ich die Wohnungstür auf, bleibe auf der Schwelle stehen und horche. Alles bleibt ruhig. Gut. Jetzt bloß kein lautes Geräusch verursachen. Wenn meine Mutter noch mindestens eine Stunde schläft, kann ich ihr erzählen, dass der Nachmittagsunterricht ausgefallen ist. So lange haben wir Freitag eh nicht, wahrscheinlich merkt sie es noch nicht einmal.

Ich schleiche in die Küche, stelle zwei Quichestücke aus der Bäckerei um die Ecke auf den Tisch und verschwinde in meinem Zimmer. Egal was ich mache, ich werde dieses Scheißgefühl nicht mehr los. Mir ist kalt. Ich setze mich auf den kleinen Teppich vor meinem Bett, den Rücken gegen die Heizung gelehnt. Muss immer noch an den Brief denken, halte das nicht aus, ziehe das Handy aus der Tasche und scrolle durch meine Fotos. Bis ich es finde. Vivien mit der Sonnenbrille auf dem Hut, ein Gewehr im Anschlag.

Vivien …

»Wow, Nora, auf den ersten Schuss! Du bist ein Naturtalent.« Vivien klatschte in die Hände.

Ich zuckte nur mit den Schultern und hielt ihr die Plastikrose hin. Gelb. Ich hatte auf die blaue gezielt, weil Blau einfach cooler ist, aber man muss nehmen, was man kriegt.

»Was? Für mich?« Vivien nahm die Rose und drückte sie an ihre Brust.

Ich verdrehte die Augen. »Für wen sonst? Das Schießen war deine Idee, also nimmst du das hässliche Ding auch mit nach Hause.«

»Ah, du bist so romantisch!« Sie zog ihre breite Sonnenbrille ein Stück nach unten und sah mich über den schwarzen Rand hinweg an. »Okay Baby! Dann muss ich eben auch eine für dich schießen.«

Noch bevor ich ihr widersprechen konnte, nahm sie die Sonnenbrille ab. Mitten auf dem Jahrmarkt. Vivien sah mir ins Gesicht und lachte. Ich musste ziemlich dämlich ausgesehen haben, aber das war ja kein Wunder. Hallo? Sie nahm nie die Brille ab, wenn sie nicht musste. Erst recht nicht in der Öffentlichkeit. Und jetzt stand sie hier vor mir, zwinkerte mir zu und schob die Brille auf die Krempe ihres weißen Huts. Als wäre nichts dabei.

»Fünf Schuss, bitte!«, rief sie der Frau im Schießstand zu.

Vivien sah so cool aus, mit der Sonnenbrille auf dem Hut und dem Gewehr im Anschlag. Ich zog das Handy aus der Tasche und machte ein Foto, konnte nicht anders.

»Das Klicken habe ich jetzt nicht gehört, oder?«, fragte sie, ohne das Zielen zu unterbrechen.

»Selbstverständlich nicht. Wo denkst du hin?« Ich grinste.

Jetzt schaute sie doch her, ganz kurz und grinste auch.

»Dann ist es gut. Nicht auszudenken, wenn so ein Foto die Runde machen würde!«

Machte es nicht, die besten Sachen bleiben unter uns. Immer. Obwohl es schade war. Sie sah echt so cool darauf aus.

Nach drei Schüssen traf sie endlich, und die Frau hielt ihr eine Rose hin. Eine blaue!

Vivien schaute von der blauen Rose zu der gelben, die sie neben dem Gewehr abgelegt hatte. »Könnte ich die umtauschen? Sonst haben ich und meine Freundin nicht die gleiche Farbe, und das wäre ein Jammer!« Sie legte den Arm um mich und setzte ihre Sonnenbrille wieder auf.

Der Frau war es egal.

»Viv, wieso hast du nicht deine gelbe gegen eine blaue getauscht?«, fragte ich, als wir Arm in Arm weiterzogen.

»Weil du mir eine gelbe geschossen hast, und ich die um keinen Preis der Welt zurückgeben würde, Schätzchen!«

Schätzchen, klar. Einen Moment lang schaute ich sie an, versuchte, ihr ein schlechtes Gewissen zu machen, aber dann hielt sie ihre Rose neben mein Gesicht.

»Außerdem passt das Gelb viel besser zu deinen grünen Haaren!«

»Limettengrün«, verbesserte ich sie, unser Running Gag, und wir prusteten gleichzeitig los, die hässlichsten Plastikrosen der Welt in den Händen.

»Halt!« Vivien stoppte vor dem Stand mit den Lebkuchenherzen. »Die müssen *wir kaufen!«*

Sie zeigte auf zwei Herzen. Die geschwungene rosarote Zuckerschrift fiel mir sofort auf:

♥ Beste Freundin ♥

»Viv, die kosten acht Euro das Stück. Wie willst du dir das Flugticket nächsten Sommer leisten, wenn du ständig irgendwelche Sachen kaufst, die du nicht brauchst?«

»Ach Nora sei kein Spielverderber, okay?«

»Entweder eine Runde Riesenrad oder die Herzen.« Ich verschränkte die Arme.

Vivien liebt das Riesenrad. Niemals würde sie so ein kitschiges Herz kaufen, wenn sie vor der Wahl stand.

Sie zuckte mit den Schultern und grinste mich an. »Okay, dann nehmen wir die Herzen.«

»Echt jetzt? Das sind die vollen Staubfänger, die einfach nur irgendwo blöd rumhängen.«

»Quatsch. Wir werden sie morgen rituell schlachten und aufessen.«

»Das ist nicht dein Ernst.«

Ihr Grinsen wurde noch breiter. »Das ist mein voller Ernst! Zum Trost machen wir ein Foto mit uns vor dem Riesenrad. Dann können wir immer noch behaupten, wir wären gerade ausgestiegen.«

»Viv, du spinnst. Ehrlich jetzt, du spinnst.«

»Und genau deswegen liebst du mich so. Stimmt's?«

Ich antwortete nicht. War viel zu sehr damit beschäftigt, gegen das Lachen anzukämpfen. Wir haben es genauso gemacht, wie sie es gesagt hatte. Auch wenn uns von dem Zuckerguss auf den Herzen schlecht wurde, haben wir sie aufgegessen. Bis zum letzten Krümel.

Vivien hat den totalen Knall. Und ja, genau deswegen war sie meine beste Freundin.

War …

Ich sehe zum Schreibtisch. Die superhässliche gelbe Plastikrose steckt seit dem Abend am Schießstand in einer billigen Ikea-Vase. Auch unser Streit hat daran nichts geändert. Ich schaue wieder auf das Foto und kapiere es nicht. Wie konnte ich Vivien verlieren? Sie war, nein, sie ist so viel mehr als einfach nur meine beste Freundin. Sie ist wie eine Schwester für mich. Ich ohne Vivien, das war bis vor drei Wochen nicht vorstellbar. Und jetzt? Jetzt ist sie verschwunden. Ohne ein einziges Wort. Mann! Warum hat sie die Nachricht wieder gelöscht? Wäre sie noch hier, wenn ich ihr sofort zurückgeschrieben hätte? Das ist … ich kneife die Augen zu, versuche die Tränen zu unterdrücken. Nicht wahr. Es darf nicht wahr sein.

Hast du ihr Leiden genossen? Warst du stolz darauf, recht behalten zu haben?

Nein! Verdammt! Von mir aus hätte sie glücklich werden können mit diesem Volldeppen. Echt jetzt. Hallo? Sie ist der wichtigste Mensch in meinem Leben, und ich wollte nur das Beste für sie. Immer.

Hattest du nicht eher Angst, du könntest sie an ihn verlieren? Angst, er könnte eine größere Rolle in ihrem Leben spielen als du und dich ersetzen?

Ersetzen … Vivien … ich … scheiße! Ich knalle die Faust auf den Boden, sehe sie vor mir, Vivien und Janus, und ertrage es nicht, ertrage es einfach nicht. Sie hat mich echt ersetzt. Nicht nur durch ihn, nein, auch durch Elise.

Wenn du auf mich gehört hättest, wäre diese ganze Scheiße nicht passiert, Vivien. Ich wäre dir nie in den Rücken gefallen, und ich hätte dich auch nicht abserviert. Einfach so.

Warum wollte sie nicht auf mich hören?

Du warst von Anfang an neidisch auf Viviens intakte Familie und ihren Vater, der alles für sie tun würde. Wie oft hast du dir gewünscht, du könntest sie sein? Insgeheim?

Das ist nicht wahr, es ist einfach nicht wahr. Viviens Foto verschwimmt vor meinen Augen und für einen winzigen Augenblick fühlt es sich an, als würde sie gleich den Kopf in meine Richtung drehen und mich angrinsen.

Die Tür schwingt auf. Meine Mutter, ich weiß es auch ohne hochzusehen. Ganz vorsichtig kommt sie auf mich zu, streicht über meine feuchten Wangen und setzt sich neben mich. Ich lehne den Kopf an ihre Schulter, und sie legt den Arm um mich und drückt mich. Nur das, ohne etwas zu sagen.

Danke, Mama.

Ein einziges Wort hätte den Moment gesprengt. Mein Blick wandert wieder zu Viviens Foto, und ich kann es immer noch nicht glauben. Sie ist weg, sie ist wirklich weg. Der Brief schwirrt durch meinen Kopf. Und während ich reglos sitzen bleibe und meine Mutter mich weiter im Arm hält und nichts ahnt, zerreißen die Anschuldigungen mich in tausend Stücke. Ohne das kleinste Geräusch.

Meine Mutter macht mir einen Avocado-Bananen-Smoothie, und wir setzen uns an den kleinen Esstisch neben dem Sofa, jeder ein Stück Quiche vor sich. Auch wenn ich keinen Hunger habe, stopfe ich sie in mich hinein, will mir nichts anmerken lassen. So tun, als ob alles okay ist, irgendwie, obwohl schon viel zu lange nichts mehr okay ist. Wir reden immer noch nicht. Ich glaube, sie hat keine Ahnung, was sie sagen soll, nur jetzt fühlt das Schweigen sich nicht mehr gut an. Es fühlt sich an wie damals. Als mein Vater weg und nichts mehr so war wie vorher. Ich hasse dieses Schweigen! Sie soll etwas sagen. Sofort. Egal was! Solange sie aufhört, mit diesem leeren Blick in ihre Kaffeetasse zu starren und gleichzeitig hier und doch weit weg zu sein. Zu weit, um sie zu erreichen.

Ich halte das nicht länger aus, echt nicht. Der Stuhl kippt fast nach hinten um, als ich aufstehe und meinen Teller in die Küche bringe. Auf dem Weg in mein Zimmer hält die Stimme meiner Mutter mich auf.

»Sollen wir reden?«

Ich schüttle den Kopf und gehe weiter.

»Deine Lehrerin hat mir geschrieben«, ruft sie mir hinterher.

Ich bleibe auf dem Flur stehen und drehe mich zu ihr um. »Welche?«

Sie stützt sich mit einer Hand gegen den Türrahmen, ein Schatten liegt auf ihrem Gesicht. »Frau Pfister.«

Was? Warum das denn? Ich bin doch auf ihre Forderung eingegangen, am Montag in ihre dämliche Sprechstunde zu kommen. Hätte sie nicht wenigstens so lange warten können?

»Es ist okay, Nora«, spricht meine Mutter weiter. »Ich kann verstehen, dass du heute früher nach Hause bist. Wenn du willst, können wir morgen etwas zusammen machen. Egal was. Einen Stadtbummel vielleicht?«

Oder ein Besuch im Zoo? So wie damals? Ich beiße auf das Zungenpiercing und schüttle den Kopf. Noch mehr Versprechen, die sie nicht halten kann?

»Nein alles gut«, sage ich und versuche zu lächeln.

Sie legt den Kopf schief, mustert mich, und dann lächelt sie auch. »Gib Bescheid, wenn du es dir anders überlegst, ja?«

Ich nicke und drehe mich um. Schnell. Wie wäre es, wenn sie mich nicht gehen lassen würde? Wenn wir uns nicht anlügen würden? Nur weil wir uns gegenseitig vor der Wahrheit schützen wollen?

Für einen winzigen Moment denke ich an die Stille vor der Heizung zurück. Hinter mir fällt die Tür ins Schloss, und der Knall zersprengt die Erinnerung.

SECRET MESSAGES

Just tell them they lie
You tell them the truth
The things you won't take are coming in groups
The people abused the trust you had
And now you don't want it back.

Die elektronischen Elemente, die Drums und die eindringliche Stimme des Sängers von The Faint beim Refrain – die Mischung ist perfekt.

Vivien hat sich immer darüber lustig gemacht, weil das Album *Danse Macabre* ein paar Jahre vor unserer Geburt rauskam, und der Song *Let the poison spill from your throat* somit schon uralt ist. Aber ehrlich? Die Musik ist das Einzige, das mich jetzt noch zusammenhält. Ich habe die Kopfhörer eingesteckt und voll aufgedreht. Meine Mutter macht sich nur Sorgen, wenn sie mitbekommt, dass ich The Faint höre.

Ich ziehe den Brief wieder aus der Tasche. Wer bitte schreibt so etwas? Janus ist ein Idiot, daran gibt es keinen Zweifel. Aber das ist doch selbst für ihn zu krass. Oder? Okay, er und Elise haben mich auch bei der Freiberger angeschwärzt, von wegen Drogen, nur um ohne Imageschaden aus der Nummer rauszukommen. Trotzdem. Würde er mich echt so durch den Dreck ziehen? Warum? Gewissensberuhigung? Schuldgefühle abwälzen? Arsch! Hätten Vivien und ich in den letzten Wochen noch Kontakt gehabt, wäre sie nicht verschwunden. Hundertpro! Woher weiß Janus von meinem

Vater? Vivien? Nein, sie hätte niemals mit ihm darüber gesprochen, auch wenn wir zerstritten waren. Oder? Die Ungewissheit drückt mir für einen Moment die Luft ab.

Ich brauche einen Beweis. Wenn ich so zu Janus gehe, streitet er alles ab. Nein, ich will das nicht noch einmal lesen. Aber vielleicht ist irgendwo ein Hinweis, vielleicht hat Janus einen Fehler gemacht? Moment mal, da ist noch was auf die Rückseite gedruckt.

her up, she tries
but it hurts too much

Das ist doch kein vollständiger Satz, das sind Fragmente.

Sie auf, sie versucht … Aber es verletzt zu sehr?

Bitte? Das ergibt überhaupt keinen Sinn! Ich gebe die Textfragmente in die Suchmaschine ein. Na toll, lauter Treffer, auf denen Leute sich wegen ihrer kaputten Beziehung ausheulen. *Breakup*, super Ausdruck. Warum sollte Janus mir hinten etwas aufdrucken, das an seine Scheißaktion erinnert? Oder meint er mich? Den Streit? Also hat nicht er, sondern ich sie sitzen lassen, oder wie? Wow, noch mehr kann man nicht von sich eingenommen sein! Er ist nicht einmal in der Lage, einen grammatikalisch richtigen Satz auf Englisch zu schreiben. Ich kill ihn. Echt. Er kann so was von froh sein, dass Wochenende ist und wir uns vor Montag nicht mehr sehen!

WER WIR NICHT SIND

Das Licht der Straßenlaterne zeichnet helle Streifen an die Zimmerdecke, erreicht aber weder Bett noch Schreibtisch oder Schrank. Die Möbel sind hinter grauen Schatten verborgen. Was hat mich aus dem Schlaf gerissen? Und warum spukt mir die Frage der Polizistin schon wieder im Kopf herum?

Hat Vivien jemals davon gesprochen wegzulaufen?

Moment. Ist sie ohne mich geflogen? Mit einem Satz bin ich aus dem Bett, laufe zum Schrank und ziehe die unterste Schublade auf. Die Pullis werfe ich einfach auf den Boden, völlig egal jetzt. Mann, warum zittern meine Hände so? Und warum fühlt sich mein Brustkorb schon wieder so eng an? Nein, nein, ich will jetzt nicht heulen! Ich brauche drei Versuche, bis ich es endlich schaffe, den Boden der Schublade anzuheben und die Karte rauszuholen, versteckt, zwischen der falschen und der richtigen Spanplatte.

Kann mein Herz aufhören so zu rasen? Bitte?

Ganz vorsichtig breite ich die Karte auf dem kleinen Teppich vor meinem Bett aus. Es ist viel zu dunkel, um etwas zu erkennen, aber das ist egal. Ich muss nichts sehen, ich kenne die Strecke auswendig. Der Druck meiner Fingerspitze bringt das Papier zum Knistern.

Auckland ... Bay of Islands ... Kauri Park ... Poor Knights Islands ... Desert Road ... Abel Tasman National Park ... Kaikoura ...

Nein, sie ist nicht ohne mich geflogen. Ganz sicher nicht. Es ist unser Traum! Oliver hat doch gesagt, dass er ihr keinen Vorschuss gegeben hat. Sie hatte niemals das Geld schon zusammen.

»Viv, wir fliegen nur für fünf Wochen nach Neuseeland. Müssen wir das so vollpacken?«

»Hallo?« Vivien schaute von der Karte auf und zog die Sonnenbrille ein Stück nach unten. »So viel, wie der Flug kostet, muss es sich auch lohnen. Oder willst du mir sagen, dass du Angst vorm Fallschirmspringen hast?« Sie deutete mit dem Stift auf mich, mit dem sie die Straßen unserer Route rot markierte.

»Als ob! Da ist im August Winter, falls du das vergessen hast. Das Tauchen und das Schwimmen mit den Delfinen kannst du direkt wieder streichen.«

»Denkst du! Was glaubst du, wofür dicke Neoprenanzüge erfunden wurden?« Sie legte den Kopf schief. »Oder willst du lieber nach Australien?«

»Um am Morgen auf einen Skorpion in meinen Schuhen zu treten? Nein, danke.« Ich verzog das Gesicht.

»Na also! Das wird alles, wirst sehen, ich habe den perfekten Plan.« Sie grinste und beugte sich wieder über die Karte. »Hast du schon mit deiner Mutter gesprochen?«

Die Rippen der Heizung drückten sich in meinen Rücken. Ich legte den Kopf auf den Knien ab und beobachtete wie Vivien die Route weiter markierte. »Ich glaub, ich sag's ihr einen Tag bevor wir fliegen, oder so.«

»Du spinnst! Wenn du das machst, dreht sie durch.«

»Sie dreht so oder so durch, weil es zu viel Kohle ist. Aber dann kann sie wenigstens nichts mehr machen.«

»Soll ich meine Mutter fragen, ob sie mit deiner spricht?«

»Nee, wenn meine Mutter von unserem Plan, nach Neuseeland zu fliegen, erfährt, wird sie keine Ruhe geben, bis sie es mir wieder ausgeredet hat.« Ich schloss die Augen, horchte auf das Knistern der Karte und wollte an nichts denken.

Meine Mutter würde ausflippen, wenn sie wüsste, was wir vorhatten. Und das nicht, weil sie Angst um mich hätte, nein, einfach nur, weil es zu teuer ist.

»Hey«, flüsterte Vivien.

Ich blinzelte. Wie hatte sie es geschafft, sich neben mich zu setzen, ohne dass ich sie bemerkt hatte?

»Es ist doch dein Geld«, raunte sie mir ins Ohr. »Du arbeitest in allen Ferien in dieser stickigen Fabrik. Was soll sie dagegen haben, wenn du es ausgibst?«

»Ich soll alles sparen für später. Damit ich eine Reserve habe, falls ich studieren will oder den Führerschein machen oder sonst irgendetwas, das sie mir nicht bezahlen kann.«

»Tzz, wir leben jetzt und nicht später! Wenn wir immer alles aufschieben, sind wir tot, bevor wir angefangen haben zu leben.« Vivien legte den Arm um meine Schultern und drückte mich an sich.

Manchmal war sie ganz schön naiv. Aber das sagte ich ihr nicht. Es tat viel zu gut, so zu tun, als ob alles so einfach wäre. Die Probleme würden noch früh genug kommen. Spätestens, wenn ich mit meiner Mutter über unsere Reisepläne reden musste. Ich legte den Kopf auf Viviens Schulter und schloss wieder die Augen.

»Es wird alles, wirst sehen«, flüsterte sie.

Sie hatte ja keine Ahnung mit ihrer Traumfamilie, in der Geld nie ein Problem war. Trotzdem, ich wollte ihr glauben, wenigstens für diesen einen Moment.

EIN ATEMZUG ZU WEIT

»Tremmel, hallo?« Viviens Mutter klingt total müde.

Habe ich sie aufgeweckt? Dann wäre sie nicht schon beim ersten Klingeln rangegangen. Oder wartet sie auf einen Anruf?

»Ich bin's. Nora«, sage ich viel zu leise.

Ich schäme mich immer noch, hätte sie nicht anlügen sollen. Vielleicht wäre Vivien längst wieder hier, wenn die Polizei sie gleich am Mittwoch gesucht hätte?

»Oh … hallo Nora.«

Toll, sie hasst mich ganz sicher, sie hasst mich. Ich schaue die Straße entlang den Autos hinterher, die in Richtung Stadt fahren, und presse einen Arm gegen meinen Bauch. Ein kalter Windstoß zerrt an meinem schwarzen Mantel.

»Kann ich vorbeikommen? Nur kurz, bitte …«, frage ich, obwohl ich sowieso schon fast bei ihnen vor der Tür stehe.

Habe mich nicht getraut, einfach zu klingeln. Mehrere Atemzüge lang ist es still. Wenn sie mich nicht sehen will, soll sie es bitte einfach sagen. Ich hätte nicht anrufen dürfen. Aber ich muss es wissen. Ah! Ich lege wieder auf, es ist sinnlos, ich habe alles versaut. Ich gehöre nicht mehr zur Familie, scheiße, wahrscheinlich nie wieder.

»Okay«, sagt Viviens Mutter plötzlich, und ich erstarre. »Gib mir eine Stunde. Ja?«

»Ist gut, bis nachher … danke …«, stammle ich.

Keine Ahnung, ob ich in einer Stunde noch den Mut habe, ihr in die Augen zu sehen.

Viviens Vater öffnet die Tür. Mist, warum ist er nicht einkaufen, wie sonst samstagmorgens?

»Hallo Nora. Komm rein.« Er sieht aus, als würde er gleich zur Arbeit gehen oder zu irgendeinem wichtigen Termin.

Viel zu förmlich mit dem dunkelblauen Hemd und der schwarzen Jeans. Ich gehe an ihm vorbei in den Flur und bleibe sofort wieder stehen, starre Viviens Mutter an, die sich an den Türrahmen zur Küche stützt. Sie sieht total fertig aus. Ihre braunen Locken sind zerzaust, und sie hat dunkle Ringe unter den Augen. Ich stolpere einen Schritt zurück, stoße gegen Viviens Vater.

»Vorsicht, junge Dame!«, sagt er, aber nicht so, wie er es sonst immer gesagt hat, mit einem Lächeln in der Stimme.

Es klingt, als wäre es ganz automatisch über seine Lippen gekommen. Als wäre ich irgendein beliebiges Mädchen, das ihn auf der Straße angerempelt hat.

»Tschuldigung«, murmle ich und streiche mir über die heißen Wangen.

»Willst du einen Kaffee?«, fragt Viviens Mutter.

Ich schüttle den Kopf, aber sie geht trotzdem in die Küche. Na toll, warum fragt sie überhaupt, wenn sie die Antwort nicht interessiert?

»Komm.« Viviens Vater läuft an mir vorbei, auch in Richtung Küche, und ich habe keine Wahl, außer ihm zu folgen.

»Wie geht es dir?«, erkundigt sich Viviens Mutter, sobald ich über die Schwelle trete.

Sie hält mir eine Tasse Kaffee hin, mit einer Haube aufgeschäumter Milch. Genauso, wie Vivien ihn immer trinkt. Ich bin nicht Vivien, ich hasse Kaffee. Trotzdem nehme ich die Tasse. Statt zu antworten, zucke ich nur mit den Schultern. Was soll ich schon sagen? *Gut* ist ja wohl keine Option. Und *beschissen* geht auch nicht. Das hört sich so an, als wollte ich, dass sie mich trösten. Dabei muss es ihnen mindestens genauso schlecht gehen. Ich sehe auf die Bläschen im Milchschaum und komme mir klein vor. Und dumm.

»Sie haben noch immer keine Ahnung, wo Vivien sich am Dienstagabend herumgetrieben hat«, sagt Viviens Mutter in die Stille hinein.

Sie. Redet sie von der Polizei? Ich sehe an ihr vorbei auf das Fensterbrett. Die spacig verschlungene Glasvase ist verschwunden. Wieso ist sie weg? Sie war schon hier, als ich Vivien das allererste Mal besucht habe, und ihr Vater hat die Blumen erneuert, sobald sie verwelkt waren. Immer. Jetzt schaue ich sie doch an, alle beide. Auf den zweiten Blick sieht auch Viviens Vater fertig aus. Obwohl er keine dunklen Ringe unter den Augen hat und frisiert ist. Sein Mund ist verkniffen, und auf seiner Stirn sind tiefe Falten. Dabei war er doch immer der, der uns zum Lachen gebracht hat, wenn irgendetwas nicht in Ordnung war. Vivien und mich. Verdammt, warum stehe ich in ihrer Küche, während Vivien verschwunden ist? Das ist vollkommen falsch, das …

Nimm ruhig ihren Platz ein, wenn du kannst. Nimm dir ihren Vater und den Freund noch dazu.

Nein! Ich will das nicht!

»Gibt es einen bestimmten Grund, warum du gekommen bist?«, dringt die Stimme von Viviens Mutter in meine Gedanken. »Ist dir noch etwas eingefallen? Hast du eine Idee, wo sie am Dienstag gewesen sein könnte?«

Es schwingt so viel Hoffnung in diesen drei Fragen, es zerreißt mich fast. Ich schlucke, schüttle den Kopf, will sie nicht enttäuschen. Mann, ich halte das nicht mehr aus, will mich wegdrehen und abhauen.

»Ist Viviens Reisepass noch hier?«, frage ich schnell.

»Ihr Pass?«, mischt Viviens Vater sich ein. »Du glaubst aber nicht, dass sie weggelaufen ist?«

Warum steht er auf der anderen Seite des Tischs? Müsste er nicht neben seiner Frau sein und sie im Arm halten? Sie haben sich doch sonst ständig in den Arm genommen. Was ist los? Ist es, weil Vivien verschwunden ist? Quatsch, dann müssten sie doch noch mehr zusammenhalten. Oder?

»Tu nicht so, als ob du in den letzten Wochen irgendetwas von deiner Tochter mitbekommen hättest, Robert!«

Ich weiche einen Schritt zurück, stütze mich an den Türrahmen. Noch nie habe ich Viviens Eltern streiten sehen. Ehrlich. Noch nie.

Scheiße, Vivien. Schau, was du angerichtet hast!

»Hör auf Rebecca! Mit deinen Vorwürfen holst du sie auch nicht zurück. Ich mache mir genauso viele Sorgen wie du!«

»Ja jetzt auf einmal. Komm, Nora, wir sehen nach dem Pass.« Viviens Mutter geht an mir vorbei aus der Küche.

Ganz kurz sehe ich zu Viviens Vater, sein Gesicht ist angespannt. Bevor unsere Blicke sich treffen, drehe ich mich um und folge ihrer Mutter.

Rebecca … Seit wann ist sie nicht mehr einfach nur *Beci* für ihn? Sind sie völlig durchgedreht?

Viviens Zimmer. Ich war schon ewig nicht mehr hier. Ihre Mutter läuft zum Schreibtisch und wühlt in den Schubladen. Ich bleibe auf der Schwelle stehen, kann nicht einfach so in Viviens Reich eindringen. Nicht, wenn sie nicht hier ist.

Das kann nicht sein! Ich starre auf den kleinen silbernen Bilderrahmen, hinter dem Wecker auf der alten Teekiste neben dem Bett und höre für einen Moment auf zu atmen.

Wir vor dem Riesenrad, die hässlichen Plastikrosen zwischen die Lippen geklemmt und die Lebkuchenherzen um den Hals.

Sei sexy und unwiderstehlich, Nora!

Ging nicht. Echt nicht. Wir haben fünf Versuche gebraucht, bis wir es endlich geschafft hatten, nicht sofort loszulachen. Sexy ist anders. Trotzdem ist es das beste Foto ever.

»Nee oder? Du hast es echt ausgedruckt, Viv? Das Bild ist völlig verwackelt.«

»Und?« Vivien zuckte mit den Schultern.

Ich drehte den silbernen Rahmen um und zog das Foto ein Stück heraus. »Hast du mal 'nen Stift?«

»Wozu?«

Ich verdrehte die Augen. »Ich will dir was hinten drauf schreiben. Was sonst?«

Sie hielt mir einen dunkelblauen Edding hin, und ich schrieb auf die Rückseite:

Love. Nora ♥

»Und hier ist deines!« Mit einem breiten Grinsen zog sie einen zweiten Bilderrahmen aus der Tasche.

»Du spinnst, Viv. Echt jetzt!«, sagte ich, aber ich lachte dabei.

Mein Bild liegt in meiner Schreibtischschublade. Ich habe es nicht ausgehalten. Uns beide strahlend und zusammen. Wo wir in echt nicht einmal mehr miteinander gesprochen haben. Kein einziges Wort.

Hinten drauf ist ein Abdruck von Viviens Kussmund aus knallrotem Lippenstift und ihre Unterschrift.

Ich sehe auf das Foto und könnte heulen. Wenn sie mich aus ihrem Leben gestrichen hätte, hätte sie es doch weggeräumt. Ich kann ihr nicht egal sein. Warum habe ich mich nicht bei ihr gemeldet? Ich blöde Kuh!

»Der Pass ist noch hier«, dringt die Stimme von Viviens Mutter von irgendwoher zu mir durch.

Sie klingt beinahe enttäuscht. Ich blinzle. Es ist doch gut, wenn der Pass noch da ist. Dann ist Vivien nicht abgehauen. Nicht ohne mich.

»Ich habe dir gesagt, dass sie nicht einfach wegläuft!« Viviens Vater.

Er steht genau hinter mir auf dem Gang. Seit wann ist er hier? Warum sind auf einmal Tränen in den Augen ihrer Mutter?

»Es ist alles deine Schuld«, flüstert sie.

Was?

»Rebecca bitte …« Die Stimme bricht ihm weg.

Ich drehe mich um, und mein Magen krampft. Der Mann vor mir kann nicht Viviens Vater sein. Ihr Vater ist stark und stolz, und wir konnten uns immer auf ihn verlassen, ganz egal, was passiert war. Aber der Mann vor mir lässt die Schultern hängen und muss sich am Türrahmen abstützen, um das Gleichgewicht zu halten. Irgendwie. Das Schlimmste aber ist der Ausdruck auf seinem Gesicht. Ein Strudel aus Schmerz, Wut und Verzweiflung, der mich mitreißt. Ich muss hier weg. Sofort! Ich will nicht länger in diese Augen sehen, die ihren Stolz verloren haben. Viviens Eltern haben doch immer zusammengehalten, ganz egal, was los war. Und jetzt? Hat Vivien mit ihrem Verschwinden alles kaputtgemacht?

»Was ist, wenn sie …« Ihre Mutter bricht ab, presst die Faust gegen die Lippen.

Wenn sie was? Nein. Nein! Es geht ihr gut, ich weiß es einfach. Es geht ihr gut!

»Mal den Teufel nicht an die Wand, Rebecca! Ich bin mir sicher, dass die Polizei sie bald finden wird. Es wird alles gut …«

Ich will ihm glauben, ehrlich, aber da ist diese Leere in seinen Augen und das Zittern in seiner Stimme. Er glaubt nicht einmal selbst an das, was er da sagt. Wir reden hier von Vivien, okay? Ihr ist nichts passiert, ganz sicher nicht. Sie lässt sich nicht unterkriegen von nichts und niemandem!

Vivien ist weg. Für immer. Sie wird nie wieder zurückkommen.

Ich glaube das nicht, ich glaube das einfach nicht. Ich will gehen, so schnell wie möglich. Halte den Scherbenhaufen nicht mehr aus, vor dem Viviens Eltern stehen. Will sie schütteln und anschreien.

Warum glaubt ihr nicht an eure Tochter?

Aber ich sage nichts. Ich stehe, den Rücken an Viviens Zimmerwand gedrückt und ersticke fast an den Worten, die wir nicht aussprechen. Und obwohl jeder von uns höchstens zwei Schritte von den anderen entfernt ist, kommt es mir vor, als wären wir auf drei unterschiedlichen Planeten, die sich mit jedem Atemzug ein Stück weiter voneinander entfernen.

THE END OF THE F***ING WORLD

Meine Mutter hat nicht gefragt, wo ich heute Morgen so dringend hinmusste. Nicht, weil es sie nicht interessiert hätte. Sie hat gespürt, dass ich nicht darüber reden will und sich die Frage verkniffen. Ich wäre mir wie eine Verräterin vorgekommen, wenn ich ihr von der Stimmung zwischen Viviens Eltern erzählt hätte. Darüber kann ich nicht reden, nicht mit ihr und auch mit niemandem sonst. Niemandem außer Vivien.

Zum Glück ist meine Mutter jetzt alleine in die Stadt gefahren. Zuerst wollte sie nicht ohne mich los, aber ich habe ihr keine Wahl gelassen, und irgendwann hat sie aufgegeben. Ich ertrage ihren Blick nicht, muss immer wieder an den Tag denken, an dem Papa nicht mehr da war. Da hat sie mich genauso angesehen, und dann war sie weg, obwohl sie immer noch vor mir saß.

Mann! Das ist jetzt sieben Jahre her. Vivien lebt, ich weiß es, ganz egal, was ihre Eltern denken. Sie lebt! Ich halte das nicht mehr aus, muss mich ablenken, scrolle durch mein Handy.

*The End of the F***ing World*

Wie passend. Zum gefühlten tausendsten Mal sehe ich mir wieder an, wie James und Alyssa zusammen durchbrennen, weil einfach alles scheiße ist, und versuche, dabei nicht an Vivien zu denken.

Vivien …

»Hey, Nora, gute Neuigkeiten!« Vivien ließ sich neben mir auf die Matratze in der Hütte fallen.

»Hmm?« Ich schaute mir gerade ein paar gebrauchte Drum Kits auf dem Handy an und hörte nicht richtig hin.

»Von der Serie mit den beiden Psychos wird 'ne zweite Staffel gedreht.«

»Was? Aber das Ende war perfekt, die können da nicht weitermachen!«

»Hallo? Muss ich dich daran erinnern, wie sehr du geheult hast wegen dem Ende?« Vivien legte den Kopf schief und zog die Sonnenbrille ein Stück nach vorne, um mir in die Augen zu sehen.

»Und? Ich mag James halt.«

»Der ist der totale Psycho. Hast du vergessen, dass er am Anfang nur mit ihr mitgefahren ist, weil er sie umbringen wollte? Um zu wissen, wie sich das anfühlt?«

Ich zuckte mit den Schultern. »Es war auch von Anfang an klar, dass er das niemals wirklich durchziehen wird.«

»Ach ja? Und was ist mit den Tieren, die der süße kleine *James auf dem Gewissen hatte?«*

Ja, das mit den Tieren. Das war ein bisschen creepy, okay. Trotzdem. Vivien kapierte das nicht. Ich kenne das Loch, das zurückbleibt, wenn man jemanden verliert, der für einen die Welt bedeutet. Das alles verschluckt, jedes einzelne Gefühl. Ich war noch nicht einmal traurig gewesen, sondern einfach nur leer. Fast so, als wäre ich gestorben und nicht mein Vater. Die Grenze zwischen normal *und* psycho *ist verdammt dünn. Ehrlich, ich weiß nicht, was ich gemacht hätte, wenn Vivien nicht aufgetaucht wäre.*

Sie hat immer gedacht, dass James nur ein durchgeknallter Psycho ist. Dabei musste er aufhören zu fühlen, weil das allerkleinste Gefühl ihn in tausend Stücke gesprengt hätte. Es ist ein Unterschied, ob man nichts mehr fühlen kann oder nichts mehr fühlen darf.

»Alles in Ordnung?«

»Mhm.« Ich blinzelte, strich mir die Haare aus dem Gesicht und versuchte zu lächeln. »Es war halt alles aus dem Gleichgewicht bei ihm. Verstehst du?«

»Kein Stück. Ganz egal, was passiert ist, gibt es ihm doch nicht das Recht, unschuldige Tiere zu töten!«

»Er hat sich auch die eigene Hand verbrüht«, wandte ich ein, weil ich das mit den Tieren nicht verteidigen konnte.

»Ich sag ja: Er ist ein Psycho! Und seine Vergangenheit dafür verantwortlich zu machen, ist zu billig. Du bist auch nicht total durchgedreht, nachdem dein Vater …« Sie brach ab und schaute mir in die Augen. Sekundenlang. »Sorry«, murmelte sie schließlich, schob die Brille wieder nach oben und drehte den Kopf weg.

»Schon gut.«

Ich sagte es, obwohl es nicht stimmte. Vivien hatte mich noch nicht einmal gekannt, als mein Vater noch da war. Sie hatte überhaupt keine Ahnung, ob ich mich nach seinem Tod verändert hatte oder nicht.

»Ich schätze, ohne dich wäre ich vielleicht auch wie James geworden.«

»Du hättest Tiere gequält?«

»Spinnst du? Ich wäre für mich geblieben, so wie er. Bis mich irgendwann ein Verrückter in der Mensa angesprochen und erklärt hätte, dass ich nicht skaten kann.«

Wir mussten beide lachen, und die Spannung verschwand. Zum Glück.

»Aber nicht ohne vorher sein Handy zu zertrümmern, weil sein Kumpel ihn angeschrieben hat, obwohl er vor ihm sitzt«, ergänzte Vivien.

»Ja auf genau so einen Typen hätte ich gewartet. Du tust James total unrecht. Er beschützt Alyssa mit allem, was er hat, obwohl sie die meiste Zeit eine völlig überreagierende Zicke ist, weil sie ihr Leben und die Welt hasst!«

»Stimmt.« Vivien drehte sich wieder zu mir und grinste. »Wenn man es so sieht, bist du ihm doch ähnlich. Hinter deiner eiskalten Fassade ist ein empfindsames und mitfühlendes Herz. Du würdest für mich durchs Feuer gehen.«

»Jetzt übertreib mal nicht.« Ich boxte sie in die Seite, versuchte, wütend auszusehen, was aber total in die Hose ging, weil ich lachen musste.

Okay. Sie hatte recht. Aber das musste ich ihr nicht sagen, sie wusste es auch so.

Eine Folge nach der anderen lasse ich laufen, bis zum bitteren Ende. Ich will nicht mehr an Vivien denken, daran, wie sehr ich sie im Stich gelassen habe.

ADITHEGUARD VS. DRAXDD

Das Wochenende ist fast vorbei, morgen muss ich wieder in die Schule. Obwohl, ich könnte das Angebot meiner Mutter annehmen und zu Hause bleiben. Tolle Idee. Wahrscheinlich ruft die Pfister dann direkt bei uns an, um meiner Mutter von meinen *Drogenproblemen* zu erzählen.

Dieser Scheißbrief. Ist er echt von Janus? Das ist so krank! Ist schon ein seltsamer Zufall, dass Cedric am Freitag so früh im Klassenzimmer war. Sonst kommt er immer auf den letzten Drücker. Mann. Ich kann schlecht morgen hingehen und Janus den Brief vor die Füße knallen, das zeigt ihm doch nur, wie sehr er mich getroffen hat. Die Genugtuung gebe ich ihm nicht. Ich brauche Beweise. Irgendetwas, das ihn eindeutig mit dem Brief in Verbindung bringt. Adrian. Selbst wenn er Vivien am Dienstag nicht gesehen hat, weiß er, was sie in den letzten Wochen gemacht hat. Vielleicht bekomme ich so einen Hinweis auf Janus? Außerdem hat Adrian mir immer noch nicht erzählt, was genau er und Vivien geklärt haben.

Was für eine Seite hatte er im PC-Raum offen? Twitch.tv? Ach ja, genau! *Aditheguard.*

Ich gehe auf die Seite und suche nach dem Profil. Diesmal bewegt sich das Bild auf dem kleinen Video und der Live-Button leuchtet. Neben dem Video läuft ein Chat, wow, wie viele Leute schreiben hier gleichzeitig? Ich komme mit dem Lesen kaum nach:

Moo_bot: Adi ist einer der besten Spieler weltweit!
AnnaDidet: DD ist besser!

Nightmare: Auf wen habt ihr gewettet, Jungs?
Maiyosketch: Ah, Adi hat so 'ne süße Stimme!
AnnaDidet: Jungs? Ahm. :P

Moment, Stimme? Ich stecke die Kopfhörer ein und schalte den Ton an. Nicht wahr, oder? Das ist echt Adrian, er redet fast ununterbrochen, während seine Figur in dem Video über ein offenes Gelände rennt. Er spielt irgendeinen Shooter. Auf einmal geht er in Deckung und ist still. Durch das Zielfernrohr seiner Waffe zoomt er auf den Kopf einer anderen Figur, die halb verdeckt hinter einem Haus steht und in die andere Richtung sieht. Für einen Moment blinkt der Name auf: *Draxdd.* Im Chat gehen sie jetzt total ab.

Moo_bot: Schiiiieeeeßßßßßß!!!!!
Nightmare: Worauf wartet er?
Mayosketch: Los jetzt, schieß doch endlich!!!

Draxdd verschwindet hinter dem Haus, und Adrian seufzt. »Sorry, Leute … ich …«

Bumm! Adrians Figur bricht zusammen.

»Du Cheater!«, schreit er. »Du hast auf den Stream geschaut!«

Adrian schimpft weiter, auch im Chat wird jetzt heiß diskutiert, dass es nicht zählt und warum Draxdd eindeutig beschissen hat.

Was für ein Schwachsinn. Adrian ist selbst schuld. Er hätte einfach nur abdrücken müssen. Da spielt er einen Shooter und ist zu weichherzig, um zu schießen? Das ist fast schon süß.

Hmm, hier unten ist noch ein Link zu YouTube. Ich klicke drauf und komme bei Adrians Kanal raus. Mann, hat er viele Walkthroughs … und Videos über die besten Waffenkombis, Fähigkeiten, Exploits für alle möglichen Spiele. Macht er in seiner Freizeit noch irgendetwas anderes als spielen? Ich öffne die Kanalinfo.

> Hey! Schön, dass ihr hier seid. Schaut auch mal bei den Parcoursleuten vorbei, und hinterlasst ein Like. Die machen echt geile Stunts. Außerdem haben wir ein paar Gemeinschaftsprojekte. Ihre Fanvideos habe ich gedreht und geschnitten. Genießt sie! ;)
> Adi

Auf dem Profilbild der Parcoursleute strahlen mir Janus und Cedric entgegen. Echt jetzt? Arm in Arm, die Skateboards untergeklemmt. Im Kanalvideo machen sie mit anderen Leuten Stunts auf den Boards. Ist das eine ein Mädchen? Sie ist jünger als die Jungs. Krass, wie hält sie das aus, in einer Gruppe mit Janus und Cedric? Die graben sie doch ständig an. Hundertpro.

Bei den Videos finde ich eine Mischung aus Parcoursvideos und Fanvideos. Ganz oben sind *Witcher – Wild Hunt, Assassin's Creed – Black Flag, Monsterhunter World.* Ich scrolle durch, habe aber keinen Bock auf irgendein Fangedönse, klicke lieber eines der Parcoursvideos an. Wahnsinn, sie klettern Mauern hoch, rennen über Dächer und eine Wand rauf, um über einen Zaun zu springen. Es sieht krass aus, echt, total krass zum Teil. Und das Mädchen ist richtig gut. Parcours. Das passt so was von überhaupt nicht zu Janus und Cedric. Bestimmt machen sie es nur, um Mädels zu beeindrucken.

DU WEISST. NICHTS.

Meine Mutter und ich haben es echt geschafft, uns für den Rest des Wochenendes aus dem Weg zu gehen. Das Frühstück heute war awkward. Ich hätte sie gerne gefragt, wo sie die ganze Zeit war. Sie hat doch kaum Freunde. Und warum sie keinen weiteren Versuch mehr gestartet hat, mich zu überreden, mit ihr in die Stadt zu gehen. Ich hätte Nein gesagt, schon klar, aber sie hätte trotzdem noch mal fragen können. Wahrscheinlich wollte sie nur ihr Gewissen beruhigen, als sie mir das am Freitag angeboten hat. Zum Glück hat sie ab heute Spätschicht, das erspart es uns, uns weiter anzuschweigen.

»Lass mich!«, kreischt Janus über den ganzen Schulhof.

In dem Moment, in dem ich um die Ecke biege. Mann, ich wollte ihn ignorieren, muss er so rumbrüllen?

»Ich will das jetzt klären. Okay?«, schreit er weiter.

Im Vorbeigehen werfe ich einen Blick zu den Fahrradständern. Cedric hält ihn am Arm fest und redet auf ihn ein. Aber er scheint Cedric überhaupt nicht zu hören. Seine ganze Aufmerksamkeit ist auf mich gerichtet. Wenn Blicke töten könnten, ehrlich, ich würde auf der Stelle umfallen. Hat er sie noch alle? Ich bleibe stehen, kneife die Augen zusammen und lege meine ganze Wut in diesen einen Blick.

Komm doch! Ich habe auch etwas zu klären.

Er macht einen Schritt auf mich zu, aber Cedric schiebt sich vor ihn, legt beide Hände auf seine Schultern und redet. Ununterbrochen.

Spinnt Janus jetzt völlig? Er schreibt mir diesen kranken Brief und will dann auf mich losgehen? Hallo?

Ich wirble herum und verschwinde. Sollte ich Cedric dankbar sein? Als ob. Der hat den Brief doch unter meiner Bank deponiert. Der muss wissen, wie daneben sich sein toller Kumpel gerade benimmt. Bevor die Eingangstür hinter mir zufällt, schaue ich noch einmal über die Schulter. Janus fängt meinen Blick auf, sein ganzer Körper ist angespannt. Er sieht immer noch so aus, als wollte er mich in der Luft zerreißen.

Warum? Weil ich nicht zusammengebrochen bin, obwohl er meine Schuld *ach so gut* bewiesen hat? Er hat 'nen Knall, ehrlich jetzt, einen totalen Knall.

Während der ganzen Mathestunde fühle ich mich beobachtet. Sowohl Cedric als auch Elise und ihre Sidekicks schauen immer wieder zu mir. Was soll das? Wissen sie alle von dem Brief und wollen jetzt sehen, wie fertig sie mich gemacht haben? Mein Magen zieht sich zusammen, und meine Wangen werden heiß. Wie von selbst ballen sich meine Hände zu Fäusten.

Es gongt, aber alle bleiben auf ihren Plätzen, weil sowieso gleich die Reinhard kommt. Sobald die Staub aus der Tür ist, steht Elise auf und schlendert betont lässig zu mir hinter ans Fenster. Was will sie? Ich hebe den Kopf und funkle sie an.

Eine falsche Bewegung, und du bist dran, Elise! Ich schwöre.

Sie beugt sich zu mir, stützt sich auf dem Tisch ab und schaut mich mit ihrem Eisblick an.

»Diesmal bist du zu weit gegangen, Freak!«, zischt sie und richtet sich wieder auf, ohne mir die Chance zu geben zu antworten.

Zu weit? Ich? Soll das ein Witz sein? Mit einem Knall schlägt mein Mäppchen auf den Boden und die Stifte verteilen sich bis unter Karlas Stuhl, die in der Reihe vor mir sitzt.

»Hast du sie noch alle?«, schreie ich, aber Elise sieht nicht einmal zu mir.

Sie dreht sich um und schlendert zurück zu ihrem Platz. Es reicht!

»Ich rede mit dir!« Mit einem Satz bin ich bei ihr, packe sie an den Schultern, schiebe sie nach hinten und drücke sie gegen die Wand.

Ihre Augen weiten sich, sie öffnet den Mund, will etwas sagen, und ich muss mich zusammenreißen, sie nur zu halten und nicht zu schütteln.

»Ey.« Cedric greift nach meinem Arm und versucht, mich von ihr wegzuziehen.

Keine Chance, Skaterboy.

»Du hebst sofort die Stifte auf«, raunze ich Elise an.

Ihre Augen verengen sich. »Träum weiter!«

»Nora Holm!«, hallt ein Ruf durchs Klassenzimmer.

Die Pfister? Ich fahre herum, und Elise nutzt die Gelegenheit und macht sich von mir los.

»Viel Glück, Freak«, murmelt sie im Vorbeigehen.

Sie läuft zurück an ihren Platz. Freak, ja? Ich packe ihren Arm, greife fast daneben, weil Cedric mich im gleichen Moment nach hinten zieht.

»Au!«, ruft Elise und wirft einen flehenden Blick in Richtung Klassenzimmertür. »Lass mich!«

Super, sie schafft es sogar ein paar Tränen herauszupressen. Extra für die Pfister.

»Nora, ich will dich in der nächsten Zwischenpause in meinem Büro sehen, nicht erst zur Sprechstunde. Verstanden?«, springt die auch gleich für Elise ein.

Das ist jetzt nicht wahr, oder? Sie nimmt ihr die Tränen doch nicht ab? Elise nutzt die Ablenkung und windet sich aus meinem Griff. Kurz schaut sie mich an, ein fettes Grinsen im Gesicht, das die Pfister natürlich nicht sehen kann. Mein Körper reagiert schneller als mein Verstand. Ich will auf Elise losgehen, ihr das blöde Grinsen aus dem Gesicht schlagen. Völlig egal, ob die Pfister in der Tür steht oder nicht. Aber Cedric hält immer noch meinen Arm, und wahrscheinlich müsste ich ihm jetzt dankbar sein. Keine Ahnung, was passiert wäre, wenn ich auf Elise eingeprügelt hätte.

Ich hasse ihn.

Warum sagt die Pfister nichts? Es ist okay, wenn er mich festhält, aber ich darf die *ach so zart besaitete* Elise nicht anfassen? Meine Frage bleibt unbeantwortet. Die Pfister verschwindet ohne ein Wort. Wie gut, dass sie sich kein vorschnelles Urteil bildet, völlig neutral ist und genau wissen will, was hier los ist.

Ich funkle Cedric an. Er erwidert meinen Blick ohne die kleinste Regung im Gesicht. Hallo? Er weiß von dem Brief. Warum hält er zu Elise? Schnaubend reiße ich mich von ihm los und sammle mein Mäppchen vom Boden ein. Karla hebt die Stifte unter ihrem Stuhl auf.

»Danke«, murmle ich, ohne sie anzusehen.

Ein paar Tische entfernt höre ich Elise mit ihren Sidekicks tuscheln, und ich bin kurz davor doch noch rüberzulaufen, sie mir zu schnappen und ihr so lange ins Gesicht zu schreien, was ich von ihr halte, bis es in ihrem beschränkten Hirn angekommen ist.

»Guten Morgen!« Die Reinhard kommt ins Zimmer, und ich setze mich auf meinen Platz.

Elise hat mehr Glück als Verstand. Oder ich. Egal. Hoffentlich ist die Stunde bald vorbei und ich kann verschwinden.

Sobald es läutet, springe ich auf und stürme aus dem Zimmer. Wenn Elise auch nur ein Wort zu mir sagt, raste ich aus. Aber das kann ich mir nicht leisten, mit der Pfister habe ich schon mehr als genug Probleme. Ich brauche Beweise, stichhaltige, gegen Janus und die *ach so tolle* Elise. Ohne Beweise bin ich aufgeschmissen, und wenn die Pfister mich suspendiert, habe ich keine Chance, noch irgendetwas herauszufinden. Ist das Elises Plan? Wollen sie mich so loswerden? Janus und sie? Super, ich hätte mich nicht provozieren lassen sollen.

Vor dem Büro der Pfister stoppe ich. Wenn ich jetzt umdrehe und abhaue, kann sie nichts machen. Okay, sie wird meine Mutter anrufen. Unter Garantie. Falls sie das nicht schon getan hat.

Scheiße!

UNGEWOLLTE ZUSAGEN

Die Pfister sitzt hinter ihrem Schreibtisch, deutet auf einen der beiden giftgrünen Ikea-Sessel und wartet, bis ich mich gesetzt habe. Mann, jetzt kommt sie auch noch rüber. Können wir das Ganze schnell hinter uns bringen? Bitte?

»Nora, ich mache mir wirklich Sorgen um dich«, fängt sie an.

Sorgen. Klar.

»Es ist alles okay«, murmle ich.

»Auf eine deiner Mitschülerinnen loszugehen, nennst du okay?«

»Nein, das war …« Ich breche ab, sehe auf meine Hände.

»Ja? Was war das?«

Notwendig. Es war notwendig. Nicht, dass ich das sagen könnte. Ich beiße auf das Zungenpiercing und zucke mit den Schultern.

Die Pfister seufzt.

»Ich verstehe, dass du sauer auf Elise bist«, fährt sie fort.

Nichts versteht sie. Muss sie wieder ihre Hand auf mein Knie legen? Ich presse den Rücken gegen die Lehne, aber es hilft nichts.

»Weißt du, Nora, sie macht sich wirklich Sorgen um dich. Deshalb war es gut und richtig, dass sie ihren Verdacht zur Sprache gebracht hat.«

Welchen Verdacht? Nee, die Pfister redet jetzt nicht wieder von meinen *Drogenproblemen*? Oder?

»Ich verstehe, dass deine Nerven im Moment blank liegen. Du bist aber nicht die Einzige, die Angst um Vivien hat.« Die Pfister drückt mein Knie, und ich kann nicht anders, ziehe es weg, halte das echt nicht aus. Sie hebt die Augenbrauen, nimmt die Hand aber zurück.

Ein Glück. »Vivien hat in den letzten Wochen viel Zeit mit Elise verbracht, und ich kann nachvollziehen, dass dich das wütend gemacht hat. Trotzdem gibt dir das nicht das Recht, Elise anzugreifen.«

Ich muss mich zusammenreißen, die Pfister nicht anzuschreien. Warum fragt sie nicht, was hier wirklich abgeht? Wenn ich jetzt mit dem Mäppchen anfange und Elises Drohung, verbreite ich wahrscheinlich Lügen über die *ach so besorgte* Unfehlbare.

»Nora?«

»Ja?«, antworte ich, obwohl ich ihr ein *Nein!* entgegenschleudern will.

»Begreifst du, dass du es dir nur selbst schwer machst, wenn du dir nicht helfen lässt?«

»Sie müssen mir nicht helfen und Elise auch nicht. Danke.« Haha, als ob die mir helfen wollte. Ich habe genug, echt jetzt. »Außerdem war Elise für Vivien nicht so wichtig.«

»Wie meinst du das?« Die Pfister sieht mich auf einmal mit einem total durchdringenden Blick an.

»Vivien hat sich bei mir gemeldet.«

»Bitte?«

Ist die Pfister gerade zusammengezuckt? Nee, das war Wunschdenken.

»Sie hat mir eine Nachricht geschrieben. Letzten Dienstag.«

»Wirklich? Hast du der Polizei davon erzählt?«

Ich schüttle den Kopf, sehe wieder auf meine Hände. Mann, ich bin so blöd! Toll. Vivien hat mir geschrieben. Nur weiß ich leider nicht was. Es beweist überhaupt nichts. Wenn Vivien mir vertraut hätte, hätte sie die Nachricht nicht gelöscht.

»Nora, das könnte wichtig sein. Weißt du, wo sie am Dienstag war?« Warum klingt die Pfister auf einmal so angespannt?

Ich sehe auf. »Sie hat den Text gelöscht, bevor ich ihn lesen konnte.«

Toll. Ich hätte die Klappe halten sollen.

»Es könnte trotzdem wichtig sein. Ich werde es an die Polizei weiterleiten, du brauchst nichts zu unternehmen. Okay?«

Was? Und wenn die mein Handy als Beweismaterial einziehen? Ich bin so ein Idiot!

Die ganze Zwischenpause über redet die Pfister noch auf mich ein. Jawohl, Elise macht sich nur Sorgen um mich. Natürlich, ich komme gerne in der nächsten Zeit regelmäßig in Frau Pfisters Sprechstunde. Klar, ich verstehe, dass sie sich sonst mit meiner Mutter in Verbindung setzen müsste. Erziehungsauftrag und so. Nein, keinesfalls werde ich noch einmal auf Elise losgehen, wir müssen jetzt alle zusammenhalten, das habe ich verstanden. Selbstverständlich entschuldige ich mich bei ihr.

Ganz sicher nicht. Eher beiße ich mir die Zunge ab. Vielleicht habe ich Glück, und die Pfister belässt es dabei.

Glück … ich brauche mir nur ihr Gesicht anzusehen und weiß es schon. Glück ist das Letzte, was ich haben werde.

WAS DU NICHT WILLST

In der Mittagspause gehe ich zum Kiosk und hole mir ein belegtes Brötchen. Habe keinen Bock darauf Janus zu treffen und erst recht nicht Elise. Hey, Adrian ist im PC-Raum. Zum Glück sitzt er am Fenster, sonst hätte ich ihn von hier unten aus niemals gesehen.

In dem Fall muss ich ja nicht warten, bis der PC-Raum offiziell offen ist. Mit dem Brötchen in der Hand laufe ich hoch. Wow, was ist hier auf einmal los? Ein paar Leute aus der Zehnten haben sich um vier PCs in den vorderen Reihen versammelt und diskutieren über was auch immer, sieht jedenfalls nicht nach Schulzeug aus. Adrian ist total vertieft und bemerkt mich erst, als ich schon vor seinem Tisch stehe.

»Hey … hast du nach der Schule einen Moment Zeit?«

»Äh …« Er schiebt die blaue Wollmütze ein Stück aus der Stirn.

»Keine Sorge, den Wutanfall für heute habe ich schon hinter mir. Du bist also sicher«, schiebe ich nach.

Hat er gerade gelächelt?

»Ich muss arbeiten, sorry.«

»Wie lange?«

Er zieht die Augenbrauen hoch. Okay, das kam schräg. Es klingt, als wäre er mir Rechenschaft schuldig.

»Ich meine, vielleicht könnten wir uns hinterher treffen? Nur kurz. Versprochen.«

Muss ich noch einen Kniefall machen, damit er sich herablässt, sich mit mir zu treffen?

»Ich hab dir doch schon gesagt, dass ich keine Ahnung habe, wo …«

»Ich weiß«, unterbreche ich ihn.

Zum Glück diskutieren die vorne immer noch. Wenn sie uns hören würden, würden sie uns für bescheuert halten. Hundertpro.

»Können wir uns trotzdem treffen? Bitte?« Mann, meine Stimme klingt total weinerlich.

Ich bin verzweifelt, ja, aber Adrian muss das nicht mitbekommen.

Er sieht mich an. Sein ganzes Gesicht ist ein einziges Fragezeichen. Verdammt, warum sollte er sich mit mir treffen? Vor allem nach der Nummer mit Elise heute Morgen? Wenn er mit Janus befreundet ist, dann wahrscheinlich auch irgendwie mit ihr. Oder?

»Okay«, sagt er auf einmal.

Echt jetzt?

»Super, wann und wo?«

»Ich muss bis sieben beim Arlt arbeiten. Wir können uns …«

»Ich hol dich ab. Also ich warte vor der Tür. Gut?«

Er lacht. Warum lacht er jetzt? Kommt das komisch, wenn ich ihn abhole? Mann, warum fühlt sich mein Gesicht so heiß an?

»Okay, dann kurz nach sieben vorm Arlt. Wenn's dir zu kalt ist, kannst du auch reinkommen.« Er schiebt die blaue Brille ein Stück auf der Nase nach oben, sieht mich an, aber nicht wirklich in meine Augen.

In seinen Mundwinkeln hängt immer noch das Lächeln.

»Dann bis später.« Ich drehe mich um und verschwinde aus dem PC-Raum.

EIN VERSPRECHEN WIE EIN FALLENDES BLATT

Es ist arschkalt, aber ich gehe nicht in den Laden, im Traum nicht! Die Hände in den Manteltaschen vergraben, stehe ich an einen Lieferwagen gelehnt und behalte die Verkaufstheke im Blick. Ich glaube, Adrian hat mich noch nicht bemerkt, obwohl er immer wieder raussieht. Mann, ist hier viel los. Hoffentlich kann er pünktlich gehen, um halb zehn kommt meine Mutter von der Schicht nach Hause, und ich sollte vor ihr zurück sein. Wir haben eine Abmachung. Unter der Woche muss ich um neun in der Wohnung sein, spätestens. Wenn sie das Gefühl bekommt, dass ich mich nicht mehr daran halte, sagt sie am Ende noch alle Nachtschichten ab. Aber dann haben wir noch weniger Geld, und wahrscheinlich könnte sie in dem Fall auch gleich kündigen, weil das nicht geht, weil bei ihrer Arbeit jeder Nachtschichten machen muss.

Endlich. Adrian läuft nach hinten und taucht kurz darauf mit Jacke und Rucksack wieder im Laden auf. Seine Arbeitskollegin klopft ihm auf die Schulter. Sie sagt etwas zu ihm. Er lacht, hebt kurz die Hand und geht zur Tür. Das Ganze hier ist total schräg, ehrlich. Ich hole Adrian von der Arbeit ab, obwohl wir nichts miteinander zu tun haben. Warum muss ich ausgerechnet jetzt an Vivien denken? Daran, wie ich sie nach fast jeder Schicht im *Underdog* abgeholt habe? Vor unserem Streit. Adrian ist nicht Vivien, er ist nur ihr Stalker, verdammt!

Die Ladentür schwingt auf, und einen Moment später steht er auf der Straße. Er hat mich noch nicht gesehen, noch könnte ich einen

Schritt zurückgehen, mich hinter dem Lieferwagen verstecken und das Ganze abblasen.

»Nora?«

Zu spät, er kommt genau auf mich zu.

»Hey. Ganz schön viel los bei euch …«, murmle ich, um überhaupt etwas zu sagen.

»Ja, sorry, dass es etwas länger gedauert hat. Ich hab schon gedacht, ich könnte nicht gehen, aber Maria hat mich losgeschickt.«

Seine Brillengläser beschlagen. Er nimmt die Brille ab und wischt sie mit dem Ärmel seiner Jacke trocken.

»Warum?«

»Weil ich ihr heute Nachmittag schon gesagt habe, dass ich pünktlich gehen muss, und sie denkt … egal. Phil ist noch hinten und kann ihr helfen.« Er setzt die Brille wieder auf, die Lippen zu einem schiefen Lächeln verzogen.

Bilde ich mir das ein, oder hat er schon wieder ein total rotes Gesicht?

»Sollen wir was trinken gehen?«, fragt er völlig unvermittelt.

Kurz sehe ich Adrian und mich an einem Tisch sitzen, die Köpfe zusammengesteckt, lachen. Hallo? Glaubt er, ich will mich mit ihm treffen, um mich mit ihm anzufreunden? Obwohl er Vivien in den letzten Monaten gestalkt hat? Als ob.

»Lass uns rüber in den Park gehen. Da haben wir mehr Ruhe«, sage ich und drehe mich weg, noch bevor er überhaupt zugestimmt hat.

Ich höre ihn seufzen, aber er holt nach wenigen Schritten auf und geht neben mir her.

Toll. Keiner von uns sagt ein Wort, und mit jedem Meter wird es mehr awkward.

»Wie lief's auf der Arbeit?«, frage ich, um die Stille irgendwie auszufüllen.

»Ganz okay. Wir sind …«

Er spricht weiter, aber eine Bewegung lenkt mich ab, die ich nur aus dem Augenwinkel wahrnehme. Komisch, da ist niemand. Sehe ich jetzt Gespenster?

Ich beobachte dich, Nora. Lange schon.

Werden wir verfolgt? Von Janus? Hat Adrian ihm erzählt, dass er sich heute Abend mit mir trifft? Oder folgt Janus mir echt schon länger, und ich habe es nur nie bemerkt?

»Ist was?«, fragt Adrian plötzlich.

Ich schüttle den Kopf, setze ein Lächeln auf. Mist. Mein Lächeln ist nicht einmal halb so überzeugend wie Viviens. Ich kann das einfach nicht. Gut gelaunt tun, egal was ist.

»Alles okay. Ich hab nur gerade gedacht, ich hätte etwas vergessen«, murmle ich und ziehe das Tempo an, um Adrians Blick ausweichen zu können.

Mann, Lügen konnte ich auch schon mal besser. Ich schiele zu ihm. Okay, er hat mir kein Wort geglaubt, der Zweifel steht ihm ins Gesicht geschrieben. Bilde ich mir das ein, oder ist es in den letzten Minuten kälter geworden? Mist, ich fange an zu zittern. Ich verschränke die Arme, drücke sie fest gegen meinen Bauch und beuge mich ein Stück nach vorn. Es hilft nicht gegen den Wind, der uns ins Gesicht bläst und mir die Haare zerzaust. Adrian hat's gut mit seiner Wollmütze, ehrlich.

Außer uns ist niemand auf der Straße unterwegs. Trotzdem habe ich selbst im Park noch das Gefühl, verfolgt zu werden.

»Hast du irgendetwas wegen Vivien gehört?«, bricht Adrian die Stille, die sich wieder zwischen uns breitgemacht hat.

Wir sitzen auf einer Bank, vor uns eine große Wiese, auf der zum Glück niemand ist. Der kalte Wind hat Vorteile. Am Himmel hängen schon wieder graue Wolken. Hoffentlich fängt es jetzt nicht an zu regnen, sonst müssten wir alles abblasen oder echt irgendwo etwas trinken gehen.

Ich schüttle den Kopf. Kein Lebenszeichen von Vivien, seit sechs Tagen nicht. Aber das heißt nichts. Es geht ihr gut, hundertpro. Wahrscheinlich sitzt sie irgendwo und lacht sich kaputt, weil wir uns alle Sorgen um sie machen und sie uns den Schreck unseres Lebens eingejagt hat. Toll, jetzt habe ich wieder das Bild ihrer Mutter im Kopf, die dunklen Ringe unter den Augen, die zerwühlten Locken. Vivien ist nicht der Typ, der einfach so abhaut, nur um uns eins reinzuwürgen.

Was ist passiert?

»Hast du viel mit Janus zu tun?« Ich versuche, die Frage beiläufig klingen zu lassen.

Adrian sieht mir zum ersten Mal direkt in die Augen, ohne zu blinzeln. Kann er bitte wieder wegschauen?

»Du kannst ihn nicht besonders leiden, oder?«

Blitzmerker.

»Er ist in Ordnung«, fährt Adrian fort. »Ich helfe ihm und Cedric ab und an aus, wenn sie wieder ein Video drehen wollen. Das ist alles.«

Warum schaut er mich immer noch so an? Janus ist in Ordnung. Klar. Würde er das noch glauben, wenn ich ihm den Brief zeige?

»Er hat Vivien fertiggemacht. Er und Elise.«

Und jetzt versuchen sie, mich fertigzumachen. Damit ich die Klappe halte und sie ihr Gewissen beruhigen können. Aber das können sie vergessen, ich lasse mich nicht einschüchtern.

Adrian zieht die Augenbrauen hoch, sagt aber nichts. Schüttelt er ganz leicht den Kopf? Hallo? Das kann er ja wohl nicht abstreiten. Er hat mitbekommen, wie Janus Vivien abserviert hat. Alle haben das mitbekommen.

Ein Kribbeln läuft über meine Arme. Warum habe ich schon wieder das Gefühl, beobachtet zu werden? Auf der anderen Seite der Wiese läuft eine Gruppe Hundebesitzer. Es ist schon dämmrig, ich kann die Gesichter nicht erkennen. Außer den Gassigängern und uns ist kein Mensch im Park. Es sei denn, jemand versteckt sich hinter den Bäumen oder auf dem Spielplatz. Was weiß ich.

»Hast du den Jungs gesagt, dass wir uns treffen?«, frage ich, weil ich sichergehen muss.

Adrian schnaubt. »Wieso sollte ich?«

Die Frage ist eher, wieso nicht. Egal, ich muss zum Punkt kommen, will nicht noch hier sitzen, wenn es dunkel wird. Habe keinen Bock, in der Nacht auf dem Heimweg verfolgt zu werden. Falls ich mir das nicht einbilde und uns echt jemand beobachtet.

»Warum bist du Vivien wochenlang gefolgt?«

Mit der Tür ins Haus, super. Adrians Gesicht versteinert. Komplett. Für einen Job bei der Kripo wäre ich definitiv nicht geeignet.

»Ich, äh, das habe ich nie gemacht. Wie kommst du da drauf?« Er fasst sich in den Nacken, und auf einmal sieht er lieber den Kiesweg vor der Bank an, als mir ins Gesicht.

Klar, er hat sie nie gestalkt. Ich verdrehe die Augen. »Komm schon! Bevor Vivien und ich diesen Streit hatten, bist du überall aufgetaucht, wo sie war.«

Er springt hoch. »Das hat sich erledigt, okay? Wir haben das geklärt. Es war bescheuert, und seit sie mit Janus zusammen war, habe ich sie sowieso in Ruhe gelassen.«

Er kickt ein paar Steinchen ins Gras, schnauft, läuft zwei Schritte nach links und wieder zurück und sieht mich immer noch nicht an.

»Hattest du Schiss vor Janus?«

»Ich wollte nicht, dass er die falsche Idee bekommt. Ich hätte alles auf sich beruhen lassen und gehofft, dass es von selbst aufhört.«

»Dass was aufhört?«

War er echt in Vivien verknallt oder was?

»Ist doch jetzt egal. Ich bin ihr nicht mehr gefolgt, und damit ist gut!«

»Ist es nicht. Du hast letzte Woche selbst gesagt, dass du etwas mit ihr besprochen hast.«

»Weil ich musste, verdammt!« Wieso schreit er jetzt?

Sein Gesicht ist knallrot und sein Körper angespannt. Was hat er? Sonst ist er immer total ruhig und gelassen.

»Was musstest du?« Meine Frage ist nur ein leises Flüstern, das droht vom nächsten Windstoß davongetragen zu werden.

Adrian hört es trotzdem, er hebt den Kopf und sieht mich durch die klaren Gläser seiner blauen Brille an. »Sie hat damit gedroht, Janus zu erzählen, dass ich sie stalken würde. Aber ich habe sie nie gestalkt ...«

Doch, das hast du.

Ich beiße auf das Zungenpiercing, halte lieber den Mund und beobachte ihn. Wenn ich Glück habe, spricht er von selbst weiter. Und wenn nicht ... wenn nicht, kann ich ihm das immer noch an den Kopf werfen.

»Ich bin ihr gefolgt, weil ich mit ihr reden musste, auch wenn ich es gern vermieden hätte. Aber als sie mit Janus zusammen war, habe ich aufgehört, weil ich nicht wollte, dass er denkt, dass ich seine Freundin angrabe.« Er tritt wieder mit der Spitze seines Turnschuhs in den Kies. »Ich hatte gehofft, es erledigt sich vielleicht von selbst.«

»Und? Hat es das?«

Er schüttelt den Kopf, weicht meinem Blick aus. »Bisher nicht.«

»Was musstest du so dringend mit ihr besprechen?«

»Ich hab dir doch schon gesagt, dass Vivien und ich das vor zwei Wochen geklärt haben. Und dabei will ich es belassen. Okay?«

»Nicht okay!« Ich springe auf, stelle mich vor ihn und sehe ihm genau in die Augen.

»Bitte?« Seine Lippen zittern.

Er starrt mich an. So, als müsste er sich verhört haben. Verdammt, er ist viel zu nah. Aber wenn ich jetzt einen Schritt zurückgehe, erzählt er mir nie, was er von Vivien wollte.

»Was musstest du so dringend mit ihr besprechen?«, frage ich noch einmal.

»Sorry, Nora, das ist privat.« Er ist es, der zurückweicht, sich in den Nacken fasst und den Kopf senkt.

»Spinnst du? Newsflash: Vivien ist verschwunden und das eine knappe Woche, nachdem du mit ihr geredet hast. Also? Was habt ihr besprochen?«

»Das hat nichts mit ihrem Verschwinden zu tun.«

»Bist du sicher?«

Er sieht wieder hoch, mustert mich und er steht immer noch nah genug, dass ich seine Augenfarbe erkennen kann. Blaugrün wie das Wasser in einem abgestandenen Teich.

»Nein«, flüstert er. »Aber ich schätze sie tougher ein, als dass sie das, was ich ihr erzählt habe, aus der Bahn werfen könnte.«

»Adrian bitte ...«

Er sieht mich noch einen Moment länger an, mit einem total durchdringenden Blick. Als wollte er in mich hineinsehen, um zu wissen, ob er mir vertrauen kann oder nicht. Mein Nacken kribbelt, ich will dem Blick ausweichen und wage nicht einmal zu zwinkern.

»Okay«, sagt er endlich. »Du musst mir versprechen, mit niemandem darüber zu reden.«

»Einverstanden«, antworte ich viel zu schnell, um zu kapieren, was genau ich ihm gerade verspreche.

Ich habe sowieso keine Wahl. Wenn ich es nicht tue, wird er nicht reden. Er nickt und setzt sich wieder auf die Bank, die Arme auf die Knie gestützt, den Kopf gesenkt. Ich setze mich neben ihn, schiebe mein eines Bein wie eine Barriere zwischen uns und stütze mich mit einem Arm an der Lehne ab.

Eine halbe Ewigkeit sagt keiner von uns ein Wort, und ich halte es fast nicht mehr aus, bis er endlich den Mund aufmacht und anfängt zu reden.

NIEMALS VERMISST ODER SCHMERZ OHNE ENDE?

»Es hat vor ein paar Monaten angefangen. Meine Mutter kam von einer Elternbeiratssitzung viel zu spät nach Hause und war auffallend gut gelaunt«, sagt Adrian in die Stille hinein.

Was hat das mit Vivien zu tun?

»Ich habe eine Weile gebraucht, bis ich es herausgefunden habe. Und dann habe ich mir gewünscht, ich hätte es nie erfahren.« Er schiebt die Wollmütze ein Stück nach oben und kratzt sich am Kopf. »Meine Mutter hatte wieder einen neuen Typen kennengelernt.« Jetzt sieht er mich an.

In seinen Augen liegt ein seltsamer Glanz. Was ist los?

»Im Elternbeirat. Ausgerechnet. Ich meine, es ist im Prinzip egal, weil es sowieso nie lange anhält. Spätestens wenn ihr Lover auf meinen Bruder trifft, geht es den Bach runter. Erst mit der Beziehung und dann mit ihr.« Er reibt sich die Stirn und schüttelt den Kopf. »Aber wenn ihr Lover der Vater von jemanden aus unserer Stufe ist, ist mir das absolut nicht mehr egal.«

Moment. Das ist jetzt nicht sein Ernst.

Tu nicht so, als ob du in den letzten Wochen irgendetwas von deiner Tochter mitbekommen hättest, Robert!

Viviens Vater ist im Elternbeirat, aber ey! Was soll er von Adrians Mutter wollen? Ihre Eltern sind das volle Traumpaar.

Es ist alles deine Schuld.

Ist das der Grund, warum Vivien in den letzten Wochen immer zu mir kam und tausend Ausreden hatte, uns nicht mehr bei ihr zu treffen? Aber sie wusste es nicht, sonst hätte sie Adrian in der Luft zerfetzt. Hundertpro.

»Du sagst jetzt nicht, was ich denke, dass du sagen willst?« Ich bringe die Frage fast nicht heraus.

Adrian schnauft und sieht die kleinen Steinchen zwischen seinen Füßen an, als läge in ihnen die Antwort auf meine Frage verborgen.

»Der neue Lover meiner Mutter ist Viviens Vater.« Er dreht den Kopf und schaut mir ins Gesicht.

»Du machst Witze!«, sage ich, obwohl es klar ist.

Er macht keine Witze. Unsere ganzen Vermutungen für sein Stalken schießen mir durch den Kopf, und auf einmal setzt sich alles zusammen, wie die Einzelteile eines Puzzles. Er hatte Angst. Angst, wie Vivien reagieren würde, wenn sie es herausfand. Sie wäre ausgetickt. Ich weiß, wie sehr sie ihren Vater liebt und wie sie die Frau hassen würde, die sich in die Beziehung ihrer Eltern mischt. Sie hätte Adrian fertiggemacht, vor der ganzen Stufe.

»Hast du es ihr gesagt?«

»Ich wollte. Die ganze Zeit, aber dann habe ich immer wieder gehofft, dass sich das Problem von selbst löst. Auch wenn es für uns wieder eine Katastrophe werden wird, ist es trotzdem besser, als mit Vivien einen auf Patchworkfamilie zu machen.«

Ich verstehe nur die Hälfte von dem, was er sagt, aber das ist nicht wichtig. Wichtig ist nur, ob Vivien es weiß oder nicht.

»Also hat sie keine Ahnung?«, bohre ich nach.

»Doch.« Er stützt das Gesicht in den Händen ab, seufzt wieder, und auf einmal sprudelt alles aus ihm heraus.

Es war am Sonntag vor zwei Wochen. Die letzte Szene für das Fanvideo der Parcoursleute war gerade im Kasten.

The Witcher – Wild Hunt.

Ich wollte schnell nach Hause, hatte meinem kleinen Bruder versprochen, dass wir noch zusammen spielen.

»Hey warte!« Auf einmal lief Vivien mir hinterher.

Janus sprang sofort auf und folgte ihr, aber sie hielt ihn zurück. »Ich muss mit Adrian etwas klären. Dauert nicht lange. Versprochen«, war alles, was sie zu ihm sagte, und sie drückte ihm einen Kuss auf die Wange.

Wenn ich nicht schon geahnt hätte, was sie von mir wollte, hätte ich losgelacht, zusammen mit Cedric und den anderen. Wie Vivien ist noch kein Mädchen mit Janus umgesprungen. Nicht einmal Elise. Na ja, Elise hätte er auch nicht aufgehalten, wenn sie mir nachgelaufen wäre.

Als Vivien mit mir loswollte, hielt Janus mich zurück.

»Ey Adi!« Er machte eine Pause und wartete, bis ich mich umdrehte und ihn ansah. »Komm nicht auf dumme Gedanken.«

Er sagte es mit einem Grinsen im Gesicht, und Cedric und die anderen brüllten wieder vor Lachen.

Bevor ich antworten konnte, legte Vivien eine Hand auf meine Schulter. »Lass ihn in Ruhe!«, sagte sie zu Janus.

Ihr Kommentar hat mich wie den totalen Idioten hingestellt, aber das hat sie nicht einmal gemerkt.

Ziellos lief ich die Straßen entlang, Vivien die ganze Zeit neben mir, vorbei an ein paar parkenden Autos, keiner von uns hat etwas gesagt, und irgendwann waren wir am Fluss. Wir lehnten uns an das Brückengeländer und schauten hinunter auf das Wasser. Ein gewaltiger Strom rauschte unter uns vorbei. Der ganze Regen in letzter Zeit hatte den Fluss anschwellen lassen. Ich überlegte, wie ich anfangen sollte, verwarf alle Sätze wieder, weil sie bescheuert klangen, hoffte immer noch auf eine Möglichkeit, mich herauszureden und ihr nichts zu erzählen. Beim kleinsten Geräusch von ihr zuckte ich zusammen. Aus Angst, sie könnte mich fragen. Aber sie stand genauso still wie ich. Vielleicht ahnte sie längst, worum es ging und wollte es nicht wirklich von mir hören? Irgendwann fiel mir mein kleiner Bruder wieder ein, und ich begann zu reden, wollte die Sache schnell hinter mich bringen. Mein Bruder ist nicht gut im Warten.

»Dein Vater heißt Robert, oder?«

Sie drehte mir den Kopf zu, die große Sonnenbrille verdeckte ihre Augen, und ich sah nur den Mund, der ein kleines Stück offen stand.

»Warum?«

»Ist das hier seine Handynummer?«, fragte ich, zog meines aus der Tasche und hielt es ihr hin.

Einen Atemzug lang sagte sie nichts. Noch hätte alles ein großer Irrtum sein können. Es war kein Irrtum, ich wusste das. Schließlich hatte ich es tausendmal überprüft.

»Woher hast du die?«

»Von meiner Mutter«, antwortete ich, als würde das alles erklären.

Das tat es auch, und mir wäre lieber gewesen, wenn Vivien mich ohne ein weiteres Wort verstanden hätte. Sie schaute wieder auf den Fluss und sagte nichts mehr. Ich unterdrückte ein Seufzen. Die Sonnenbrille und der tief in die Stirn gezogenene Hut verdeckten ihr Gesicht. Ich hatte keine Ahnung, ob sie meine Andeutung verstanden hatte. Oder ob ich noch mehr sagen musste.

Nur ihre eingezogene Unterlippe gab mir das Gefühl, dass sie über meine Worte nachdachte. Also redete ich weiter. Über das Verhältnis zwischen ihrem Vater und meiner Mutter. Wann ich es bemerkt hatte, seit wann ich mir sicher war und wie ich die ganze Zeit versucht hatte, sie darauf anzusprechen und immer wieder abgewartet hatte. In der Hoffnung, alles würde sich in Luft auflösen. Ich beobachtete Viviens Mund, und versuchte abzuschätzen, wann ich aufhören musste. Es war unmöglich. Ihr Mund verriet nichts über das, was sie dachte. Ich war mir nicht einmal sicher, ob sie mir noch zuhörte.

»Du brauchst dir keine Sorgen machen«, sagte ich schließlich. »Auch wenn meine Mutter darauf setzt, dass es für die Ewigkeit ist, wird es bald vorbei sein … spätestens wenn er meinen kleinen Bruder kennenlernt«, fügte ich leise hinzu.

Vivien schnaubte. Es war das erste Geräusch von ihr, seit ich angefangen hatte zu reden.

Langsam schüttelte sie den Kopf. »Als ob das noch wichtig wäre. Er hat alles kaputtgemacht. Glaubst du ernsthaft, dass meine Mutter ihn zurückwill?«

Ihre Worte klangen abgeklärt, als würde es um zwei Fremde gehen. Mein Blick fiel auf ihre zu Fäusten geballten Hände, und ich wusste, dass es ihr absolut nicht egal war. Ich war nicht sicher, inwieweit ihre Wut jeden Augenblick umschlagen und sich gegen mich richten könnte.

»Glaub mir, ich hätte gut und gern auf deinen Vater verzichtet«, sagte ich, um ihr klar zu machen, dass ich das alles genauso wenig wollte wie sie.

»Tja, das kannst du dir wohl nicht aussuchen. Wenn du mich vor ein paar Wochen gefragt hättest, hätte ich dich zum Teufel geschickt. Aber jetzt kannst du ihn haben. Ich will ihn genauso wenig zurück wie meine Mutter ihn noch will.« Sie warf mir die Worte hin und ging, ohne mich noch einmal anzusehen oder sich zu verabschieden.

Als wir uns am nächsten Tag in der Schule begegneten, fühlte es sich an, als hätte unser Gespräch nie stattgefunden.

Verdammt. Adrian kapiert nicht, was mit Vivien abgegangen ist. Er hat keine Ahnung, wie viel ihr Vater ihr bedeutet.

»Und zwei Tage nachdem du ihr das eröffnet hast, hat Janus mit ihr Schluss gemacht?« Ich schlage mit der Faust gegen die Bank. »Was für ein Arsch! Er hatte wohl keinen Bock darauf, dass sich einmal nicht alles um ihn dreht.«

»Ich glaube nicht …«

»Wenn ich ihn morgen sehe, schlage ich ihm in sein *ach so hübsches* Gesicht. Ehrlich jetzt!«, unterbreche ich Adrian. »Zum Angeben war Vivien ihm gut genug, aber sobald sie ihn einmal gebraucht hätte, macht er sich aus dem Staub. Was für ein Feigling!«

»Ich glaube nicht, dass sie Janus von unserem Gespräch erzählt hat«, wendet Adrian ein.

Will er diesen Idioten schon wieder in Schutz nehmen?

»Natürlich nicht. Als ob Vivien so blöd gewesen wäre, ihm das zu erzählen. Er interessiert sich doch kein Stück dafür, wie es anderen geht. Offensichtlich noch nicht einmal dann, wenn es sich um seine Freundin handelt.«

Adrian schüttelt den Kopf. »Du machst es dir verdammt leicht. Glaub mir, ich habe Janus schon mit einigen Mädchen gesehen, aber das mit Vivien war anders.«

»Anders. Klar. Sie war zu clever für ihn. Von Anfang an! Und er hat sie genau in dem Moment im Stich gelassen, in dem sie ihn am meisten gebraucht hätte!«

»Glaub, was du willst«, murmelt er, die Augenbrauen zusammengezogen.

Was ich will? Warum erinnert mich das so an Cedric? Glauben. Von wegen. Ich muss es nicht glauben, wenn ich es sehe. Warum versuchen alle, mich von Janus' *ach so gutem* Herzen zu überzeugen?

In der Stille, die auf Adrians Worte folgt, dehnt sich der Satz aus.

Was ich will.

Wenn alles so wäre, wie ich es wollte, hätten Vivien und ich nicht gestritten, sie wäre nie mit Janus zusammen gewesen, und ihr Vater hätte nichts mit Adrians Mutter angefangen. Warum hat er das überhaupt? Ihre Eltern waren doch glücklich miteinander. War das alles nur Fake? Niemals. Ich kenne sie schon ewig, ich hätte gemerkt, wenn irgendetwas nicht in Ordnung gewesen wäre.

Hätte ich das? Wirklich?

Durch die Wolkendecke wird es früher dunkel und noch kälter. Ich kann Adrians Gesichtszüge gerade so noch erkennen, aber die andere Seite der Wiese verschmilzt schon mit den Schatten der Nacht. Die Laterne hinter der Bank flackert auf. Jetzt, wo Adrian alles erzählt hat, könnte er gehen. Aber er sitzt hier wie festgewachsen. Will er sich noch mehr Schimpftiraden über Janus anhören? Klar, ganz bestimmt.

»Wieso würde Viviens Vater deine Mutter sitzen lassen, wenn er deinen kleinen Bruder kennenlernt?«, frage ich in die Stille hinein.

Es braucht keinen Bruder, damit er seinen Fehler bemerkt und versucht, es wiedergutzumachen. Adrians Mutter muss der Hammer sein, wenn sie Viviens das Wasser reichen kann. Trotzdem, er kann das nicht ernst meinen, echt nicht.

»Weil es immer so läuft«, antwortet Adrian. Er zuckt mit den Schultern und ein minikleines Lächeln umspielt seine Lippen. Es sieht traurig aus. »Jeder Lover meiner Mutter verschwindet, spätestens wenn er meinen Bruder erlebt hat. Selbst sein Erzeuger hat das nicht ausgehalten. Es gibt halt zu viele Leute da draußen, die immer nur den einfachen Weg nehmen.«

Erzeuger? Was ist das bitte für ein Wort?

»Viviens Vater hat nie den einfachen Weg genommen«, fahre ich ihn an.

Es stimmt. Auch wenn es bescheuert klingt. Wenn Viviens Vater es sich hätte einfach machen wollen, hätte er mich ignoriert und aufgegeben, weil ich ihn ganz am Anfang nicht ertragen konnte. Jedes Lächeln für Vivien hat mich viel zu sehr daran erinnert, wie sich das angefühlt hatte, als mein Vater mich noch anlächeln konnte. Mit Viviens Vater zu reden, war wie ein Verrat an ihm. Aber ihr Vater hat das ausgehalten, hat mich ausgehalten, so lange, bis es okay war. Als Viviens beste Freundin war ich für ihn ein Teil der Familie. Von Anfang an.

»Kann schon sein. Das heißt aber nicht, dass er bleibt, und ich habe keine Lust, wieder den Scherbenhaufen aufzukehren.« Adrians Stimme klingt ungewöhnlich hart.

Ich sehe ihn an. »Was für einen Scherbenhaufen?«

Sein ganzer Körper ist angespannt. Ein falsches Wort, und er explodiert. Hundertpro. Er hebt den Kopf und erwidert meinen Blick. Seine Augen sehen so unglaublich traurig aus, und obwohl er genau vor mir sitzt, wirkt er auf einmal total weit weg. Selbst wenn ich die Hand ausstrecken und ihn am Arm berühren würde, könnte ich ihn nicht erreichen.

»So läuft es immer. Meine Mutter ist am Boden zerstört, und ich muss mich um alles kümmern. Danach hat sie die Nase voll von Männern, weil die sowieso alle scheiße wären, und sie hat ja noch meinen Bruder und mich. Bis sie sich irgendwann in den nächsten Idioten verknallt, und alles von vorn losgeht. Ehrlich, die meisten waren irgendwelche dahergelaufenen Spinner. Und die, die es nicht waren …«

»Viviens Vater ist kein Spinner!« Die Worte habe ich schneller ausgesprochen, als ich sie denken kann.

Reflex. Solange ich in der Nähe bin, sagt niemand ein falsches Wort über Vivien oder ihre Familie. Niemand!

Adrian verzieht den Mund zu einem Lächeln, das mehr wie eine Maske aussieht und ihn noch weiter weg erscheinen lässt. Ich hätte nichts sagen sollen.

»Warum hat er sich dann mit meiner Mutter eingelassen?«

Das frage ich mich auch.

»Hör zu.« Ich streiche mir eine limettengrüne Strähne hinters Ohr und richte mich auf. »Ich glaube, Viviens Vater wird ziemlich schnell kapieren, dass er einen Fehler gemacht hat. Aber das hat nichts mit deinem Bruder zu tun. Er und Viviens Mutter gehören einfach zusammen. Das war schon immer so …«

Das war schon immer so? Was ist das denn für eine Erklärung?

Adrian lacht.

»Und die große Liebe gibt es auch, oder?« Er schüttelt den Kopf und zieht die Schultern hoch. »Glaub, was du willst.«

Glaub, was du willst. Da ist es wieder. Ich habe genug! Die große Liebe, für wie blöd hält er mich?

Er lehnt sich nach vorn und stützt die Hände auf die Knie. Will er gehen?

»Warum vergrault dein Bruder alle?«, frage ich, weil er nicht gehen soll. Nicht so.

Ich hab ’nen Knall, ehrlich jetzt.

Er legt die Unterarme auf den Beinen ab, dreht den Kopf und sieht mich wieder an. Das Licht der Laterne spiegelt sich in den Brillengläsern, und ich kann seine Augen nicht mehr richtig erkennen.

»Er ist halt nicht so, wie alle sind. Mir ist das egal, er ist mein Bruder. Und meiner Mutter ist das auch egal. Aber ihren Lovern nicht. Für die gibt es nur normal, und wer nicht normal ist, muss behindert sein. Selbst sein Erzeuger hat das so gesehen.«

Wieder dieses Wort. Erzeuger. Mein Magen zieht sich zusammen. Er muss seinen Vater richtig hassen. Oder?

»Warum nennst du ihn so?«

»Weil er das ist. Ohne seinen Samen gäbe es meinen Bruder nicht.« Er stockt kurz, als würde er sich an etwas erinnern, wischt mit der Hand über die Stirn und schüttelt den Kopf. »Zu mehr war er nicht zu gebrauchen. Am Anfang vielleicht, aber als klar wurde, wie mein Bruder ist, war er schneller weg, als wir schauen konnten.«

»Er ist auch dein Vater oder nicht?«

Toll, da bin ich seit sechs Jahren mit Adrian in einer Stufe und weiß nichts über ihn. Ich kann mich noch nicht einmal daran erinnern, wie seine Mutter aussieht oder ob sein Bruder auf unsere Schule geht. Müsste er ja.

»Ich habe keinen Vater«, antwortet er.

Leise. Und sieht mir dabei genau in die Augen. Was soll das heißen, er hat keinen Vater? Er kann ja wohl schlecht vom Himmel gefallen sein. Oder hätte ich *Erzeuger* sagen sollen?

»Als meine Mutter mit mir schwanger war, ist der Typ abgehauen, wenn du es genau wissen willst. Er hat sich nie wieder gemeldet und gezahlt hat er auch nicht. Insofern.« Adrian lehnt sich zurück und verzieht die Lippen zu einem schiefen Lächeln, das fast wie eine Entschuldigung wirkt. »Dein Vater ist auch weg, stimmt's?«

Mein Mund klappt auf. Die Frage trifft mich vollständig unvorbereitet.

»Woher …«

»Woher ich das weiß?«, fällt er mir ins Wort. »Weil auf allen Schulfeiern nur deine Mutter war. Und wenn deine Mutter nicht da war, bist du mit Vivien und ihren Eltern gekommen.«

Moment. Wieso weiß Adrian das, während ich mich noch nicht einmal an seine Mutter erinnere und keine Ahnung habe, ob sie überhaupt auf irgendeinem Schulfest mit dabei war?

Er fasst sich in den Nacken. »Sorry, das klingt total schräg, wenn ich das so erzähle. Ich schätze, es ist mir am Anfang einfach aufgefallen, weil von den meisten beide Eltern da waren, oder beim nächsten Mal halt der andere. Aber bei dir eben nicht. Genau wie bei mir.«

Jetzt ist er wieder total rot im Gesicht. Wie viele Gedanken hat er sich bitte gemacht? Das ist echt schräg und irgendwie auch süß. Ich drehe den Kopf zur Seite, damit er mein Lächeln nicht sieht.

»Du hast keinen Kontakt zu deinem Vater, oder?«, fragt er wieder.

Die Worte wischen das Lächeln aus meinem Gesicht, und für einen winzigen Moment fühle ich wieder das Loch in meinem Bauch, das mit jedem Atemzug ein Stückchen größer wird, bis es mich verschluckt. Ich schüttle den Kopf, will sie loswerden, die Leere.

»Warum?«, frage ich, ohne Adrian anzusehen.

Meine Stimme klingt kratzig.

»Du sprichst nie von ihm. Anders als Karla zum Beispiel. Ihren Vater habe ich auch noch nie auf einer Schulfeier gesehen, trotzdem erzählt sie relativ oft von ihm. Wenn sie ihn am Wochenende besucht hat, zum Beispiel.«

Mein Herz zieht sich zusammen, mein Brustkorb sticht. Ich kann fast nicht mehr atmen.

»Er ist tot«, flüstere ich und sehe dabei den Kies zwischen meinen Füßen an, der in dem künstlichen Licht der Laterne mehr weiß als grau ist.

Adrian holt Luft. Ich schließe die Augen. Gleich kommt es, das Mitleid, das geheuchelte Verständnis von jemandem, der es nicht begreifen kann, weil er es nie erlebt hat und die Leere nicht kennt, die in dir zurückbleibt. Oder das Gefühl, an den Erinnerungen zu ertrinken, sie nicht auszuhalten und gleichzeitig festhalten zu müssen, weil sie das Einzige sind, was dir bleibt. Die Panik, wenn du merkst, wie sie langsam verblassen und du jetzt schon nicht mehr weißt, wie seine Stimme klang und dir nicht mehr sicher bist, ob er grünblaue oder grüngraue Augen gehabt hat.

Ich hätte nichts sagen sollen.

»Es …«, fängt Adrian an.

»Ich muss los«, unterbreche ich ihn, will es nicht hören, will nicht spüren, wie dieser eine Satz alles kaputtmacht.

Was? Was macht er kaputt? Ich tu gerade so, als wären Adrian und ich befreundet. Aber das sind wir nicht, und mir ist egal, ob es ihm leidtut oder nicht. Ich stehe auf, will kein einziges Wort mehr hören.

Er steht auch auf, und auf einmal ist er genau vor mir. Wenn ich den Kopf heben würde, könnten wir uns in die Augen sehen, aber das mache ich nicht. Ich starre immer noch den Kies an, unsere Schatten färben ihn schwarz. Meiner neben Adrians.

»Ich bring dich nach Hause«, sagt er, und es klingt, als wäre es das Selbstverständlichste auf der Welt.

»Brauchst du nicht. Echt nicht«, versuche ich, ihn abzuwehren, aber er gibt mir keine Chance.

Wir sprechen nicht mehr, und irgendwie fühlt es sich trotzdem gut an, jetzt nicht allein zu sein. Auch wenn Adrian in Wahrheit ein

Fremder ist. Hat er sich echt die ganze Zeit Gedanken gemacht? Über mich und meinen Vater?

Ich beobachte dich, Nora. Lange schon.

Nein. Nein! Er hat nichts mit dem Brief zu tun. Ganz sicher nicht. Er hat überhaupt keinen Grund. Außerdem wusste der Briefeschreiber vom Tod meines Vaters, und Adrian hatte keine Ahnung.

Oder?

Das wäre verrückt, total verrückt.

Ich versuche, den Gedanken wegzuschieben, aber egal wie sehr ich mich bemühe, ich kann den Zweifel nicht mehr abschütteln.

VERBLASSEN

Ihr hattet keine Chance,
alles war völlig aus der Balance.
Ich wollte reden,
ehrlich,
doch es gab viel zu viele alte Fehden.

Was passiert, wenn ihr merkt,
dass ich verschwunden bin?
Denkt ihr dann:
Verräterin?

Ich wollte das nicht,
stand immer irgendwie im Rampenlicht,
hab mich hinter meinem eigenen Schatten versteckt.

Und jetzt
bin ich weg.

Wo ist er, der Button,
mit dem ich alles zurückspulen kann?
Meine Fehler auslöschen und dann
mit euch noch einmal ganz von vorn anfang'?

Ich suche nach ihm und weiß es doch.
Es gibt nichts, das bleibt.
Ich werde verblassen,
bis zur Unkenntlichkeit.

Es ist vermessen, aber ich wünschte,
ich würde euch ein klein wenig fehlen.
Und ihr?
Ihr habt mich längst vergessen.

FÜR IMMER VERLOREN?

Toll. Ich habe die halbe Nacht wach gelegen und über Adrian nachgegrübelt. Es ergibt keinen Sinn. Er hat keinen Grund, mir so einen Brief zu schreiben. Er hatte ja noch nicht einmal engen Kontakt zu Vivien. Auch wenn er sie in den letzten Monaten verfolgt hat.

Mann, müssen wir heute auch noch Physik haben? Adrian sitzt in der Reihe vor mir. Ich starre ihm seit Anfang der Stunde ein Loch in den Rücken und kann mich nicht konzentrieren. Mein Handy brummt.

Vivien?

Sie muss es sein! Meine Mutter schreibt mir nicht während der Unterrichtszeit. Ich behalte den Radecke im Blick, beuge mich nach vorn und ziehe das Handy ein Stück aus der Tasche. So unauffällig wie möglich. Zum Glück ist der Radecke mit dem Streber aus der ersten Reihe in eine Diskussion vertieft. Eine Bewegung vor mir lenkt mich ab. Adrian. Unsere Blicke treffen sich, und er zieht die Augenbrauen hoch. Ich zucke mit den Schultern, versuche zu lächeln, mir nichts anmerken zu lassen.

Meine Mutter? Warum schreibt sie mir? Obwohl ich nicht wirklich daran geglaubt habe, dass Vivien sich einfach so meldet, fühlt es sich an, als wäre sie gerade ein zweites Mal verschwunden.

Heute vor einer Woche war sie das letzte Mal in der Schule.

Die Erkenntnis durchzuckt mich wie ein Blitz, und auf einmal bin ich hellwach. Wenn meine Mutter mir während des Unterrichts schreibt, muss etwas passiert sein.

Bitte ruf mich an, sobald du kannst.

Mehr nicht. Ich sehe auf das Display, sekundenlang, lese zweimal, dreimal, ein viertes Mal und verstehe kein Wort. Wie in Trance stecke ich das Handy in die Hosentasche und melde mich, damit der Radecke mich aufs Klo lässt. Auf dem Weg nach vorn zur Tür spüre ich Adrians Blick im Rücken.

Tausend Fragen schwirren mir durch den Kopf. Ich will lachen, und gleichzeitig habe ich Tränen in den Augen, es ist total bescheuert. Wenn meine Mutter mich sprechen will, kann das nur eines bedeuten:

Sie haben Vivien gefunden.

Warum schreibt sie es nicht einfach? Es geht Vivien gut, oder? Es muss ihr gut gehen! Auf dem Gang renne ich los. Zum Glück ist niemand auf dem Klo, trotzdem gehe ich in eine der Kabinen und schließe die Tür.

Meine Mutter geht sofort ran, sie klingt total abgehetzt. »Nora! Gut, dass du anrufst.«

»Ist Vivien wieder da?«, platzt es aus mir heraus.

Das Schweigen, das folgt, nimmt mir die Luft. Etwas ist nicht in Ordnung, ich spüre es an jedem Wort, das unausgesprochen bleibt, habe Erfahrung mit nicht ausgesprochenen Worten und mit der Schwere, die in der Stille liegt, die sich in meinen Kopf schleicht und es unmöglich macht zu denken.

»Willst du nach Hause kommen? Ich kann im Sekretariat anrufen und Bescheid geben, dass sie dich gehen lassen. Ich kann mir heute auch freinehmen und …«

»Was ist los?«, unterbreche ich sie.

Ich halte es nicht mehr aus, stehe immer noch in der Kabine, lehne gegen die graue Trennwand und schließe die Augen.

Sag, dass alles in Ordnung ist. Bitte. Hol Vivien ans Telefon, ich muss ihre Stimme hören. Jetzt.

Ich schüttle den Kopf. Nichts ist in Ordnung.

»Sie haben Viviens Sachen gefunden. Ihren Hut, ihre Sonnenbrille und das Handy.« Meine Mutter spricht leise, es klingt beinahe so, als wollte sie mir ein Geheimnis anvertrauen.

»Wer?«

»Die Polizei.«

Die Polizei. Das ist gut, oder? Das heißt, sie haben eine Spur.

»Und wo?«

Jetzt seufzt sie. Sie will es nicht sagen, warum will sie es mir nicht sagen?

»Mama, wo?«

»Am Fluss. In der Nähe der Brücke.«

Die Brücke. Dort, wo Adrian ihr von dem Verrat erzählt hat? Heißt das … nein, das heißt überhaupt nichts!

»Von ihr gibt es keine Spur. Aber der Fluss hat so viel Wasser zurzeit, sie könnte … abgetrieben sein«, redet meine Mutter weiter. »Und es kann Tage dauern, bis sie sie finden, es …«

Nein. Ich beiße auf das Zungenpiercing, schüttle den Kopf und presse die Augen zusammen.

Nein! Es geht ihr gut, ich weiß es einfach, es muss ihr gut gehen. Vielleicht hat sie sich ein Stück zu weit nach vorne gebeugt und ihre Sachen sind ins Wasser gefallen? Ihre Sachen, nicht sie. Auf keinen Fall sie! Oder sie hat die Sachen dort drapiert. Wozu? Um Janus zu bestrafen? Oder mich? Uns alle? Das macht keinen Sinn, absolut nicht, aber das ist egal, nichts macht noch Sinn.

»Nora? Ich werde meine Schicht für heute absagen, und wir setzen uns zusammen und machen uns einen ruhigen Abend. Wie klingt das?«

Scheiße, es klingt scheiße. Ich will keinen ruhigen Abend, ich will wissen, was mit Vivien ist!

»Nein brauchst du nicht. Es ist in Ordnung, ich treffe mich später noch mit Freunden.«

Mit Freunden. Haha. Was für Freunde denn?

»Bist du sicher?« In ihrer Stimme schwingt Enttäuschung mit.

Warum ist sie enttäuscht?

»Ja. Trotzdem danke.«

Ich habe keine Ahnung, wie lange ich in der Kabine auf dem geschlossenen Klodeckel sitze, den Rücken an den Spülkasten gedrückt, die Knie ganz eng am Körper, und darauf warte, dass die Tränen endlich aufhören. Dazwischen kommt jemand rein, und ich schließe schnell ab, horche auf die Spülung und den Wasserhahn. Sie summt irgendein Lied. Wie kann sie da stehen und summen und so tun, als ob nichts passiert wäre? Während hier in der Kabine eine ganze Welt zusammenbricht und nichts mehr so ist, wie es noch vor einer Woche war?

Die Physikstunde ist fast vorbei, als ich endlich zurückgehe. Der Radecke wirft mir einen langen Blick zu, sagt aber nichts. Ich packe schnell meine Sachen in die Tasche, ignoriere das Fragezeichen in Adrians Gesicht. Beim Läuten bin ich die Erste, die aufspringt und nach draußen rennt. Ich kann jetzt nicht reden. Weder mit Adrian noch mit sonst irgendwem.

ALLES IST MÖGLICH

Die Mensa ist leer, ich bin als Einzige sitzen geblieben und beobachte, wie Sebastian die Theke ausräumt.

Bitte, komm rüber.

Außer mir scheint noch niemand von den Neuigkeiten gehört zu haben, keiner spricht über Vivien. Das ist der Hammer. Sie ist gerade einmal sieben Tage verschwunden, aber die Leute interessiert es schon nicht mehr. Auf einmal ist es wieder viel wichtiger zu erfahren, wer am Wochenende mit wem rumgemacht hat.

Idioten!

»Kann ich mich zu dir setzen?«

Was? Wo kommt Adrian jetzt her? Er schiebt sich die Wollmütze aus der Stirn, rückt die Brille zurecht und deutet auf den Stuhl, der rechts von mir über Eck steht. Diesmal ist kein Lächeln in seinem Gesicht. Ich nicke. Kann ihm ja schlecht verbieten, hier zu sitzen.

Was will er? Er geht doch sonst nie in die Mensa?

»Ist alles in Ordnung?«, fragt er, nachdem er sich gesetzt hat, die Arme auf den Tisch gestützt.

Er sieht mir genau in die Augen. Mann, wo kommen auf einmal die Tränen her? Ich blinzle sie weg, nicke wieder und schaue auf meine Hände, mit denen ich immer noch das Besteck festhalte.

»Du warst lange auf der Toilette«, redet er weiter.

Ich sage nichts. Zucke nur mit den Schultern und fahre mit der Messerspitze über die Tischplatte. Wenn ich jetzt den Mund aufmache, fange ich doch noch an zu heulen.

»Hier.« Zwei Puddingschälchen stehen auf einmal vor Adrian und mir auf dem Tisch.

Ich sehe auf, direkt in Sebastians Gesicht, in die hellblauen Augen, die mich neugierig anfunkeln. »Ist alles klar bei euch?«

Er sagt *euch*, aber er sieht nur mich an und setzt sich mir gegenüber an den Tisch.

»Sie haben Viviens Sachen gefunden. Ihren Hut, die Sonnenbrille und das Handy«, antworte ich.

Adrian holt Luft, aber er sagt nichts.

»Wo?«, fragt Sebastian, die Augenbrauen zusammengezogen, und ich erzähle es ihm.

Alles. Aber nicht das, was ich fürchte. Nicht ein Wort.

Sag mir, dass alles in Ordnung ist. Bitte.

Sebastian streicht sich über den Dreitagebart und schüttelt den Kopf. »Das ist nicht gut.«

Dieser eine Satz fegt den letzten Funken Hoffnung in mir weg. Ich stürze in die Tiefe, kralle mich am Tisch fest, alles verschwimmt vor meinen Augen. Es ist nicht gut, es ist ganz und gar nicht gut, es ist …

»Das hat noch nichts zu bedeuten«, mischt Adrian sich ein.

»Was?« Sebastian und ich drehen uns gleichzeitig zu ihm.

Er sieht mich durch die Brillengläser hindurch an, sein Blick ist viel zu intensiv, ich blinzle, halte das nicht aus.

»Ich weiß, was ihr denkt, das wirkt auch logisch. Aber solange sie Vivien nicht gefunden haben, ist alles möglich.«

Alles ist möglich … mit den drei Worten fängt Adrian meinen Sturz ab. Ich muss lächeln, und wenn es nicht total daneben wäre, würde ich ihn jetzt in den Arm nehmen.

»Hör auf, ihr falsche Hoffnungen zu machen«, fährt Sebastian ihn an. »Sie muss den Tatsachen ins Auge sehen und sich auf das Schlimmste gefasst machen.«

Sein Gesicht ist angespannt. Er hat recht. Trotzdem. Adrian soll weitermachen. Bitte. Ich will die Wahrheit nicht wissen, nicht solange sie Vivien nicht gefunden haben. Und es ist mir egal, ob wir uns etwas vormachen.

»Aber es stimmt. Solange Vivien verschwunden ist, ist alles möglich.« Adrian lässt sich von Sebastians Killerblick nicht einschüchtern, kein Stück.

»Wie naiv bist du? Bei der Strömung kann sie …« Sebastian bricht ab, sieht zu mir und schüttelt den Kopf. »Ich will das auch nicht, aber wir müssen realistisch bleiben. Es tut mir leid, Nora.«

Leid …

Er sagt es leise, und trotzdem dröhnt es in meinen Ohren. Ich nicke, mechanisch, beiße dabei auf das Zungenpiercing, um die Tränen nicht zu spüren.

Sebastian steht auf. »Ich muss nach hinten, klar Schiff in der Küche machen. Stellt die Schälchen auf die Theke, wenn ihr fertig seid.« Seine Stimme klingt belegt, oder bilde ich mir das ein?

Er nickt mir zu, sieht Adrian mit unbewegtem Gesichtsausdruck noch einen Moment lang in die Augen, dann wendet er sich ab. Sein Gang ist langsamer als sonst, die Muskeln an den Oberarmen treten unter dem dünnen Stoff des Pullis hervor. Das mit Vivien macht ihn genauso fertig wie mich, obwohl er so stark und cool ist. Ich ertrage es nicht, ihn so zu sehen, schaue lieber auf das Schälchen vor mir und tauche den Löffel in den Pudding. Warum hat Sebastian nicht wenigstens einen Funken Hoffnung? Wenn wir fest genug daran glauben, kann alles gut werden.

Schwachsinn, ich weiß.

Entweder es geht ihr gut oder nicht. Ganz egal, was wir glauben.

»Wieso hat er uns Nachtisch gebracht?« Adrians Frage bringt mich zurück in die Gegenwart.

»Wegen Vivien«, antworte ich und tue so, als würde das alles erklären.

Wir essen den Pudding, und das einzige Geräusch am Tisch ist das Kratzen der Löffel in den Schälchen. Metall auf Glas. Ich werde Adrians Worte nicht mehr los, die Hoffnung, die in ihnen schimmert, und schließlich halte ich es nicht mehr aus.

»Was glaubst du, was passiert ist, wenn sie nicht …«

… gesprungen ist.

Ich will das nicht aussprechen. Adrian weiß auch so, was ich meine, ganz sicher, er ist ja nicht blöd.

Er rückt seine Brille zurecht, starrt vor sich hin, die Augenbrauen zusammengezogen. »Vielleicht wollte sie für 'ne Weile untertauchen und musste Hut und Brille loswerden, weil das ihre Markenzeichen sind? Sie hat sicher nicht damit gerechnet, dass es irgendwo wieder angeschwemmt wird und wir uns Sorgen machen.«

Wir … ich sehe ihn an. Ist Vivien ihm nicht egal?

»Und ihr Handy?«

Er zuckt mit den Schultern. »Vielleicht verloren? Oder sie wurde beklaut. Oder sie wollte nicht geortet werden, weil sie auf der Flucht war? Es gibt tausend Möglichkeiten.«

Auf der Flucht? Wovor? Das ist doch Quatsch! Trotzdem ist da wieder das Lächeln auf meinen Lippen. Adrian sieht hoch, und unsere Blicke treffen sich. Er lächelt auch.

»Komm.« Ich springe auf, strecke ihm die Hand hin.

»Wohin?«

»Ich will dir etwas zeigen. Glaubst du, es ist okay, wenn wir heute Nachmittag den Unterricht ausfallen lassen?«

Statt zu antworten, nimmt er meine Hand, und ich ziehe ihn zum Hintereingang raus.

Vor der Tür steht Sebastians blauer Peugeot. Alle zwei Wochen kommt er statt mit dem Motorrad mit dem Auto, um die Getränkekisten für ihn und die Küchenfrauen auszutauschen.

Wenn wir James und Alyssa wären, würden wir jetzt in das Auto steigen, abhauen und den ganzen Mist hinter uns lassen. Halte ich immer noch Adrians Hand? Mist. Ich lasse los und gehe einen Schritt schneller.

GEDANKENSCHWER

Toll. Bei den Fahrradständern ist Elise, zusammen mit Emma und Jasmin. Mann, warum sind sie noch nicht im Unterricht? Ich schiele auf die Uhr. Wir sind acht Minuten zu früh. Verdammt.

Elise bemerkt uns sofort. Logisch.

Sie ignoriert mich und geht einen Schritt auf Adrian zu, ein Funkeln in den eisblauen Augen. »Willst du dir jetzt wegen dem Freak Ärger mit der Freiberger einhandeln?«

Meine Füße stoppen von selbst und ich kneife die Augen zusammen. Ein Druck zwischen den Schulterblättern lenkt mich für einen Moment ab. Adrian? Sobald ich ihn anschaue, nimmt er die Hand wieder weg. Hat er mir gerade zugezwinkert?

»Du kannst dir nicht sicher sein, Elise«, sagt er.

Wovon redet er? Ich kapier's nicht, aber ich werde jetzt bestimmt nicht nachfragen.

Elise schnaubt und schüttelt den Kopf. »Sag nicht, ich hätte dich nicht gewarnt!«

Sie gibt Emma und Jasmin einen Wink, und die drei stolzieren an uns vorbei in Richtung Schule. Was war das für eine Ansage? Sie tut gerade so, als wäre ich gemeingefährlich. Zicke! Egal. Sie hat uns mehr als genug Zeit gekostet. Wenn wir nicht langsam abhauen, läuft uns bei meinem Glück noch die Pfister über den Weg.

Ich sehe zu Adrian. »Bereit?«

Er nickt, und ich drehe mich schnell weg und laufe los. Habe auf einmal ein dämliches Grinsen im Gesicht. Das muss er nicht sehen.

Während der ganzen Fahrt mit der Straßenbahn stellt Adrian nicht eine einzige Frage. Zum Glück. Ich sollte ihn nicht mitnehmen, aber ich bin total froh, jetzt nicht allein zu sein. Sobald die Bahn an der Endhaltestelle stoppt, springe ich raus und steuere auf den Trampelpfad zwischen den Büschen zu. Ein Blick über die Schulter reicht aus, um zu sehen, wie Adrian eine Braue hochzieht, aber er sagt noch immer nichts. So schnell wie möglich renne ich nach unten. Dabei schwirren mir tausend Bilder durch den Kopf:

Vivien. Auf der Matratze in der Hütte. Sie hat die Stühle zurechtgeschoben und die Kerzen angezündet, weil es so viel gemütlicher ist. Wenn ich gleich die Spanplatte ein Stück beiseiteschiebe, wird sie den Kopf heben und mich angrinsen.

»Wo warst du?«, wird sie fragen, und es wird sich seltsam anfühlen, weil sie weder den Hut noch die Sonnenbrille aufhaben wird.

Statt zu antworten, werde ich zu ihr gehen, sie in den Arm nehmen und nie wieder loslassen.

Vivien ist nicht hier.

Ich weiß es schon, bevor ich die Spanplatte bewege. Durch die Ritzen dringt kein Kerzenschein, und der Moosrand der Platte schließt mit dem Fensterrahmen ab. Trotzdem schiebe ich sie weg und steige ins Innere.

»Wow.« Adrian muss genau hinter mir sein.

Ich achte nicht auf ihn. Irgendetwas stimmt nicht.

Habe ich die Stühle so an die Wand gestellt? Sie stehen wie Soldaten, einer neben dem anderen und zwischen ihnen hätte nicht einmal ein Stück Papier Platz. Die Flaschen mit den Kerzen sind genau in der Mitte der Sitzflächen. Es sieht beinahe so aus, als hätte jemand aufgeräumt. Vivien?

Die Dose!

Ich laufe zu dem losen Dielenbrett, hebe es an und zerre sie heraus. Adrian fragt mich irgendetwas, aber ich kann ihm jetzt nicht zuhören.

WO BIST DU???

Der Zettel mit meinem Gekritzel auf der Rückseite flattert mir entgegen. Es steht keine Antwort drauf.

Sie war nicht hier …

Ich starre auf das Papier und fühle mich wie eine Marionette, der jemand die Fäden durchgeschnitten hat.

Scheiße, Vivien, wenn du nicht hier warst, wer dann? Wer war in unserer Hütte?

Jemand berührt mich an der Schulter.

»Hey!« Ich fahre herum, und sofort verschwindet die Hand.

Adrian. Er ist genau neben mir in die Knie gegangen und sieht mich durch die klaren Gläser seiner blauen Brille an.

»Was ist los?«, fragt er, ohne den Blick von mir zu lösen.

Meine Augen fangen an zu brennen. Nicht jetzt, bitte. Ich beiße auf das Zungenpiercing, schüttle den Kopf und sehe zu der Dose, auf den Papierstapel. Ich will nicht vor Adrian losheulen, auf keinen Fall.

»Nora?« Er drückt meinen Arm und beugt sich ein Stück nach vorne, um an den limettengrünen Strähnen vorbei in mein Gesicht zu sehen.

Ich schüttle wieder den Kopf. Statt zu antworten, halte ich ihm die beiden Texte hin.

Gedankenschwer … Lebensleer

»Was ist das?«

»Vivien«, stoße ich hervor, den Blick auf den Dosendeckel mit dem Hundebaby und der Weihnachtsmannmütze fixiert.

Kann kein Wort mehr sagen, heule sonst echt los.

Es ist Verrat.

Viviens Texte, ich darf sie ihm nicht einfach so zeigen, aber … aber was?

Eine Ewigkeit ist es vollkommen still in der Hütte. Ich höre uns noch nicht einmal atmen, bis Adrian mit einem Schnauben die Zettel weglegt. Er reibt sich die Stirn und schüttelt den Kopf.

»Was denkst du?« Meine Frage ist nicht mehr als ein Flüstern.

»Nichts.« Er sieht total fertig aus, aber er denkt nichts.

Klar.

»Was ist?«, frage ich.

Diesmal mit mehr Nachdruck. Er dreht mir den Kopf zu und sieht mich an. Sein Gesicht ist viel zu nah. Ich könnte die Hand heben und die braunen Strähnen zur Seite streichen, die ihm unter der Mütze hervor in die Stirn hängen. Aber ich bewege mich nicht. Keinen Millimeter. Seine Wangen sind total rot.

Er räuspert sich und sieht weg. »Wann hat sie das geschrieben?«

»Irgendwann zwischen letztem Jahr November und letzter Woche«, antworte ich, und wenn nicht alles so verdammt ernst wäre, müsste ich über meine glorreiche Zeitangabe lachen.

Aber es ist nicht lustig. Vivien ist weg.

Adrian nickt, steht auf und läuft vor mir hin und her.

»Was ist los?«, frage ich wieder.

»Weißt du, von wem sie spricht?« Er bleibt stehen, die Lippen aufeinandergepresst.

In seinen Augen schimmern tausend Gefühle gleichzeitig.

»Von Janus natürlich, von wem sonst?«

Was für eine blöde Frage, ehrlich! Ich muss kein Detektiv sein, um darauf zu kommen. Aber Adrian schüttelt den Kopf.

»Bist du sicher?« Er bückt sich, hebt die Zettel wieder auf und liest vor. »*Deine Gedankenschrauben, auf die ich gehört habe mit meinem*

Kleinkindchenglauben. Ich hab in deiner Lüge gelebt, hab's nicht gemerkt, bin einfach dahingeschwebt, bis du sie platzen hast lassen, die schillernde Seifenblase und mich hast sitzen lassen, am Ende der Sackgassenstraße.« Er sieht auf und schüttelt wieder den Kopf. »Das hört sich nicht nach Liebeskummer an.«

»Ach ja?« Ich reiße ihm die Zettel aus der Hand. »Und was ist damit: *Ich halte das keine Sekunde mehr aus, will endlich hier raus. Ich liebe dich … Nicht! Du stehst mir im Licht. Egal was du sagst, ich wunder mich, wann du mich endlich fragst, was ich von dir will?*« Ich funkle ihn an. »Echt jetzt, Adrian, ich hab kapiert, dass du nichts auf deinen *ach so guten* Kumpel Janus kommen lassen willst. Aber Fakt ist, dass er sie vor zwei Wochen abserviert und mit 'ner anderen rumgemacht hat. Okay?«

»Da wäre ich mir nicht so sicher …«

Spinnt er? Was soll dieser *Ich weiß viel besser, wovon ich hier rede*-Tonfall? Er ist doch total voreingenommen. Warum zieht er das Handy aus der Tasche? Er geht wieder neben mir in die Hocke und streift mich dabei mit dem Arm an der Schulter. Ich zucke zurück. Reflex. Er stockt.

Mann! Meine Wangen glühen. Toll. Jetzt habe ich mich zum kompletten Idioten gemacht.

»Sorry«, murmelt er.

Ich schiele zu ihm, aber er fixiert das Display, als würde es uns gleich anzeigen, wo wir Vivien finden. Haha. Schön wär's.

»Alles gut.« Die Worte kratzen in meinem Hals, ich muss mich räuspern.

Super. Souverän ist anders. Was ist verdammt noch mal mit mir los?

»Hier.« Adrian hält mir das Handy vor die Nase und spielt ein *Making of*-Video ab.

Es sind Bilder vom Set. Mit Musik unterlegt, und schon auf dem dritten strahlt mich Vivien an, gegen Janus gelehnt, der sie im Arm hält. Wie eine Trophäe. Idiot!

»Sieht so einer aus, der zwei Tage später Schluss macht?«, fragt Adrian.

Ist mir doch egal, wie Janus aussieht. Als ob man ihm das auf einem Foto anmerken könnte. Außerdem war Vivien am Set noch nicht am Boden zerstört. Offensichtlich.

Ich halte das nicht aus. Vivien, wie sie Elise schminkt. Elise und sie, wie sie Cedric frisieren. Flirtet er mit ihr? Vivien, Arm in Arm mit dem Mädchen aus den Parcoursvideos.

»Wer ist das?«, frage ich.

»Lia, Janus' kleine Schwester. Sie ist total verrückt nach Vivien.«

»Echt jetzt?«

Janus hat eine Schwester? Adrian stoppt den Film, und ich kann sie mir genauer ansehen. Es stimmt. Sie hat so schmale Augen wie er. Als würde sie gegen die Sonne blinzeln. Es sieht abschätzig aus und cool. Und die gleichen dunkelbraunen Haare, nur ihre sind schulterlang und quellen im Piratenstil unter einem dunkelblauen Tuch hervor. Ihr Pullover ist an den Seiten gerafft. Vorne ist ein Muster aufgenäht.

»Was hat sie an? War das für den Film?«

»Sie macht die meisten Kostüme, sie kann super nähen. Aber sie näht auch sonst alle ihre Klamotten.« Adrian lächelt. »Sie ist echt talentiert, und sie war so stolz, als Vivien auf Instagram mit einer ihrer Blusen posiert und sie verlinkt hat. Seither ist Vivien ihre persönliche Heldin.«

Das ist typisch. Ehrlich jetzt. Wenn Leute gut sind, tut Vivien alles, um sie zu unterstützen. Elise hat Janus' kleine Schwester bestimmt noch nie verlinkt. Jede Wette.

»Ist sie bei uns auf der Schule?«

Adrian schüttelt den Kopf und lässt den Film weiterlaufen.

Das ist doch nur eine Traumwelt. Natürlich lacht Vivien auf jedem Bild, sie spürt genau, wenn jemand mit der Kamera auf sie draufhält. Warum sieht es so verdammt echt aus? Hat sie sich von Janus und Elise wirklich so blenden lassen?

Hattest du nicht eher Angst, du könntest sie an ihn verlieren? Angst, er könnte eine größere Rolle in ihrem Leben spielen als du und dich ersetzen?

Ich starre auf Viviens strahlendes Lächeln, bin froh über die Sonnenbrille, will nicht wissen, ob ihre Augen leuchten. Mein Hals wird total eng, ich kann nicht mehr schlucken.

Menschen können sich ändern, oder? Du könntest dich auch ändern, du willst es nur nicht.

Sie hat mich nie gebraucht.

Ich halte den Gedanken nicht aus, genauso wenig wie die strahlenden Gesichter in dem Video. Will Adrian das Handy aus der Hand schlagen, aber das würde nichts ändern, kein Stück. Die Bilder sind schon in meinem Kopf. Ich drehe mich weg, hebe die Zettel auf und sortiere sie zurück in die Dose, muss die Tränen herunterschlucken.

Wenn es Vivien ohne mich wirklich so viel besser ging, warum ist sie dann verschwunden? Adrian stoppt den Film und steckt das Handy weg. Endlich.

»Alles in Ordnung?«, fragt er.

Spinnt er? Wie kann irgendetwas in Ordnung sein, nachdem sie Viviens Sachen am Fluss gefunden haben, ohne eine Spur von ihr? Ich ziehe die Schultern hoch und schüttle den Kopf.

»Du …«, fängt er an. Sein Handy klingelt. Er zieht es wieder aus der Tasche, schaut auf das Display. »Shit! … Was gibt's?«, fragt er direkt, ohne eine Begrüßung.

Dabei steht er auf und läuft zum Fenster. Als ob ich ihn dort weniger hören könnte. Interessiert mich sowieso nicht, wer ihn anruft und warum.

»Was? Aber du hast gesagt, dass … nein, muss ich nicht, aber … Jetzt hör mir doch zu!«

Wow, er klingt total wütend. Ich habe ihn noch nie so reden hören, ehrlich, noch nie. Was ist hier los?

»Triffst du dich mit ihm?«

Von wem spricht er? Und mit wem? Ich rühre mich nicht mehr, horche und muss mich beherrschen, nicht in seine Richtung zu starren. Er soll nicht merken, dass ich doch zuhöre.

»Ich weiß! … Sie geht auf meine Schule, falls dir das entgangen ist.«

Wer?

»Ist doch jetzt egal … ja, ich finde es daneben. Hast du dir schon mal überlegt, dass … was?« Er seufzt. »Vergiss es, okay? Ich hole ihn ab, mach dir keine Sorgen.« Auf einmal ist alle Wut aus seiner Stimme verschwunden.

Unsere Blicke treffen sich. So viel zum Thema, ich lasse mir nichts anmerken. Er steckt das Handy zurück in die Tasche.

»Das war meine Mutter. Wie es aussieht, muss ich meinen kleinen Bruder heute abholen.«

Was will er mir damit sagen? Und warum habe ich das Gefühl, dass es gerade nicht um seinen Bruder ging? Er kommt zurück und geht neben mir in die Hocke.

»Wenn du willst, kannst du mitkommen«, sagt er.

Leise. Es klingt mehr so, als ob er mir das anbietet, weil er denkt, er muss das. Nicht, weil er mich wirklich dabeihaben will. Egal, ich will sowieso nicht mit.

»Spar dir dein Mitleid!«, raunze ich ihn an.

Ausgesprochen klingt es fieser als in meinem Kopf.

Adrian blinzelt, reibt sich die Stirn und schnaubt. »Hast du dir schon mal überlegt, dass andere sich vielleicht einfach Sorgen machen? Du bist gerade völlig fertig, und ich hätte dir den Film nicht zeigen sollen.«

Klar, ich bin fertig, und er fühlt sich dafür verantwortlich.

Nimm dich mal nicht so wichtig, Adrian!

»In dem Film wirkt Vivien nur so glücklich, weil es ein Zusammenschnitt der besten Bilder ist. Wenn Janus sich echt für sie interessiert hätte, hätte er sie nicht einfach so abserviert und …«

»Du kannst es nicht lassen, oder? Egal was du denkst, Vivien hat ihm etwas bedeutet. Was immer da gelaufen ist, er hat sie ganz sicher nicht abserviert«, unterbricht Adrian mich.

Wie weit will er noch gehen, um diesen Volldeppen zu verteidigen?

»Ach ja? Die Nachricht von ihrem Vater allein hätte sie aber nicht so aus der Bahn geworfen. Nicht, wenn sie sich auf Janus hätte verlassen können und Elise ihr nicht mit dem total daneben liegenden Foto auf Instagram in den Rücken gefallen wäre!«

»Welches Foto?«

»Das, auf dem sie Vivien wie eine Schlampe hinstellt? Einer, der vollkommen egal ist, dass ihr Freund zwei Tage vorher mit ihr Schluss gemacht hat?«

So sieht es nämlich aus. Adrian kämpft für seinen *ach so tollen* Kumpel bis aufs Messer und hat überhaupt keine Ahnung, wovon er redet.

»Ich glaube immer noch nicht, dass er Schluss gemacht hat.«

Toll, wir drehen uns im Kreis.

»Genau, und er hat auch nichts mit einer anderen angefangen. Das war Fotomontage oder?«

»Keine Ahnung.« Adrian zuckt mit den Schultern und kratzt sich am Kopf.

»Echt. Lass es einfach bitte.« Ich knalle die Dose in das Geheimfach.

Warum rede ich überhaupt noch? Unsere Streiterei bringt Vivien auch nicht zurück. Was ist, wenn ihr wirklich etwas passiert ist? Mein Magen zieht sich zusammen, und mir wird schlecht.

»Kommst du jetzt mit?«, fragt Adrian in die Stille hinein.

Er kniet immer noch neben mir und schaut mich an.

»Lass gut sein, du musst dich nicht um mich kümmern, okay?«, sage ich, aber ich sehe nicht zu ihm.

Er soll die Tränen nicht bemerken, auch nicht das Herzflattern und schon gar nicht meine Angst.

Vivien darf nichts passiert sein.

Bitte.

»Verdammt, Nora!«, fährt er mich an und haut mit der Faust auf den Boden.

»Was?« Meine Stimme klingt brüchig.

Toll. Jetzt höre ich mich echt so an, als würde ich gleich losheulen.

»Ich bin nicht besonders scharf drauf, dass du meinen kleinen Bruder kennenlernst, aber ich will dich nicht hier alleine sitzen lassen. Verstanden?«

»Hallo? Ich bin schon groß, falls dir das nicht aufgefallen ist. Ich kann gut auf mich selbst aufpassen und brauche keinen Babysitter!«

Was glaubt er, wer er ist?

»Daran hab ich keinen Zweifel«, murmelt er, hält kurz inne und schüttelt den Kopf. »Du machst es einem echt nicht leicht.«

Was soll das denn jetzt?

»Warum gehst du dann nicht einfach?«, frage ich, und jetzt schaue ich ihm in die Augen.

Sind sie wegen der Brillengläser so groß? Er hält meinem Blick stand. Für eine Ewigkeit sagt keiner von uns ein Wort. Mir ist immer noch zum Heulen. Was würde er machen, wenn ich mich einfach zur Seite lehnen und mein Gesicht an seiner Schulter vergraben würde?

Hallo? Bin ich noch ganz sauber? Was war das für ein bescheuerter Gedanke?

Sein Handy rettet mich. Es piepst, und er unterbricht den Blickkontakt.

»Los, wir müssen uns beeilen. Sonst dreht mein Bruder durch.« Er steht auf und hält mir die Hand hin. »Er hasst es, wenn man ihn warten lässt.«

Ich stemme mich hoch, ohne seine Hand zu nehmen. Meine Wangen sind total heiß, und statt ihn anzusehen, schaue ich lieber zu den Kerzen in den leeren Whiskyflaschen.

Bevor ich hier weiter allein rumsitze, kann ich auch mitgehen. Vielleicht finde ich so wenigstens etwas über seine Mutter heraus. Jede Information, die auch nur irgendwie mit Viviens Verschwinden zusammenhängen könnte, ist wichtig.

Das ist alles!

VON FREAK ZU FREAK

Wir nehmen die Straßenbahn und müssen zweimal umsteigen. Adrian ist total unruhig. Immer wieder zieht er das Handy aus der Tasche und tippt eine Nachricht. Bereut er es, mich mitgenommen zu haben?

»Hier müssen wir raus«, sagt er und springt schon auf.

Sobald die Bahn hält, ist er durch die Tür. Offensichtlich hat er mich völlig vergessen. Ich bleibe neben dem Haltestellenschild stehen. Warum nehme ich nicht einfach die nächste Bahn und fahre nach Hause? Ich muss mich nicht an ihn ranhängen, echt nicht.

»Kommst du?«

Ich schaue auf. Er ist stehen geblieben, keine drei Schritte von mir entfernt, die Hände in den Jackentaschen. Einen Moment lang sehen wir uns an, und er wartet einfach, obwohl er es eben noch total eilig hatte. Wenn ich mich noch eine Sekunde länger nicht bewege, wird es peinlich. Ich nicke und hole zu ihm auf. Sein Handy brummt wieder, aber diesmal lässt er es in der Tasche. Dafür zieht er das Tempo an. Wir biegen um die Ecke und steuern auf einen hässlichen alten Betonklotz zu. Das einzig Schöne ist eine große Buche, die neben der vollverglasten Eingangstür total fehl am Platz wirkt. Vor der Buche steht ein Junge und tippt wie wild auf seinem Handy herum. Er ist vielleicht zwölf, höchstens dreizehn und hat die gleiche braunschwarze Tasche wie Adrian über der Schulter hängen. Blonde Haarsträhnen fallen ihm in die Stirn. Adrians Handy brummt wieder.

»Noah! Ich hab dir doch geschrieben, dass wir gleich da sind«, ruft Adrian ihm zu.

Der Junge sieht hoch, und sein Blick bleibt an mir hängen. Das ist also Adrians kleiner Bruder. Sie sehen sich kein bisschen ähnlich, und so klein ist er überhaupt nicht, warum kann er nicht allein nach Hause gehen?

»Mama hat mir kurz vor knapp Bescheid gegeben«, redet Adrian weiter, aber Noah beachtet ihn nicht.

Er steckt das Handy weg und kommt auf uns zu. Nein, auf mich, er kommt direkt auf mich zu.

»War Adi mit dir unterwegs?«, fragt er.

Erst einen halben Schritt vor mir hält er an. Er muss den Kopf in den Nacken legen, weil er mir gerade mal bis zur Schulter reicht. Hallo? Wieso drängt er sich so nah an mich ran? Ich weiche einen Schritt zurück.

»Mhm. Mir ging's ziemlich beschissen, und dein großer Bruder hat versucht, mich aufzuheitern.«

Toll. Das klingt total weinerlich. Das Aufheitern ist Adrian auch richtig gut gelungen mit dem Video … Wieso erzähle ich das überhaupt?

Noah macht wieder einen Schritt nach vorn und fasst mir in die Haare. Äh … geht's noch?

»Coole Farbe!« Er lächelt mich an, und jetzt erkenne ich die Ähnlichkeit.

Er hat das gleiche schiefe Lächeln wie sein großer Bruder, und seine Augen haben denselben Grünton wie die Sprenkel in Adrians.

»Ich habe einen Charakter mit genau solchen Haaren«, fährt er fort.

»Noah!« Adrian packt seinen Bruder an den Schultern und versucht, ihn wegzuziehen. Er sieht mich an. »Sorry, so was wie *Individualdistanz* kennt er nicht. Er meint das nicht böse …«

Noah ignoriert ihn völlig. Er beugt sich noch ein Stück nach vorne und hält eine meiner Haarsträhnen gegen das Sonnenlicht.

»Lässt du sie jetzt bitte los? Sie kennt dich nicht, und das könnte sie echt erschrecken. Verstehst du?« Adrian klingt total verzweifelt.

»Ich bin Noah. Hallo«, sagt Noah mit ruhiger Stimme und sieht mir dabei in die Augen.

Kein Lächeln. Nichts. Er hat noch immer meine Haare in der Hand. Ich lehne mich ein Stück nach hinten, kann so nicht atmen, echt nicht. Denkt er, wenn er mir seinen Namen sagt, dann ist es okay, wenn er so dicht an mich ranrückt? Er fängt meinen Blick ein und sieht immer noch total ernst aus. Und ehrlich. Warte mal. Er verarscht mich nicht, oder? Er findet meine Haare echt cool?

Ich muss lächeln. »Hey Noah, ich bin Nora. Schön, dass ich endlich mal jemanden treffe, der limettengrüne Haare zu schätzen weiß.«

Er erwidert mein Lächeln nicht. Er sieht mich einfach nur weiter an. Todernst.

»Was machst du mit Adi? Spielst du auch Counter-Strike?«

»Äh …« Ich sehe zu Adrian, komme mir vor wie bei einem Verhör. Was mache ich mit ihm? Sein kleiner Bruder hat keinen Schimmer, was für eine gute Frage er da stellt. »Wir sind einfach nur in der gleichen Stufe.«

Wie ist Adrian vom Stalker zu jemandem geworden, dem ich unser Geheimversteck gezeigt habe? Zum Glück ist er gerade viel zu sehr darauf konzentriert, seinen kleinen Bruder von mir loszueisen und achtet nicht auf mich.

»Hast du ihn schon mal spielen sehen?«, fragt Noah. »Er ist gut, aber nicht so gut wie ich!«

Jetzt grinst er und hebt das Kinn ein Stück. Irgendwie ist er total knuffig, wie er sich freut, nur weil er besser als sein großer Bruder ist. Trotzdem wäre es cooler, wenn er mal einen Schritt zurückgehen würde. Wenigstens lässt er meine Haare endlich los. Moment.

Ist Counter-Strike dieser Shooter, den Adrian am Sonntag auf seinem Kanal gespielt hat?

»Bist du Draxdd?«, platzt es aus mir heraus.

Adrian hört auf zu versuchen, seinen kleinen Bruder von mir wegzuziehen und starrt mich an. Verdammt. Mein ganzes Gesicht glüht.

»Draxdd höchstselbst!« Noah verbeugt sich und stößt mit dem Kopf gegen meine Schulter. »Hast du unser Duell gesehen?«

Was sage ich jetzt? Für den Bruchteil einer Sekunde begegne ich Adrians Blick. Ist da ein Lächeln in seinem Mundwinkel?

»Zufällig. Also ich meine, ich bin zufällig draufgestoßen …«

Superüberzeugend. Mann, können wir vielleicht die letzte Minute noch mal zurückspulen? Bitte?

Noah lacht. »Dann hast du zufällig das Beste gesehen.«

»Du hast gecheated«, wirft Adrian ein, aber er sieht nicht wirklich sauer aus.

»Was kann ich dafür, wenn du zu langsam bist?«

»Ja. Klar. Ich wollte mir nur nicht dein Geschrei hinterher anhören. Das ist alles …«

Noah greift nach meiner Hand. Was soll das denn jetzt?

»Du hast noch nie gespielt?«

»Was?« Ich steh echt auf der Leitung, seine Gedankensprünge sind zu schnell für mich.

»Counter-Strike oder noch besser, Apex Legends!«, antwortet er und läuft los, mich an der Hand hinter sich herziehend.

»Noah! Lass sie los!« Adrian stellt sich vor ihn, hält ihn an den Schultern fest und wirft mir einen Blick zu. »Sorry, er meint es nicht so. Ehrlich.«

Ich muss grinsen. Es ist fast schon süß, wie Adrian sich aufregt. Okay, süß ist das falsche Wort. Witzig? Keine Ahnung, jedenfalls gut. Irgendwie. Ich glaube, er hängt total an seinem Bruder.

»Schon in Ordnung«, sage ich und zucke mit den Schultern.

Versuche, cool zu bleiben, auch wenn meine Wangen immer noch glühen.

»Bist du sicher?« Adrian lässt seinen Bruder langsam los und sieht mich an.

»Ziemlich«, antworte ich und drücke kurz Noahs Hand.

Von Freak zu Freak. Ich bin ja auch nicht ganz normal. Zumindest wenn man Leute wie Janus und Elise fragt. Also, wo ist das Problem?

»Du kannst Adis Account benutzen«, sagt Noah.

Er läuft wieder los und zieht mich mit.

Adrian geht neben ihm. »Hey, du kannst Nora nicht einfach so zu uns mitnehmen. Du musst sie schon fragen, ob sie das will.«

»Hast du Angst, dass sie deinen Ruf schädigt?«, fragt Noah, ohne das Tempo zu verlangsamen.

»Quatsch! Sie kann mit meinem Account so viel spielen, wie sie will.« Adrian wirft mir wieder einen Blick zu. »Aber ich glaube nicht, dass sie Lust dazu hat.«

»Ey!« Ich bleibe stehen. Es reicht jetzt. Echt. Wie lange wollen sie noch Entscheidungen für mich treffen, ohne mich zu fragen, was ich will? »Wenn es dir nicht recht ist, muss ich nicht mit«, sage ich und sehe Adrian in die Augen.

Sein kleiner Bruder steht zwischen uns. Passend.

»Äh.« Adrian fasst sich in den Nacken und weicht meinem Blick aus. »Doch. Wegen mir kannst du mitkommen. Also, wenn du willst. Das ist kein Problem, ehrlich nicht.«

»Okay«, murmle ich und bleibe trotzdem stehen.

Kapiere nicht, was Adrian wirklich denkt. Hat er immer noch ein schlechtes Gewissen wegen dem Video? Glaubt er, er muss sich um mich kümmern, weil … egal!

Noah nimmt mir die Entscheidung ab. »Können wir endlich weiter?« Er läuft wieder los und zieht mich mit.

Adrian und ich sehen uns an, und wir müssen beide lachen. Die Situation ist total verrückt. Ich komme mir vor wie in einem schlechten Film. Noah ist verrückt, und ich bin es auch. Irgendwie.

»Okay, okay, mach langsam«, meint Adrian, ohne mich aus den Augen zu lassen.

Sein Blick fühlt sich anders an. So, als wäre es auf einmal wirklich okay, wenn ich mitkomme.

WAHRE HELDEN

»Noah, du musst sie schon loslassen. Wie soll sie sonst den Mantel und die Schuhe ausziehen?«

Ich gewöhne mich langsam daran, dass Adrian mit seinem Bruder so redet, als könnte ich mich nicht selbst wehren. Als wäre ich ihr Haustier, ein Hamster vielleicht oder … okay, ich steigere mich jetzt nicht weiter rein.

Noah hält inne und mustert mich. Glaubt er, ich drehe mich um und verschwinde, sobald er mich auch nur eine Sekunde unbeobachtet lässt?

Ich nicke ihm zu und gebe mir alle Mühe, zu lächeln. »Ich bewege mich hier nicht weg, okay?«

Es wirkt. Ganz langsam öffnet er die Finger, zieht die Hand zurück und beugt sich zu seinen Schuhen hinunter.

Wir stehen in einem Miniflur ohne Fenster, vor einer an der Wand hängenden Garderobenleiste. Links gehen noch zwei Türen ab, rechts eine und gegenüber dem Eingang die vierte. Zwischen den beiden Türen links steht ein Schrank, und am Boden unter der Garderobenleiste stapeln sich Schuhe. Vier Türen. Moment. Wohnen sie zu dritt in zwei Zimmern?

Adrian nimmt mir den Mantel ab, hängt ihn an einen Haken, und sofort steht Noah wieder neben mir, greift nach meiner Hand und zieht mich zu der Tür rechts.

»Komm!«

»Jetzt zerr sie nicht so durch die Gegend! Du hast sie noch nicht einmal gefragt, ob sie überhaupt spielen will …« Adrian läuft hinter uns her, er hat keine Chance, sich in dem engen Flur an mir vorbeizudrängen, um seinen Bruder aufzuhalten.

Außerdem hört Noah ihm sowieso nicht zu. Er führt mich an einem Bett vorbei auf eine eingezogene Wand zu, die den hinteren Teil des Zimmers abtrennt. Vor der Wand steht ein Schreibtisch, und hinter der Wand ist direkt nach dem Durchgang ein zweiter, mit ziemlich viel Equipment. Klemmt da eine Kamera oben am Bildschirmrand? Noah zieht mich durch den Durchgang. Wow, es ist total eng, wenn ich nicht aufpasse, trete ich ihm auf die Füße. An der eingezogenen Wand steht ein Bett, das mit der Kante des Schreibtischs abschließt. Ich müsste über das Fußende steigen, wenn ich zu dem winzigen Stück freien Boden vor dem Fenster wollte. Am Kopfende ist ein kleiner Tisch, unter dem sich drei Stapel Bücher türmen. Ansonsten sind auf dieser Seite der Wand keine Möbel, es wäre auch kein Platz dafür. Das Bett ist gemacht, und nicht ein einziges Poster oder Foto hängt an der vergilbten weißen Tapete. Dafür ist der Schreibtisch zugemüllt mit vollgekritzelten Zetteln, ausgerissenen Papierfetzen und ein paar Stiften. Die Enge nimmt einem fast die Luft. Sind wir bei Ikea? In der Themenecke: Vegetieren auf nur sechs Quadratmetern?

»Setz dich!« Noah zieht den Schreibtischstuhl unter dem Tisch hervor und beugt sich zum Computer.

Ich drehe mich zu Adrian. Das ist bescheuert, ich kann mich doch nicht einfach so an seinen Schreibtisch hocken, nur weil sein kleiner Bruder sich das in den Kopf gesetzt hat. Toll. Adrian weicht meinem Blick aus. In dem Moment, in dem ich mich hinsetze, schiebt er Noah zur Seite, sammelt mit einer schnellen Bewegung das ganze Papier ein und wirft es aufs Bett. Hallo? Glaubt er, ich würde mir seine Sachen anschauen?

Ich beiße auf das Zungenpiercing, starre das neu entstandene Chaos auf dem Bett an, und jetzt bin ich es, die Adrians Blick ausweicht. Wenn ich ihn ansehe, knallt es. Hundertpro. Ich würde nie ungefragt seine Sachen durchwühlen!

»Warum heißt du eigentlich Draxdd?«, frage ich Noah, um mich abzulenken.

Er steht neben mir, die Maus in der Hand und dreht mir den Kopf zu. »Wegen Guardians of the Galaxy.«

Es klingt so, als hätte ich da auch selbst draufkommen können.

»Aha. Und Draxdd ist einer der Superhelden?«

»Er heißt Drax. Hast du den Film nicht gesehen?«

Mist. Erwischt.

»Nora kennt ihn bestimmt. Es ist halt nicht jeder so ein Fan wie du. Außerdem ist der Film schon älter …« Adrians Tonfall klingt seltsam, beinahe so, als wollte er seinem Bruder etwas ausreden.

»Wenn sie ihn gesehen hätte, würde sie nicht fragen, wer Drax ist!«

Jetzt geht das wieder los. Jungs! Wie wär's, wenn ihr endlich mal anfangt, mit mir statt über mich zu reden?

»Ich habe ihn nicht gesehen, okay?«, werfe ich ein, um die Diskussion zu beenden.

Adrian seufzt. Warum habe ich das Gefühl, etwas Falsches gesagt zu haben?

»Dann müssen wir Apex verschieben.« Noah schaltet den Bildschirm wieder aus, obwohl der Computer noch am Hochfahren ist.

»Vergiss es.« Adrian steht mit verschränkten Armen im Durchgang und versperrt seinem Bruder den Weg.

»Wenn sie den Film noch nicht gesehen hat, müssen wir ihn zusammen anschauen!«

»Du suchst nur nach einer Ausrede, um ihn dir schon wieder reinzuziehen! Lass es. Nicht jeder Mensch mag Superheldenfilme. Du hast Nora noch nicht einmal gefragt.«

Noah sieht mich an. Sein Blick ist total durchdringend. »Willst du Guardians of the Galaxy mit uns ansehen?«

Wie könnte ich bei so einem netten Angebot *Nein* sagen? Haha. Ich glaube, ihm ist nicht einmal bewusst, wie fordernd er rüberkommt. Egal. Ich sehe mir lieber irgendeinen Film an, als mich vor Adrian zu blamieren, beim Versuch, Leuten Löcher in die Köpfe zu schießen.

»Klar«, antworte ich und unterdrücke ein Grinsen.

Noah nickt völlig ernst und drängt sich an Adrian vorbei.

Sobald er durch die Tür ist, wendet Adrian sich zu mir. »Hör zu, wir müssen das nicht machen. Ich rede ihm das wieder aus. Okay?« Er nimmt die blaue Wollmütze ab und kratzt sich am Kopf.

Seine Haare sind völlig verwuschelt, aber es sieht nicht blöd aus. Nur ungewohnt. So ohne Mütze.

»Mir macht das nichts aus. Ehrlich nicht. Ich seh mir auch Superheldenfilme an, und offensichtlich ist es ja eine Bildungslücke, die Guardians nicht zu kennen. Oder?«

»Bist du sicher?«

Wow, warum ist Adrians Blick auf einmal genauso durchdringend wie der von seinem kleinen Bruder? Und warum fängt mein Bauch an zu kribbeln? Ich muss mich zwingen, nicht wegzusehen.

»Wäre es dir lieber, ich würde deinen Ruf als einer der besten Spieler ruinieren?«, frage ich.

Adrian legt den Kopf schief und auf seinem Gesicht breitet sich ein Grinsen aus. »Vielleicht?«

Verdammt. Was habe ich gerade gesagt? Bin ich bescheuert?

»Kommt ihr?«, ruft Noah von irgendwo aus der Wohnung.

Adrian verdreht die Augen. »Wir sind auf dem Weg!«

Danke Noah, das war Rettung in letzter Sekunde!

Ich folge Adrian in den Flur. Die Tür gegenüber steht offen, aber der Raum ist total dunkel. Im Vorbeigehen erkenne ich eine Anrichte, auf der ein Topf steht.

Wir gehen durch die vierte und letzte Tür. Das Zimmer ist ein bisschen größer als das der Jungs. Oder eher breiter, nicht so in die

Länge gestreckt. Mit einem Esstisch in der einen Hälfte und Fernseher und Sofa in der anderen wirkt alles total zugestopft. Die große Schrankwand macht es auch nicht besser. Obwohl die wenigstens aus hellem Holz ist. Noah räumt Bettzeug vom Sofa, kommt auf mich zu und zieht mich am Fernseher vorbei in die Sitzecke. Schläft ihre Mutter im Wohnzimmer?

»Los jetzt, ich will endlich anfangen!«, drängelt er.

Ich setze mich in die eine Ecke des Sofas, und Noah lässt sich neben mich fallen.

»Willst du was trinken?«, fragt Adrian.

Ich schüttle den Kopf. Er verschwindet trotzdem durch die Tür, die in das dunkle Zimmer führt. Noah schaltet derweil den Fernseher ein, und der Bildschirm flimmert blau auf. Adrian kommt zurück, drei Gläser zwischen den Händen balancierend und eine Flasche Cola unter den Arm geklemmt. So viel zum Thema: Ich will nichts trinken.

Erst als Adrian sich auf Noahs andere Seite setzt, startet der den Film, legt die Fernbedienung weg und nimmt meine Hand. Einfach so. Gehen jetzt die Hormone mit dem Kleinen durch?

Moment. Hat Noah sich gerade auch die Hand von seinem Bruder geschnappt? Nicht echt, oder? Adrian sieht zu mir, bemerkt meine Hand in Noahs und zieht die Augenbrauen zusammen.

Ey, das war nicht meine Idee.

»Noah …«, fängt er an.

»Psst!« Noah schüttelt den Kopf und beugt sich zu mir. »Schau, da!«

Statt zum Fernseher sehe ich noch immer zu Adrian.

Alles okay?, formt er mit den Lippen.

Was passiert, wenn ich jetzt *Nein* sage? Er wirkt total panisch.

Er ist halt nicht so, wie alle sind … aber für die Lover meiner Mutter gibt es nur normal, und wer nicht normal ist, muss behindert sein.

Hält er mich echt für so einen Idioten?

Ich nicke und lächle. Klar, alles bestens, was denkst du denn?

Er sieht mich noch einen Moment länger an. Die Anspannung verschwindet aus seinem Gesicht, und er lächelt auch. Eines von diesen schiefen Lächeln, das nur halb fröhlich wirkt und gerade auch irgendwie erleichtert.

»Hast du das gesehen?«, fragt Noah.

Au! Will er mir die Hand brechen?

»Was?«

»Drax!«

Okay, vielleicht sollte ich mich auf den Film konzentrieren. Ich lehne mich zurück und versuche, Adrians Blick auszublenden.

Drax ist der Beste! An ein paar Stellen kriegen Noah und ich uns fast nicht mehr ein vor Lachen, und irgendwie fühlt es sich kein bisschen schräg an, dass er die ganze Zeit meine Hand hält. Beim Abspann drehe ich den Kopf zur Seite. Äh, hat Adrian mich die ganze Zeit über beobachtet? Mit diesem Grinsen im Gesicht? Sobald unsere Blicke sich treffen, verschwindet das Grinsen, und er schaut weg.

»Wir haben Besuch?«, kommt eine Stimme von der Tür.

Ich fahre herum. Auf der Schwelle steht eine Frau mit blonden hochgesteckten Haaren. Ein paar Strähnen fallen ihr ins Gesicht, fast so, als hätten sie sich aus dem Knoten gelöst. Aber jede einzelne ist genau am richtigen Platz. So gewollt zufällig schaut das doch nur aus, wenn man sich stundenlang frisiert hat.

»Hallo Mama.« Adrian schaltet den Fernseher aus und steht auf.

Scheiße. Das ist die Frau, die was mit Viviens Vater angefangen hat? Sie ist jünger als Viviens Mutter. Klar. Was sonst?

»Du hast nicht erwähnt, dass du dich mit einem Mädchen triffst? War das der Grund, warum du Noah nicht abholen wolltest?« Sie sieht von Adrian zu mir und zupft sich ihre Bluse zurecht.

Die Bluse ist figurbetont lässig, beinahe chic. Wenn man auf tiefe Ausschnitte steht. Ich mag den Tonfall seiner Mutter nicht. In jedem Wort schwingt ein Vorwurf mit. Adrian ist eben noch auf sie zugegangen und bleibt jetzt mitten im Raum stehen, die Hände in den Hosentaschen.

»Warum bist du schon hier?«, fragt er.

»Schon?« Sie zieht die Augenbrauen hoch. »Uns ist etwas dazwischengekommen, aber wie es scheint, war das genau richtig. Sonst hätte ich deine Freundin am Ende noch verpasst. Wie lange wolltest du sie vor mir geheim halten?«

Seine Freundin? Spinnt sie? Noah drückt meine Hand, aber ich achte nicht auf ihn, funkle Adrians Mutter an und kann sie mit jedem Wort weniger leiden. Okay, ich fand sie von vorneherein doof, falls sie mich vom Gegenteil überzeugen wollte, ging das total in die Hose.

»Nora ist in meiner Stufe, okay? Da gibt es nichts zu erzählen. Oder soll ich dir etwa alle Mädchen aus meiner Stufe vorstellen?« Adrian klingt genervt.

»Wie auch immer.« Seine Mutter fährt mit der Hand durch die Luft, als wollte sie so die Anspannung vertreiben, an der ganz allein sie schuld ist. »Schön dich kennenzulernen, Nora. Ich bin Beatrice.« Sie lächelt mich an, aber ihre Augen bleiben ernst.

Ey, wenn Blicke töten könnten, würde ich auf der Stelle in diesem Wohnzimmer zusammenbrechen.

»Gleichfalls«, presse ich hervor und stehe auf. »Ich muss los. Meine Mutter wartet sicher schon auf mich.«

Als ob. Meine Mutter geht gleich zur Schicht, aber egal.

»Wenn du willst, kannst du gern zum Abendessen bleiben«, bietet Adrians Mutter mir an. Sie sieht zu ihm. »Warst du einkaufen, Schatz?«

Bruder abholen, einkaufen, worum soll er sich noch alles kümmern? Bevor er ihr antworten kann, dränge ich mich an ihm vorbei.

»Vielen Dank für das Angebot, aber ich muss leider los.«

»Schade. Ich hatte gehofft, dich ein bisschen besser kennenzulernen. Adrian erzählt ja kaum noch, mit wem er sich trifft.«

Ja, fragt sich nur, warum.

»Ich bring dich noch zur Haltestelle.« Adrian folgt mir in den Miniflur.

»Nora soll bleiben!«, ruft Noah aus dem Wohnzimmer.

»Schatz, das geht jetzt leider nicht«, höre ich ihre Mutter.

Ihre Stimme klingt auf einmal ganz anders. Total liebevoll und besorgt. Okay, vielleicht ist sie ja doch nett. Normalerweise. Vielleicht mag sie einfach nur keine limettengrünen Haare?

Draußen sagt keiner von uns ein Wort. Es war der schrägste Nachmittag, den ich je erlebt habe. Ehrlich. Aber gut. Bevor Adrians Mutter aufgetaucht ist, habe ich nicht ein einziges Mal an Vivien gedacht. Dank Noah war ich wie in einer Blase und konnte mir selbst etwas vormachen. Aber jetzt holt mich die Realität wieder ein. Sebastian hat recht. Es gibt nur eine logische Erklärung, warum Viviens Sachen ans Flussufer geschwemmt wurden.

Adrians Telefonat in der Hütte fällt mir wieder ein, und endlich kapiere ich es. Seine Wut und jetzt seine Mutter, die total aufgebrezelt nach Hause kommt.

»Hat sie sich mit ihm getroffen?«, frage ich in die Stille hinein.

Er versteht sofort, von wem ich rede.

»Ja.« Mehr sagt er nicht.

Mehr muss er auch nicht sagen. Ich denke an Viviens Mutter, die zerzausten Haare, die Augenringe, der leere Blick. Wie konnte Viviens Vater sich ausgerechnet heute mit Adrians Mutter treffen? An dem Tag, an dem sie Viviens Sachen gefunden haben? Ich hasse sie. Beide.

HÄTTE ICH NICHT

Hätte ich nicht geschwiegen,
lieber gekämpft,
statt mich mehr und mehr zu verbiegen
und zu vergessen,
gemeinsam konnten wir alles besiegen.

Hätte ich meinen Stolz überwunden,
ich hätte dich wiedergefunden.
Du und ich.
Wir waren doch immer verbunden.

Hätte ich dich nicht ausgesperrt
und alles verzerrt,
ich wäre jetzt nicht allein.
Es war doch klar,
von vornherein.
Ich.
Ohne dich.
Das schaffe ich nicht.

Hätte ich nicht geschwiegen,
hätten du und ich
alle Lügen vertrieben.

AUSGESPERRT

Toll, ich habe das Arbeitsblatt für die Neumann vergessen und außerdem keinen Schimmer, wie ich auf Adrian reagieren soll. Sind wir jetzt Freunde? Quatsch. Er hat sich nur verantwortlich gefühlt wegen dem Video, das ist alles. Wahrscheinlich versinkt er im Erdboden, wenn ich ihn anders begrüße als sonst, also, wenn ich ihn überhaupt begrüße. Mann! Was mache ich jetzt? Okay, ich drücke mich so lange auf dem Gang herum, bis die Neumann um die Ecke kommt. Dann müssen wir nicht reden.

Sobald ich durch die Tür gehe, sieht Adrian auf und zieht die Augenbrauen hoch. Ist das ein minikleines Lächeln in seinem Mundwinkel? Ich nicke ihm zu, kann jetzt schlecht ohne Reaktion an ihm vorbeilaufen und versuche, das Kribbeln in meinen Beinen zu ignorieren, die sich auf einmal nicht mehr bewegen wollen.

»Guten Morgen!«, ruft die Neumann hinter mir.

Gerettet. Wortlos gehe ich zu meinem Platz, zwei Reihen hinter Adrian.

Leider hat die Neumann das Aufgabenblatt nicht vergessen.

»Mach es bitte bis nächste Woche«, ist alles, was sie zu mir sagt.

Als könnten wir Strafarbeiten abgeben, wann wir wollen. Ist es wegen Vivien? Weiß sie, dass sie gestern ihre Sachen gefunden haben? Mann. Ich will nicht in Watte gepackt werden, lieber soll sie mich nachsitzen lassen. Oder mir eine schlechte mündliche Note geben. Ganz egal.

Adrian dreht sich total oft um, aber ich tue so, als würde ich es nicht bemerken. Sobald es läutet, stürme ich aus dem Raum. Direkt zur Toilette, will nicht mit ihm zu Mathe laufen. Weiß immer noch nicht, wie wir jetzt zueinander stehen.

Das ist nicht wahr, oder? Elise, Emma und Jasmin haben sich um Adrians Tisch versammelt und tuscheln. Sobald ich durch die Tür komme, sehen sie auf und starren mich an. Alle vier.

Hat er ihnen von gestern erzählt? Von Viviens Sachen am Fluss, von … uns?

Uns. Haha. Als ob es da etwas zu erzählen gäbe.

»Kannst du die Tür mal frei machen? Andere Leute würden sich gern hinsetzen.« Cedric.

Ich brauche mich noch nicht einmal umzudrehen, um zu wissen, dass diese bescheuerte Ansage von ihm kommt, tue es trotzdem. Alles ist besser, als mich weiter von Adrian, Elise und ihren Sidekicks anstarren zu lassen. »Wieso? Bist du schon so alt, dass du nicht einmal fünf Minuten stehen kannst?«

»Fitter als du bin ich noch allemal, Punkmädchen.« Er grinst mich an.

Wie oft will er diesen blöden Witz noch bringen? Ich bin so weit von einem Punk entfernt wie die Sonne vom Mond. No news on this side! Egal. Ich lasse ihn stehen. Es ist mir zu doof, dazu noch etwas zu sagen.

Elise kneift die Augen zusammen und macht einen Schritt auf mich zu. Adrian sagt etwas zu ihr, ich wüsste gerne was, aber er ist viel zu weit weg. Es reicht schon, wie er mich dabei ansieht. Ungefähr so, wie ich Cedric angesehen haben muss, als er mich letzte Woche mit dem Skateboard fast über den Haufen gefahren hat.

Was ist mit ihm? Ist er sauer, weil ich nach Chemie ohne ihn abgezogen bin? Nicht echt, oder?

Ich reiße mich von seinem Blick los und gehe zu meinem Platz. Höre, wie Elise etwas zischt. **Freak** oder so, und versuche, nichts zu denken. Es funktioniert nicht. Wie auch? Adrian hat mich verraten, und ich kapiere nicht, warum. War das gestern nur Show? Ein Versuch, mich zum Reden zu bringen, um mich auszuhorchen? Für Elise? Das ist doch verrückt.

Mann! Ich will nicht an sein Lächeln denken oder das Leuchten in seinen Augen. Es hat sich angefühlt, als wären wir … was? Freunde? Ja. Klar. Ich mache mich total lächerlich.

Die Staub kommt rein und für den Rest der Stunde zeichne ich Quader und Dreiecke. So viele übereinander, bis alles zu einem einzigen blauen Klumpen verschmilzt.

Es klingelt, und diesmal ist Adrian derjenige, der aufspringt und aus dem Raum rennt. Als hätte er Angst, ich könnte ihn ansprechen.

Im Traum nicht, Adrian!

»Nora Holm, bitte ins Sekretariat kommen!«, dröhnt der Lautsprecher in der Zwischenpause.

Ist die Polizei wieder hier? Vivien?

Ich renne und komme völlig außer Atem im dritten Stock an. Es ist nicht die Polizei, es ist die Pfister. Verdammt, die habe ich total vergessen.

Super. Die nächsten zwanzig Minuten muss ich der Pfister erklären, warum ich gestern Nachmittag geschwänzt habe. Wieso wird Adrian nicht ausgerufen? Seine Mutter wäre bestimmt begeistert, wenn sie von unserem Ausflug erfahren würde. Aber offensichtlich muss man sich um ihn nicht kümmern, er hat ja kein *Drogenproblem.*

»Ich habe mit deiner Mutter gesprochen«, sagt die Pfister am Ende.

Spinnt sie? Wir hatten eine Abmachung!

»Vielleicht wäre es besser, wenn du für den Rest der Woche zu Hause bleibst? Damit du Zeit hast, alles zu verarbeiten?« Die Pfister durchbohrt mich mit ihrem Blick. »Es ist in den letzten Tagen so viel passiert. Ich denke, es würde dir guttun …«

Bitte? Was soll ich zu Hause? Löcher in die Luft starren? Meine Mutter würde krank werden vor Sorge und alle ihre Schichten absagen. Hundertpro.

»Wollen Sie mich jetzt suspendieren?«

Die Pfister lächelt mich an. Eines von diesen Lächeln, das keine Spur ehrlich wirkt. »Wo denkst du hin? Ich glaube nur, dass du Unterstützung brauchst und habe das mit deiner Mutter besprochen. Was sie mit meiner Empfehlung macht, musst du mit ihr aushandeln. Aber vonseiten der Schule kannst du bis nächste Woche zu Hause bleiben.«

Hallo? Ich dachte, man braucht für so etwas ein ärztliches Attest? Will sie mich loswerden?

Super. Nach dem Gespräch schickt sie mich direkt nach Hause, das wäre mit meiner Mutter so ausgemacht. Damit ich mich wenigstens heute *erholen* kann. Ich wollte in der Pause in den PC-Raum, ich muss mit Adrian reden. Ich muss wissen, was los ist. Das passt alles nicht zusammen. In Chemie hat er mich noch ganz normal angesehen. Ich bin ein Feigling! Wäre ich ihm nicht ausgewichen, hätte Elise ihn niemals aufhetzen können. Was bitte hat sie ihm erzählt? Was kann so schlimm sein, dass er nicht mehr mit mir redet?

Mann! Es sollte mir egal sein, Adrian sollte mir egal sein. Warum ist er das nicht?

Ich renne über den Schulhof, muss die Straßenbahn erwischen. Wenn ich mich nicht beeile, sagt meine Mutter echt ihre Schichten ab. Von wegen Erholung. Die Pfister hat mich rausgeworfen. Warum mischt sie sich überhaupt in mein Leben ein?

DU. OHNE MICH.

Sobald ich die Tür aufsperre, kommt meine Mutter in den Flur.

»Hey …«

»Musst du nicht gleich zur Arbeit?«, frage ich und versuche, meiner Stimme einen neutralen Tonfall zu geben.

Als wäre es völlig normal für mich, noch vor zwölf nach Hause zu kommen.

»Deine Lehrerin hat mich angerufen. Ich denke, es ist besser, wenn …«

»Die Pfister ist nicht meine Lehrerin. Und egal, was sie dir erzählt hat, es stimmt nicht. Mir geht es gut, okay?«

So gut, wie es einem gehen kann, wenn die beste Freundin verschwunden ist und eine Woche später ihre Sachen ans Flussufer geschwemmt werden.

Oder wenn sich der Typ, dem du vertraut hast, mit deiner Erzfeindin verbündet und vor dir davonläuft.

»Nora, ich glaube, wir brauchen beide eine Auszeit. Wenn du willst, könnten wir für ein paar Tage wegfahren.« Meine Mutter kommt auf mich zu.

»Ich will nicht wegfahren. Ich will hier sein. Für den Fall, dass sie etwas Neues über Vivien herausfinden.«

Ich muss weitersuchen. Das sage ich ihr nicht, sie macht sich schon genug Sorgen. Aber ich muss Vivien finden, kann mich nicht auf die Polizei verlassen. Die glauben doch sowieso, dass sie tot ist.

Tot.

Das Wort bohrt sich in mein Herz, reißt es auf und hinterlässt ein Loch, das nichts und niemand jemals wieder auffüllen kann. Ich weiß das. Erlebe es nicht zum ersten Mal. Nur gibt es diesmal noch eine Chance auf ein gutes Ende.

Vielleicht.

»Komm.« Meine Mutter legt einen Arm um meine Schultern und führt mich in die Küche. »Wie wäre es, wenn wir zusammen kochen und uns nachher noch einen Film ansehen?«

Ich drehe den Kopf und sehe ihr in die Augen. Unterwasserblau. Für einen winzigen Moment blitzt Traurigkeit in ihnen auf, vermischt mit Angst.

»Unter einer Bedingung«, sage ich.

»Und die wäre?« Ein Lächeln umspielt ihre Lippen.

Wann habe ich sie das letzte Mal lächeln sehen? Ich meine, wirklich lächeln. Nicht so wie jetzt, nicht dieses halb traurige Lächeln mit der Sorge in den Augen?

»Du gehst morgen wieder zur Arbeit, und ich gehe wieder in die Schule.«

Sie runzelt die Stirn. »Bist du sicher?«

Ich nicke. Kurz schließt sie die Augen und atmet tief ein.

»Okay«, sagt sie und sieht mich wieder an.

»Versprochen?«

»Versprochen«, flüstert sie, wieder ein Lächeln auf den Lippen.

In ihren Augen schimmert noch immer Traurigkeit.

Das Kochen macht richtig Spaß. Weder meine Mutter noch ich sind besonders begabt, aber es gibt ein Rezept, das sie perfektioniert hat: Nudeln mit Sojahack in Tomatensoße. Sie hat es vor zwei Jahren entdeckt, in Viviens vegetarischer Phase und kocht es seither regelmäßig. Obwohl Vivien nach vier Monaten wieder angefangen hat, Fleisch zu essen. Okay, Biofleisch, was trotzdem totes Tier ist.

Keine von uns sagt etwas dazu, woher wir das Rezept kennen. Es ist ein viel zu großes Minenfeld. Wir tun lieber so, als wäre alles wie immer, und für den Moment ist es gut, so zu tun.

Den Film darf ich aussuchen, genau wie früher. Meine Mutter ist in der Küche, überwacht das Mikrowellenpopcorn und macht uns zwei Limettendrinks.

Ich weiß sofort, welchen Film ich sehen will.

Arrival

Als er rauskam, waren wir mit Vivien zusammen im Kino.

Immer wieder Vivien …

Aber sie ist nicht der Grund. Meine Mutter hat den Film genauso geliebt wie ich. Weil sich in ihm die Zeit auflöst. Du kannst springen – Vergangenheit, Gegenwart, Zukunft sind eins. Damals habe ich mir vorgestellt, ich würde einfach zurückgehen und alles noch einmal durchleben. Jede einzelne Sekunde mit ihm, von Anfang bis Ende. In Endlosschleife. Papa …

Es funktioniert nicht.

Wenn ich das tun würde, würde ich Vivien niemals wiedersehen.

Warum ist mir der Denkfehler bisher nicht aufgefallen? Es gibt keinen Moment in meinem Leben, in dem Vivien und mein Vater zusammen existieren.

Vielleicht würde ich sie nicht vermissen, ich hätte sie nie kennengelernt. Falsch. Ich könnte mich ja erinnern. Verdammt, es macht keinen Sinn, mich in der Vergangenheit zu verstecken.

Wieso merke ich das erst jetzt?

Der Film ist viel zu schnell vorbei. Ich bleibe den Abspann über sitzen, will nicht zurück in die Wirklichkeit, will bleiben, wo ich bin. Irgendwo zwischen Vergangenheit und Zukunft, nur nicht in der Gegenwart.

»Nora?« Meine Mutter dreht sich zu mir.

Ich sehe lieber weiter auf den Fernseher, will nicht reden. Nicht jetzt.

»Das mit Vivien, das ...«

»Es geht ihr gut!«, platze ich heraus.

Kein einziges Wort will ich von ihr über Vivien hören. Sie glaubt doch sowieso, dass sie tot ist!

Ihre Wangen sind rot, und ihr ganzes Gesicht ist angespannt.

»Ich weiß, dass es ihr gut geht«, rede ich weiter, und ich habe keine Ahnung, wen ich überzeugen will. Mich oder sie? »Sie taucht wieder auf, du wirst sehen, es ist alles ein großer Irrtum, ein Missverständnis, ein ...«

Toll. Woher kommen jetzt die Tränen? Ich will nicht heulen, nicht vor meiner Mutter. Dann macht sie sich nur noch mehr Sorgen.

»Nora?« Sie beugt sich zu mir und streicht über meine Wange. »Frau Pfister hat mir noch etwas anderes erzählt ...«

Nicht echt, oder?

»Ich nehme keine Drogen, okay? Und ich habe keine Ahnung, wie die Pfister darauf kommt, aber das ist völliger Schwachsinn!«

Ich kill die Pfister, echt jetzt. Meine Mutter glaubt mir nicht, ich brauche sie nur anzusehen, um das zu wissen. So, wie sie mich unter zusammengezogenen Augenbrauen mustert. Aber sie nickt.

»Okay ...«, flüstert sie und greift nach meiner Hand.

Super. Jetzt hat sie auch Tränen in den Augen.

»Ich wünschte, ich hätte mehr für dich da sein können. Aber nachdem dein Vater weg war, musste ich irgendwie funktionieren, damit wir über die Runden kommen, ich ...«

Wie konnte der Nachmittag so schiefgehen? Es war doch in Ordnung, na gut, es war okay oder erträglich, und jetzt ist alles kaputt. Wieder.

»Das stimmt nicht«, unterbreche ich sie. Ich würde alles sagen, solange sie aufhört, sich weiter die Schuld zu geben, für egal was. »Ich hatte ja Vivien und ihre Eltern und …«

Und was? Nichts. Als ob ich nicht gesehen hätte, wie sehr sie sich bemüht hat. Als ob ich nicht wüsste, was sie alles getan hat und wie schlecht es ihr dabei ging. Trotzdem. Es war nie genug. Aber darüber haben wir nicht geredet, und unser Schweigen hat das Loch nur vergrößert.

Wir sind beide früh ins Bett gegangen. Ich glaube, meine Mutter hat es auch nicht mehr ausgehalten. Mit der Leere zwischen uns, die wir nicht mehr überbrücken können, weil wir viel zu lange geschwiegen und die Worte längst vergessen haben. Die, die nicht alles wieder kaputtmachen. Wir müssen uns von der Leere fernhalten, sonst verschwinden wir in ihr. Vielleicht für immer.

Ich streiche über das alte Familienfoto. Mein Vater und ich auf einem Bootssteg und hinter mir ein Loch. An der Stelle, an der meine Mutter war. Ich habe sie herausgerissen, aus Wut, vor fünf oder sechs Wochen. Weil sie uns verraten hat.

»Was machst du da?« Ich war auf der Schwelle zum Wohnzimmer stehen geblieben, die Arme verschränkt und die Augen zusammengekniffen.

Meine Mutter hielt das Foto von uns dreien in der Hand. Mein Vater, sie und ich auf dem Bootssteg. Wir strahlen in die Kamera, ohne zu ahnen, dass das unsere letzte Gelegenheit sein wird. Wir lachen und halten das Glück, das wir haben, für etwas Selbstverständliches. Ohne zu wissen, dass es ein Augenzwinkern später für immer vorbei sein wird. War das der letzte Moment, in dem wir drei uns in den Armen gehalten haben? Ich weiß es nicht, und das macht mich fertig.

Seit meine Mutter und ich aus dem Haus in die kleine Wohnung gezogen sind, steht das Foto auf dem Regalbrett über dem Fernseher. Als Erinnerung an eine andere, an eine bessere Zeit. Aber jetzt hatte meine Mutter es aus dem Rahmen genommen und gegen eine Schneelandschaft ausgetauscht. Als wäre es nicht das wichtigste Bild überhaupt. Sie hatte mich noch nicht einmal gefragt.

»Ich dachte, dass es langsam an der Zeit ist, etwas zu verändern«, antwortete sie, den Blick auf unsere strahlenden Gesichter gerichtet.

»Was meinst du mit verändern*?«*

»Nora.« Sie legte das Foto auf den Tisch und sah mich an. Mit diesem traurigen Schimmer in den Augen, der mich immer alle Worte schlucken ließ. »Ich weiß, wie viel dein Vater dir bedeutet. Aber es ist jetzt so lange her. Ich glaube, wir müssen endlich mit der Vergangenheit abschließen. Er hätte das auch gewollt …«

Was er mir bedeutet? Sie hatte keine Ahnung! Wenn sie es wüsste, hätte sie das Foto dort gelassen, wo es die ganzen Jahre gestanden hat.

»Was hätte er gewollt? Dass du sein Bild wegpackst und so tust, als hätte es ihn nie gegeben?«, fragte ich.

Bei meinen Worten zuckte sie zusammen. Es war mir egal. Das hatte sie sich verdient.

»Glaubst du, ich vermisse ihn nicht? Aber es ist jetzt sieben Jahre her, und irgendwann müssen wir anfangen, nach vorne zu sehen …«

»Müssen wir? Wer sagt das?«

Sie seufzte, strich über ihre Hose und schaute zu dem Foto. »Was ist, wenn ich eines Tages jemand Neues kennenlerne?«

Jemand Neues? Die Worte hämmerten durch meinen Kopf, ich wollte sie nicht hören und auch nicht über sie nachdenken.

»Soll ich dann vielleicht auch verschwinden, damit dein Neuer nicht mitbekommt, dass du vor ihm schon ein anderes Leben hattest?«

Mit einem Mann, an den er niemals herankommen wird?

»Darum geht es überhaupt nicht! Es geht …«

Statt ihr weiter zuzuhören, rannte ich zum Tisch, nahm das Foto und presste es gegen meine Brust. »Du kannst Papa nicht auslöschen, auch wenn du sein Bild wegräumst. Und austauschen kannst du ihn noch weniger!«

Ich stürmte aus dem Zimmer, hätte es keine Sekunde länger ausgehalten. Mit ihr in einem Raum.

»Nora!« Ihr Ruf folgte mir durch den Flur.

Ich knallte die Tür zu meinem Zimmer zu, drehte die Musik voll auf und riss ihren Kopf aus dem Bild. Verräterin!

Danach haben wir nie wieder über das Foto gesprochen, haben einfach so getan, als wäre nichts passiert. Als hätte die Schneelandschaft schon immer auf dem Regalbrett über dem Fernseher gestanden. Aber das, was ich ihr an den Kopf geworfen hatte, haben wir nicht vergessen. Sie genauso wenig wie ich. Ich bin mir sicher.

Jemand Neues …

Wenn sie einen Neuen hätte, könnte er mir gestohlen bleiben. Alles, was ich will, ist, dass es wieder so wird wie vorher. Bevor sie das Foto weggeräumt hat.

Na toll, warum muss ich ausgerechnet jetzt an das blöde Video denken? In dem es Vivien ohne mich offensichtlich so viel besser ging? Wenn sie nicht verschwunden wäre, wäre sie wahrscheinlich immer noch glücklich mit Janus, Elise und den anderen. Nein. Der Idiot hat sie ja abserviert. Trotzdem. Ich glaube, ich habe sie noch nie so strahlen sehen wie in dem beschissenen Videozusammenschnitt.

Wäre meine Mutter glücklicher, wenn es mich nicht geben würde? Vielleicht hätte sie meinen Vater dann längst vergessen und mit einem anderen eine Familie gegründet? Einen, der ihr nicht einfach wegstirbt? Ich schließe die Augen, stelle sie mir vor, mit irgendeinem fremden Typen und bin mir sicher. Ja, sie wäre glücklicher.

Ohne mich.

Jemand Neues …

Bin ich ihr das schuldig, auch wenn es Verrat an meinem Vater ist? Hätte er das wirklich gewollt?

Ich setze die Kopfhörer auf und drehe die Musik laut. The Faint – *Take Me to the Hospital.*

I scraped up my face
bounced my cheek on the floor
'cause anything worth doing
is worth getting hurt for

Ich will das nicht, und es ist mir egal, ob er das gewollt hätte.

ALLEIN

Ich bin dunkel, und ich bin leer
bin dennoch gesunken
immer weiter nach unten
ins tiefe Meer.

Habe ich dich aufgegeben
oder du mich?
Wir konnten uns nicht wiederbeleben.
Waren zu beengt
und haben mit nur einem Wort
uns gesprengt.

Ich auf dem Meeresgrund
du auf einer Umlaufbahn im All.
Gejagt von unsrem Höllenhund.

Für immer allein
treibe ich dunkel und leer
im tiefen Meer.

WAS IMMER DU GLAUBST

Noch zwei Tage Schule für diese Woche. Vielleicht hätte ich das Angebot der Pfister doch annehmen sollen. Aber was soll ich zu Hause? Ich werde nicht ein einziges Problem lösen, wenn ich mich verkrieche.

Meine Mutter muss immer noch ein schlechtes Gewissen haben, und ich kapiere nicht ganz, warum. Sie ist vor mir aufgestanden und hat mir Pfannkuchen gemacht. Mit Nutella und Banane, weil ich die früher doch immer so gern gegessen habe. Früher … das ist sieben Jahre her, mindestens. Ich habe trotzdem einen gegessen, hab's nicht fertiggebracht, sie zu enttäuschen.

»Ruf mich an, wenn es dir nicht gut geht. Hörst du? Ich kann jederzeit nach Hause kommen«, hat sie zum Abschied gesagt, und ich habe es ihr versprochen.

Wir haben beide gelogen.

Wieder mal. Sie kann nicht einfach so ihre Kollegen im Krankenhaus im Stich lassen. Hammer, wie sehr wir daran gewöhnt sind, uns unsere Lügen zu glauben. Nur um unser Gewissen zu beruhigen.

Adrian ignoriert mich den ganzen Morgen. In den Stunden, die wir gemeinsam haben, springt er auf, sobald es läutet. Glaubt er echt, ich bin blöd genug und spreche ihn vor den anderen an? In Englisch halte ich es kaum aus. Elise lässt mich die ganze Zeit nicht mehr aus den Augen, und zum Stundenende verschwinde ich so schnell wie möglich, habe keinen Bock darauf, mir einen ihrer bescheuerten Kommentare reinzuziehen. Nur Adrian ist schneller durch die Tür als ich.

In die Mensa brauche ich nicht gehen, vielleicht später, wenn alle weg sind und ich eine Chance habe, Sebastian zu treffen. Den einzig normalen Menschen hier an der Schule.

Ich habe genug, echt jetzt. Was soll das eigentlich? Warum behandelt Adrian mich auf einmal so, als hätte ich ihm irgendetwas getan? Hat er nicht gemerkt, wie ich mich ihm zuliebe zurückgehalten habe, als seine Mutter aufgetaucht ist? Ich bin ja nicht blöd. Egal was sie für eine Nummer mit Viviens Vater abzieht, sie bleibt seine Mutter. Wenn meine das gemacht hätte, dürfte auch keiner was sagen.

Verbringt Adrian jede Mittagspause im PC-Raum? Die offiziellen Zeiten sind erst am Nachmittag, aber so genau scheint es damit ja keiner zu nehmen. Einen Versuch ist es wert. Er soll mir ins Gesicht sagen, warum er auf einmal ein Problem mit mir hat!

Ich habe ihm vertraut. Wenn ich geahnt hätte, wie bescheuert er sich jetzt verhält, hätte ich ihn von Anfang an ignoriert. Toll. Ich war auch noch so blöd und habe ihm unser Geheimversteck gezeigt. Und Viviens Texte. Wenn er Elise davon erzählt hat, ist er dran.

Ich stoße die Tür auf. Natürlich ist er hier. Er sitzt ganz hinten am Fenster, wie immer, und diesmal sieht er sofort auf. Sobald er mich erkennt, versteinert sein Gesicht. Geht's noch? Ich beiße auf das Zungenpiercing und laufe in seine Richtung.

Er ist mir eine Erklärung schuldig, ganz egal, was er denkt. In den vorderen Reihen sind noch zwei jüngere Schüler, sechste Klasse vielleicht oder siebte. Ein Junge und ein Mädchen zusammen vor einem PC. Toll. Mir wäre es lieber, wenn keiner hier wäre.

Mit jedem Schritt, den ich näher komme, spannt Adrian sich mehr an. Egal.

»Ich muss mit dir reden«, sage ich und bleibe vor seinem Tisch stehen.

Es ist keine Bitte, nur eine Feststellung. Ich will das geklärt haben. Was hat Elise ihm erzählt?

Adrian zieht die Augenbrauen zusammen, aber er nickt. Er steht auf, geht vor zu dem Jungen und drückt ihm zehn Euro in die Hand. »Könnt ihr mir 'nen Gefallen tun und mir einen Energy Drink vom Kiosk unten holen und ein Snickers?«

Bilde ich mir das ein, oder hat er einen extraweiten Bogen um mich gemacht?

Die beiden sehen von Adrian zu mir.

»Klar Mann«, sagt der Junge.

Er steckt das Geld weg, nickt dem Mädchen zu, und sie verschwinden. Adrian wartet, bis die Tür hinter ihnen zugefallen ist, bevor er sich wieder zu mir umdreht. Gedämpft höre ich ihre Schritte den Gang entlanghallen.

»Was willst du?«, fragt er, aber es klingt nicht so, als ob ihn die Antwort interessieren würde.

»Was ich will?« Die Frage kommt lauter über meine Lippen, als ich es beabsichtigt hatte.

Hallo? Er führt sich auf wie der letzte Idiot, und jetzt tut er so, als hätte er keine Ahnung, was hier abgeht?

»Ich will wissen, was los ist! Am Dienstag tust du noch völlig besorgt und versuchst, dich bei mir einzuschleimen, und seit gestern behandelst du mich, als ob ich dir irgendetwas getan hätte. Hast du mich die ganze Zeit verarscht oder was?«

Er lacht auf. Es klingt falsch. Mein Magen zieht sich zusammen. Ich kann Adrian ansehen, dass er das Ganze absolut überhaupt nicht witzig findet. Genauso wenig wie ich. Warum lacht er dann?

»Ich dich? Klar. Das ist auch eine Art, wie du es sehen kannst!«

Bei der Schärfe seiner Worte zucke ich zusammen. Was soll das? Ich habe ihm nichts getan, warum verhält er sich so? Er geht an mir vorbei zu seiner Tasche und fängt an, darin zu wühlen. Wieso ignoriert er mich, statt mir einfach zu sagen, was das Problem ist? Ich will ihn packen und schütteln, so lange, bis er endlich mit mir spricht.

Aber ich stehe wie festgewachsen und schaue auf sein versteinertes Gesicht, suche nach der Wärme in seinen Augen und kann sie nicht mehr finden.

»Hier!« Er knallt einen Umschlag auf den Tisch. »Hat es dir Spaß gemacht, mir das zu schreiben?«

Ich starre auf das Papier. Rote Buchstaben auf weißem Grund. Schablonenschrift. Sie ergibt ein Wort:

ADRIAN

»Das kann nicht sein«, murmle ich.

Ich schüttle den Kopf, bekomme den Zusammenhang nicht zu fassen und weiß nur eines: Es ist unmöglich.

»Genau das habe ich mir auch gedacht! Wer hat hier wen verarscht?«

Es ist so viel Wut in seiner Stimme. Wieso glaubt er, dass ich ihm diesen Brief geschrieben habe?

»Ich hatte dir die Sache mit Viviens Vater und meiner Mutter im Vertrauen erzählt«, flüstert er, und jetzt klingt er nur noch enttäuscht. »Und du schreibst mir ernsthaft einen Brief voller Beschuldigungen? Tust so, als hätte ich sie hängen lassen, nachdem ich mit ihr darüber gesprochen habe? Machst mich für alles verantwortlich? Was geht mit dir ab, Nora?«

Ich kneife die Augen zusammen, versuche die Frage abzuwehren. *Was geht mit dir ab, was geht mit dir, was …*

»Glaubst du wirklich, alle anderen zum Feind zu erklären, bringt Vivien wieder zurück?«, fragt er weiter.

»Ich … ich habe nicht … wieso denkst du … ich …«

Mir fehlen die Worte. In mir ist wieder das Loch. Ein Strudel, der mich in die Tiefe reißt, in eine Welle aus tausend Gefühlen.

Sind wir schuld?

Der Brief.

Traut Adrian mir das wirklich zu?

Es bringt Vivien nicht zurück …

Die roten Buchstaben verschwimmen vor meinen Augen mit dem weißen Papier, ich schüttle den Kopf, kann die Tränen nicht mehr länger zurückhalten.

Scheiße! Weg, schnell weg!

Ich wirble herum und renne zur Tür. Hat Adrian eben noch etwas gesagt? In meinen Ohren rauscht das Blut, ich weiß es nicht, ich will es auch nicht wissen, ich will einfach nur raus, bevor ich anfange zu heulen. Auf dem Gang renne ich fast den Jungen und das Mädchen um. Mein Gesicht ist feucht.

Nicht heulen, nicht in der Schule, wo ich jederzeit Janus oder Elise über den Weg laufen kann. Nicht vor Adrian. Er hat keinen Schimmer, wer ich bin.

Super. Die meisten sind in der Mensa fertig und stehen auf dem Pausenhof. Ich wische mir mit dem Ärmel das Gesicht trocken, senke den Kopf und schiebe mich durch das Gedränge, möglichst weit weg von den Fahrradständern.

Bitte lass mich jetzt niemanden begegnen.

Erst an der Straßenbahnhaltestelle sehe ich wieder auf. Adrian ist mir nicht gefolgt. Der Gedanke fährt wie ein Stich durch meine Brust. Das habe ich doch nicht wirklich geglaubt! Oder?

Eine Bahn kommt, und ich steige ein. Habe keinen Plan, wo sie hinfährt, will einfach nur weg. Egal wohin.

Wer hat Adrian den Brief geschrieben? Außer ihm, Vivien und mir weiß doch niemand von dem Verhältnis seiner Mutter mit Viviens Vater?

Das **R** und das **N** der Schablonenschrift waren unverkennbar. Sie sehen genauso aus wie auf meinem Umschlag. Das ist doch kein Zufall, das kann überhaupt kein Zufall sein!

NICHT SO, WIE DU DENKST

Noch dieser eine Tag und dann ist Wochenende, aber ich kann mich so nicht in den Unterricht setzen. Ich muss erst die Sache mit Adrian klarstellen. Verdammt, zu Hause kann ich auch nicht bleiben. Meine Mutter hat immer noch Spätschicht.

Ob Sebastian mich rausschmeißt, wenn ich einfach in der Küche auftauche? Niemals. Oder? Theoretisch müsste er das, aber theoretisch darf er auch nicht auf dem Schulgelände rauchen. Und? Hat er sich jemals dafür interessiert? Denkfehler! Aber ich kann nicht zu ihm. Wenn ich ihn ansehe, muss ich nur wieder an unser Gespräch vor drei Tagen denken. Er glaubt doch, dass Vivien … Nein, ist sie nicht! Verdammt.

Ich verkrieche mich. Den Kellerraum, in dem sie die Bänke fürs Sommerfest lagern, schließt bestimmt kein Mensch ab. Mann, hoffentlich ruft niemand bei meiner Mutter an und fragt, was los ist. Der Pfister würde ich das zutrauen. Wobei, sie hat mir ja angeboten, für den Rest der Woche zu Hause zu bleiben.

Die Zeit bis zum Ende der sechsten Stunde vergeht so gut wie überhaupt nicht. Ich stehe auf dem Treppenabsatz im Keller und horche. Warte auf das Getrampel nach dem Läuten. Erst als es wieder ruhig ist, schleiche ich nach oben und durch die leeren Gänge zum PC-Raum. Hoffentlich sind alle anderen in der Mensa.

Der Raum ist offen, und Adrian sitzt auf seinem Platz am Fenster, wo auch sonst? Er ist allein. Wenigstens etwas.

»Hier!« Ich knalle ihm den Brief auf die Tastatur. Es ist jetzt genau eine Woche her. »Du bist nicht der Einzige, der Post bekommen hat.«

Er sieht von dem Umschlag zu mir, schaut mir einen Moment lang in die Augen. Ich konzentriere mich auf den blauen Rand seiner Brille und versuche, nicht zu blinzeln. Ohne ein Wort wendet er sich seinem Bildschirm zu und fängt an zu tippen.

Was soll das?

»Sag mal, geht's noch?«, fahre ich ihn an.

Ich muss die Hände in die Manteltaschen stopfen, mich festhalten, egal wo, sonst springe ich ihm ins Gesicht. Echt jetzt. Was bildet er sich ein?

Er hebt nur die Hand, den Blick weiter auf den Bildschirm gerichtet. »Moment, ich schau gerade was nach«, murmelt er, und dann schüttelt er den Kopf. »Netter Versuch, Nora.«

»Was meinst du?«

»Deinen gefakten Brief. Oder wie erklärst du mir das?«

Ich gehe um den Tisch. Auf dem Bildschirm ist eine Tabelle voller Zahlen geöffnet.

»Was ist das?«, frage ich.

Obwohl die Frage allein schon bescheuert ist. Es geht hier um die Briefe, warum sollte mich diese Tabelle interessieren?

»Ein Druckprotokoll«, antwortet Adrian und klingt dabei fast wie Noah.

Oh, ein Druckprotokoll. Wie toll! Als ob das irgendetwas mit den Briefen zu tun hätte. Für wie doof hält er mich?

»Warum zeigst du mir das?«

»Siehst du das hier? Das ist der Gast-Account. Von dem aus wurde gestern Nachmittag ein doppelseitiger Ausdruck gestartet.«

»Und?«

»Und?« Adrian dreht mir den Kopf zu. »Das heißt, du hättest es dir sparen können.« Er nickt in Richtung des Briefs und lehnt sich mit verschränkten Armen auf dem Stuhl zurück.

»Was hätte ich mir sparen können?«, frage ich und richte mich auf, auch die Arme verschränkt.

Sein Tonfall löst ein Kribbeln in meinem Magen aus, aber kein angenehmes. Wenn Adrian so weitermacht, platze ich. Merkt er eigentlich, wie von oben herab er gerade rüberkommt?

»Extra einen Brief für dich auszudrucken, damit du die Unschuldige spielen kannst. Das ist total …« Er hält inne, beißt sich auf die Lippe und schüttelt den Kopf.

Krank. Das ist krank. Mir selbst einen Brief voller Anschuldigungen zu schicken. Nur zum Fake. Hallo? Das traut er mir zu? Ehrlich?

»Du glaubst jetzt nicht wirklich, dass ich mir selbst so einen Brief schreiben würde.« Ich sehe ihn an, aber er weicht meinem Blick aus. »Du glaubst das?«

Er zuckt mit den Schultern, nimmt die Brille ab und drückt die Finger gegen seine Nasenwurzel. Warum hat er so fette Augenringe?

»Woher weißt du überhaupt, dass der Brief über den Gast-Account gedruckt wurde?«

Wortlos zieht er meinen Brief aus dem Umschlag und deutet auf ein paar Kürzel unten im Eck. Das Grau der Buchstaben ist so hell, ich habe es auf dem weißen Papier bisher total übersehen.

»Alle Ausdrucke hier werden mit dem Kürzel des Accounts markiert. Wahrscheinlich, damit sie es besser nachvollziehen können, wenn hier irgendwer privat druckt«, erklärt er, während er den Brief wieder zurück in den Umschlag schiebt.

»Und wann hätte ich das drucken sollen?«, frage ich weiter.

Wer von uns war denn zuletzt im PC-Raum?

»Gestern um fünfzehn Uhr dreiundvierzig«, sagt er, und es klingt total selbstverständlich.

Er setzt die Brille wieder auf, starrt aber lieber auf den Bildschirm, als mir ins Gesicht zu sehen.

Schau mich an, verdammt noch mal!

»Da war ich nicht mal mehr in der Schule! Wie hätte ich das überhaupt drucken sollen, ohne dass du mich siehst? Du bist doch immer hier!«

»Ich bin direkt nach dir gegangen, musste arbeiten. Aber der PC-Raum war noch offen. Wenn ich nicht abschließe, macht das der Hausmeister bei seiner letzten Runde.«

»Und?« Ich habe die Schnauze voll, ehrlich jetzt. »Glaubst du echt, ich bin noch mal umgedreht und hatte nichts Besseres zu tun, als zu warten, bis du gehst und mir dann selbst einen Brief zu schreiben?«

»Ich weiß es nicht!«, flüstert er.

Er sieht mich an und doch nicht an. Es liegt eine Leere in seinen Augen, ganz anders als vor drei Tagen, als er noch versucht hat, mich aufzubauen, irgendwie. Eine Leere, die ich nicht verstehe und trotzdem viel zu gut kenne. Ich presse die Lippen aufeinander, schüttle den Kopf und kann nichts mehr sagen. Nur ein einziges Wort und ich löse mich auf, auf der Stelle. Definitiv.

Ich weiß es nicht …

Die Tür fliegt auf. »Sie hat es wieder gemacht!«

Das ist jetzt nicht wahr, oder? Warum muss es ausgerechnet Janus sein? Er stürmt in den Raum, direkt auf uns zu und wedelt mit einem Umschlag.

Ich blinzle, aber die Buchstaben verschwinden nicht mehr. Rot auf Weiß. Was wird das hier?

Janus stoppt vier Schritte vor uns und schaut von mir zu Adrian. »Was macht sie hier?«

Sie. Klar. Ich stehe genau vor dir, du Idiot! Du kannst auch mich fragen, oder?

Statt ihm zu antworten, hebe ich nur kurz den Brief hoch, meinen Brief, den ich Adrian vorhin auf die Tastatur geknallt habe.

»Du hast keine Schamgrenze, oder?« Elise.

Sie ist nach Janus in den Raum gekommen, allein, ohne Emma und Jasmin. Auch von Cedric fehlt jede Spur. Schräg hinter Janus bleibt sie stehen, streicht sich eine ihrer weiß gefärbten Strähnen aus dem Gesicht und funkelt mich an. Tausend Satzfetzen schwirren mir durch den Kopf. Alles, was ich ihr schon lange sagen will, was seit Viviens Verschwinden mehr als überfällig ist. Aber ich sage nichts, kein einziges Wort. Mein Hals ist wie zugeschnürt. Die Stille zwischen uns dröhnt in meinen Ohren.

»Was meinst du mit: *Sie hat es noch mal gemacht?*«, fragt Adrian.

»Hier!« Janus pfeffert den Brief auf den Tisch.

Er landet auf meinem. **ELISE** prangt in roter Schablonenschrift auf dem Umschlag. Ich starre auf das weiße Papier, höre Adrian tippen und habe keine Ahnung mehr, was ich denken soll. Das ist doch alles ein Scherz. Es kann nur ein verdammt schlechter Scherz sein!

»Was ist das?«, fragt Janus und deutet auf den Brief mit meinem Namen.

Hat er nicht gesehen, wie ich ihm den gerade hingehalten habe?

»Ich dachte, du wüsstest das?«, fauche ich ihn an.

Ich will keine Schwäche zeigen, ganz bestimmt nicht, aber die Stimme bricht mir am Ende der Frage weg. Super.

Was spielen die beiden hier für ein Spiel?

»Wann hast du den Brief bekommen, Nora?«, fragt Adrian, den Blick starr auf den Bildschirm gerichtet.

Es ist doch völlig egal, wann! Die Frage ist doch eher, wer ihn mir hinterlegt hat. Oder ihm. Oder Elise.

»Letzte Woche Freitag«, antworte ich, ohne Janus aus den Augen zu lassen.

»Du verarscht uns doch!«, fährt der mich an.

»Ach ja? Bist du sicher, dass nicht du uns verarscht?«

Elise schnalzt mit der Zunge und schüttelt den Kopf. Hallo? Was will sie?

»Zufällig ganz sicher!« Janus greift in seinen Rucksack und zieht einen weiteren Umschlag heraus.

Auf dem weißen Papier prangt JANUS In roter Schablonenschrift. Das gibt es nicht.

»Nora hat recht«, sagt Adrian plötzlich.

»Womit?«, fragt Janus, die Augenbrauen zusammengezogen.

Die Vorstellung, dass ich recht haben könnte, passt offensichtlich nicht in sein Weltbild. Volldepp! Wobei, wovon spricht Adrian überhaupt?

»Am Donnerstag wurden zwei doppelseitige Ausdrucke über den Gast-Account gedruckt.« Adrian deutet auf die Briefe für Janus und mich. »Am Dienstag einer.« Er wirft seinen Brief auf den Stapel. »Und gestern Nachmittag noch einer.« Er zieht den von Elise unter seinem hervor.

»Und? Was soll das jetzt beweisen?« Janus verschränkt die Arme und funkelt mich an. »Vielleicht hat sie das alles inszeniert, um unschuldig dazustehen?«

»Klar.« Jetzt reicht es! »Vielleicht hast du es inszeniert? Ich weiß noch nicht einmal, von welchem Gast-Account Adrian spricht. Aber du scheinst ja ständig hier im PC-Raum abzuhängen!« Ich gehe einen Schritt auf Janus zu.

Er soll sich mal nicht so aufspielen. Wenn mich das nicht entlastet, dann ihn ja wohl erst recht nicht!

»Jeder von uns hat den Zugang zu diesem Account im Einführungskurs Informatik bekommen. Im Gegensatz zu dir bin ich mit

Adi und Elise befreundet. Also, warum sollte ich diesen Mist hier verfassen und an Leute schicken, die mir zufällig etwas bedeuten?«

Die ihm zufällig etwas bedeuten? So wie Vivien?

»Keine Ahnung, wie weit du gehen würdest, um dein schlechtes Gewissen zu beruhigen.«, fahre ich ihn an.

Hinter ihm holt Elise Luft, aber sie sagt nichts, schüttelt nur stumm den Kopf. Endlich hält sie mal die Klappe!

»Was für ein schlechtes Gewissen? Du hast doch versucht, Vivien zu kontrollieren und dann einfach hängen lassen!«

Bitte?

»Ich? Du spinnst ja!« Ich kann nicht anders, packe ihn an den Schultern und drücke ihn gegen das gekippte Fenster.

Was will er mit seinen Lügen? Vivien ist der wichtigste Mensch in meinem Leben, ich hätte sie niemals hängen lassen, ich …

Warum habe ich ihr nicht geschrieben? Warum war ich nicht früher in unserem Versteck, nur um sicherzugehen?

Die Fragen beißen sich in mir fest, und je mehr es wehtut, umso heftiger drücke ich Janus gegen die Scheibe. Er ist stärker als ich. Garantiert. Ich kann seine Muskeln spüren. Aber er kneift nur die Augen zusammen und funkelt mich an.

Es ist ein Wunder, dass wir nicht beide auf der Stelle tot umfallen, so viel Verachtung wie in seinem Blick liegt, und in meinem mit Sicherheit auch. Das gäbe ein tolles Bild ab. Janus und ich im Tod vereint. Als ob.

»Du bist doch völlig daneben«, zischt er mich an, aber er bewegt sich immer noch nicht, versucht nicht einmal, mich wegzuschieben, kein Stück.

»Du kannst die Wahrheit verdrehen, wie du willst. Trotzdem hast du Vivien fallen lassen, als sie dich am meisten gebraucht hat!«, gebe ich zurück.

Genau wie ich. Aber das spreche ich nicht aus.

Ich kann sehen, wie meine Worte seinen Verstand erreichen, weil eine Welle voller widersprüchlicher Gefühle über sein Gesicht spült, und fast tut er mir leid. Wie er vor mir steht mit einer Schuld, die er nicht loswerden kann. Nicht, solange Vivien verschwunden bleibt. Nicht, solange wir nicht wissen, was mit ihr ist. Ich will kein Mitleid mit ihm haben!

Nach zwei Atemzügen fängt er sich und packt mich auch an den Schultern. Wir müssen aussehen wie zwei Ringkämpfer. Er schiebt mich ein Stück weg, ich halte dagegen und für einen Moment fühlt es sich fast so an, als würden wir uns gegenseitig stützen. Ich versuche, ihn wegzuschubsen und der Moment ist vorbei.

»Du hältst dich für besonders schlau, oder? Tust einfach so, als ob …« Die Tür schwingt auf, und Janus stockt.

Ohne ihn loszulassen, drehe ich mich um. Auf der Schwelle steht Sebastian. Er sieht von mir zu Janus und wieder zu mir.

»Gibt es hier nicht genug PCs, oder worüber streitet ihr?« Sein Blick durchbohrt mich.

Hilf mir. Bitte.

Er schaut zu Adrian, zu den Umschlägen auf dem Tisch, und Adrian ist nicht schnell genug, sie mit einer Bewegung in seine Tasche gleiten zu lassen.

»Wir proben für ein Video«, antwortet Elise und stellt sich vor Janus und mich.

Hat Cedric nicht genau das Gleiche zu der Polizistin gesagt? Was für eine bescheuerte Ausrede! Wer soll ihnen die bitte abnehmen? Sebastian zuckt mit den Schultern und geht zu einem der PCs in der vorderen Reihe. Wahrscheinlich denkt er, dass ihn der Kinderkram hier nichts angeht.

Kinderkram.

Wenn es das wenigstens wäre. Elise fasst mich und Janus an den Schultern und schiebt uns auseinander. Auf Sebastians Bildschirm flackert der Speiseplan für die nächste Woche auf. Er druckt ihn viermal aus.

»Ein ruhiges Wochenende euch«, sagt er noch.

Er nickt mir zu, und einen Augenblick später knallt die Tür hinter ihm ins Schloss.

Danke für keine Hilfe!

Sobald Sebastian weg ist, springt Adrian auf und sperrt ab.

»Was machst du?« Mist. Ich klinge total panisch.

Aber ich will nicht mit Janus und Elise in einen Raum gesperrt sein. Da hätte Adrian besser noch eine Schwarze Mamba aus der Tasche holen können.

»Wir müssen reden. Alle! Möglichst ohne Unterbrechung«, antwortet er, und als wäre das Erklärung genug, holt er die Briefe wieder aus der Tasche und breitet sie auf dem Tisch aus.

WIR WOLLTEN ALLES SEIN

»Was hast du vor?« Janus lehnt sich ans Fensterbrett und sieht zu Adrian, der sich zurück auf seinen Platz gesetzt und den Stuhl ein Stück vom Tisch weggeschoben hat.

»Wir müssen systematisch vorgehen. Irgendjemand an der Schule scheint ziemlich gut über Viviens Leben Bescheid zu wissen und gibt aus einem unbekannten Grund uns die Schuld an ihrem Verschwinden«, antwortet Adrian.

»Irgendjemand?«, wirft Elise ein. Sie lehnt an einem der beiden Tische in der Reihe vor Adrian. »Wir waren uns doch einig, wer verrückt genug ist, so etwas Krankes zu machen«, setzt sie nach und nickt dabei in meine Richtung.

»Bestimmt. Ich sitze den ganzen Tag zu Hause und überlege, wie ich euch das Leben schwer machen kann. Oder wie stellst du dir das vor?« Ich ziehe den Stuhl neben Adrian ein Stück zur Seite.

Die Lehne nach vorn gedreht, setze ich mich. Ich will irgendetwas zwischen mir und den anderen haben.

»Jetzt hört endlich auf!«, fährt Adrian dazwischen. Seine Stimme klingt ungewöhnlich scharf. »So kommen wir keinen Schritt weiter. Es ist doch lächerlich, wenn ihr euch immer noch gegenseitig beschuldigt. Ich dachte, ihr wollt herausfinden, was mit Vivien passiert ist?« Dabei sieht er mich an.

Ja, super. Das heißt aber nicht, dass ich jetzt so tun kann, als ob zwischen mir und Janus und Elise alles in Ordnung wäre.

»Was schlägst du vor?«, presse ich heraus, bin mir nicht sicher, ob ich es wirklich hören will.

Andererseits … Wenn es die Chance erhöht, Vivien zu finden, raufe ich mich auch mit diesen beiden Idioten zusammen. Alles andere wäre bescheuert.

»Lasst uns die Briefe zusammen durchgehen. Vielleicht entdecken wir Hinweise auf den Verfasser oder die Verfasserin?«

»Was soll das denn bringen?«, mischt Janus sich ein.

Er hat keinen Bock, uns seinen Brief zu zeigen. Ich sehe es ihm an, wie er den Rücken gegen die Scheibe drückt und sich mit den Händen auf der Fensterbank abstützt, sodass unter seinem Pulli die Muskeln an den Oberarmen hervortreten.

»Habe ich doch eben erklärt!« Adrian verdreht die Augen. »Mir wäre es auch lieber, euch meinen Brief nicht zu zeigen. Okay? Aber es ist ganz bestimmt kein Zufall, warum ausgerechnet wir diese Briefe bekommen haben.«

»Wir wissen doch nicht, ob wir die Einzigen sind«, werfe ich ein.

Okay, wir sind die Einzigen, mit denen Vivien wirklich zu tun hatte, abgesehen vielleicht noch von Cedric, Emma und Jasmin. Aber wenn die einen Brief erhalten hätten, wüssten Janus oder Elise das sicher. Ich sehe zu Elise. Sie hat die Augenbrauen zusammengezogen, widerspricht Adrian aber nicht. Bescheuert, aber ausnahmsweise bin ich mal einer Meinung mit Janus, dem Volldeppen. Ich will weder ihm noch Elise zeigen, was in meinem Brief steht. Adrian auch nicht, wenn ich es genau nehme.

Bevor irgendjemand noch etwas einwenden kann, zieht Adrian seinen Brief aus dem Umschlag und fängt an zu lesen. Tatsachen schaffen. Darin ist er überraschend gut.

Hallo Adrian,

wie fühlt es sich an, Viviens Leben zerstört zu haben?
Tu nicht so, als hättest du nichts davon geahnt.

Schließlich hast du sie lange genug beobachtet, um zu wissen, wie wichtig ihr Vater ihr war. Der Vater, den du nicht haben willst. Oder eher behauptest, nicht haben zu wollen.
Aber ist das wirklich die Wahrheit? Ist es nicht vielmehr so, dass du dir einen Vater wünschst und deine Freunde um ihre Väter beneidest?

Warum unterstellt dieser verdammte Briefeschreiber Adrian den gleichen Mist wie mir? Was für ein Weltbild hat dieser Idiot? Wir können nicht ohne einen Vater existieren, oder was? Schwachsinn. Niemand kann mir meinen ersetzen. Egal wie cool Viviens Vater immer war, es ist absolut nicht dasselbe!

Und Adrian? Hallo? Adrian ist die letzten siebzehn Jahre super ohne einen Vater ausgekommen. In einem halben Jahr ist er volljährig, das ist ein bisschen spät für einen neuen Vater. Neidisch, ganz sicher.

Vielleicht ging es dir aber auch weniger um den neuen Mann in eurem Leben als um das Mädchen? War das Verhältnis eurer Eltern nur vorgeschoben, und du hast sie verfolgt, weil du sie interessant findest? In diesem Fall wäre es natürlich sehr bedauerlich, wenn sie plötzlich deine Stiefschwester wäre. Nicht wahr?

Echt jetzt? Wie konnte Adrian auch nur eine Sekunde lang denken, dass ich diesen Mist geschrieben habe? Adrian in Vivien verknallt? Okay, sie und ich hatten das auch befürchtet. Aber es hat nie wirklich gepasst, und seit Adrian und ich darüber geredet haben, glaube ich auch nicht mehr daran.

Ich hebe ganz leicht den Kopf und schiele zu ihm hinüber, sein Blick ist auf den Brief gerichtet. Seine Finger zittern, und sein Gesicht glüht.

Du musst nichts sagen, ich kenne die Wahrheit ohnehin, die du versuchst, vor dir und allen anderen zu verbergen.
Wie lebt es sich mit dem Wissen, dass du mit deiner Eröffnung Viviens Welt zerstört hast? So sehr, dass sie nicht mehr anders konnte als zu verschwinden? Für immer?
Glaubst du nicht, dass es in deiner Verantwortung lag, sie aufzufangen?
Hättest du sie nicht allein gelassen, wäre sie noch hier.
Ich kann deine Ausflüchte schon hören. Die Behauptung, dass sie deine Unterstützung sowieso nicht gewollt hätte. Aber stimmt das? Glaubst du nicht, dass sie froh gewesen wäre, einen Verbündeten zu haben? Selbst wenn sie das niemals zugegeben hätte? Wie lebt es sich damit, es nicht einmal versucht zu haben?

Jemand,
der deine Lügen durchschaut

Adrian lässt die Hand langsam nach unten sinken, wischt sich über die Stirn, und statt aufzusehen, starrt er weiter das Papier an.

»Was soll das Gequatsche von wegen, dass Viviens Vater bald deiner ist?«, fragt Janus in die Stille hinein.

Er hat die Augenbrauen zusammengezogen und mustert Adrian. Er glaubt aber nicht die Story mit der heimlichen Liebe, oder? So doof kann nicht einmal Janus sein. Wobei …

»Meine Mutter und Viviens Vater haben ein Verhältnis«, antwortet Adrian, den Blick noch immer auf den Brief gerichtet.

»Heilige Scheiße!«, ruft Elise. »Nicht wirklich, oder?«

Wusste sie das echt nicht, oder will sie nur den Verdacht von sich ablenken?

»War das die Offenbarung, die du Vivien verkündet hast?«, fragt Janus, ohne Adrian Zeit zu geben, Elise zu antworten.

Mann, er will nicht darüber reden, kapiert Janus das nicht?

Adrian nickt. Er sieht uns immer noch nicht an.

»Wann hast du es ihr gesagt?« Janus beugt sich ein Stück nach vorne und lässt Adrian nicht mehr aus den Augen.

»Nach dem Dreh für das Witchervideo.«

»Als sie mit dir alleine sprechen wollte?«

Adrian nickt wieder. Er wirkt abwesend. Ist es wegen der Anschuldigungen in dem Brief? Er nimmt diesen Schwachsinn doch nicht ernst. Bitte, er kann das nicht wirklich glauben!

»An dem Abend hat sie sich nicht mehr mit mir getroffen, obwohl wir es abgemacht hatten. Sie hat mir nur eine Nachricht geschrieben, dass sie nach Hause müsste.« Janus schüttelt den Kopf. »Ich hab ihr das zuerst nicht abgenommen, aber sie war wirklich zu Hause.«

»Hast du gedacht, sie würde mit Adrian abhängen und dich versetzen?«, fragt Elise dazwischen, die Stirn gerunzelt.

Janus zuckt nur mit den Schultern und ignoriert ihren Kommentar. »Am nächsten Tag war sie wie immer. Als ich sie gefragt habe, was sie von dir wollte, hat sie mir irgendetwas von einem Computerproblem erzählt.« Er stockt, fährt sich durch die dunklen Haare. »Konnte sie sich so gut verstellen, oder hat ihr die Sache mit ihrem Vater wirklich nichts ausgemacht?«

Er sieht zu mir.

»Vivien hat ihren Vater vergöttert. Aber schon klar, dass du das nicht geblickt hast, warst wohl zu sehr mit dir selbst beschäftigt, wie immer halt«, antworte ich.

»Du hast sie nicht mehr alle!«, fährt er mich an.

Klar, ich habe sie nicht mehr alle und er ist unfehlbar. Dabei hat er sie hängen lassen, und jetzt faselt er von der großen Liebe.

»Stopp!« Adrian schlägt auf den Tisch. »Könnt ihr mal aufhören, euch alle zwei Minuten an die Kehle zu springen? Ich hab Vivien auch nichts angemerkt, und das, obwohl ich wusste, worüber wir gesprochen haben. War sie eine so gute Schauspielerin?«

War? Ist. Es muss IST heißen. Sie taucht wieder auf, egal was in den Briefen steht!

»War sie«, murmelt Elise. Statt uns sieht sie ihre Fingernägel an. »Mit uns hat sie auch nicht gesprochen. Nur wenn sie ein bisschen was getrunken hatte, hat man ihr angemerkt, dass irgendwas nicht stimmt ...«

»Nora?« Adrian schaut zu mir.

Nein, nicht nur er. Sie starren mich alle an. Ach, jetzt wollen sie hören, was ich denke.

Vivien hätte sich eher die Zunge abgebissen, als irgendwem irgendetwas zu erzählen. Vor unserem Streit hat sie noch nicht einmal mir von dem Zoff ihrer Eltern erzählt. Und wir kennen uns seit sechs Jahren. In- und auswendig. Warum habe ich das nicht kapiert? Ich habe ihr doch sonst immer angemerkt, wenn irgendetwas nicht in Ordnung war.

»Nora?«, fragt Adrian wieder.

Ich sehe ihn an. Er hat den Kopf schief gelegt, die Wut ist aus seinen Augen verschwunden. In seinen Blick hat sich wieder diese Wärme geschlichen, wegen der ich ihm vertraut habe. Es fühlt sich fast so an, als hätte es die beschissenen Tage dazwischen nicht gegeben. Ich kneife die Augen zusammen. Warum rede ich mir das ein? Adrian hat mich fallen lassen, beim ersten Auftauchen von Schwierigkeiten. Und das, ohne mich auch nur einmal zu fragen. Nein, es fühlt sich definitiv nicht so an wie am Dienstag. Das hat er kaputtgemacht.

»Man bekommt von Vivien genau so viel mit, wie sie will, dass man von ihr mitbekommt«, antworte ich.

Leiser, als ich wollte. Ich war ihre beste Freundin. Nein, ich bin ihre beste Freundin und habe trotzdem nicht mehr gewusst als Elise oder Janus.

Das ist nicht fair, Vivien. Das ist verdammt noch mal nicht fair!

Ich drehe den Kopf zu Janus und sehe ihm in die Augen. »Also selbst wenn du dich für sie interessiert hättest, hättest du keine Chance gehabt.«

»Was soll das heißen? *Selbst wenn?* Was hast du eigentlich gegen mich? Warum versuchst du die ganze Zeit, mich wie den letzten Idioten hinzustellen?« Er verschränkt die Arme und funkelt mich an.

»Was erwartest du, wenn du regelmäßig mit deinem besten Kumpel Wetten am Laufen hast, welches Mädchen ihr diesmal rumbekommt?«, entgegne ich und zucke mit den Schultern.

Für wie dämlich hält er mich eigentlich?

Ich sehe ihn an, ohne zu blinzeln. Waren seine Wangen die ganze Zeit schon so rot? Er wischt sich ein paar dunkle Haarsträhnen aus dem Gesicht und weicht meinem Blick aus. So leicht gibt er sich geschlagen? Auf einmal?

Elises Lachen unterbricht uns. »Wo sie recht hat, hat sie leider recht …«

»Jetzt fang du nicht auch noch an!«, knurrt er, aber es klingt nicht so, als wäre ihm nicht klar, dass wir die Wahrheit sagen.

»Machst du weiter?« Mit dieser einen Frage zerstört Adrian meinen kleinen Triumph.

Nein, mache ich nicht. Janus und Elise nehmen doch jeden Vorwurf aus dem Brief ernst, wenn es um mich geht. Garantiert. Es genügt, wenn ich mich fragen muss, ob ich die mieseste Freundin jemals bin, das brauche ich mir nicht noch von den beiden anhören.

Adrian hält mir den Brief hin und verzieht den Mund zu einem schiefen Lächeln. Mann, er hat seinen auch vorgelesen. Wenn ich es nicht mache, stehe ich da wie ein Feigling.

»Lies du«, sage ich und schiebe ein *bitte* hinterher, weil er nur die Augenbrauen hochzieht und keine Anstalten macht, den Umschlag zu öffnen.

»Bist du sicher?«

Ich nicke und sehe zu, wie er den Brief herausnimmt. Mein Herz hämmert wie verrückt, und ich muss kurz die Augen schließen, will das nicht noch einmal hören, erst recht nicht aus Adrians Mund. Kann es aber nicht selbst lesen, es schnürt mir schon die Luft ab, wenn ich nur daran denke. Mit jedem Mal brennen sich die Worte tiefer in meine Gedanken und werden ein Stück wahrer. Ich versuche, an Vivien zu denken, an das Foto auf meinem Handy. Sie mit der Sonnenbrille auf der Hutkrempe, das Gewehr im Anschlag.

»Krass«, sagt Elise, als Adrian fertig ist.

Er schiebt den Brief zurück in den Umschlag und weicht meinem Blick aus.

»Wer immer das geschrieben hat, scheint ein ganz schönes Problem mit euren Vätern zu haben«, fährt Elise fort.

Ich sehe sie an. Ihre eisblauen Augen wirken ausnahmsweise einmal nicht kalt. Bis ich blinzeln muss und der Moment vorbei ist.

Janus räuspert sich. »Darf man fragen, was mit deinem Vater ist?«

Nein, darf man nicht. Ganz besonders du nicht!

Mein Bauch spannt sich an, und ich kann fast nicht mehr weiteratmen.

»Er ist tot«, sage ich und lasse es klingen, als würden wir über eine Mathegleichung reden und nicht über den Menschen, der einmal so verdammt wichtig für mich war. Meine Stimme zittert kein bisschen.

Es hört sich an, als wäre ich längst darüber hinweg. Vielleicht bin ich das ja? Es ist schon so lange her. Warum klopft mein Herz dann wie verrückt?

Janus nickt. Wenigstens einmal weiß er, wann er besser den Mund halten sollte.

»Es war eine Wette«, murmelt er.

»Was?«, frage ich.

Redet er von den Briefen?

»Das mit Vivien. Am Anfang, auf der Party im Februar. Cedric hat beobachtet, wie sie sich betrunken hat, und hat mich herausgefordert.« Ein Lächeln huscht über sein Gesicht. »Aber du warst immer an ihr dran. Also habe ich mit ihm gewettet, dass er es nicht schafft, dich zu küssen.«

Nicht sein Ernst jetzt, das ist jetzt echt nicht sein Ernst. Als ob ich so blöd wäre, mit Cedric rumzumachen.

Klar, Skaterboy, träum weiter!

»Jetzt schau mich nicht so an.« Janus hebt die Hände und schüttelt den Kopf. »Kein Mensch hat daran geglaubt, dass du dich auf Cedric einlassen würdest. Okay? Ich glaube, so viel Alkohol gibt es gar nicht. Es ging nur darum, dich lange genug abzulenken, um mir eine Chance bei Vivien zu verschaffen.«

Arschloch. Ich erinnere mich noch genau, wie Cedric sich mir in den Weg gestellt hat und mir die Story vom Pferd erzählen wollte. Und es hat geklappt, Vivien war auf einmal weg, und ich musste sie zwanzig Minuten lang suchen. Mindestens. Bis ich endlich auf die Idee gekommen bin, nach draußen zu gehen und sie mit Janus vor der Tür angetroffen habe. Ich bin so bescheuert. Es war ein abgekartetes Spiel, von Anfang an, und ich habe es nicht geblickt.

GLAUBST DU ALLES, WAS ICH SAGE?

Cedric hatte es perfekt getimt. Er hat dich genau in dem Moment angesprochen, in dem Vivien auf die Tür zugesteuert ist. Die kurze Ablenkung genügte, und du hast Vivien aus den Augen verloren. Ich habe keine Ahnung, was er dir erzählt hat, habe ihn nie gefragt. Das wäre nur spannend gewesen, wenn er es doch geschafft hätte, mit dir rumzumachen.

Vivien saß draußen auf der Steintreppe, einen Becher in der Hand. Wodka Red Bull wahrscheinlich. Das Zeug hat an dem Abend fast jeder getrunken.

Hoffentlich hat sie schon einiges intus, dachte ich. Weil es die Sache leichter macht, immer. Du kannst jedes Mädchen rumkriegen, wenn es genug Alkohol getrunken hat.

»Hey«, sagte ich und setzte mich neben sie.

So, dass mein Bein ihres berührte. Die Lampen am Eingang waren in unserem Rücken und warfen einen Schatten auf Viviens Gesicht. Ich hätte so oder so nicht viel gesehen, weil sie wie immer die Sonnenbrille aufhatte. Sie drehte kurz den Kopf, schob die Hutkrempe ein Stück aus der Stirn und nickte mir zu.

Hoffentlich hat sie noch nicht zu viel getrunken, schoss es mir durch den Kopf.

Nichts ist bescheuerter, als wenn das Mädchen sich am nächsten Tag an nichts mehr erinnern kann und anfängt, einem eindeutig zweideutige Nachrichten zu schicken, nur um herauszufinden, was gelaufen ist, ohne direkt zu fragen.

»Ist dir nicht kalt?«, versuchte ich, ein Gespräch in Gang zu setzen.

Sie hatte ihr Bein nicht weggezogen, aber ich war mir nicht sicher, ob sie die Berührung realisierte.

»Keine Ahnung«, murmelte sie, das Gesicht wieder auf den Becher gerichtet, den sie jetzt mit beiden Händen hielt und zwischen den Fingern drehte.

Er war leer. Normalerweise wäre das der Zeitpunkt, zu dem ich ihr anbieten würde, mit mir an die Bar zu gehen oder ihr Nachschub zu besorgen. Aber ich hatte keine Ahnung, wie viel Zeit mir blieb. So, wie ich dich einschätzte, würdest du dich von Cedric nicht allzu lange aufhalten lassen. Außerdem machte Vivien nicht den Eindruck, als würde sie hier sitzen bleiben und auf mich warten, wenn ich uns jetzt Getränke holen ging.

»Warum bist du alleine hier draußen, während drinnen die Party abgeht? Hast du keinen Bock mehr auf die Musik?« Ich lehnte mich zu ihr.

Probeweise, um auszutesten, wie weit ich gehen konnte. Ich war ihr so nah, dass ich den Zimtgeruch ihrer Haare einatmete.

»Glaubst du, was die Leute dir erzählen?«, fragte sie.

Ihre Stimme klang leicht verwaschen. Der breite Bügel der Sonnenbrille verdeckte die Augen auch von der Seite, und ich konnte nicht sagen, ob sie immer noch auf den Becher sah oder in die Dunkelheit vor uns starrte.

»Kommt drauf an. Warum?«

Das lief suboptimal. Vivien war in ihrer eigenen kleinen Welt und nahm mich kaum wahr. Wenn ich noch irgendeine Chance wollte, die Wette zu gewinnen, musste ich mir etwas einfallen lassen. Und das möglichst schnell.

»Was wäre, wenn du eines Tages aufwachst und plötzlich weißt, dass du die ganze Zeit in einer Seifenblase gelebt hast?« Sie drehte den Kopf wieder zu mir.

Unsere Nasenspitzen waren nur Zentimeter voneinander entfernt, aber sie schien das nicht zu bemerken.

Was sollte die Frage? Ich versuchte, Vivien anzumachen und wollte nicht irgendeine philosophische Diskussion führen. Um sie endlich auf andere Gedanken zu bringen, fasste ich nach ihrer Hand.

»Hey, deine Finger sind total kalt«, flüsterte ich und setzte mein bestes Lächeln auf.

Das, mit dem ich noch jedes Mädchen rumbekommen hatte. Aber sie reagierte nicht.

»Es ist ein Scheißgefühl«, murmelte sie, zog die Hand weg und stellte den Becher zwischen ihren Füßen ab.

»Ist doch egal«, sagte ich.

Wieso weigerte sie sich so sehr, ein bisschen Spaß zusammen zu haben? Ob es half, wenn ich einfach den Arm um ihre Schultern legte?

»Was ist egal?« Viviens Gesicht war wieder genau vor meinem.

Ich musste sie endlich dazu bringen, mit dem Gelaber aufzuhören, sonst würde das hier nichts mehr werden und ich hatte keinen Bock, die Wette zu verlieren. Lächelnd hob ich die Hände, um ihr die Sonnenbrille abzunehmen. Doch dann bemerkte ich die eingesaugte Unterlippe, und für einen winzigen Moment konnte ich mir den Blick vorstellen, mit dem sie mich ansah. Verborgen hinter den dunklen Gläsern. Den Schmerz in ihren Augen, zu groß, um ihn wegzuschieben und so zu tun, als wäre alles in Ordnung. Oder wenigstens so, als wäre es gerade nicht wichtig. Ich ließ die Hände sinken, konnte die Brille nicht mehr anfassen. Das wäre fast so gewesen, als ob ich ihr ohne Vorwarnung an die Wäsche gehen würde. Von null auf hundert.

»Wenn dir irgendjemand Schwachsinn erzählt hat und du das durchschaust, weißt du wenigstens, woran du bist. Oder?«, antwortete ich.

Kurz musste ich an Cedric denken. An sein Grinsen, wenn er herausfand, wie schnell ich aufgegeben hatte. Aber er war ja jetzt nicht hier, er hörte nicht die Schwere in Viviens Stimme, die sie auf einmal so verletzlich machte.

»Vielleicht. Es ist weniger das, was sie erzählt haben. Eher das, was sie gemacht haben. Oder eben auch nicht«, murmelte sie.

Wegen der Brille war ich mir nicht sicher, aber es fühlte sich an, als würde sie mich im Blick behalten. Wahrscheinlich realisierte sie erst jetzt, wer neben ihr auf der Treppe saß, so angetrunken, wie sie war.

»Umso besser.« Ich grinste, nur um sie abzulenken.

»Wie meinst du das?«

»Wenn sie sowieso machen, was sie wollen, kannst du auch machen, was du willst«, antwortete ich.

Ein Lächeln huschte über ihre Lippen, und auf einmal war mir die Wette nicht mehr wichtig. Es war egal, ob ich Vivien noch an diesem Abend küssen würde oder irgendwann später. Falsch. Ich wollte sie nicht mehr küssen, nur um diese bescheuerte Wette zu gewinnen. Ich wollte, dass sie einen klaren Kopf hatte, wenn wir uns küssten. Wo kam die Verletzlichkeit her, die sie sonst so gut hinter der dunklen Sonnenbrille verbarg? Es klingt total albern, aber ich glaube, ich wollte sie irgendwie beschützen. Vor dem Schmerz, der zu groß schien, um sie damit allein zu lassen.

»Glaubst du …«, fing sie wieder an.

In dem Moment flog die Tür auf.

»Da bist du!« Das warst du. Ausgerechnet. Ein schlechteres Timing hättest du nicht haben können. »Mensch Viv, ich hab drinnen alles nach dir abgesucht und dir gefühlt tausend Nachrichten geschickt.«

Vivien reagierte erst nicht auf dich. Sie blieb sitzen, das Gesicht zu mir gewandt, den Mund halb offen. Sie wollte etwas sagen, ich spürte es, aber dann drehte sie sich um und stand auf. Ohne ein Wort.

»Sorry, ich hab die Zeit vergessen. Lass uns reingehen, mir ist saukalt.« Sie legte den Arm um dich und verschwand durch die Tür, ohne noch einmal zu mir zu sehen.

Glaube ich, was?, *hätte ich ihr am liebsten hinterhergerufen.*

Stattdessen saß ich stumm auf der Treppe und beobachtete, wie die Tür wieder zuschlug.

TRAUMSPLITTER

»Ich wüsste immer noch gern, was sie mich fragen wollte.« Janus lehnt am Fenster und sieht mich an.

Klar, dass er es nicht erfahren hat, daran bin natürlich nur ich schuld.

»So sehr hast du dich also für sie interessiert, dass du in den letzten Wochen noch nicht einmal versucht hast, es herauszufinden?« Ich verschränke die Arme auf der Stuhllehne und kneife die Augen zusammen.

Soll mich seine *ach so rührselige* Geschichte beeindrucken? Wie konnte ich nur die ganze Zeit übersehen, was für ein toller Kerl er ist? Haha.

Elise schnaubt, aber Janus kommt ihr zuvor.

»Was soll das? Natürlich habe ich sie gefragt. Aber sie hat mich nur angelacht und gemeint, dass sie an dem Abend einfach schlecht drauf war.«

»Und da bist du nicht auf die Idee gekommen, dass sie dich verarschen könnte?« Ich knalle ihm die Frage hin, bin so sauer, könnte platzen!

Hallo? So doof kann noch nicht einmal er sein. Statt zu antworten, zuckt er mit den Schultern und funkelt mich an. Mit einem *Du hast ja keine Ahnung*-Blick. Klar, aber er.

»Kannst du deinen Brief vorlesen, Janus?«, unterbricht Adrian unseren Streit.

»Logisch.« Ohne mich aus den Augen zu lassen, nimmt Janus den Brief vom Tisch.

Seine Stimme füllt den Raum, und es klingt fast so, als würde er ein Gedicht vortragen oder irgendeinen Text, der von jemand anderen handelt und ganz sicher nicht von ihm.

Hallo Janus,

du warst schon immer jemand, der es sich viel zu leicht macht. Anstatt zu hinterfragen, warum Vivien dich nie mit zu sich nach Hause genommen hat, hast du ihr lieber Vorwürfe gemacht und sie beschuldigt, dass sie nicht zu dir stehen würde. Was glaubst du, wer du bist?
Das Zentrum der Welt, nach dem alle sich ausrichten müssen?

Wow, da war jemand so sauer wie ich. Mindestens. Warum starrt Elise mich an? Ich habe das nicht geschrieben. Okay?

War das der Grund, warum du sie abserviert hast? Genau in dem Moment, in dem sie dich am meisten gebraucht hätte? Sie war für dich doch nie mehr als eine Eroberung, mit der du dein Ego aufpolieren konntest. Ist dir eigentlich bewusst, was für eine miese Tour du abgezogen hast? Erst hast du ihr Hoffnungen gemacht und das Blaue vom Himmel heruntergelogen und sobald es schwierig wurde, hast du sie fallen lassen.
Hättest du Vivien nicht so verraten, wäre sie jetzt noch hier. Aber du hast lieber mit einer anderen rumgemacht und nun ist es zu spät.
Vivien wird nie wieder auftauchen.
Du hättest sie retten können und hast sie im Stich gelassen. Für dich und dein Ego. Immer nur dein Ego.
Wen wirst du als Nächstes opfern?

Jemand,
der weiß, wie weit es mit deiner »Liebe« her ist

Janus lässt den Brief sinken und schaut wieder zu mir. Ich halte seinen Blick nicht aus, fahre mir durchs Gesicht und sehe auf den Boden. Graues Linoleum.

»Was ist?«, dringt Adrians Stimme durch den Raum.

Meint er mich? Verdammt.

»Was ist los?«, fragt er noch einmal.

»Nichts«, murmle ich und ziehe die Schultern hoch, will ihn nicht ansehen.

Ihn nicht und Janus auch nicht.

»Witzig oder?«, bricht Janus das Schweigen.

Witzig? Das hat er nicht ernsthaft gefragt. Ich schaue hoch. Er beugt sich nach vorn und wirft den Brief auf Adrians Tisch. Dunkle Strähnen fallen ihm ins Gesicht.

»Wenn Adrian nicht felsenfest das Gegenteil behaupten würde, würde ich immer noch jede Wette eingehen, dass du das geschrieben hast«, fährt er fort und sieht mir dabei in die Augen.

»Ich habe nicht …«, beginne ich, aber er hebt die Hand.

Was gut ist, ich hätte sowieso nicht gewusst, wie ich den Satz beenden soll.

Ich habe das nicht geschrieben? Das stimmt und ist trotzdem nicht richtig. Es ist fast so, als hätte, wer auch immer diesen Brief verfasst hat, mich zitiert. Wort für Wort. Ich reibe mir über die Arme, will die Kälte aus meinem Körper vertreiben.

»Ihr müsstet euch ziemlich gut verstehen. Du und unser anonymer Briefeschreiber.« Janus kneift die Augen zusammen. »Blöd nur, dass es nicht stimmt. Ich war nicht der, der Schluss gemacht hat.«

Bitte? Sekundenlang sehen wir uns an. Ich glaube ihm kein Wort. Immer noch nicht. Er schüttelt den Kopf, fährt sich durch die Haare und fängt an zu reden, und ich kann nicht anders, ich muss ihm zuhören. Vielleicht zum ersten Mal.

Es war am Dienstag vor genau zweieinhalb Wochen. Zwei Tage nach Viviens Gespräch mit Adrian, aber an das angebliche Computerproblem verschwendete ich schon keinen Gedanken mehr. Wir wollten ins Kino, ein Actionfilm in 3-D. Es hatte mich einiges an Nerven gekostet, meine kleine Schwester loszuwerden, die natürlich unbedingt mitwollte. Einmal wegen dem Film, aber vor allem auch wegen Vivien. Zum Glück konnte ich Cedric überreden, mit ihr zum Skatepark zu gehen. Er ist immer noch auf Platz eins der Liste meiner Schwester, was meine Freunde betrifft. Auch wenn sie Vivien fast vergöttert. Und ich kann ihm vertrauen. Mit meiner Schwester macht er garantiert keinen Scheiß, dafür kennen wir uns schon viel zu lange.

Vivien und ich verabredeten uns vor dem Kino. Schon als ich sie in den Arm nehmen wollte, merkte ich, dass etwas nicht stimmte. Sie lehnte an der Wand neben dem Eingang, legte ihre Hände auf meine Schultern und hielt mich auf Abstand. Ich beugte mich trotzdem zu ihr, wollte ihr einen Kuss geben. Aber sie drehte sich weg und hielt mir die Wange hin.

»Was ist los?«, fragte ich, ohne zurückzuweichen. Ich war nicht blöd. Ich wusste, dass ich sie in Ruhe lassen und nicht zwischen der Wand und mir einklemmen sollte, aber ich wollte nicht. Ich berührte sie am Kinn und strich mit dem Daumen über ihre Lippen. »Alles in Ordnung?«

Am liebsten hätte ich ihr die Sonnenbrille abgenommen und in ihren dunkelbraunen Augen nach einer Antwort gesucht. Um wenigstens eine Ahnung zu haben, was gerade in ihrem Kopf abging.

»Wir müssen reden«, sagte sie, den Rücken immer noch gegen die Wand gedrückt, und etwas in ihrer Stimme ließ mich aufhorchen.

Vielleicht wäre alles anders gelaufen, wenn ich gleich auf mein Gefühl gehört hätte?

»Wie wär's, wenn wir erst die Karten holen?« Ich schaute zur Seite, zu den Schlangen vor den Automaten und an den Kassen.

»Komm.« Vivien versuchte, sich zwischen mir und der Wand vorbeizudrücken.

»Wohin?« Ich dachte nicht daran, sie gehen zu lassen, beugte mich noch ein Stück weiter nach vorne.

»Irgendwohin, wo es ruhiger ist.«

»Im Kino ist es ruhig«, sagte ich, strich ihr dabei über die Wange und drehte ihr Gesicht zurück zu mir.

Ihre Unterlippe zitterte leicht. Wie immer, wenn sie etwas aufwühlte, so gut kannte ich sie inzwischen. Ich hatte große Lust, sie zu küssen, alle Zweifel einfach wegküssen.

»Weil man im Kino auch so gut reden kann«, fuhr sie mich an.

»Vielleicht.« Meine Nasenspitze berührte ihre, und ich lächelte. »Wir können auch was anderes machen …«

»Du hast es immer noch nicht verstanden, oder?« Jetzt schob sie mich weg. »Es ist vorbei, okay? Ich wollte in Ruhe mit dir sprechen, aber du interessierst dich offensichtlich nur dafür, mit mir rumzumachen. Es ist Schluss. Kapiert?«

»Soll das ein Scherz sein?« Ich wollte sie festhalten, aber in meinem Arm war keine Spannung mehr.

Im nächsten Moment hatte sie sich losgemacht und wich zwei Schritte zur Seite.

»Das ist mein Ernst«, flüsterte sie.

Ich konnte nur die dunklen Gläser ihrer Sonnenbrille sehen und hatte keine Ahnung, was sie wirklich dachte.

»Wieso willst du auf einmal Schluss machen? Das ergibt keinen Sinn!«

Sie zog die Schultern hoch und schüttelte den Kopf. »Genau deshalb, weil es keinen Sinn ergibt.«

»Was?«

»Die Sache mit uns, das war von Anfang an eine Totgeburt. Besser, wenn wir es gleich beenden, statt uns weiter etwas vorzumachen und zu warten, bis es einem von uns richtig wehtut.«

»Hab ich irgendwas gemacht? Oder was ist auf einmal das Problem?«

»Nichts.« Sie schüttelte wieder den Kopf und ging noch einen Schritt von mir weg. »Ich habe einfach keinen Bock mehr, das ist alles.«

Dann drehte sie sich um und ließ mich stehen. Eine Gruppe Leute drängte sich an mir vorbei ins Kino und versperrte die Sicht auf Vivien. Aber es war egal, ich stand sowieso nur dumm da und konnte nicht fassen, was eben passiert war.

Sie hatte keinen Bock mehr. Was sollte das bitteschön heißen?

»Du bist ein richtiger Idiot, Janus!« Elise verschränkt die Arme und schüttelt den Kopf.

»Ach ja? Wenn ich irgendwann mal jemanden brauchen sollte, der mich aufbaut, melde ich mich bei dir. Okay?« Er erwidert ihren Blick, die Stirn in Falten gelegt. Seine Stimme klingt völlig neutral, nicht die Spur sauer.

»Jetzt ernsthaft! Da macht mal ein Mädchen mit dir Schluss statt umgekehrt, und du tust so, als ob die Welt untergehen würde«, setzt Elise nach.

Ich muss lachen. Mist. Ich will nicht lachen, nur weil Elise ausnahmsweise mal recht hat. Janus, der Herzensbrecher, leidet an gebrochenem Herzen. Neben mir schnaubt Adrian, ich schiele zu ihm und zucke mit den Schultern.

Elise streift mich mit ihrem Blick, und ein Lächeln erscheint auf ihren Lippen. Hallo? Egal was sie denkt, ich bin nicht auf ihrer Seite. Ich habe nicht vergessen, was für eine Scheiße sie vor zwei Wochen abgezogen hat.

»Die ganze Geschichte passt nicht!«, sage ich und richte mich auf.

Ich sehe von Elise zu Janus und weiter zu Adrian, der schon viel zu lange schweigt. Er glaubt den Mist, den Janus uns erzählt hat, doch nicht etwa, oder?

»Vivien war nie der Typ, der nur zum Spaß mit irgendwem rumgemacht und mit den Gefühlen anderer Leute gespielt hat!«, fahre ich fort, weil sie mich alle drei nur stumm anstarren, statt irgendwie auf mein Statement zu reagieren.

»Ganz genau. Das war sie nicht.« Elise nickt mir zu.

Nicht echt, oder? Hat sie das bescheuerte Bild mit diesem *Blackcat* schon vergessen?

»Da hättest du vielleicht mal früher dran denken können, bevor du Vivien wie eine Schlampe hingestellt hast«, fauche ich sie an.

Ich ertrage ihr falsches Spiel nicht. Hält sie mich für so dumm, das nicht zu durchschauen?

»Ist es Zufall, dass du mir genau den gleichen Vorwurf machst wie unser ominöser Briefeschreiber?« Sie zieht die Brauen hoch, und auf einmal wirken ihre Augen wieder eiskalt.

»Sicher nicht.« Ich hebe den Kopf und halte ihrem Blick stand. »Das würde auch der letzte Idiot kapieren. Was war eigentlich dein Problem? Hast du das gemacht, weil Vivien beliebter ist als du? Weil sie mehr Follower hat?« Ich stocke.

Das wäre der bescheuertste Grund überhaupt. Aber es passt zu Elise und ihrer Scheinwelt, in der nichts so viel zählt wie der nächste Like und alles immer toller, besser, größer sein muss. Wie hat Vivien es mit ihr ausgehalten?

»Du hast doch keine Ahnung!«, schnauzt sie zurück.

Klar, ich habe keine Ahnung. Das ist ja auch so viel einfacher, als sich mal über sein eigenes Verhalten Gedanken zu machen.

»Ich habe Vivien zu dem Foto überredet.« Elise dreht sich zu Janus. »Weil ich dachte, dass es ihn anspornt, für sie zu kämpfen. Aber nein, der Herr war tödlich getroffen in seiner gekränkten Eitelkeit und hat genau das gemacht, was Vivien befürchtet hat.« Sie legt eine Pause ein und wartet, bis Janus sie ansieht. »Warum bitte hast du sie ignoriert und mit einer anderen rumgemacht? Ich dachte, du liebst sie?«

»Hallo? Sie hat mich abserviert. Was erwartest du? Dass ich ihr nachlaufe und sie anflehe zurückzukommen?« Er funkelt uns an. »Sorry, dass ich noch einen Rest Selbstachtung habe. Wenn sie nicht mehr will, soll sie es lassen. Ich renne keiner hinterher!«

Wow, zum Glück hat Vivien ihn abgeschossen. Ganz ehrlich. Wie kann er mit der Einstellung von Liebe reden?

Elise prustet los. »Wenn du dich selbst hören könntest. Echt jetzt! Gib es doch einfach zu. Du warst total verknallt in sie und hast es nicht verkraftet, dass sie Schluss gemacht hat.«

»Und wenn es so wäre?« Den Rücken gegen das Fenster gedrückt, verschränkt er die Arme.

Er sieht total in die Enge getrieben aus. Adrian rutscht auf seinem Stuhl ein Stück zurück. Unsere Blicke treffen sich, er zieht die Augenbrauen hoch, aber ich habe keinen Schimmer, was er mir sagen will.

»Du und dein verdammter Stolz!« Elise verdreht die Augen. Sie lehnt immer noch an dem Tisch in der Reihe vor Adrians Platz. »For the record: Vivien war total fertig, weil sie mit dir Schluss gemacht hat. Und auch wenn sie das nie zugegeben hätte, bin ich mir absolut sicher, dass sie nur darauf gewartet hat, dass du ihr beweist, dass sie dir etwas bedeutet.« Sie schüttelt den Kopf, ein fast trauriges Lächeln auf den Lippen. »Ich würde mal sagen, da hast du auf ganzer Linie versagt.«

»Das war euer Plan? Mich dazu zu bringen, mich zum Vollidioten zu machen und ihr nachzulaufen?«

»Es war *mein* Plan. Wie gesagt, Vivien hätte das niemals zugegeben. Sie hat mit mir nie darüber gesprochen, warum sie Schluss gemacht hat.« Elises Blick streift mich, sie schüttelt wieder den Kopf. »Aber sie hat nichts sagen müssen, wir haben es ihr auch so angemerkt, dass sie dich vermisst. Mein Plan ging total in die Hose, weil ich nicht mit deinem verdammten Stolz gerechnet habe!«

Janus schüttelt den Kopf, aber er sagt nichts.

»Was steht eigentlich in deinem Brief, Elise?«, mischt Adrian sich ein.

Toll. Da hat er Janus ja gerade noch mal den Hals gerettet.

»Wie schon gesagt. Ungefähr das, was sie mir eben vorgeworfen hat.« Elise nickt in meine Richtung, beugt sich nach vorne, zieht den Brief aus dem Umschlag und wirft ihn Adrian zu. »Hier. Lies selbst, wenn du es genau wissen willst.«

Statt auf dem Tisch zu landen, rutscht das Papier auf den Boden und bleibt mit der Rückseite nach oben liegen, zwischen Adrian und mir. Moment mal, da steht noch etwas in schnörkeliger Schrift. Ich beuge mich vor und hebe es auf.

I try to
but it's not

Ich lege den Brief mit der Rückseite nach oben auf Adrians Tisch und greife nach den anderen Umschlägen. Meine Finger zittern, und mein Herz hämmert. Eine Botschaft. Ergeben die vier Briefe zusammen einen Sinn?

»Was ist?« Adrian beugt sich zu mir.

»Hier.« Ich deute auf den Text auf der Rückseite und lege den Brief an mich daneben.

her up, she tries
but it hurts too much.

Als Nächstes sehe ich mir den Text auf der Rückseite von Janus' Brief an.

Oh it tears
to hold on,

Zum Schluss lege ich Adrians Brief umgedreht auf den Tisch.

forgive,
enough to make it all okay.

Jeder von uns hat ein Bruchstück einer Botschaft erhalten. Irgendetwas an den Bruchstücken kommt mir bekannt vor, aber ich komme nicht darauf, was es ist. Verdammt.

»Wartet mal. Die Umbrüche ergeben einen Sinn.« Elise beugt sich über den Tisch und verschiebt die Zettel.

In dem Moment drückt jemand die Türklinke, und ein paar Sekunden später dreht sich ein Schlüssel im Schloss. Scheiße. Wir sehen uns an. Was machen wir jetzt?

DU. BIST. FREI.

Eine Sekunde später steht die Pfister im Raum. Ausgerechnet.

Ihr Blick bleibt an mir hängen. »Warst du heute nicht krank, Nora?«

Für jemanden, der bei uns in der Stufe kein einziges Fach unterrichtet, ist sie ganz schön gut informiert.

»Projektarbeit. Wir waren heute teilweise unterwegs dafür«, sagt Elise mit einem zuckersüßen Lächeln auf den Lippen.

Bitte? Die Pfister ist nicht erst seit gestern an der Schule, es gibt hier keine Projektarbeit, für die man ganze Vormittage schwänzen könnte. Hallo? Nickt die Pfister ihr zu? Das nimmt sie ihr doch jetzt nicht ab?

»Und warum schließt ihr euch hier ein? Der PC-Raum soll für alle Schüler bis sechzehn Uhr frei zugänglich sein.« Jetzt fällt ihr Blick auf Adrian und von ihm zu den Briefen, die immer noch mit den Textausschnitten nach oben auf dem Tisch liegen.

Ich raffe sie zusammen und klemme sie zwischen die Stuhllehne und mich. Das fehlt uns noch, dass die Pfister das liest!

»Freitagnachmittag kommt sowieso niemand mehr hier vorbei«, antwortet Adrian.

Auch er lächelt so, als hätte er ihr wirklich die Frage beantwortet.

»Verstehe«, die Pfister nickt wieder. »Es ist ja schön, wenn ihr alle zusammenarbeitet, aber deshalb könnt ihr trotzdem nicht den PC-Raum absperren. Redet das nächste Mal mit dem zuständigen Lehrer, wenn ihr für die Projektarbeit einen Raum braucht.«

Sie sieht zu Janus und zieht kurz die Augenbrauen zusammen. Mist. Um mit uns Projektarbeit zu machen, ist er im falschen

Jahrgang. Ich fange Elises Blick auf und verdrehe die Augen. Jetzt sind wir geliefert.

Aber statt das zu kommentieren, schaut die Pfister nur auf ihre Uhr. »Ihr könnt die Tür offen lassen, wenn ihr geht. Ich muss später noch drucken und schließe danach ab.« Jetzt durchbohrt sie Janus mit ihrem Blick. »Ich kann mich darauf verlassen, dass ihr nichts tut, was gegen die Schulstatuten verstoßen würde. Oder Janus?«

Er stockt. Wovon redet sie?

»Natürlich Frau Pfister.« Janus ist total rot im Gesicht und schaut ganz kurz zu mir.

Das ist jetzt nicht wahr. Oder? Meint sie meine angebliche Drogengeschichte? Ha! Das geschieht ihm so was von recht. Da sieht er mal, was er mit seinen *ach so besorgten* Lügenstorys angerichtet hat. Vielleicht sollte ich die Pfister fragen, ob sie auch mal probieren will? Ich halte mir die Hand vor den Mund, muss sonst echt lachen. Obwohl es nicht witzig ist.

»Gut.« Sie nickt, und ihr Blick bleibt wieder an mir hängen.

Toll. Ich sollte sie anlächeln, ich weiß es, sonst ruft sie wieder bei meiner Mutter an. Hundertpro. Aber mir ist absolut nicht zum Lächeln, ich muss mich schon zusammenreißen, sie nicht anzufunkeln.

»Passt auf euch auf«, sagt sie, und es klingt fast wie eine Drohung.

Ohne Witz. Bevor wir irgendwie reagieren können, ist sie wieder durch die Tür.

»Das war … strange«, murmelt Elise.

»Was wollte sie hier?«, frage ich.

»Drucken, schätze ich.« Adrian zuckt mit den Schultern und streckt die Hand nach den Briefen aus.

Drucken. Klar. Und warum hat sie es dann nicht gemacht? Drucken die Lehrer auch über den Gast-Account? Wahrscheinlich nicht. Außer sie wollen nicht, dass man weiß, wann sie was gedruckt haben. Das ist absurd.

Vivien und du waren sehr eng befreundet, nicht wahr?

Ich habe das Bild wieder deutlich im Kopf. Die Pfister vor mir in dem giftgrünen Ikea-Sessel. Warum hat sie in der Vergangenheit gesprochen? Vivien hat sich ihr niemals anvertraut. Es muss Zufall gewesen sein. Moment. Es war auch die Pfister, die alle Hinweise zu Viviens Verschwinden sammeln wollte. Geht es ihr überhaupt darum, alles aufzuklären? Oder will sie nur die Kontrolle behalten? Die Kontrolle worüber? Sie kann doch nichts mit Viviens Verschwinden zu tun haben.

Mann! Ich werde total paranoid. Wahrscheinlich wollte sie nur nicht drucken, weil es eine Klassenarbeit oder so etwas ist und die Pfister Angst hat, wir könnten die Fragen sehen. Ich schüttle den Kopf und gebe Adrian die Briefe. Er, Janus und Elise beugen sich sofort darüber. Bestimmt dreht die Pfister nur am Rad, weil Vivien die erste Schülerin ist, die in ihrer Zeit als Vertrauenslehrerin verschwunden ist. Dabei sollte sie in dem Job ja wissen, was in der Schule abgeht.

»Ich hab's!« Elise legt die Briefe nebeneinander, ich rücke an den Tisch, und wir stoßen fast mit den Köpfen zusammen.

Oh it tears her up,
she tries to hold on, but it hurts too much.
I try to forgive, but it's not enough to make it all okay.

»Was ist das?«, fragt Janus.

»Ein Zitat?« Elise runzelt die Stirn und streicht über die Blätter.

»Ein Zitat von wem?« Janus schaut von Elise zu mir.

Adrian tippt, bestimmt gibt er alles in die Suchmaschine ein. Das kann er sich sparen. Ich weiß endlich, warum mir die Worte bekannt vorkamen. Der Text ist aus *Broken Strings*, eines von Viviens Lieblingsliedern. Nur dass das *me* und *I* gegen *her* und *she* ausgetauscht wurden.

»Das ist eine Stelle aus einem Lied. *Broken Strings.*« Adrian dreht den Bildschirm und zeigt uns die Lyrics.

»Worum geht's in dem Lied?«, fragt Janus.

Er hat keinen Schimmer, wovon Adrian redet, ich sehe es ihm an. So gut hat er das Mädchen gekannt, in das er doch *ach so sehr* verknallt war.

»Um zerbrochene Liebe, die nicht mehr zu retten ist«, antwortet Elise, nachdem sie den Text überflogen hat.

»Falsch«, mische ich mich ein. Habe endlich kapiert, warum *me* und *I* ausgetauscht wurden. »Ich glaube, dem Briefeschreiber oder der Briefeschreiberin geht es nur um diese eine Stelle, weil sie ausdrückt, wie sehr wir Vivien hängen lassen haben. Und das kann er oder sie uns nicht verzeihen.«

Sie starren mich alle drei an, und sekundenlang sagt keiner ein Wort.

»Nora hat recht«, bricht Adrian das Schweigen.

Ich könnte ihnen sagen, dass es nicht irgendein Lied ist. Dass Vivien dieses Lied liebt. Aber ich sage es nicht, will es für mich behalten, nicht noch mehr von ihr preisgeben. Wenn ich mich bei ihr gemeldet hätte, wäre das alles nicht passiert. Ich bin mir sicher.

»Weiß jemand von euch, was sie an dem Abend gemacht hat, an dem sie verschwunden ist?«, frage ich, will von dem Text ablenken.

An Janus' Reaktion sehe ich es sofort. Sie haben mir etwas verschwiegen, die ganzen letzten eineinhalb Wochen lang. Er schaut zu Elise, dann wieder zu mir, bevor er mit den Schultern zuckt, meinem Blick ausweicht und sich erneut gegen das Fenster lehnt. Elise seufzt. Sie hat wieder ihre Position an dem Tisch in der Reihe vor Adrian eingenommen und streicht sich durch die weiß gefärbten Haare.

»Sie war bei mir«, antwortet sie nach einer Weile.

Bitte? Und Elise hat nichts gesagt? Hat sie noch alle?

»Hey, hör mir zu, bevor du mir ins Gesicht springst, okay?« Sie hebt die Hände und schüttelt den Kopf. »Wir sind nach der Schule für eine Schminksession zu mir. Emma, Jasmin, Vivien und ich. Vivien war immer noch mies drauf. Ich schätze wegen Janus. Vielleicht auch noch wegen etwas anderem. Keine Ahnung. Wie gesagt, sie hat nicht mit uns über ihre Probleme geredet. Ich wollte sie auf andere Gedanken bringen und die Stimmung ein wenig auflockern. Deshalb habe ich ein paar Vorräte aus der Bar meiner Eltern geholt, und wir haben zusammen getrunken.« Elise stockt kurz, kneift die Augen zusammen und sieht an Janus vorbei aus dem Fenster. »Vivien hat sich ziemlich früh verabschiedet, weil sie Kopfschmerzen hatte. Sie wollte direkt nach Hause gehen ... aber offensichtlich ist sie dort nie angekommen.«

»Wann ist sie bei dir los?«, frage ich, obwohl ich die Antwort schon kenne.

Mein Hals ist trocken. Adrian rückt seinen Stuhl ein Stück näher an den Tisch.

»Keine Ahnung. Ich glaube gegen sieben. Ich habe mich auch nicht gewundert, dass sie am nächsten Tag nicht in der Schule war. Oder darüber, dass sie auf meine Nachrichten nicht geantwortet hat. Das gleiche Spiel hatten wir schon an dem Wochenende zuvor, als diese blöde Kuh das Foto mit Janus hochgeladen und Vivien verlinkt hatte.« Elise sieht mich einen Moment lang an und schüttelt wieder den Kopf. »Nach der dritten ignorierten Nachricht war ich sauer und habe mir gedacht, dass die Madame sich melden kann, wenn ihr etwas an unserer Freundschaft liegt. Oder es eben lassen soll«, fügt sie leise hinzu, und ich kann das schlechte Gewissen spüren, das in ihren Worten mitschwingt.

Verdammter falscher Stolz. Ich würde es Elise gerne entgegenschleudern, sie leiden sehen, aber das wäre total daneben. Nachdem ich ja kein Stück besser bin. Ich nicke nur und sehe jetzt auch an Janus vorbei aus dem Fenster. Auf den blaugrauen Himmel. Adrian räuspert sich, sagt aber dann doch nichts.

Um sieben. Kurz nach halb acht hat sie mir eine Nachricht geschrieben. Die Nachricht, die ich nie lesen konnte.

Hatte sie genug Alkohol getrunken, um nicht mehr weiterzudenken und in den Fluss zu springen? Hat sie die Nachricht an mich wieder gelöscht, weil sie in dem Moment beschlossen hat aufzugeben?

Nein, nicht Vivien. Vivien würde nie aufgeben!

Ich greife nach meinem Brief und stehe auf.

»Ich muss los«, sage ich. Wow. Meine Stimme klingt völlig normal. Keine Spur von dem Erdbeben, das in mir gerade alles zum Einsturz bringt. »Habe meiner Mutter versprochen, nach der Schule nach Hause zu kommen.«

»Soll ich dich begleiten?« Adrian greift nach seiner Tasche und steht auch auf.

»Geht schon. Danke.« Ich schaffe es zu lächeln und fast fühlt es sich an, als wäre alles in Ordnung.

Aber nichts ist in Ordnung. Ich will mir nicht vorstellen, wie Vivien alleine auf der Brücke steht, den Blick verschwommen durch den Alkohol, und aufgibt. Von einer Sekunde zur nächsten, als gäbe es hier nicht mindestens drei Leute, denen verdammt viel an ihr liegt. Als könnte ich ohne sie weitermachen und so tun, als würde mir das nichts ausmachen.

Sobald ich die Tür hinter mir zugezogen habe, renne ich los. Die Treppen nach unten, über den leeren Schulhof zur Straßenbahnstation.

Hoffentlich folgt Adrian mir nicht.

Hoffentlich lässt er mich nicht hängen, nicht jetzt.

Ich habe einen Knall, ehrlich. Kann ich mich bitte entscheiden, was ich will?

ICH. OHNE DICH.

Pünktlich zum Wochenende hat meine Mutter Nachtschicht und ist den ganzen Samstag zu Hause. Super. Ich will auf keinen Fall noch so eine ins Nichts führende Unterhaltung mit ihr. Immerhin versucht sie, am Vormittag länger zu schlafen, und ich spiele die brave Tochter und mache uns etwas zum Mittagessen. Dosenravioli mit Salat. Eine Woche Küchenpraktikum war offensichtlich nicht genug für mich, um wenigstens ein ordentliches Essen hinzubekommen.

Meine Mutter freut sich trotzdem. Die Pfister scheint sie gestern nicht mehr angerufen zu haben. Zum Glück.

Ich halte es kaum aus, unser Gespräch, in dem wir versuchen, Vivien und alles, was mit ihr zusammenhängt, einfach auszusparen. So als würde irgendetwas zwischen uns in die Luft gehen, wenn wir nur ihren Namen erwähnen. Trotzdem setzt meine Mutter ungefähr hundert Mal an zu reden. Aber jedes Mal schluckt sie die Worte wieder hinunter. Nach dem Essen gehe ich freiwillig einkaufen. Allein. Alles, um dieser Situation zu entkommen. Bevor meine Mutter sich doch noch zusammenreißt und anfängt zu reden. Über Vivien und mich. Als könnte sie mir irgendetwas sagen. Aber was weiß sie schon?

Noch fünf Stunden, bis sie endlich losmuss. Ich kann nicht länger mit ihr in der Wohnung bleiben. Das ist wie auf einer tickenden Zeitbombe sitzen. Also verstaue ich die Einkäufe und ziehe den Mantel wieder an.

»Wo willst du hin?«

Ich fahre herum. Wie lange steht sie schon auf der Schwelle zur Küche und beobachtet mich?

»Jamsession«, antworte ich.

Lächeln, ich muss lächeln, sonst nimmt sie mir das niemals ab.

»In der Schule? Am Wochenende?«

Toll. Meine Mutter ist vieles, aber doof ist sie nicht.

»Hab ich dir das nicht erzählt? Seit diesem Jahr können wir einmal im Monat für zwei Stunden am Samstag den Musikraum benutzen. Der Hausmeister sperrt uns auf.«

»Oh, das ist ja nett. Warst du schon öfter dabei?«

Klasse. Ich hätte nicht gedacht, dass es so einfach sein wird. Sie hinterfragt es nicht einmal, sie will mir glauben, egal was ich ihr erzähle. Hauptsache, sie muss sich keine Sorgen mehr machen.

»Nein, bisher hatte ich samstags nie Zeit«, antworte ich.

Nur, weil ich es ihr nicht so leicht machen will. Sie weiß genau, worauf ich anspiele. Ich sehe es an dem Lächeln, das ganz langsam aus ihrem Gesicht verschwindet.

»Verstehe. Bist du zum Abendessen wieder da?« Selbst ihr Tonfall klingt nicht mehr so aufgesetzt fröhlich.

Sie hält kaum meinen Blick aus, das ist meine Chance. Jetzt wird sie mir alles abnehmen, solange ich mit einem Lächeln verschwinde und sie sich nicht mehr schlecht fühlen muss.

»Vielleicht gehen wir nach der Session noch zusammen weg, dann würde ich erst später kommen. Wäre das in Ordnung?«

Das Lächeln verstärkt sich wieder und schneidet mir ins Herz. »Natürlich. Hier, falls du dir später was zu essen kaufen willst.«

Sie drückt mir zehn Euro in die Hand. Kein Wort von wegen Sparen oder unnötiger Ausgaben. Ich sollte mich freuen. Jetzt.

Es kostet mich verdammt viel Mühe, ein *Danke* hervorzupressen und die Lippen zu so etwas wie einem Lächeln zu verziehen.

Selbst auf der Treppe werde ich das Pochen in meinem Kopf nicht los. Jamsession in der Schule. An einem Samstag. Wie verzweifelt muss man sein, um diesen Mist zu glauben?

ELEGANTLY POSED TO DEATH

Blue blooded royal body
elegantly posed to death.
Not speaking prince now are you?
Not breathing one more breath.

Ich liege auf der Matratze in unserem Geheimversteck und halte Viviens Texte in der Hand.

Lebensleer

Meine Augen sind geschlossen, ich will nichts sehen. Die Musik im Ohr ist voll aufgedreht. The Faint, *Posed To Death.* Immer wieder The Faint. Der schrille Sound löscht alles andere aus, jeden einzelnen Gedanken, jedes Gefühl. Und trotzdem ist das Einzige, was ich auch mit geschlossenen Augen noch sehe, Viviens Gesicht.

Sie wird nie wieder zurückkommen.

Das ist nicht wahr. Bitte. Es darf nicht wahr sein.

Wie lebt es sich mit dem Wissen, dass du mit deiner Eröffnung Viviens Welt zerstört hast. So sehr, dass sie nicht mehr anders konnte als zu verschwinden. Für immer.

Nein. Nein! Ich zerknülle das Papier, mein Kiefer brennt, aber ich kann nicht aufhören, die Zähne aufeinanderzupressen. Jeden Muskel angespannt, stürze ich trotzdem noch in den Abgrund, den die Worte aus den Briefen in mir aufgerissen haben, und kann nichts tun als warten. Bis zum Aufschlag. Ich werde zerschellen.

Auf einmal ist da eine Berührung an meiner Schulter. Ich reiße die Augen auf und schrecke hoch, pralle fast gegen einen Kopf, genau über meinem Gesicht und erstarre.

Blaue Wollmütze und eine blau geränderte Brille, hinter der mich ein Paar blauer Augen mit grünen Sprenkeln ansieht.

Adrian.

»Was machst du hier?«, fahre ich ihn an, setze mich auf und lehne mich mit dem Rücken gegen die Wand.

Er ist vor der Matratze in die Hocke gegangen, fasst sich an den Nacken. »Ich … keine Ahnung. Du bist gestern ziemlich schnell verschwunden. Ich wollte mich melden, aber ich habe deine Nummer nicht, und da dachte ich, ich schau kurz vorbei …«

»Hier?« Ich kann mich nicht erinnern, ihn eingeladen zu haben. Das ist Viviens und mein Ort. Adrian hat hier nichts zu suchen. Mann, ich hätte ihn niemals herbringen dürfen!

»Na ja, ich war zuerst bei dir zu Hause, aber deine Mutter hat was von einer Jamsession erzählt, und dann dachte ich, ich versuch's hier.«

Nicht echt jetzt. Ich kann mir ihren Blick vorstellen, wie sie die Tür aufmacht und ein fremder Typ vor ihr steht und sie nach mir fragt. Super, ganz sicher löchert sie mich morgen, wer das war.

»Du hast ihr aber nicht gesagt, dass es keine Jamsession gibt. Oder?«

Er neigt den Kopf zur Seite, seine Mundwinkel zucken ein bisschen. »Du hältst mich für richtig bescheuert, hm?«

Ja. Oder nein.

»Okay«, murmle ich.

Mein Kopf hämmert. Ich massiere mir die Schläfen und schließe die Augen.

»Was ist los?«

»Hm?« Ich blinzle.

Er deutet auf mein Gesicht. Was ist falsch mit meinem Gesicht? Ich fahre mir über die Wangen. Sie sind feucht. Habe ich geheult? Nicht echt jetzt. Statt Adrian anzusehen, betrachte ich die schwarzen Streifen auf meinen Fingern. Super. Wahrscheinlich sehe ich mit der verschmierten Wimperntusche um die Augen aus wie ein Panda.

»Nichts«, murmle ich und zucke mit den Schultern.

Adrian seufzt. Was soll das? Er hat doch nicht wirklich geglaubt, dass ich ihm noch vertraue? Wer ist mir denn in den Rücken gefallen? Wegen einem bescheuerten Brief? Toll. Mein Gesicht glüht. Adrian setzt sich auf den Boden vor der Matratze. Ich reibe die Wimperntusche von den Fingern, muss mich auf etwas anderes konzentrieren, will ihn nicht ansehen.

»Warum bist du hergekommen?«, frage ich in die Stille hinein.

Er antwortet nicht. Wieso sagt er nichts? Ich sehe auf. Mann, das fühlt sich an wie mit meiner Mutter.

»Keine Ahnung.« Er schiebt die blaue Wollmütze ein Stück aus der Stirn und weicht meinem Blick aus. »Du hast gestern total fertig ausgesehen, und ich wollte sicher sein, dass …« Er schüttelt den Kopf.

»Dass was?«, fahre ich ihn an.

Wenn jetzt so etwas Flaches kommt wie *dass es dir gut geht*, raste ich aus. Gut. Klar, als ob es mir gut gehen könnte, wenn es stimmt und Vivien nie wieder zurückkommt.

»Dass du nicht alleine bist«, murmelt er, und auf einmal ist da wieder dieses schiefe Lächeln in seinem Gesicht.

»Bitte?«

Er zuckt mit den Schultern und zupft an seinen Schnürsenkeln.

»Pfff!«, mehr bringe ich nicht raus.

Ich lege die Arme um die Knie, ziehe die Beine ganz dicht an meinen Körper. Ich lasse mich nicht einlullen. Nicht von Adrian.

»Ich kann gut auf mich selbst aufpassen. Nur falls du daran gezweifelt hast.« Mann! Muss mir genau jetzt die Stimme wegbrechen?

Wenn ich anfange zu heulen, hält Adrian mich für komplett bescheuert. Ich drücke die Stirn gegen die Knie und kneife die Augen zu. Es geht vorbei, ganz sicher ist es gleich vorbei.

»Nora?«

Der Tonfall, mit dem er meinen Namen ausspricht, setzt sich in mir fest, hält mich zusammen, irgendwie. Ist ein Gegenpol zu dem Schmerz, der mich jeden Moment auseinanderreißen wird.

Nora?

Es klang wie eine Aufforderung. Ich muss den Kopf heben und Adrian in die Augen sehen. Ich muss die Maske wieder aufsetzen, mit der ich meine Mutter und alle anderen täuschen kann. Lieber bin ich eine Zicke, ein Freak, ein Psycho, ganz egal, solange niemand merkt, wie verdammt hilflos ich mich fühle, weil ich nichts, wirklich nichts tun kann.

Die Polizei hat wenigstens Spürhunde und Taucher und ein landesweites Fahndungsnetz. Aber ich? Ich habe nur den brennenden Schmerz. Und die Leere, die zurückbleibt, wenn jemand gegangen ist. Wie ein Abgrund, in den ich falle. Ich darf nicht weiterdenken, ich muss stark sein oder wenigstens so tun. So lange, bis Adrian wieder weg ist. Danach kann ich auseinanderfallen, danach …

Toll. Warum fange ich an zu zittern?

»Nora?« Diesmal schwingt etwas Drängendes in Adrians Stimme mit.

Ich muss den Kopf heben, jetzt, ich muss ihn ansehen, lächeln oder ihn anschnauzen, ganz egal, Hauptsache er hat genug und verschwindet. Ich muss!

Aber ich kann mich nicht bewegen. Wenn ich jetzt den Kopf hebe, zerfalle ich. Vor Adrians Augen. Das Einzige, was ich tun kann, ist die Stirn weiter auf die Knie zu drücken, gegen das Zittern anzukämpfen und die Lippen zusammenzupressen.

Nicht anfangen zu heulen. Nicht jetzt. Bitte.

Von weit weg höre ich eine Bewegung, und einen Moment später sinkt die Matratze neben mir ein. Ich halte die Luft an. Eine Hand berührt mich zwischen den Schultern. Adrian. Unter seinen Fingern breitet sich Wärme aus, ich atme wieder, und auf einmal verrutscht etwas in mir.

Ich presse die Lippen noch fester zusammen, ziehe die Knie noch enger an mich, aber ich kann die Tränen nicht mehr aufhalten. Sie laufen mir über die Wangen und lassen feuchte Flecken auf der Jeans zurück. Ich schaffe es gerade noch, nicht laut zu schluchzen. Adrian soll mich so nicht sehen. Niemand soll mich so sehen. Warum musste er auftauchen? Warum hat er mich nicht einfach in Ruhe gelassen?

Er streicht über meinen Rücken. Wieder und wieder, ohne ein Wort zu sagen. Zum Glück. Verdammt, ich kann nicht aufhören zu heulen. Ich will das nicht.

»Ich habe Angst.« Das habe ich jetzt nicht laut gesagt.

»Ich auch«, murmelt er.

So leise, ich hätte ihn fast nicht gehört.

»Was?« Ich reiße den Kopf hoch. »Wovor hast *du* Angst?«

Wir sehen uns an. Mein Gesicht glüht, und die Wimperntusche ist jetzt hundertpro total verschmiert.

Crying Panda …

Adrian mustert mich. War das Blau in seinen Augen schon immer so hell?

»Dass Vivien etwas passiert ist«, sagt er schließlich.

Die Worte prallen auf die Leere in mir.

»Sie lebt!« Mann, warum überschlägt sich meine Stimme?

Adrian zieht die Augenbrauen hoch. Er glaubt mir nicht. Kein Wort.

»Vivien ist nicht der Typ, der sich einfach mal so von der Brücke stürzt. Sie ist eine Kämpferin, verstehst du? Das hätte sie nie gemacht, nie!«

Egal was ich erzähle, er sieht mich immer noch genauso zweifelnd an.

»Warum bist du gestern Nachmittag so schnell verschwunden?« Er zieht die Hand weg, behält mich aber fest im Blick.

Im Bruchteil einer Sekunde ist die Wärme verflogen, und ein Schauer läuft mir über den Rücken. Ich schüttle den Kopf, will das nicht spüren. Warum ist es mir nicht egal, ob seine Hand da ist oder nicht?

»Hab ich doch gesagt. Meine Mutter hat auf mich gewartet. Seit Dienstag ist sie total unruhig und will immer wissen, wo ich bin.«

Er nickt. Aber er lässt mich immer noch nicht aus den Augen. Okay. Es war nur die halbe Wahrheit, und so, wie Adrian mich ansieht, weiß er das.

»Was glaubst du, was passiert ist?«, fragt er.

Wenn ich das wüsste, würde ich nicht hier sitzen. Wenn ich das wüsste, wäre ich längst bei Vivien und würde sie fragen, was das Ganze soll.

»Was wäre, wenn sie sich irgendwo versteckt?«, frage ich.

Adrian schüttelt den Kopf. »Warum sollte sie das tun?«

»Ich weiß nicht. Vielleicht wollte sie uns einen Schrecken einjagen und lacht sich kaputt, weil wir immer noch nicht draufgekommen sind, wo sie ist?«

Das klingt so überhaupt nicht nach Vivien, aber alles ist besser, als die Vorstellung, dass sie in den Fluss gesprungen sein könnte. Obwohl. Ich raste aus, wenn sie uns echt die ganze Zeit verarscht.

»Und wo soll sie sich jetzt schon über eine Woche verstecken?«

»Keine Ahnung. Vielleicht in der Schule? Das würde immerhin erklären, warum die Briefe dort gedruckt wurden. Genug zu essen gibt es auch, sie müsste ja nur in die Küche gehen.«

»Dir ist schon klar, dass sowohl Küche als auch PC-Raum am Nachmittag abgeschlossen werden?«

»Na und? Vielleicht hat sie einen Generalschlüssel aus dem Sekretariat geklaut?«

Adrian schnaubt. »Das glaubst du doch selbst nicht, Nora. Außerdem …« Er stockt.

Wut flammt in mir auf, und mir wird heiß. Muss er so tun, als ob er alles besser wüsste?

»Außerdem was?«

»Denkst du wirklich, dass Vivien diese Briefe geschrieben hat? Ich meine, ihr habt ihr doch alle etwas bedeutet. Du, Janus und Elise. Sie hätte euch bestimmt nicht so beschimpft.«

Nein, das hätte sie nicht. Niemals. Aber das ist egal. Ich will, dass sie lebt, um jeden Preis. Kapiert er das nicht?

»Klar, es klingt viel eher nach Janus oder Elise. Obwohl ich nicht verstehe, warum sie dich da mit reinziehen sollten.«

»Du spinnst! Da könnte ich genauso gut behaupten, dass du es warst. Du hast wenigstens gegen jeden von uns etwas und machst Janus und Elise die ganze Zeit schon für Viviens Verschwinden verantwortlich. Aber …« Wieder stockt er.

»Aber was?« Ich versuche nicht einmal mehr, die Wut in meiner Stimme zu unterdrücken.

Bestimmt, ich habe diese Briefe geschrieben. Glaubt er das immer noch?

»Es passt nicht zu dir«, sagt er mit einer solchen Selbstverständlichkeit, als gäbe es daran nicht den geringsten Zweifel.

Auf einmal.

Warum sitzt er so dicht neben mir und scannt mich mit seinem Blick? So als wollte er wirklich kapieren, was mit mir los ist. Schwachsinn! Wieso will ich eigentlich, dass er mich versteht? Dass er mir glaubt?

»Und warum nicht?«, fahre ich ihn an, will ihn wieder auf Abstand haben.

»Es ist nicht dein Stil. Du hast Janus und Elise doch ins Gesicht gesagt, was du von ihnen hältst. Wozu hättest du diese Briefe schreiben sollen?«

»Ach ja? Und warum hast du dann nicht mehr mit mir geredet, nachdem du den Brief unter deiner Bank gefunden hast?«

»Weil ich … ich war verwirrt. Okay?« Jetzt weicht er auf einmal meinem Blick aus.

Nein, absolut nicht okay. Ich brauche es noch nicht einmal auszusprechen, Adrian weiß das, er weiß doch sonst immer alles.

»Du warst die Einzige, die von der Sache mit meiner Mutter und Viviens Vater wusste. Als ich den Brief gelesen habe, hatte ich das Gefühl, dass es mir den Boden unter den Füßen wegzieht.« Er hebt den Kopf. Sein Gesicht ist knallrot, aber er sieht mir wieder in die Augen. »Es tut mir leid«, flüstert er, und jetzt stehen erneut Tränen in meinen Augen.

Nur wegen diesem einen Satz.

Mann! Ich drehe den Kopf weg und starre die Matratze an.

»Wenn Janus und Elise keine Ahnung davon hatten, muss Vivien selbst die Briefe geschrieben haben. Ich war es nicht. Hundertpro«, murmle ich.

Das ist verrückt. Okay, ich habe Vivien hängen lassen, wir alle haben sie hängen lassen. Irgendwie. Aber sie hat uns auch keine Chance gegeben. Das weiß sie genau. Das würde sie uns nicht vorwerfen. Niemals.

»Oder sie hat noch mit jemand anderem geredet«, wirft Adrian ein.

»Mit wem denn? Sie ist nicht der Typ, der einfach irgendwem sein Herz ausschüttet. Sie hat sich ja noch nicht einmal uns anvertraut.« Ich schiele zu Adrian.

»Mit der Pfister zum Beispiel?«, schlägt er vor.

»Der Pfister?«

Das ist jetzt ein schlechter Witz, oder? Wir sehen uns an.

»Vielleicht hat sie mit der Pfister über ihre Probleme geredet? Immerhin ist die unsere Vertrauenslehrerin«, fährt er fort.

Allein die Vorstellung von Vivien in einem der giftgrünen Ikea-Sessel ist schon total daneben. Niemals. Echt jetzt, niemals.

»Klar, und die Pfister verteilt dann an uns diese Briefe. Zu welchem Zweck bitte?«

Adrian kratzt sich unter der blauen Wollmütze. »Schräge Pädagogik vielleicht? Weil sie uns klarmachen wollte, dass Vivien uns gebraucht hätte?«

»Hat sie nicht so was wie eine Schweigepflicht?«

»Deshalb sind die Briefe vielleicht anonym, und sie konnte nicht direkt mit uns reden?«

»Hallo? Die Briefe sind voll mit Anschuldigungen. Das ist nicht gerade pädagogisch wertvoll. Außer sie will, dass wir uns alle von der Brücke stürzen.«

Adrian reißt die Augen auf, und erst jetzt wird mir bewusst, was ich eben gesagt habe. Verdammt, so wollte ich es nicht ausdrücken. Das klingt, als hätte Vivien genau das gemacht.

Ich presse die Hände gegen die Stirn und schließe die Augen. Das Zitat aus *Broken Strings* fällt mir wieder ein. Warum steht es auf der Rückseite der Briefe?

I try to forgive,
but it's not enough to make it all okay.

»Wer immer uns die Briefe geschrieben hat, scheint davon auszugehen, dass Vivien etwas passiert ist«, murmle ich.

Wie kommt er oder sie darauf? Ist es nur eine Vermutung oder weiß diese Person mehr als wir, mehr als Viviens Eltern und auch mehr als die Polizei?

Weil Adrian nichts sagt, rede ich weiter: »Sie droht uns.«

»Wieso?«

»Denk an die Nachricht, die die Worte auf der Rückseite der Briefe ergeben. Er oder sie versucht, uns zu verzeihen. Aber das ist nicht genug, um alles wiedergutzumachen.«

Muss uns erst das Gleiche passieren wie Vivien, damit es genug ist? Aber was ist ihr passiert? Ich lasse den Blick durch den Raum schweifen, und auf einmal ist da wieder ein Kribbeln in meinem Bauch. Jemand war hier. In diesem Versteck. Ich kann nicht festmachen, woher ich das weiß, aber ich weiß es. Als hätte, wer auch immer es war, unsere Schuld in den Staub geschrieben.

Kann es jemals genug sein?

DAS ENDE DER WELT

Wir drehen uns seit einer Stunde im Kreis. Mindestens. Weil alles keinen Sinn ergibt. Weder Elise, Janus noch die Pfister kommen infrage. Aber jemand von unserer Schule muss die Briefe geschrieben haben.

An der Spanplatte vorbei fällt graues Licht durch das kaputte Fenster. Waren wir echt den ganzen Nachmittag hier? Es ist saukalt. Trotz des schwarzen Mantels spüre ich kaum noch meine Arme. Aber wenn ich gehe, sitze ich nur alleine in der dunklen Wohnung und muss wieder an Vivien denken. Daran, was ich hätte anders machen können. Oder müssen. Hätte es wirklich einen Unterschied gemacht?

Adrians Handy piepst. Er zieht es aus der Tasche und wirft einen Blick darauf.

»Musst du los?« Es soll beiläufig klingen, aber meine bescheuerte Stimme ist total kratzig.

Er sieht mich an, und wieder ist da ein Lächeln in seinen Mundwinkeln. »Nicht wirklich. Es ist nur Noah. Er will wissen, wie lange der Dreh noch dauert.«

»Welcher Dreh?«

»Ich habe ihm erzählt, dass ich Janus und Cedric bei ein paar Szenen für ein neues Fanvideo helfe.« Adrian legt den Kopf schief, und sein Lächeln wird breiter.

Krass. Das hätte ich ihm nicht zugetraut, einfach irgendwelche Storys erfinden. »Warum das denn?«

»Hätte Noah gewusst, dass ich dich treffe, würde er alle paar Minuten schreiben und fragen, warum du nicht zu uns kommst. Immerhin will er noch Apex mit dir spielen.«

Ich lächle. Noah ist einfach mal so richtig süß. »Sag ihm Grüße von mir.«

»Ganz sicher nicht. Wenn ich das mache, ruft er sofort an und will wissen, wo ich bin. Unter Garantie.«

Moment, wenn Noah sich meldet, muss Adrian los. Egal was er sagt. Er kann ihn ja schlecht hängen lassen. Toll. Bei dem Gedanken vergeht mir das Lächeln. Ich will mir nichts anmerken lassen und stemme mich hoch.

»Was ist?« Warum bricht Adrian die Stimme weg?

»Wenn Noah auf dich wartet, musst du langsam los, schätze ich.«

»Ich hab ihm geschrieben, dass wir noch ein paar Nachtaufnahmen machen und er heute ohne mich auf Monsterjagd muss.«

»Warum?«, frage ich so beiläufig wie möglich.

Statt Adrian anzusehen, streiche ich Viviens Texte glatt, sortiere sie zusammengefaltet in die Dose zurück und verstaue alles wieder unter der losen Bodendiele. Er antwortet nicht. Ich schaue auf. Er sitzt immer noch auf der Matratze, das Handy in der Hand. Hat er mir die ganze Zeit zugesehen?

»Warum?«, frage ich noch einmal.

»Keine Ahnung«, murmelt er und zuckt mit den Schultern.

Mann, wieso fängt mein Bauch an zu kribbeln? Das ist Adrian. Der Typ, der mich wegen einem Brief hängen ließ.

»Hast du noch Zeit?« Die Frage ist schneller über meine Lippen, als ich denken kann.

Es klingt total needy, so viel zum Thema Selbstachtung. Warum weiß ich immer erst zu spät, wann es besser gewesen wäre, den Mund zu halten?

»Oder bist du wirklich mit Janus und Cedric verabredet?«, setze ich schnell nach. »Ich meine, was für Nachtaufnahmen wollt ihr machen? Kann …«

… ich mitkommen? Ha, als ob ich das fragen würde. Niemals, so nötig habe ich es nicht, ich komme ganz gut allein zurecht. Ich …

»Ja«, unterbricht Adrian meinen Gedankenstrom.

Bitte?

Wieder sehen wir uns an, und diesmal ist kein Lächeln in seinem Mundwinkel. Er mustert mich und sieht irgendwie besorgt aus. Toll. Will er sich um mich kümmern? Um den Freak, bevor …

Bevor was?

»Sollen wir irgendwo was trinken gehen und uns aufwärmen?«, fragt er.

Einfach so. Als wären wir ständig zusammen unterwegs. Ich schüttle den Kopf. Das würde überhaupt nichts ändern, es würde nur dieses beschissene Gefühl aufschieben, und am Ende müsste ich doch in die leere Wohnung zurück.

Ich versuche zu lächeln. »Was schaust du für Serien?«

»Die paar, die alle sich reinziehen. Mehr, um mitreden zu können, aber meistens zappe ich nur und spiel dann lieber. Warum?« Er zieht die Augenbrauen hoch und sieht mich an.

»Kennst du *The End of the F***ing World*?«

Er schüttelt den Kopf. »Nie gehört. Um was geht's da?«

»Um zwei Freaks, die aus ihrem beschissenen Leben abhauen«, sage ich und grinse.

»Eine Liebesgeschichte?«

Geht es nicht meistens um Liebe? Mann, warum werde ich jetzt rot? Was denkt Adrian eigentlich von mir? Sehe ich so aus, als ob ich mir irgendwelche Lovestorys mit ihm reinziehen will? Klar. Im Grunde meines Herzens war ich schon immer total romantisch. Als ob.

»Stellt sich raus, dass du die Scheiße immer mitnimmst, egal wie weit du läufst«, antworte ich mit einem Schulterzucken. »Keine Ahnung, ich dachte, ich revanchiere mich für euren Superheldenfilm. Aber wenn du keinen Bock hast, ist das okay.«

Bevor er noch etwas sagt, drehe ich mich weg und gehe zum Fenster. Soll er doch machen, was er will. Ich werde ihn bestimmt nicht beknien, mit mir die Serie zu sehen. Eine Liebesschnulze, sicher. Alyssa und James sind das ultimative Traumpaar. Romeo und Julia auf modern gemacht.

Von wegen.

»Klingt gut«, sagt Adrian und schließt zu mir auf.

Ich lächle. Mist, das hat er jetzt nicht gesehen. Oder?

IM FREIEN FALL

Von dem Geld meiner Mutter kaufen wir auf dem Rückweg eine Packung Nachos mit scharfer Soße und eine Flasche Sprite.

Neben Adrian auf dem Sofa muss ich ganz kurz an Noah denken, an unseren Filmnachmittag zu dritt. Ich blinzle, und das Bild verschwindet.

»Wo ist deine Mutter?« Adrian sieht sich um, und ich kann nicht anders, versuche, das Zimmer mit seinen Augen wahrzunehmen.

Unseren runden Esstisch mit den vier Stühlen im Eck. Die Möbel sind älter als ich. Ohne Witz. Was man der abgeranzten Tischplatte auch ansieht.

»Nachtschicht«, sage ich nur und tue so, als ob es kein großes Ding wäre, Adrian hierherzubringen, ohne dass meine Mutter einen Schimmer davon hat.

Für einen winzigen Moment weiten sich seine Augen. Er will etwas sagen, ich sehe es ihm an. Aber dann beißt er sich auf die Lippe und nickt.

»Sie hat nichts dagegen, okay? Ich glaube, wegen Viviens Verschwinden ist sie froh, wenn ich nicht allein bin«, setze ich nach, bevor er noch eine Herzattacke bekommt.

Von wegen. Ausrasten würde sie, wenn sie wüsste, dass ich einen Typen mit nach Hause schleppe, den sie noch nicht einmal kennt. Obwohl. Immerhin war er heute Nachmittag schon mal hier und hat sich vorgestellt. Das ist besser als nichts, oder?

»Meine Mutter würde in Panik verfallen, selbst wenn Noah zu Hause wäre«, murmelt Adrian, und ein Lächeln huscht über sein Gesicht.

Klar, die hat ja auch was gegen limettengrüne Haare. Moment. Wieso in Panik verfallen? Es ist ja nicht so, als ob irgendetwas zwischen uns laufen würde.

»Na ja, du machst ja gerade ein paar Nachtaufnahmen mit Janus und Cedric. Also dürfte sie sich jetzt keine Sorgen machen. Oder?«

Er dreht den Kopf und sieht mich an, die Augenbrauen zusammengezogen. Mann, hätte ich mal besser den Mund gehalten! Ich hole Luft, aber bevor ich etwas sagen kann, prustet Adrian los. Hallo? Was geht jetzt ab? Verdammt, sein Lachen ist total ansteckend. Ich kann nicht anders, muss mitlachen.

»Okay, bist du bereit für die Freakshow?«, frage ich, nachdem ich mich wieder beruhigt habe.

Er nickt, immer noch ein Lächeln auf den Lippen. Er sieht anders aus, wenn er lächelt, sein ganzes Gesicht wirkt entspannt, seine Augen leuchten, und es fühlt sich fast so an, als wären wir Freunde. Schwachsinn, wir sind eine reine Zweckgemeinschaft. Spätestens seit dem bescheuerten Brief hat er ein schlechtes Gewissen wegen Vivien und will alles irgendwie wiedergutmachen. Nur gibt es nichts gutzumachen, nicht bei mir. Und ich bin einfach nur froh, jetzt nicht allein in der leeren Wohnung zu sitzen und weiter darüber nachzudenken, ob Vivien vielleicht doch gesprungen ist. Das ist alles. Freundschaft, klar. Das, was hier zwischen Adrian und mir läuft, ist von Freundschaft so weit entfernt wie The Faint vom Eurovision Song Contest.

Ich will die Schale mit den Nachos und der Soße zwischen uns aufs Sofa stellen, aber Adrian nimmt sie mir ab und hält sie auf dem Schoss. Statt ihn zu fragen, warum, schalte ich die erste Folge ein und versuche mich, auf die Szenen zu konzentrieren. Hoffentlich findet er die Serie nicht bescheuert.

An der Stelle, an der James überlegt, dass er jemanden umbringen könnte, nur um zu wissen, wie sich das anfühlt, schiele ich zu Adrian.

»Er ist nicht wirklich verrückt, er kommt nur am Anfang so schräg rüber …«

»Ich weiß«, murmelt Adrian, völlig auf den Film konzentriert.

Er weiß? Klar, als ob er auch nur einen Schimmer hätte, was mit James abgeht und warum. Ich will etwas sagen, aber Alyssa knallt ihr Handy auf den Boden, und Adrian lacht.

»Findest du das nicht psycho?« Ich drehe mich zu ihm und mustere sein Gesicht.

»Nur konsequent.« Er schaut kurz zu mir, ein Grinsen auf den Lippen.

»Ach komm, du würdest nie im Leben nur wegen einer bescheuerten WhatsApp dein Handy zerschmettern!«

»Dann könnte Noah mich nicht mehr erreichen. Aber ansonsten wäre es einfach cool, wenn man das mal machen würde.«

Ich stelle mir Janus und Elise vor, ihre entsetzten Gesichter, wenn ausgerechnet Adrian so einen Ausraster hätte, und muss lachen. Für einen winzigen Moment fühlt es sich doch beinahe so an, als wären wir Freunde.

Wir schauen nonstop. Bei den ersten beiden Folgen beobachte ich Adrian noch, will es mitbekommen, wenn er die Story bescheuert findet. Aber er ist voll drin, lacht, gibt Kommentare ab und fiebert total mit James und Alyssa mit. Meinen beiden Lieblingsfreaks. Manchmal bemerkt er meinen Blick und schaut mich an. Jedes Mal schleicht sich ein Lächeln in seine Mundwinkel, und ich sehe schnell weg, weil er mir auf einmal viel zu nahe ist.

Wenn ich die Hand neben meinem Bein ablegen würde, würde ich ihn berühren. Es würde nicht mehr viel fehlen und wir würden Händchen halten, so wie Noah und ich beim letzten Mal. Nein, nicht so. Adrian ist nicht Noah, es wäre mehr als schräg, wenn er jetzt nach meiner Hand greifen würde. Hallo? Ich will das überhaupt nicht, warum mache ich mir darüber Gedanken? Mann! Ich taste nach den Nachos, muss mich ablenken. Mist. Adrian fasst auch in die Schale, aber er reagiert sofort und zieht seinen Arm zurück, bevor wir mit den Händen zusammenstoßen. Ein Glück. Lächelnd hält er mir die Schale hin.

»Sorry«, murmle ich. »Nimm du.«

Sorry, klar.

»Quatsch, nimm dir welche, sonst ess ich sie noch alle. Ich hatte eh schon mehr als die Hälfte.«

Ich schüttle den Kopf, konzentriere mich wieder auf den Bildschirm und setze mich auf meine Hände. Mein Gesicht glüht. Wenigstens ist es dunkel, und Adrian kann das nicht sehen. Hoffe ich.

Nach der fünften Folge schalte ich auf Pause. Adrian hatte recht, er hat alle Nachos aufgegessen und die leere Schale neben sich auf dem Sofa abgestellt.

»Willst du noch weiterschauen?«, frage ich und drehe mich zu ihm. Ich ziehe mein Bein auf das Sofa, brauche die Abgrenzung.

»Wie du willst. Wegen mir können wir weitermachen.« Adrian stützt sich mit einem Arm auf der Rücklehne ab und dreht sich zu mir.

Echt jetzt? Es ist fast eins. Muss er nicht nach Hause? Ich konzentriere mich auf den blauen Rand seiner Brille, will ihm nicht in die Augen sehen. Warum ist er immer noch so nah? Sein Handy brummt, aber er ignoriert es und sieht mich weiter an.

»Ist das wieder Noah?«, frage ich.

»Eher meine Mutter, die wissen will, wo ich bin.« Er streicht sich durch die braunen Haare.

Wann hat er die Wollmütze abgezogen?

»Also musst du gehen?«

Seine Haare sind leicht gelockt, und eine Strähne steht zur Seite ab. Sturmfrisur. Sieht witzig aus, fast süß.

»Nicht, wenn ich mit Cedric und Janus noch beim Drehen bin. Solange ich morgen früh trotzdem aufstehe und ihr beim Putzen helfe, ist alles in Ordnung.«

»Am Sonntag? Tough.« Ich kann nicht aufhören, auf die Strähne zu sehen. »Deine Mutter hat ja viel Vertrauen in Janus und Cedric.«

Adrian grinst. »Sie kennt sie nicht. Sonst würde sie sich mehr Sorgen machen.«

Wieso das denn? Ich kapiere es nicht, aber es ist mir egal, ich will jetzt nicht über die beiden Idioten reden.

»Du bist völlig zerzaust«, murmle ich, fasse Adrian ins Haar und versuche, die Strähne glatt zu streichen.

Sie fühlt sich hart an. Benutzt er Haargel? Warum bewegt er sich nicht mehr? Hat er aufgehört zu atmen? Moment, was mache ich hier?

»Sorry, das war im Reflex.« Ich ziehe die Hand weg, aber er fängt sie ab und hält sie fest.

Meine Finger zwischen seinen. Auf einmal bin ich hellwach. Er sagt nichts, schaut auf unsere Hände. In dem Fernseherlicht bin ich mir nicht sicher, aber ich glaube, sein Gesicht ist ganz rot.

Mein Handrücken kitzelt, und ein Kribbeln jagt meinen Arm hoch. Mein Herzschlag verdreifacht sich, und das nur, weil Adrian mit dem Daumen über meine Hand streicht. Das ist doch völlig verrückt! Was machen wir hier? Wir passen überhaupt nicht zusammen. Er ist ein total überlegter Typ und ich? Ich bin wie eine Landmine. Ein falsches Wort, und ich gehe hoch. Das weiß er doch, er hat ja auch mitbekommen, dass mein Vater nie bei einem unserer Schulfeste war. Mann, ich muss etwas machen, meine Hand wegziehen, einen dummen Spruch ablassen und Adrian zur Tür bringen. Okay, es wäre am Montag immer noch awkward. Trotzdem. Wir können beide noch so tun, als ob nichts gewesen wäre.

Aber ich bewege mich nicht. Das Kribbeln in meinem Arm breitet sich in meinem ganzen Körper aus. Ich drücke Adrians Hand. Er hebt den Blick, und wir sehen uns an. Mist! Mein Gesicht glüht wahrscheinlich genauso wie seines. Mindestens. Verdammt, warum haben wir Sprite gekauft statt Alkohol? Eine Flasche Schnaps wäre eine Idee gewesen. Dann könnten wir alles darauf schieben, betrunken gewesen zu sein, die ganze Sache morgen abhaken und uns schwören, nie wieder irgendetwas zu trinken.

Aber wir sind stocknüchtern.

»Ich …«, fängt er an.

Bitte Adrian, sag jetzt nichts. Echt nicht. Irgendein schnulziger Kommentar oder eine Entschuldigung macht alles nur schlimmer.

Er will weiterreden, aber ich bin schneller. Ich lege meine freie Hand in seinen Nacken, beuge mich nach vorn und drücke die Lippen auf seinen Mund. Er erstarrt. Eine bessere Idee, um ihn zum Schweigen zu bringen, hatte ich nicht? Ich bin so daneben. Warum habe ich das gemacht? Verdammt, ich kann ihm nie wieder in die Augen sehen.

Er öffnet den Mund und saugt an meiner Unterlippe. Vorsichtig. Diese minikleine Berührung genügt, und ich bin im freien Fall. Wie beim Schaukeln, wenn du am höchsten Punkt für einen Moment in der Luft stehst und dann nach unten rast.

Was passiert hier?

Ich schaue Adrian in die großen, klaren Augen und fahre mit der Zungenspitze seine Lippen nach, ohne den Blickkontakt zu unterbrechen. Es ist falsch, wir haben eine Grenze überschritten, da gibt es kein Zurück mehr. Zumindest keines, bei dem wir so tun könnten, als wäre nichts passiert. Oder ich, ich habe sie überschritten. Ich muss aufhören, sofort, ich bin doch total durchgeknallt! Aber ich kann nicht, nein, ich will nicht. Ich will nicht aufhören, ihn zu küssen. Das erste Mal seit Viviens Verschwinden habe ich das Gefühl, ganz da zu sein. Adrian atmet tief ein, und auf einmal hält er mich im Arm, zieht mich zu sich, sucht mit seiner Zunge nach meiner, streicht mit den Händen durch meine Haare, fasst mir in den Nacken. Es fühlt sich an, als würden wir uns jeden Augenblick überschlagen, als würde jede Berührung von ihm mich noch ein Stück höher schubsen, den Fall vergrößern und mich dann wieder auffangen.

Ich greife in Adrians störrische Haare, streiche über seinen Rücken und horche auf unseren Atem. Irgendwann schließe ich doch die Augen und spüre nur noch seine Lippen und seine Finger auf meiner Haut, die meinen ganzen Körper zum Vibrieren bringen.

Im freien Fall.

ICH HABE UNS VERRATEN

»Ich melde mich morgen. Okay?« Adrians Stimme ist genau neben meinem Ohr.

Ganz kurz drücke ich meine Stirn gegen seine Schulter. Ich will ihn nicht loslassen, atme noch einmal seinen Geruch ein, eine Mischung von regennasser Erde und Waschmittel mit Blumenduft. Er legt seine Hände auf meine Wangen, küsst mich ein letztes Mal und sieht mir dabei in die Augen.

Ich bleibe oben auf der Schwelle stehen, horche auf seine Schritte, darauf, wie er leise und schnell die Treppe nach unten läuft. So lange, bis die Eingangstür mit einem Knacken ins Schloss fällt.

Eine Ewigkeit sitze ich im Dunklen auf dem Bett und starre den grauschwarzen Fleck auf dem Teppich an. Dort, wo sich die Schatten von Schrank und Schreibtisch treffen.

Adrian und ich? Das ist total verrückt! Ich schließe die Augen und streiche über meine Lippen. Ging es Vivien mit Janus genauso?

Elises Worte gehen mir durch den Kopf.

Gib es doch einfach zu. Du warst total verknallt in sie …

Toll. Ich wollte Vivien vor einem gebrochenen Herzen retten und habe dabei genau das gemacht: ihr Herz gebrochen.

Ich ziehe die Knie ganz dicht an mich heran, habe schon wieder das Gefühl auseinanderzufallen.

Verräterin.

Ich habe uns verraten.

Hattest du nicht eher Angst, du könntest sie an ihn verlieren?

Der verdammte Brief! Vivien ist das coolste Mädchen auf unserer Schule. Und ich? Ich bin der Psycho, der Freak, aber nicht für sie. Sie und ich, wir waren etwas Besonderes. Vivien hat definitiv etwas Besseres verdient als Janus. Woher hätte ich denn wissen sollen, dass er es ernst mit ihr meint?

Hat sein Herz auch gehämmert, nur weil Vivien ihm übers Gesicht gestrichen hat? War er im freien Fall nur wegen einer minikleinen Berührung von ihr?

Ich glaube das nicht, ehrlich nicht. Aber was ist, wenn Vivien ihm wirklich etwas bedeutet?

Wie kann ich mit Adrian weitermachen, wenn ich ihr die Sache mit Janus nicht gegönnt habe? Ohne unseren Streit wäre sie niemals verschwunden. Wir haben doch alles zusammen geschafft. Immer.

Scheiße, Vivien. Wenn ich könnte, würde ich es rückgängig machen. Ich würde dir zuhören, statt zu versuchen, dir Janus auszureden. Du müsstest nicht abends allein und betrunken auf dieser bescheuerten Brücke stehen. Wir hätten uns getroffen, und ich hätte auf dich aufgepasst.

Stattdessen habe ich uns verraten.

NIE WIEDER

Ist es das, was bleibt?
Ich bin der Vogel mit Öl im Gefieder.
Hebe den Kopf zu den Sternen.
Zu weit.
Wie konnte ich das Fliegen verlernen?

Das Beben der Sehnsucht im Herzen,
ich will leben,
nicht meine Träume einschwärzen.

Du hast mir die Flügel gestutzt,
hältst mich gefangen
und behauptest,
das wäre zu meinem Schutz.

Eingesperrt in deinem Traum,
habe ich Angst zu vergessen.
Du lässt mir keinen Raum und mein Leben?
Das liegt längst nicht mehr
in meinem Ermessen.

Wenn ich könnte, ich flöge nach Hause zurück.
Aber ich kann es nicht.
Es gibt keine Wiederkehr, und
selbst wenn mein Herz zerbricht,
komme ich doch nicht mehr.

HERZ IN TRÜMMERN

Mit geschlossenen Augen wird jedes Geräusch tausendmal lauter. Das Wasser dröhnt in meinen Ohren, es rauscht immer noch verdammt viel davon den Fluss hinunter. Regenzeit.

Ab und zu schiebt sich das Brummen eines Motors dazwischen. Erst wenn das Fahrzeug direkt hinter mir über die Brücke fährt, kann ich unterscheiden, ob es ein Auto oder ein Motorrad ist. Aber es kommt so gut wie niemand vorbei.

Ganz still stehe ich auf der Brücke und versuche, durch die Zeit zu reisen, bis zu dem Dienstagabend vor fast zwei Wochen.

Was hast du gemacht, Vivien?

Ich will es wissen.

Keine Chance.

Blinzelnd sehe ich auf das Wasser hinunter, auf den weißen Schaum, der dort aufspritzt, wo ein paar Steinbrocken herausragen. Mein Blick schweift zum Ufer. Irgendwo hier haben sie ihren Hut und die Sonnenbrille gefunden. Okay, es muss weiter flussabwärts gewesen sein. Aber sie haben keinen Körper gefunden. Wenn Vivien wirklich gesprungen wäre, hätte sie doch angespült werden müssen! Ich schaue zu den schwarzgrauen Wolken hoch.

Wo bist du?

Mein Handy pfeift. Vivien? Ich zerre es aus der Manteltasche, tippe das Display an.

Die Nachricht kann nicht von ihr sein. Mein Hirn weiß es, und trotzdem schneidet ein Schmerz, scharf wie ein Messer, mich in zwei Teile.

Adrian.

Stimmt. Wir haben gestern Nummern getauscht, damit er nicht noch mal bei meiner Mutter aufkreuzt. Mir genügen schon die tausend Fragen, die ich beantworten muss, sobald sie später wach ist. Ich tippe auf die Nachricht, will die Enttäuschung nicht spüren. Warum zittern meine Finger?

Hey! Wenn du willst, können wir uns nachher treffen?

Für einen Moment sehe ich ihn vor mir. Die roten Wangen, die grünen Sprenkel, die seine blauen Augen heller wirken lassen, der Blick, der mir ausweicht und mich doch ansieht. Seine Lippen … Verdammt, was mache ich hier? Vivien ist verschwunden, und ich habe nichts Besseres zu tun, als von Adrian zu träumen? Was für eine tolle Freundin ich doch bin!

Vivien kann nicht gesprungen sein.

Ich schicke es ab und seine Antwort kommt sofort.

???

Wenn sie gesprungen wäre, hätte sie längst irgendwo angeschwemmt werden müssen. Oder? Ihre Sachen wurden das doch auch?

Ich starre auf das Display, aber diesmal kommt keine Reaktion. Super. Auch eine Art, Adrian vor den Kopf zu stoßen. Ich schiebe das Handy zurück in die Tasche, es pfeift, und ich ziehe es wieder heraus.

Bist du am Fluss?

Mist. Wenn ich ehrlich antworte, kommt er vorbei. Hundertpro. Aber ich kann ihn jetzt nicht sehen, dort weitermachen, wo wir aufgehört haben und so tun, als wäre alles in Ordnung.

Zu Hause.

Es fühlt sich scheiße an ihn anzulügen, hätte ihm besser die Wahrheit sagen sollen. Welche Wahrheit denn?

Das gestern war ein Irrtum, sorry, lass uns bitte so tun, als ob nichts gewesen wäre. Okay?

Klar. Das könnte er bestimmt total gut nachvollziehen. Hoffentlich versteht er den Wink und fragt nicht, ob er vorbeikommen soll. Das geht auf keinen Fall. Schnell schiebe ich noch eine Nachricht hinterher.

Meine Mutter schläft noch, und ich habe viel Zeit zum Nachdenken.

Soll ich später vorbeikommen?

Ganz sicher nicht.

Ich muss noch was für die Schule erledigen.

Klar, ich habe seit fast zwei Wochen keine Hausaufgaben mehr gemacht und es gäbe eine Menge, was ich tun müsste. Nur was interessieren mich Wellenoptik, totalitäre Systeme oder Reproduktionsbiologie, solange Vivien irgendwo hier draußen verschollen ist?

Ich werfe einen letzten Blick auf den Fluss, wende mich ab und gehe. Den Kopf gesenkt. Das Handy in der Tasche umklammert. Adrian antwortet nicht. Logisch nicht. Er ist clever genug, um meine Lüge zu durchschauen.

Wir sehen uns ja morgen in der Ersten.

Ich schicke es ab, weil es mir leidtut. Es ist nicht fair, ich bin nicht fair, und das hat er nicht verdient. Das Handy pfeift wieder.

Toll. Warum habe ich jetzt Herzklopfen?

Okay.

Seine Nachricht besteht nur aus diesem einen Wort, und mehr muss er nicht schreiben. Die Fragen, die Traurigkeit und die Enttäuschung liegen in den Worten, die er mir nicht geschickt hat. Ich weiß es, bin mittlerweile ziemlich gut darin, die Dinge zu hören, die wir uns nicht sagen. Habe das ja lange genug mit meiner Mutter trainiert.

Verdammt, Adrian! Du hast doch nicht wirklich geglaubt, dass das mit uns funktionieren kann?

Ein Regentropfen prallt gegen meine Stirn. Ich schlage die Kapuze hoch und gehe nach Hause, das Handy in der Manteltasche vergraben, wo ich es nicht mehr sehen muss.

BIST DU BEREIT FÜR DIE WAHRHEIT?

Die Klassenzimmertür ist zu. Genau wie ich es berechnet habe. Lieber komme ich einen Tick zu spät, als jetzt in Adrian hineinzurennen. Mann! Warum habe ich trotzdem ein Ziehen im Bauch? Ich habe doch nicht echt geglaubt, dass er nach meiner Abfuhr gestern heute auf dem Gang auf mich wartet?

Ich reiße die Tür auf und stolpere zwei Schritte zurück. Toll. Verdammter Schwung, jetzt habe ich mich zum totalen Deppen gemacht. Die Staub schaut mich kurz an, aber statt irgendeinen Kommentar über mein Zuspätkommen abzugeben, nickt sie mir nur zu und macht weiter mit ihrem Unterricht. Als wäre nichts. Quadratische Matrix. Super Thema. Neue Woche, neues Glück. Oder? Ich zwinge mir ein Lächeln ab und laufe durch die Reihen zu meinem Platz. Nach dem Auftritt starren mich alle an.

Im Vorbeigehen streift mein Blick Elises Gesicht, sie zieht die Augenbrauen hoch und nickt. Ganz leicht. Kein blöder Kommentar, nur ein Nicken. Denkt sie, wir sind jetzt befreundet? Wegen eines Nachmittags im PC-Raum? Wer's glaubt. Ich ignoriere ihr Nicken und gehe weiter.

Der Einzige, der mich nicht beachtet, ist Adrian. Er sitzt über sein Heft gebeugt und macht sich wie blöd Notizen, als würde die Staub uns gerade den Sinn des Lebens runterbeten. Dabei kann er Mathe im Schlaf. Statt meine Sachen auszupacken, starre ich auf seinen Rücken.

Dreh dich um, bitte.

Ich spinne doch! Ehrlich. Erst stoße ich ihn mit meinen Nachrichten total vor den Kopf, und jetzt soll er mich wieder beachten?

Bevor die Staub doch noch auf mich aufmerksam wird, bücke ich mich zu meiner Tasche. Im Hochgehen blinkt etwas in dem Fach unter meiner Bank auf. Ich erstarre.

Langsam fasse ich unter die Bank und stoße gegen ein Stück Papier. Ich ziehe es vorsichtig nach vorn. Rote Buchstaben auf einem weißen Umschlag. Schablonenschrift.

NORA

Bitte nicht noch einmal. Das halte ich nicht aus. Ich will den Umschlag zerknüllen, so lange, bis er sich in meinen Händen auflöst, aber ich kann nicht. Lass ihn stattdessen in meine Tasche fallen. Mein Gesicht glüht. Warum zittere ich? Verdammt, ich habe völlig vergessen, mein Schreibzeug herauszuholen.

In dem Moment, in dem ich mich wieder hinunterbeugen will, streife ich Adrian mit meinem Blick. Das ist jetzt nicht wahr, oder? Die ganze Zeit war er auf seine Unterlagen fixiert, und ausgerechnet jetzt hat er sich umgedreht? Wie lange beobachtet er mich schon? Hat er das mit dem Brief mitbekommen? Er sitzt schräg vor mir, in seinen Brillengläsern spiegelt sich das Deckenlicht, und ich kann den Ausdruck seiner Augen nicht erkennen. Aber ich sehe die Falten auf der Stirn. Toll. Er weiß Bescheid, oder?

Ich breche den Blickkontakt ab, zerre meine Unterlagen aus der Tasche und schreibe. Noch nie habe ich mir in Mathe so viele Notizen gemacht. Alles, solange ich nicht mehr zu Adrian sehen muss.

Ich habe Glück. Die Staub gibt der Reinhard die Klinke in die Hand, und ich bin nicht zwischen den Stunden gefangen, ohne vor Adrian abhauen zu können. Ich versuche, die Reinhard anzusehen, sehe aber mehr durch sie hindurch, und egal, wie sehr ich mich bemühe, ich kann ihr nicht zuhören, denke die ganze Zeit an den Brief in meiner Tasche.

Beim Läuten packe ich im Zeitlupentempo meine Sachen zusammen, will nicht riskieren, in Adrian oder Elise zu laufen. Ein paar Tische weiter lacht jemand. Cedric. Er schaut auf das Handy von einem seiner Kumpels. Elise steht auf und wird sofort von Jasmin und Emma flankiert. An der Tür dreht sie sich noch einmal um und sieht zu mir. Ich ziehe mein Handy ein Stück aus der Tasche und tue so, als hätte ich eine Nachricht bekommen. Erst nachdem Elise gegangen ist, stehe ich auf.

Vor mir schabt ein Stuhl über den Linoleumboden. Das ist jetzt nicht wahr. Warum ist Adrian noch hier? Hat er keinen Stolz? Er wartet, bis ich an seinem Tisch vorbeikomme und schließt sich mir an. Mist. Was mache ich jetzt?

»Ist was?«, fragt er, und ich kann seinen Blick spüren.

Er redet von gestern, von meiner Abfuhr, oder? Das mit dem Brief hat er nicht mitbekommen.

»Nein. Alles gut«, murmle ich.

Mann, das klang absolut überhaupt nicht überzeugend. Was soll denn bitte gut sein? An der Tür stoppt er kurz, damit ich vor ihm durchgehen kann, und ich ziehe auf dem Gang das Tempo an, aber er lässt sich nicht abhängen. Nicht einfach so. Läuft er schon die ganze Zeit so dicht neben mir? Unsere Schultern berühren sich beinahe. Ich könnte meinen Kopf an ihn lehnen, die Augen schließen und hoffen, dass alles gut wird.

Klar. Das wäre superpassend nach meiner Aktion gestern.

Wenigstens ist niemand mehr auf dem Gang.

»Ich …«, fange ich an, aber diesmal bin ich schlau genug und schlucke die restlichen Worte runter.

Adrian reagiert sofort. »Ja?«

Mist. Ich kann die Hoffnung in seiner Stimme hören. Quatsch, das bilde ich mir ein.

Es tut mir leid.

Ich will es sagen, aber was soll das bitte bringen? Als ob leidtun alles wieder gut machen könnte. Ich schüttle den Kopf, ertrage Adrians Nähe nicht. Die Nähe, die zwischen uns sein könnte, wenn ich nicht diese Mauer hochziehen würde.

Schwachsinn!

Da ist keine Nähe und wenn, dann hätte ich sie nicht verdient. Ich habe Vivien die Sache mit Janus ja auch nicht gegönnt.

»Ich muss noch was erledigen, wir sehen uns später!«, sage ich und laufe los.

Adrian hat keine Chance zu reagieren. Erst an der nächsten Ecke werfe ich einen Blick über die Schulter. Er steht immer noch genau dort, wo ich ihn zurückgelassen habe. Regungslos. Na toll, warum zieht sich mein Magen zusammen? Ich laufe vor ihm davon und will trotzdem, dass er mir folgt. Kann ich mich bitte mal entscheiden?

BIS ZUM MOND UND ZURÜCK

Ich bin auf die Toilette geflohen und habe mich in eine der Minikabinen eingeschlossen. Es gibt echt schönere Orte, um die Pause zu verbringen, und ich hätte mich lieber hinter die Mensa zurückgezogen in der Hoffnung, Sebastian beim Rauchen anzutreffen. Aber dort würde Adrian mich vielleicht sehen, und ich könnte den Brief nicht lesen. Solange niemand davon weiß, kann ich noch so tun, als würde es ihn nicht geben.

Mann, muss ausgerechnet jetzt eine Gruppe Mädchen kommen und sich lautstark unterhalten? Wie soll ich mich so konzentrieren? Ich atme tief durch, versuche, alles auszublenden, das Geschwätz, die tausend Fragezeichen in Adrians Blick und ziehe den Brief aus der Tasche.

Bitte nicht noch mehr Vorwürfe.

Vor der Kabine knallt etwas auf den Boden, eines der Mädchen schreit auf, die anderen lachen. Können sie nicht einfach alle verschwinden? Ich blende das Lachen aus und beuge mich über den Brief.

Hallo Nora,

es ist rührend zu sehen, wie sehr du dich auf einmal um Vivien sorgst. Als würdest du mir nicht glauben, dass es längst zu spät ist. Genau wie deine Sorge um sie viel zu spät kommt.
Aber wenigstens versuchst du, die Wahrheit zu begreifen. Das ist mehr, als Viviens andere sogenannte Freunde tun, und auch mehr, als ich von dir erwartet hätte. Deshalb will ich dir ein Angebot machen. Wenn du

dich an drei einfache Bedingungen hältst, werde ich dir verraten, was mit Vivien passiert ist.

1) Niemand darf von diesem Brief und dem Inhalt erfahren.
2) Du kommst heute Nacht allein um 1:00 Uhr in den Stadtpark. Ich werde beim Spielplatz auf dich warten.
3) Du wirst diesen Brief mitbringen und aufgefaltet vor dich halten. Versuche nicht, mich hereinzulegen. Ich habe meine Möglichkeiten herauszufinden, ob du den richtigen Brief in der Hand hältst. Verlass dich darauf.

Ich weiß über jeden deiner Schritte Bescheid. Wenn du nicht nach meinen Regeln spielst, wirst du mich niemals treffen.

Gut. Du hast die Wahl.
Bist du bereit für die Wahrheit?
Vergiss nicht, ich beobachte dich. Immer.

Jemand,
der die Wahrheit kennt.

Ich lasse den Brief sinken und starre auf die mit Sprüchen und Skizzen verschmierte Kabinentür. Das stinkt gewaltig. Ich soll mich mitten in der Nacht mit jemandem treffen, von dem ich weder weiß, wer es ist, noch, was diese Person wirklich will?

Ohne Kindergeschrei und im Dunklen ist so ein Spielplatz total unheimlich. Wie in einem Horrorfilm. Das wäre die perfekte Einstellung:

Ein Mädchen. Alleine. Sie ist losgezogen, um ihre Freundin zu retten, sie zu dem einzigen zombiesicheren Ort der Stadt zu bringen.

Sie haben sich auf dem Spielplatz verabredet, mitten in der Nacht. Aber schon in dem Moment, in dem sie an den Bänken am Rand vorbeiläuft, spürt sie, dass etwas nicht stimmt. Es ist vollkommen still, bis auf ein Schmatzen, irgendwo auf der anderen Seite. Leise zuerst, dann immer lauter. Etwas ist verdammt schiefgelaufen, das Mädchen weiß das. Sie sollte nicht hier sein, auf alle Fälle hätte sie nicht alleine herkommen sollen. Auch das weiß sie, aber jetzt ist es zu spät. Sie ruft den Namen ihrer Freundin, geht an Schaukel und Rutsche vorbei auf die Büsche der anderen Seite zu, immer näher zu dem Schmatzen. Kurz bevor sie angekommen ist, sieht sie ihn. Den leblosen Arm auf dem Boden zwischen den Büschen. Sie kapiert sofort, was los ist, will es aber nicht wahrhaben. Sie sollte umdrehen, rennen, doch statt wegzulaufen, geht sie noch einen Schritt weiter und entdeckt den weißen Hut ihrer Freundin. Etwas in ihr zerbricht. Sie schreit dagegen an, brüllt den Namen ihrer Freundin in die Nacht hinein, auch wenn sie weiß, dass es längst zu spät ist. Sie hätten sich niemals hier verabreden dürfen, in diesem Park, wo hinter jedem Baum ein Zombie lauert. Langsam sackt sie in die Knie und um sie herum kriechen sie aus den Büschen, die Zombies mit ihren entstellten Gesichtern und leblosen Blicken. Die Kamera schwenkt nach oben, wo der Vollmond am Nachthimmel leuchtet. Ein Schrei zerreißt die Stille, bricht abrupt ab, weicht dem Schmatzen vieler Wesen, das nach und nach verklingt.

Die Leinwand wird schwarz, die Zuschauer gehen aus dem Kino, lachen und reden über die tollen Special Effects. Aber keiner spricht die Fragen aus, die sie nach dieser letzten Szene alle im Kopf haben:

Wäre ich losgezogen, auch wenn von vornherein klar war, dass meine Freundin nicht mehr zu retten ist?

Würde ich wollen, dass du dein Leben für mich aufs Spiel setzt, selbst wenn ich wüsste, dass du es dann verlierst?

Das ist kein Racheplan von Janus und Elise, das hat ganz sicher nichts mehr mit ihnen zu tun. Es ist ein Test. Wie weit werde ich für Vivien gehen?

Bis zum Mond und zurück.

Die Rückseite des Briefs ist leer, aber ich erinnere mich noch sehr gut an das Zitat, das die Worte auf den anderen vier Briefen ergeben haben.

I try to forgive, but it's not enough to make it all okay.

Es ist ganz bestimmt eine Falle. Trotzdem. Es ist die einzige Chance auf die Wahrheit, die ich in den letzten beiden Wochen bekommen habe. Ich kann sie nicht ungenutzt lassen, nur weil ich Schiss habe. Den Brief stecke ich zurück in die Tasche. Zwischen Mathebuch und Rückenteil. Niemand darf ihn finden, ich bin nicht so blöd, Bedingung Nummer eins in den Wind zu schlagen und alles zu verlieren. Kurz vor dem Läuten verlasse ich die Kabine und gehe zurück in den Unterricht.

AUF EINER SEITE UND DOCH NICHT ZUSAMMEN

Diesmal gehe ich so früh wie möglich in die Mensa, will mir einen Platz alleine hinten im Eck sichern. Schon nach dem ersten Bissen habe ich keinen Appetit mehr und stochere in dem Essen herum. Gulasch, total scharf. Warum habe ich nicht die Fallback-Nudel-Option genommen? Okay, wenn ich ehrlich bin, habe ich sowieso keinen Hunger. Ich bin nur wegen Sebastian hier. Auch wenn ich ihm nicht von dem Brief erzählen darf, kann er mir vielleicht trotzdem helfen. Irgendwie. Keine Ahnung.

»Ist hier noch frei?«, reißt mich eine nur zu bekannte Stimme aus meinen Gedanken.

Cedric. Was macht er an meinem Tisch? Ohne meine Antwort abzuwarten, stellt er sein Tablett neben meinem ab, schiebt sich die verkehrt herumsitzende Baseballcap aus der Stirn und winkt Janus zu uns. Spinnt er?

»Es sind noch genug andere Tische frei. Nur falls du das übersehen hast«, antworte ich.

Er grinst mich an und zwinkert, als hätte ich ihm gerade erklärt, wie toll ich ihn finde. Ich verdrehe die Augen und haue die Gabel in einen Fleischklumpen.

»Ich wusste, dass du früher oder später meinem Charme nicht widerstehen kannst.« Immer noch das breite Grinsen im Gesicht lässt er sich auf den Stuhl neben mir fallen.

Geht's noch?

»Ja, das wird's sein!«

Wie wäre es, wenn ich ihm die Gabel in den Oberschenkel ramme? Jede Wette, dass er dann nicht mehr so arrogant und selbstsicher sitzen bleibt. Gegenüber von uns werden zwei Stühle zurückgeschoben. Janus und Elise setzen sich an den Tisch, als wäre es das Normalste der Welt. Die Gabel rutscht mir aus der Hand und knallt in die Gulaschsoße. Toll. Ich wollte unbedingt braune Flecken auf meinem Pulli. Wo hat Elise Emma und Jasmin gelassen? Ich schaue mich um, kann die beiden aber nirgends entdecken. Was wird das hier? Ein Überfall?

Ich schiebe das Tablett ein Stück von mir weg und lehne mich auf dem Stuhl zurück. Mir langt's, echt jetzt, ich hau ab und warte beim Kücheneingang auf Sebastian. Irgendwann geht er bestimmt eine rauchen. Andererseits war ich zuerst hier. Warum sollte ich mich von ihnen vertreiben lassen?

»Jetzt, wo endlich alle Missverständnisse zwischen euch geklärt sind, wird es Zeit, einen Plan auszuarbeiten«, fängt Cedric an.

»Was für einen Plan?«, frage ich.

Super, so einfach lasse ich mich ködern, oder wie?

»Wir müssen herausfinden, wer uns die Briefe geschrieben hat.« Elise spießt ein paar Nudeln auf und schiebt sie sich in den Mund.

Sie isst echt Nudeln ohne Soße oder Käse? Mein Blick wandert zu Janus, der mir schräg gegenüber sitzt und uns beobachtet, ohne ein Wort zu sagen. Sein Gesichtsausdruck ist völlig neutral. Offensichtlich ist es ihm egal, ob wir zusammenarbeiten oder nicht.

»Euch ist schon klar, dass diese Person hier an der Schule sein muss und uns beobachten könnte?« Ich kneife die Augen zusammen und sehe von Elise zu Janus.

Er nickt und fängt an zu essen. Hat er mir überhaupt zugehört?

»Wir können uns auch bei mir treffen, wenn du dich da sicherer fühlst?«, wirft Cedric ein, wieder dieses oberdämliche Grinsen im Gesicht.

Haha, sehr witzig.

»Das wäre keine schlechte Idee!« Elise beugt sich ein Stück nach vorne und lächelt ihn mit schief gelegtem Kopf an.

Flirtet sie gerade mit ihm? Ich glaub's nicht. Echt nicht. Moment.

Niemand darf von diesem Brief erfahren.

Ich sollte gehen. Wer auch immer das geschrieben hat, ist irgendwo hier. Ich sitze nie mit Janus oder Elise zusammen. Das sieht doch so aus, als wollte ich ihnen alles erzählen.

Ich beobachte dich. Immer.

Scheiße. Mit einem Ruck schiebe ich den Stuhl zurück.

»Was ist los?« Cedric legt eine Hand auf meinen Arm und hält mich fest.

»Ich muss noch was erledigen«, sage ich und starre seine Finger an. Warum lässt er nicht los?

»Ich dachte, ihr hättet das hinter euch?«, wirft er ein.

»Was?« Ich hebe den Blick und sehe ihm ins Gesicht.

Das dämliche Grinsen ist verschwunden. Er mustert mich, hat aber keinen Schimmer, was gerade mit mir abgeht. Hundertpro. Waren seine Augen schon immer so dunkel, fast schwarz? Ich blinzle.

»Die gegenseitigen Anfeindungen. Hallo? Hier läuft irgendein Spinner herum, wahrscheinlich ein kleiner Idiot, der nie den Mut aufgebracht hat, Vivien anzusprechen und jetzt euch die Schuld an ihrem Verschwinden gibt. So einer ist unberechenbar. Wer weiß, was er als Nächstes macht?« Er greift nach dem Wasserglas und trinkt, ohne mich aus den Augen zu lassen.

Mit der anderen Hand hält er mich immer noch fest. Unberechenbar. Ja. Trotzdem kann ich es nicht riskieren. Ich schüttle den Kopf, seine Theorie stimmt sowieso nicht. Woher soll ein heimlicher Verehrer bitte die ganzen kleinen Details wissen, die in den Briefen stehen?

Cedric fixiert mich immer noch mit seinem Blick. Warum fühlt es sich so an, als könnte er meine Gedanken lesen? Das kann er nicht, ich bin total paranoid. Er hat keine Ahnung, was in mir abgeht. Super, ich bin jetzt nicht rot geworden, oder?

Er zieht die Augenbrauen hoch und schaut mich fast fragend an. Bilde dir mal nichts darauf ein, Skaterboy!

Jemand am Tisch räuspert sich. Ich fahre herum. Elise.

Sie sieht von Cedrics Hand zu mir und lächelt eines ihrer typischen Lächeln, das kein bisschen echt ist. »Du hast nichts mehr von dem Briefeschreiber gehört, oder?«

Warum habe ich das Gefühl, dass sie mich jetzt alle mit ihren Blicken scannen?

»Nein, wieso?« Verdammt.

Hat meine Stimme eben gezittert? Ich hätte einen blöden Witz machen sollen, sie ablenken. Sie hat das mit dem Brief unter der Bank doch nicht mitbekommen. Oder?

Sie zieht die Schultern hoch und streicht eine weiße Strähne aus der Stirn, die sich aus ihrem um den Kopf geflochtenen Zopf gelöst hat. »Ich will nur sichergehen, dass wir alle auf dem gleichen Stand sind.«

»Okay?« Meine Stimme klingt total kratzig. Super. »So weit waren wir schon.«

Elise beugt sich über den Tisch. »Was ist los, Nora? Warum vertraust du uns nicht? Wir wollen alle wissen, was mit Vivien passiert ist. Kapiert?«

Falsch. Ich will nicht einfach nur wissen, was passiert ist. Ich will, dass sie wieder da ist.

»Nora?« Die Stimme kommt von schräg hinter mir, und ich weiß sofort, wer das ist.

Mein Herz setzt für zwei Schläge aus. Mindestens.

»Ja?« Ich drehe den Kopf und sehe Adrian ins Gesicht.

Er schaut von mir zu Cedrics Hand, die noch immer auf meinem Arm liegt, bis Cedric sie wegzieht. Endlich. »Kannst du bitte nachher in den PC-Raum kommen? Ich muss dir was zeigen.«

Ich nicke, bringe kein Wort heraus. Was zeigen. Klar. Er will reden. Darüber, was das am Samstag für eine Scheißaktion war. Hundertpro.

»Gut. Bis dann.« Seine Stimme ist auf einmal ganz weit weg.

Ich wende mich in dem Moment ab, in dem er geht. Will ihm nicht hinterhersehen. Mein Blick streift die Theke. Sebastian stellt dem Drachen gerade einen Topf zum Nachfüllen hin. Er hebt den Kopf, und für den Bruchteil einer Sekunde sehen wir uns an.

Wir müssen reden, bitte.

Eine der Küchenhilfen ruft nach ihm, er reagiert nicht sofort, sie muss noch einmal rufen. Ich beiße auf das Zungenpiercing. Im nächsten Augenblick dreht er sich weg und geht zurück in die Küche. Verdammt.

»Ich muss los«, murmle ich, stehe auf und greife nach dem Tablett.

»Nora?«, ruft Elise.

Was will sie noch? Ich bleibe stehen, sehe von ihr zu Janus. Warum starren sie mich so an?

»Wir stehen auf der gleichen Seite. Okay?«, fährt sie fort, und ich kann mich gerade noch beherrschen, nicht die Augen zu verdrehen.

»Schon klar. Man sieht sich«, stoße ich hervor.

Es kostet mich unglaublich viel Mühe, zu versuchen, freundlich zu klingen.

Selbst beim Rausgehen spüre ich ihre Blicke noch. Mann, wenn sie wirklich wissen wollen, wer hinter den Briefen steckt und wieso, sollten sie sich vielleicht weniger auffällig benehmen. Echt jetzt.

Ich mache einen Schwenker um die Mensa herum zum Kücheneingang. Vielleicht hat Sebastian meine stumme Bitte verstanden und steht draußen beim Rauchen? Das Einzige, was dort steht, ist sein Motorrad. Mist. Ich wollte mit ihm reden, bevor ich eine Entscheidung treffe. Mit dem einzig vernünftigen Menschen auf dieser Schule, aber Cedric, Elise und Janus haben alles versaut.

DENKFEHLER

Außer Adrian ist niemand im PC-Raum. Das ist jetzt nicht wahr, oder? Wenn wir alleine sind, wird es echt peinlich.

Er sitzt wieder an dem Platz hinten am Fenster und sieht auf, sobald ich reinkomme, beobachtet jeden meiner Schritte.

Vor seinem Tisch bleibe ich stehen, habe keine Ahnung, wo ich hinschauen soll. Jedenfalls nicht in seine Augen. »Hey.«

»Setz dich, ich muss dir was zeigen.« Er deutet auf den Stuhl neben sich.

Toll. Ich kann mir nichts Besseres vorstellen, als jetzt direkt neben dem Typen zu sitzen, mit dem ich vor zwei Tagen rumgemacht habe und den ich seit gestern versuche zu ignorieren. Ignorieren, ja sicher. Vor dem ich versuche davonzulaufen, trifft es wohl eher.

»Jetzt komm schon. Ich beiß nicht. Okay?«, sagt er und lächelt dabei.

Lächelt? Nicht wirklich. In seinen Augen liegt ein dunkler Schimmer. Ihm ist genauso wenig zum Lachen wie mir. Garantiert.

Es tut mir leid, Adrian. Alles.

Ganz automatisch hebe ich die Hand, will ihm über die Wange streichen, die Traurigkeit aus seinem Gesicht wischen. Will ihn in die Arme nehmen und drücken, so fest ich kann. Vielleicht kann ich so alles wiedergutmachen?

Ich spinne doch!

»Hat auch niemand behauptet«, murmle ich, lasse die Hand wieder fallen und setze mich auf den Stuhl.

Na ja, setzen ist übertrieben, ich hocke mehr auf der äußersten Kante. Der Riemen meiner Tasche rutscht von meiner Schulter, und die Tasche landet neben dem Stuhl auf dem Boden. Ich nehme das nur halb wahr, bin viel zu beschäftigt, die Nähe nicht zu spüren, die keine ist. Halte das nicht aus. Nicht nach allem, was am Samstag zwischen uns war.

Adrian räuspert sich. Ich schiele zu ihm, aber er konzentriert sich voll auf den Bildschirm, klickt irgendein Dokument an.

»Okay pass auf.«

Ist das wieder das Druckprotokoll? Das ist nicht gut, das ist überhaupt nicht gut. Mir wird schlecht, aber ich beuge mich trotzdem nach vorne, muss so tun, als ob nichts wäre.

Die Tür fliegt auf, und ich zucke zurück.

Elise steht auf der Schwelle, sieht von mir zu Adrian und grinst. Hallo? Zwischen uns ist ungefähr ein halber Meter Abstand. Was gibt es da zu grinsen?

»Sorry, dass ich so reinplatze, aber kannst du kurz mitkommen, Nora?«

»Äh …« Ich schiele zu Adrian.

Wir haben uns vor nicht einmal zehn Minuten gesehen. Was will sie noch?

»Bitte?«, schiebt sie hinterher.

Adrian seufzt, reibt sich über die Stirn und lächelt mich wieder an. »Ist gut, das hier läuft nicht weg.«

Warum sieht sein Lächeln auf einmal so echt aus? Ich schüttle den Kopf, will es nicht wissen, will es noch nicht einmal sehen.

»Okay«, sage ich und springe auf.

Super, wenn ich so weitermache, sieht es echt so aus, als ob ich auf der Flucht wäre. Ich zwinge mich, langsam zur Tür zu gehen und folge Elise, ohne mich noch einmal umzudrehen, halte Adrians Blick nicht aus. Echt nicht. Auf dem Gang zieht sie das Tempo an. Mist, ich habe meine Tasche stehen lassen.

»Ich muss noch mal zurück«, sage ich und wirble herum.

»Was ist?« Elise stellt sich mir in den Weg.

Was soll das? Sie soll froh sein, wenn ich überhaupt mitkomme.

»Ich hab meine Tasche vergessen.«

»Brauchst du die jetzt? Du gehst doch sowieso gleich wieder zurück. Oder glaubst du, dass Adi deine Sachen durchwühlt?«

Adi. Ist Elise so eng mit ihm befreundet? Nicht wirklich, oder? Ein Nerd wie er ist doch schlecht für ihr Image.

»Nein, aber …«

Der Brief. Ich kann das nicht riskieren, ich muss zurück.

»Na also. Los, komm. Je schneller wir das hier hinter uns bringen, umso eher kannst du gehen.« Elise hakt sich bei mir ein und zieht mich mit sich.

Als wären wir beste Freundinnen. Wahrscheinlich hat sie recht. Adrian ist nicht der Typ, der in fremden Sachen schnüffelt. Normalerweise. Falls er heute Morgen nichts mitbekommen hat. Aber was ist, wenn er doch nachsieht? Er ist nicht doof, er hat ganz sicher gemerkt, dass irgendetwas nicht stimmt.

Elise lässt mir keine Chance, sie zieht das Tempo wieder an, und etwa eine halbe Minute später öffnet sie die Tür eines Klassenzimmers. Was macht Janus hier?

»Was wird das?«, frage ich und bleibe auf der Schwelle stehen.

»Ich glaube, es wird langsam Zeit für eine Aussprache«, antwortet Elise.

Sie zieht mich in den Raum und schließt die Tür hinter uns.

»Hatten wir das nicht schon letzte Woche?« Ich stoppe neben dem zweiten Tisch und verschränke die Arme, genau wie Janus, der am Pult steht.

Er seufzt, fährt sich durch die Haare und schüttelt ganz leicht den Kopf. »Elise hat recht. Ich weiß nicht, wie du darüber denkst, aber ich will den miesen Arsch finden, der uns diese Briefe geschrieben hat.«

Den miesen Arsch? Glauben sie alle an Cedrics verrückte Idee?

»Ihr macht einen Denkfehler«, werfe ich ein.

Mann, warum müssen wir dieses Gespräch ausgerechnet jetzt führen? Können wir das nicht auf morgen verschieben?

»Wie meinst du das?« Elise schaut mich mindestens genauso geschockt an wie Janus.

»Habt ihr schon mal an den Detail-Level der Briefe gedacht? Nicht mal ihr wusstet von dem Verhältnis zwischen Adrians Mutter und Viviens Vater. Das kann nicht von einem heimlichen Verehrer kommen, der nie ein Wort mit ihr gesprochen hat. Eher glaube ich, dass Vivien selbst die Briefe geschrieben hat.«

»Was? Das wäre total psycho!«, ruft Elise.

Stimmt. Aber wenn es keiner von uns war, ist es die einzig logische Erklärung.

»Traust du Vivien das wirklich zu?« Janus funkelt mich an.

Oh, der Ritter in der strahlenden Rüstung, der die Ehre seiner Ex verteidigen muss. Oder wie?

Nein, ich traue es ihr nicht zu. Kein Stück. Aber wer soll es denn sonst gewesen sein?

»Oder es gibt noch jemanden, mit dem oder der Vivien supereng befreundet ist, ohne dass einer von uns etwas mitbekommen hat. Hältst du das für wahrscheinlicher?« Ich durchbohre Janus mit meinem Blick.

»Eine Internetbekanntschaft vielleicht? Jemand, den sie im echten Leben nicht gekannt hat? Vielleicht hat sie dem mehr erzählt als uns?«

Hört er sich überhaupt zu? Das wäre ja noch schlimmer, wenn Vivien einem Fremden mehr vertraut hätte als uns!

»Eine Internetbekanntschaft, die zufällig den Drucker unserer Schule benutzt, um uns Briefe zu schreiben? Wie wahrscheinlich ist das denn?« Meine Stimme ist lauter, als ich es beabsichtigt habe, aber das ist doch einfach nur daneben.

»Keine Ahnung.« Janus fährt sich wieder durch die Haare und zuckt mit den Schultern. »Wenn sie sich heimlich mit irgendwem aus der Schule getroffen hätte, hätte sie ein Doppelleben führen müssen. Das passt überhaupt nicht zu ihr. Oder?«

Das fragt er mich? Allen Ernstes? Hat sie das nicht sowieso gemacht? Keiner von uns hat mitbekommen, wie beschissen es ihr in den Tagen vor ihrem Verschwinden ging. Ein heimlicher Freund oder eine heimliche Freundin wäre nur noch die Spitze des Eisbergs. Ehrlich.

»Das ist doch lächerlich!«, murmelt Elise.

Es fällt mir schwer, ihr zu glauben. Okay, inzwischen fällt es mir schwer, irgendjemanden noch irgendetwas zu glauben.

»Keine Ahnung«, sage ich, obwohl Janus noch nicht einmal auf eine Antwort wartet. »Ich muss zurück. Adrian wollte mir was zeigen. Wenn mich wider Erwarten ein Geistesblitz trifft, melde ich mich. Okay?«

Sie sehen mich an und nicken. In ihren Augen spiegelt sich die gleiche Ratlosigkeit, die in mir ist. Nein, nicht ganz. Wenn alles nach Plan läuft, werde ich heute Nacht wissen, was hier gespielt wird. Hoffentlich.

Es fragt sich nur, wessen Plan das ist.

MORGEN. NICHT HEUTE.

»Am Freitagabend wurden noch mal zwei Seiten auf dem Gast-Account gedruckt.« Adrian sieht mich total durchdringend an.

Wenn es nicht superschräg rüberkäme, würde ich abhauen.

Ich weiche seinem Blick aus und starre auf den Bildschirm, kapiere die Tabelle immer noch nicht. Aber alles ist besser, als Adrian in die Augen zu schauen. »Und? Ich dachte, jeder hier hat die Zugangsdaten?«

»Aber keiner nutzt sie. Höchstens am Anfang, dann richten die Leute sich ihre eigenen Accounts ein.«

»Vielleicht hat ja jemand sein Passwort vergessen?«

»Dann kann er sich im Sekretariat ein neues holen.« Adrian holt Luft, ich kneife die Augen zusammen, will nicht hören, was er gleich sagt. »Nora?«

Die Dringlichkeit in seiner Stimme bringt meinen Herzschlag aus dem Takt.

»Hmm?«

»Hast du noch einen Brief bekommen?« So wie er mich das fragt, klingt es, als wüsste er die Antwort, als sollte ich es ihm nur bestätigen.

Ich schüttle den Kopf und fixiere weiter den Bildschirm.

»Hast du Janus oder Elise schon gefragt?«, flüstere ich, wenn ich lauter reden würde, würde meine Stimme anfangen zu zittern. Hundertpro.

»Die haben nichts bekommen.«

Klar. Redet er eigentlich ständig mit den beiden?

»Vielleicht jemand anderes?«

Viviens heimliche Freunde zum Beispiel? Sehr wahrscheinlich. Wenn wir nur lange genug warten, erhält die ganze Schule anonyme Anschuldigungen. Wohl kaum.

»Und wer?« Adrian reibt sich die Stirn.

Er wirkt müde. Hat er nicht geschlafen letzte Nacht?

»Keine Ahnung.« Ich ziehe an einer meiner limettengrünen Strähnen.

So lange, bis es wehtut. Muss mich ablenken. Wenn das hier noch länger geht, erzähle ich es ihm. Alles. Verdammt, das darf nicht passieren!

»Nora?«

Ich schiele zu ihm, von den zusammengezogenen Augenbrauen zu dem besorgten Blick.

Nicht länger hinsehen, auf keinen Fall! Ich konzentriere mich wieder auf den Bildschirm. Die Zahlen in der Tabelle fangen an zu flimmern.

»Hmm?«

»Bitte sag mir, was los ist.«

Mein Herz bleibt stehen, und mein Atem setzt aus. Redet er von den Briefen oder von uns? Ich beiße auf das Zungenpiercing, spüre, wie mein Gesicht anfängt zu glühen.

Nichts. Nichts ist los. Wirklich.

Das kann ich nicht. Ich kann ihm nicht eiskalt ins Gesicht lügen. Aber was soll ich denn machen? Wenn ich ihm die Wahrheit sage, ist alles vorbei.

»Ich hab letzte Nacht nicht viel geschlafen, das ist alles«, antworte ich und versuche mich an einem Lächeln, das wahrscheinlich aussieht wie ein verzerrter Schrei.

Mann!

»Du würdest mir sagen, wenn irgendetwas nicht in Ordnung wäre?«

Warum klingt das jetzt wie eine Aufforderung und nicht wie eine Frage? Hat er in meiner Tasche gewühlt, während ich mit Elise weg war? Nein, das würde er nicht machen, das wäre der totale Vertrauensbruch.

»Ich bin einfach ziemlich fertig im Moment. Können wir morgen reden?« Ich greife nach dem Riemen der Tasche und ziehe ihn über die Schulter.

Bitte, Adrian, mach nicht so ein Gesicht, als hätte ich dir eine geknallt.

»Versprochen« setze ich nach, er soll mir glauben, ich meine das ernst.

Morgen erzähle ich es ihm. Nur heute kann ich das nicht. Ich kann nicht die einzige Chance auf die Wahrheit ungenutzt verstreichen lassen. Wenn er wüsste, worum es geht, würde er mich verstehen. Oder? Sekundenlang sehen wir uns an. Ich will wieder die Hand ausstrecken, ihm übers Gesicht streichen, den Kopf an seine Schulter legen, nur für einen Augenblick, ich …

Bevor ich noch irgendetwas Dummes mache, springe ich auf und laufe zur Tür.

»Ich melde mich. Okay?«, rufe ich noch und verschwinde, will seine Antwort nicht hören.

Was mache ich, wenn er versucht, mich aufzuhalten? Am Ende des Gangs werde ich schneller. Ein Stich fährt mir durch den Magen, und ich muss schlucken, um die Tränen zu unterdrücken. Es fehlt nicht viel, und ich drehe wieder um.

ES WAR IMMER GENUG

Wo ist dieser verdammt Brief? Ich habe ihn doch nach ganz hinten gesteckt. Warum ist er da nicht? Der halbe Inhalt der Tasche liegt schon auf dem Teppich verteilt. Da! Wie kommt er bitte in das Mathebuch? Egal. Hauptsache, er ist noch da. Ich schiebe ihn unter das Kopfkissen. Nur für den Fall, dass meine Mutter reinkommt. Heute Nacht darf ich ihn nicht vergessen. Ich will nichts riskieren.

Klar.

Ich riskiere gerade alles. Cedric und Janus könnten recht haben, und wer immer uns diese verdammten Briefe schreibt, will sich an uns rächen. Oder an mir. Mal ehrlich. Ein Treffen alleine im Park, das schreit nach Falle.

Irgendetwas ist faul, aber das ist egal. Solange ich die Wahrheit erfahre, ist mir alles egal.

Liebe Mama,

wenn du das liest, ist etwas verdammt schiefgegangen.
Sorry.
Ich weiß, ich hätte mit dir reden sollen, und hundertpro hättest du mir gesagt, dass ich zur Polizei gehen muss. Aber wenn ich das gemacht hätte, hätte ich die Chance vertan, Vivien vielleicht doch zu finden.
Das hört sich total bescheuert an, und wahrscheinlich macht es noch nicht einmal Sinn, aber ich muss das durchziehen.
Jemand hat mir heute Morgen einen Brief hinterlegt und darin versprochen, mir zu sagen, was mit Vivien ist. Unter der Bedingung,

niemandem von diesem Brief zu erzählen und heute Nacht allein zum Spielplatz in den Stadtpark zu gehen. Den Brief soll ich mitbringen. Ich bin nicht doof, ich weiß, dass es darum geht, alle Spuren zu verwischen. Aber ich will, dass du weißt, was passiert ist. Nur falls ich nicht mehr zurückkomme, weil es eine Falle war.

Drei Tage nach Viviens Verschwinden habe ich den ersten Brief erhalten, und nach und nach haben Janus, Adrian und Elise auch einen bekommen. Meinen habe ich in die obere Schreibtischschublade gelegt. Es ist der mit der roten Schablonenschrift auf dem Umschlag. Bitte lies ihn nicht. Gib ihn direkt der Polizei. Okay? Sag ihnen, dass sie beim Spielplatz nach mir suchen sollen. Wenn etwas schiefläuft, versuche ich, eine Spur zurückzulassen.

Mama, falls sie mich nicht mehr finden: Es ist nicht deine Schuld. Du hast dich um mich gekümmert, so gut es ging. Ich weiß das.

Du kannst Papa nicht ersetzen, aber du hast immer versucht, für mich da zu sein. Das war genug, auch wenn ich so getan habe, als ob es nicht genug wäre.

Ich weiß auch, dass du lieber eine glückliche Tochter gehabt hättest, eine wie Vivien. Und selbst wenn es nie so gewirkt hat, ich habe mich bemüht. Ehrlich. Ich wollte, dass du dir keine Sorgen und keine Vorwürfe mehr machen musst. Aber es ging nicht. Ich konnte nicht auf Kommando glücklich sein.

Wenn die Polizei mich nicht findet, bin ich vielleicht bei Papa. Das wäre okay. Dann passe ich mit ihm gemeinsam auf dich auf, wo auch immer wir dann sind.

Ich will, dass du glücklich bist, und ich schätze, Papa hätte das auch gewollt. Ohne mich hast du wenigstens die Chance, noch einmal von vorn anzufangen und vielleicht eine neue Familie zu gründen.

Kuss, Nora

PS: Es tut mir leid. Alles.

Ich wische mir die Tränen aus dem Gesicht und lege den Brief auf meinen Schreibtisch, schiebe ihn halb unter ein Schulbuch, damit er auf den ersten Blick wie ein Notizzettel aussieht. Falls meine Mutter nachts aufwacht und merkt, dass ich weg bin, wird sie nach einer Nachricht in der Küche suchen oder auf meinem Kopfkissen. Den Schreibtisch wird sie sich erst nach ein paar Stunden genauer ansehen. Unter Garantie. Sie soll den Brief nur finden, wenn ich nicht mehr auftauche. Mann, wenn sie noch Nachtschicht hätte, müsste ich mir darüber keine Sorgen machen.

DER LETZTE MENSCH

Um elf höre ich, wie meine Mutter sich im Bad die Zähne putzt. Ich bin schon vor einer Stunde ins Bett gegangen, surfe mit dem Handy im Netz und warte. Schlafen lohnt sich nicht, dann müsste ich einen Wecker stellen, und meine Mutter würde das Klingeln garantiert hören und drei Sekunden später in meinem Zimmer stehen. Nach der Nachtschicht hat sie immer einen superleichten Schlaf. Hoffentlich wacht sie nicht auf, wenn ich später gehe.

Später ist gut. Um Viertel nach zwölf muss ich los. Was mache ich, wenn sie bis dahin noch nicht schläft?

Mein Handy brummt. Eine Nachricht von Adrian. Das ist bestimmt schon die vierte heute. Von ob es mir gut geht, bis hin zu ich soll mich bitte melden, wenn etwas ist. Egal wie oft ich ihn abwiegle, er schreibt mir trotzdem wieder. Als wüsste er, was ich vorhabe. Klar. Er weiß das. Wunschdenken.

> Können wir reden?
> Bitte?

Ich sehe den Text schon in der Kurzmeldung und öffne die Nachricht nicht. Wenn ich Glück habe, denkt Adrian, dass ich schon schlafe. Sollte ich auch. Morgen ist Schule. Worüber will er reden? Egal, ich will jetzt nicht darüber nachdenken.

Meine Mutter läuft über den Gang in ihr Zimmer und schließt die Tür. Wenn ich die Luft anhalte und ganz still liege, kann ich die Matratze knarzen hören, sobald sie sich hinlegt. Sie hat nicht noch einmal bei mir reingeschaut. Offensichtlich geht sie davon aus, dass ich längst schlafe. Gut so.

Die nächsten vierzig Minuten liege ich im Dunklen auf dem Bett, starre die Decke an, horche auf das kleinste Geräusch und versuche, nichts zu denken. Aber ich kann meinen Kopf nicht abstellen.

Wenn mir heute Nacht etwas passiert, habe ich nicht einmal mehr die Chance, mich bei Adrian zu entschuldigen. Verdammt, ich muss aufhören, an ihn zu denken. Es geht um Vivien, vielleicht sogar um Leben und Tod. Ich kann es sowieso nicht mehr ändern, wenn ich ihm jetzt eine Nachricht schicke, ruft er mich an und bombardiert mich so lange mit Fragen, bis ich ihm alles erzähle. Hundertpro.

Mit jeder Minute, die verstreicht, werde ich unsicherer. Will ich wirklich blind in eine Falle laufen?

Habe ich eine andere Wahl?

Als ob. Entweder ich spiele nach den Regeln, oder ich mache alles kaputt. Das riskiere ich nicht. Ich will wenigstens dieses eine Mal etwas richtig machen, völlig egal wie hoch der Preis ist.

Um kurz nach zwölf stehe ich auf, verstaue ein Taschenmesser und mein Handy in der Hose. Das Messer ist für alle Fälle. Ich habe eine Kapuzenjacke in meinem Zimmer gebunkert, ziehe sie an, um keinen Krach auf dem Gang zu machen. So leise wie möglich schiebe ich die Tür auf und schleiche mich raus. Nur das Brummen des Kühlschranks durchbricht die Stille der Wohnung. Langsam ziehe ich meine Zimmertür wieder zu, bleibe vor dem Schlafzimmer meiner Mutter stehen, lege den Kopf an die Tür und horche.

Nichts. Ich beuge mich nach unten und sehe durch das Schlüsselloch. Dunkelheit. Zum Glück liest sie nicht mehr. Ganz vorsichtig gehe ich weiter, nur kein unnötiges Geräusch verursachen, am besten überhaupt kein Geräusch machen.

In der Küche krame ich einen Zettel aus der Hosentasche und lege ihn auf den Tisch. Auf den Platz meiner Mutter, damit sie ihn sieht, wenn sie morgen aufwacht und sich fragt, wo ich bin. Wenn alles gut geht, bin ich bis dahin längst wieder zurück.

ICH BIN AUF DER SUCHE NACH VIVIEN.
HABE EINE SPUR. ERZÄHLE ES DIR MORGEN.
VERSPROCHEN. NORA

An der Garderobe nehme ich meine Schuhe in die Hand. So leise wie möglich stecke ich den Schlüssel von außen ins Schloss, damit ich die Wohnungstür lautlos hinter mir zuziehen kann.

Auf dem Flur bleibe ich noch einen Moment stehen, horche, aber alles bleibt ruhig. Wie es aussieht, schläft meine Mutter tief und fest. Trotzdem gehe ich auf Socken die Steintreppe nach unten, und erst auf der Straße schlüpfe ich in die Turnschuhe.

Ein kalter Wind bläst mir entgegen, ich mache die Kapuzenjacke zu, hätte lieber meinen Mantel an. Aber wenn der heute Nacht nicht an der Garderobe hängt, merkt meine Mutter sofort, dass etwas nicht stimmt. Das kann ich nicht riskieren.

Im Gehen schalte ich das Handy auf lautlos, taste nach dem Messer und dem Brief, und bevor ich es mir in letzter Sekunde anders überlege, renne ich los. Hinein in die Dunkelheit, in der nur alle paar Meter das Licht einer Straßenlaterne flackert. Renne vorbei an den Häusern, deren schwarze Fenster auf mich hinunterstarren und komme mir vor wie der letzte lebende Mensch in einer verlassenen Stadt. Meine Schritte hallen durch die Nacht, vermischen sich mit dem leisen Motorbrummen, das von der vierspurigen Straße bis zu mir rüberdringt.

RUFE DEINEN NAMEN IN DIE NACHT HINEIN

Vor dem Park bleibe ich stehen, die Hände auf die Knie gestützt. Bei jedem Einatmen sticht meine Seite. Die Laternen auf den Wegen sind alle aus. Moment. Das ist doch kein Zufall! Hundertpro wusste das, wer auch immer mir diesen Brief geschrieben hat.

Ich richte mich wieder auf und gehe ein paar Schritte in den Park, bis die Dunkelheit mich verschluckt. Zum Glück ist meine Kapuzenjacke schwarz. Tarnfarbe. Der Spielplatz ist auf der anderen Seite, noch könnte ich umdrehen oder jemandem Bescheid geben. Adrian vielleicht. Nein, das wäre Verrat!

Ich laufe weiter, will nicht daran denken. Leise, muss aufpassen, auf Schritte achten, vielleicht ist jemand hier und beobachtet mich. Außer dem fernen Motorbrummen von der großen Straße ist nichts zu hören. Toll. In der Dunkelheit sieht jeder Busch wie ein am Boden kauernder Mensch aus. Hat sich dort hinten jemand bewegt? Ich stoppe. Das war der Wind, oder?

Der Wind in den Zweigen.

Mein Nacken kribbelt, ich taste nach dem Taschenmesser. Das Metall liegt kühl in meiner Hand. Ich bin nicht wehrlos. Sicher. Als ob ich echt in der Lage wäre, jemandem ein Messer in den Bauch zu rammen. Ich bin vielleicht ein Freak oder Psycho, aber so durchgeknallt bin ich nicht. Dafür habe ich zu wenig James in mir. Wenn er so feige wie ich gewesen wäre, wäre in der Serie alles schon viel früher explodiert.

Ich will den miesen Arsch finden, der uns die Briefe geschrieben hat.

Ich auch, Janus, ich auch.

Wahrscheinlich ein kleiner Idiot, der nie den Mut aufgebracht hat, Vivien anzusprechen und jetzt euch die Schuld an ihrem Verschwinden gibt. So einer ist unberechenbar.

Warum gehen Cedric und die anderen davon aus, dass es ein liebeskranker Typ ist? Wenn wir schon anfangen, jeden zu verdächtigen, könnte es genauso gut die Tusse sein, die das Foto mit Janus und ihrer Freundin hochgeladen und Vivien getaggt hat.

You are out of the picture, sweetheart!

Der Satz ist ja wohl richtig creepy. Vor allem nachdem Vivien ein paar Tage später wirklich verschwunden ist. Ohne jede Spur.

Das ergibt keinen Sinn! Ich trete mit dem Fuß ins Gras. Wer bestellt mich mitten in der Nacht hierher? Wenn es doch Janus ist? Ich reibe mir übers Gesicht, muss auf einmal lachen. Es hilft nicht gegen die Anspannung.

Komm schon, Nora. Janus wäre dein geringstes Problem.

Obwohl, wenn er wirklich die ganzen Briefe geschrieben hat, dann ist er ein Psycho. Ein Kribbeln läuft über meinen Rücken und die Arme hinunter. Ich presse sie an den Körper, versuche, das Gefühl wieder loszuwerden. Nein. Janus ist es nicht, genauso wenig wie Elise.

Wer dann?

Hat Vivien andere Freunde, von denen niemand etwas weiß? Eine Art geheimer Zirkel, der sich heimlich im Keller oder auf dem Dachboden der Schule trifft? Haha, als ob. Wobei, wenn es so etwas gäbe, wären sie ganz sicher scharf darauf, Vivien aufzunehmen. Sie *ist* das coolste Mädchen der Schule. Vielleicht hat sie sich mit deren Hilfe irgendwo versteckt? Vielleicht weiß sie nichts von den anderen Briefen, und jetzt will sie mich treffen, hat ihre neuen Freunde hergeschickt, damit sie mich zu ihr bringen? Das ist total verrückt, aber ich will daran glauben. Ich will alles glauben, solange ich Vivien wiedersehe. Ganz weit hinten in meinen Gedanken flüstert eine Stimme auf mich ein.

Wenn es doch eine Falle ist?, raunt sie mir zu.

Ich schüttle den Kopf und renne los, ignoriere das Seitenstechen, das mit jedem Schritt heftiger wird. Ich will wissen, was hier los ist, ganz egal, was passiert. Will alles sein, nur nicht feige.

Kurz vor dem Spielplatz ziehe ich den Brief aus der Tasche, zerre ihn aus dem Umschlag und halte ihn hoch. Wie eine Friedensflagge. Na ja, eher wie ein Kapitulationsangebot. Ich liefere mich aus. Im Austausch gegen die Wahrheit. Ich bin bereit, den Preis zu zahlen.

Mein Herz hämmert wie verrückt, aber nicht wegen dem Sprint.

Der Brief kann nicht von Vivien sein.

Warum denke ich das jetzt? Ich bleibe stehen, scanne die Umgebung. Was bringt mir die Wahrheit, wenn sie Vivien nicht zurückholt?

Meine Augen haben sich an die Dunkelheit gewöhnt, und ich kann wenigstens grobe Schemen ausmachen, obwohl am Himmel weder Mond noch Sterne zu sehen sind. Ich stehe vor den Büschen, die den Spielplatz umgeben. Links von mir streckt sich der Schatten eines riesigen Holzverschlags in die Höhe. Vier Röhrenrutschen schlängeln sich von ganz oben nach unten. Zwei davon in den Sandkasten. Auf der anderen Seite ist ein kleiner Hügel, durch den ein Betontunnel führt. Ich weiß das. Bin nicht zum ersten Mal hier. In der Mitte hängen Schaukeln, und dahinter hebt sich ein Kletternetz von der Dunkelheit ab. Kein Mensch ist hier. Wer immer mich treffen will, wird kaum in den Betontunnel gekrochen sein oder oben im überdachten Spielturm der Rutsche warten. Aber die Bänke sind alle leer, und es ist vollkommen still. Zu still.

Ich weiche einen Schritt zurück, sehe kurz auf das Handy.

0:58

Hätte Vivien gewollt, dass ich alles für sie riskiere, nur um die Wahrheit zu erfahren?

Ich schüttle den Kopf, will die bescheuerte Frage wieder loswerden, kann es nicht.

Was bringt das, wenn es vielleicht zu spät für sie ist?

Es ist nicht zu spät. Verdammt! Wie kann ich so etwas denken? Ganz egal was ist, ich bin es ihr schuldig, ich muss wissen, was passiert ist. Wenigstens das!

In den Büschen neben mir knackt ein Zweig. Das Knacken dröhnt wie ein Donnerschlag durch die Stille der Nacht. Ich schreie auf, springe zur Seite und reiße die Arme hoch. Blaues Licht leuchtet zwischen den Blättern hindurch, blendet mich. Auf dem Brief blitzen helle Linien auf.

Was ist das? Eine Geheimschrift? Ich …

Der Schemen einer Person löst sich aus den Büschen und springt genau auf mich zu. Dort, wo ein Gesicht sein sollte, ist nur Schwärze. Ich versuche, in meine Hosentasche zu fassen, an das Messer zu kommen und mache einen Satz nach hinten. Zu spät. Zwei kräftige Arme packen mich, wirbeln mich herum und pressen mich mit dem Rücken gegen einen Körper. Das Licht ist weg, der Brief auch.

»Lass mich los!«, schreie ich und trete mit voller Wucht gegen das Schienbein meines Angreifers.

Weder der Tritt noch mein Geschrei zeigen irgendeine Wirkung. Ein Arm, hart wie Stahl, drückt meine Schultern gegen den fremden Brustkorb. Ich bekomme fast keine Luft mehr.

»Halt still!«, zischt es neben meinem Ohr.

Das Zischen verschluckt jeden Ton. Trotzdem. Ich muss die Stimme kennen. Es muss jemand von unserer Schule sein. Aber es ist keiner der Schüler, er ist viel zu kräftig, zu groß. Das ist ein erwachsener Mann. Definitiv.

Still halten, ja klar. Wenn ich das tue, ersticke ich. Ich kralle mich in den Arm, versuche, ihn von meinem Hals wegzuzerren. Keine Chance. Ich muss mich erinnern. Schnell! Mit welchen

Erwachsenen hat Vivien zu tun? Oliver aus dem Plattenladen? Niemals. Dieser Typ hier ist ein Muskelpaket. Ist das *Blackcat*? Der Proll von Elises Wall?

Danke, dass du meine BFF @viv_tree so heldenhaft aufgeheitert hast!

Nicht echt, oder? Ich muss hier weg. Das Messer! Ich taste nach meiner Hosentasche. Scheiße, er hält meine Arme fest und drückt sie gegen meinen Körper. Das ist das Ende. Ich spanne alle Muskeln an, aber es hilft nicht. Ich kann mich keinen Millimeter bewegen. An den fremden Körper gepresst, spüre ich seine Wärme. Ich will das nicht! Das ist viel zu nah! Sein Atem streift über meine Haare. Mir wird schlecht. Warum war ich so langsam? Ich hätte das Messer von Anfang an in der Hand halten sollen! Ich bin ein Idiot!

Neben uns scheppert Metall, der Kerl fährt herum, reißt mich mit sich, ich stolpere über meine Füße, aber das macht nichts, er presst mich immer noch so fest an sich, ich kann nicht fallen. Ich brauche einen Moment, um es zu kapieren. Die Röhrenrutsche, jemand benutzt sie. Aber außer uns sollte niemand hier sein. Ich habe keinem von dem Treffen erzählt.

»Verräterin!«, raunt der Fremde in mein Ohr.

Ich erstarre.

»Vivien ...«, flüstere ich, kann nicht ankämpfen gegen die Tränen. Ich habe alles versaut. Es ... es tut mir leid.

»Jetzt hast du Vivien für immer verloren!«

Die Worte hallen in meinen Ohren, und obwohl er sie leise spricht, werden sie zu einem Schrei, der mir ins Herz fährt, es zerreißt. Die Stimme ... der Tonfall ... warum kommt mir das so bekannt vor?

»Nein!«, brülle ich, aber es ist zu spät.

Auf einmal sind die Arme des Fremden weg, ein Stoß im Rücken presst den letzten Rest Luft aus meinen Lungen. Ich stürze, reiße die Arme nach vorn, bleibe an einem Brett hängen und knalle auf den Boden. Sand spritzt mir ins Gesicht, zwischen die Zähne und in die Nase, ich muss husten. Meine Knie pochen.

»Nora!« Jemand lässt sich neben mir auf den Boden fallen, berührt mich an der Schulter.

Ich drehe den Kopf, erkenne trotz der Dunkelheit die Brille und die Wollmütze. Adrian?

Hinter ihm sehe ich, wie jemand Zweites den Typen am Arm packt und versucht, ihn aufzuhalten. Wer immer das ist, hat nicht den Hauch einer Chance. Der Typ fährt herum, nutzt den Schwung und donnert eine Faust in das Gesicht seines Angreifers. Wie in Zeitlupe sackt die zweite Person auf die Knie. Ist sie bewusstlos? Dem Kerl ist das egal, er dreht sich um und rennt weg. Ich hätte gern das Gesicht gesehen, aber es war von einer schwarzen Sturmhaube verdeckt. Eine Sekunde später ist er zwischen den Büschen verschwunden. Zwei Schatten lösen sich aus der Betonröhre, die durch den Hügel führt, und folgen ihm. Wer ist das?

Ich will aufstehen, will wissen, wer versucht hat, den Angreifer aufzuhalten.

Adrian fasst nach meinem Arm, und ich zucke zusammen, bin für einen kurzen Augenblick wieder gegen den Körper des Fremden gepresst.

»Bist du verletzt?«, fragt er, und die Sorge in seiner Stimme bringt etwas in mir aus dem Gleichgewicht.

Ein Schwall von Gefühlen stürzt auf mich ein, reißt mich mit, ich kann nicht anders, muss schreien, sonst ersticke ich. In meinem Kopf läuft nur noch dieser eine Satz auf Repeat:

Jetzt hast du Vivien für immer verloren.

Ist sie bei ihm? Tut er ihr etwas an? Es war die einzige Chance, die ich hatte. Und Adrian hat sie kaputtgemacht.

»Hast du sie noch alle?«, brülle ich ihm meine Wut entgegen, halte es nicht mehr aus und reiße mich von ihm los, ertrage die

Berührung nicht. »Was machst du hier? Woher wusstest du, dass ich mich mit ihm treffen werde?«

Er weicht meinem Blick aus, und in dem Moment wird es mir klar. Die Tasche. Er hat in meiner Tasche gewühlt! Das ist nicht wahr, bitte, das darf nicht wahr sein.

»Ich habe dir vertraut, und du durchwühlst meine Sachen? Das ist … das … ich glaub's nicht!« Ich laufe zu der Person, die noch immer auf dem Boden kauert und sich das Gesicht hält, kann keine Sekunde länger in Adrians Nähe bleiben.

Wenn er auch nur einen Schritt auf mich zu macht, knalle ich ihm eine.

Elise? Ihre weißen Haare schimmern unter einer dunklen Mütze hervor. Was macht sie hier? Ich gehe neben ihr in die Hocke. Stopp. Jetzt kapiere ich es. Es war ein Trick. Sie hat mich aus dem PC-Raum gelockt, damit Adrian in meine Tasche schauen kann. Von wegen, sie und Janus wollen mit mir zusammenarbeiten. Die Wut, die ich eben noch herausgebrüllt habe, ist wieder da, brennt wie Feuer in mir. Ich öffne den Mund.

Scheiße. Elise blutet wie verrückt aus der Nase. Hat der Kerl ihr was gebrochen? Ich nehme ihr die Taschentuchpackung aus der Hand, ziehe drei Tücher auf einmal heraus und drücke sie ihr ins Gesicht.

»Warum hast du dich eingemischt?«, fahre ich sie an.

»Hätten wir dich etwa mit diesem Verrückten allein lassen sollen?«

Ich kann sie durch die Taschentücher kaum verstehen.

»Nora, hör zu.« Adrian geht neben mir in die Hocke.

Ich balle die Hände zu Fäusten und es kostet mich meine ganze Willenskraft, ihm nicht ins Gesicht zu schlagen.

»Wir haben alle gesehen, wie du den Brief unter deiner Bank hervorgezogen hast. Aber du hast dich geweigert, mit uns zu reden. Was hätte ich denn machen sollen?«, fährt er fort.

»Dich nicht einmischen? Ich werde schon einen Grund gehabt haben, warum ich ihn euch nicht gezeigt habe. Ihr habt alles kaputtgemacht! Der Typ ist weg. Er hat gedroht, dass wir Vivien jetzt für immer verloren haben.«

»Ach ja? Glaubst du wirklich, dass der Kerl dir irgendetwas erzählt hätte? Es sah alles andere als freundlich aus, so wie der dich gepackt hat! Was hättest du denn gemacht, wenn wir nicht aufgetaucht wären?«, schreit Adrian zurück.

»Ich war vorbereitet!«, knalle ich ihm entgegen, fasse kurz nach meiner Hosentasche, kann das Messer fühlen.

»Vorbereitet, worauf? Von ihm entführt zu werden?«

Warum brüllt Adrian mich an, als hätte er alles Recht dazu? Entführt, sicher. Besser, als nichts zu wissen, ist es auf alle Fälle.

»Du hast doch keine Ahnung!«, gebe ich zurück.

Ich hebe die Arme, will ihn wegschubsen, reiße mich in letzter Sekunde zurück und springe auf, ramme den Fuß in den Boden.

Sand spritzt in die Dunkelheit.

»Jetzt kriegt euch bitte wieder ein.« Elises Stimme zittert.

Ich schiele zu ihr. Sie wirft die vollgebluteten Taschentücher vor ihre Füße und drückt sich zwei neue gegen die Nase. Es blutet immer noch wie blöd. Kann man an einer gebrochenen Nase verbluten? Muss sie zum Arzt?

Neben uns rascheln Blätter, und zwei dunkle Schemen lösen sich aus den Büschen. Beide völlig außer Atem.

»Wir sind ihm gefolgt«, stößt der eine hervor.

»Janus?« Ich gehe auf sie zu, bis ich Janus' Gesichtszüge erkennen kann. Und Cedrics dunkle Locken, die unter der Baseballcap hervorquellen. »Cedric? Was macht ihr hier?«

»Was wohl?« Janus schnaubt. »Er ist abgehauen, in einem blauen Peugeot. Die Sturmhaube noch auf dem Kopf.«

»Aber wir haben das Nummernschild gesehen«, ergänzt Cedric.

Ein blauer Peugeot? Die Stimme, jetzt weiß ich, warum sie mir bekannt vorkam. Es ist, als hätte jemand ein Tuch weggezogen, und auf einmal habe ich das Bild deutlich vor Augen. Nein, das ist nicht wahr.

»Cedric, du kümmerst dich um Elise. Ruf einen Krankenwagen und die Polizei. Gib ihnen das Kennzeichen durch, und sag ihnen, dass sie zu Sebastian Hachenbach fahren sollen«, stoße ich hervor, muss mich irren, sehe von Janus zu Adrian. »Wenn ihr es wiedergutmachen wollt, dann kommt. Ich weiß, wo er wohnt!«

Ich renne los, warte ihre Antwort nicht ab. Wir dürfen keine Sekunde verlieren.

»Spinnst du?«, ruft Adrian, aber er läuft mir hinterher. »Wieso auf einmal der Hachenbach?«

»Schon vergessen?«, stoße ich hervor. »Er fährt einen blauen Peugeot und ist an unserer Schule.«

»Das ist doch Schwachsinn!« Janus hat zu uns aufgeholt. »Wenn er wirklich was mit Viviens Verschwinden zu tun hat, sollten wir ihn der Polizei überlassen …«

»Ach ja? Was ist, wenn es bis dahin zu spät ist? Er hat mir gedroht, okay? Er hat gesagt, dass ich Vivien für immer verloren habe. Was ist, wenn er ihr etwas antut?« Ich ziehe das Tempo an. »Aber du kannst auch gern hierbleiben, wenn du Schiss hast!«

»Ich habe keinen Schiss!«, fährt Janus mich an. »Wie kommst du überhaupt darauf, dass sie bei ihm ist?«

Ich weiß es nicht. Ich weiß nichts mehr. Aber es wäre möglich, oder? Und falls sie bei ihm ist und er ihr etwas antut oder sie für immer verschwinden lässt, nur weil Adrian und Elise aufgekreuzt sind, würde ich mir das nie verzeihen. Das ist alles. Aber das kann ich Janus so nicht sagen, das überzeugt ihn niemals. Wie war das mit der *ach so großen* Liebe? Das soll ich ihm noch glauben, wenn er noch nicht einmal den Mut hat, alles für Vivien zu riskieren?

»Es ist nur ein Gefühl«, presse ich hervor, es kostet mich zu viel Kraft, rennen und reden gleichzeitig. »Aber was machst du, wenn ich recht habe und die Polizei nichts unternimmt, weil ihnen die Beweise nicht ausreichen und er ihnen was vorspielt und Vivien einfach verschwinden lässt?«

»Das ist doch total psycho!«, wirft Janus ein, aber er läuft weiter.

Ich habe keine Ahnung, was er denkt, nur wenn er wirklich so viel Schiss hätte, wäre er längst stehen geblieben. Er kommt mit und Adrian auch.

ICH. NICHT DU.

»Woher weißt du überhaupt, wo der Hachenbach wohnt?«, fragt Adrian.

Ich zucke mit den Schultern. »Vivien und ich sind mal hier in der Gegend gewesen und haben sein Motorrad gesehen.«

»Aha. Und was ist, wenn er nur jemanden besucht hat?«

Besucht, klar. Für wie dämlich hält Adrian mich?

»Du kannst ja auf das Klingelschild schauen, wenn du mir nicht glaubst.«

Meine Lunge brennt, meine Beine werden immer langsamer, ich kann nicht mehr, breche jeden Moment zusammen. Darf nicht mehr reden, muss meine Kraft aufsparen.

Das Auto steht in der Einfahrt. Im Vorbeigehen berühre ich die Motorhaube. Sie ist warm. Adrian und Janus fassen auch dran, und wir sehen uns an. Ich glaube, keiner von uns will es wahrhaben, aber wie es aussieht, war der Typ im Park echt Sebastian. Toll. Ich habe ihm vertraut, habe mich bei ihm ausgeheult, während er so getan hat, als würde er sich Sorgen machen. Dabei hat er die ganze Zeit gewusst, was Sache ist. Ich fasse es nicht! Janus holt Luft, aber ich drehe mich weg, will jetzt nicht sprechen. Entweder er kommt mit, oder er lässt es. Ist mir egal.

Ich laufe in den Garten, muss einen Weg ins Haus finden. Ich muss wissen, ob Vivien hier ist!

Alle Fenster sind dunkel, wenn die Motorhaube nicht warm wäre, wäre ich überzeugt davon, dass Sebastian schlafend im Bett liegt und wir uns geirrt haben. Aber wir haben uns nicht geirrt.

Was ist das? In einem Zimmer auf der Rückseite des Hauses brennt eine Lampe. Ich kauere mich neben einen Busch und scanne den Raum. Sofa, Fernseher, Sessel, in der Ecke ein kleiner Tisch mit einem Stuhl davor. Das Licht der Tischlampe strahlt auf die Platte und wird nach wenigen Metern von den Schatten geschluckt. Niemand ist im Zimmer, warum ist sie an?

»Gib mir deine Jacke«, sage ich zu Adrian, der neben mir in Deckung geht.

Janus ist hinter ihm, aber er achtet nicht auf uns, starrt völlig abwesend das Haus an. Ich wüsste gern, was in seinem Kopf vorgeht.

»Ist dir kalt?«, fragt Adrian.

Klar. Mir ist kalt. Trotz meiner Kapuzenjacke. Ganz bestimmt.

»Bitte.« Ich sehe ihm ins Gesicht, kann in der Dunkelheit den Ausdruck nicht erkennen, muss mich auf den Klang seiner Stimme verlassen, die sich fast so anhört, als würde er sich Sorgen machen.

Er sagt nichts mehr, zieht langsam die Jacke aus und legt sie mir über die Schultern. Warum lässt er die Hände da? Ich spüre den Druck, mein Bauch zieht sich zusammen, und Tränen steigen mir in die Augen. Mann! Ich wische mir übers Gesicht. Was würde er machen, wenn ich mich an ihn lehnen würde? Mich halten oder wegstoßen?

Warum frage ich mich das?

Ich will nicht gehalten werden. Adrian nimmt die Hände weg, und auf einmal ist mir wirklich kalt.

»Was hast du vor?«, fragt Janus, den Blick immer noch auf das Haus gerichtet.

»Reingehen«, murmle ich und stehe auf. »Was sonst?«

Wir haben lange genug gewartet, es sieht nicht so aus, als würde Sebastian in das Zimmer kommen, vielleicht hat er einfach vergessen die Lampe auszumachen? Vielleicht brennt sie schon, seit er aufgebrochen ist, um mich im Park zu überfallen?

Ich umwickle Hand und Unterarm mit Adrians Jacke und ziehe das Taschenmesser aus der Hose, habe keine Ahnung, ob das funktioniert. Vor der Terrassentür holt Adrian mich ein.

»Nora?« Er versucht, mich festzuhalten, aber ich ducke mich weg. »Was hast du vor?«

Seine Stimme klingt angespannt, ich ignoriere es. Was ich vorhabe? Kann er das nicht sehen? Ohne zu antworten, stoße ich das geschlossene Taschenmesser mit der umwickelten Hand in das Glas, neben dem Griff der Terrassentür, stelle mir vor, wie es auf der anderen Seite wieder rauskommt. Ein Klirren, gefolgt vom Geräusch des reißenden Stoffs. Sorry, Adrian.

»Stopp!« Er greift nach meinem Arm, aber ich blocke ihn mit meinem Körper ab, und er bekommt den Arm nicht zu fassen.

Ich muss dreimal zustoßen, bis das Loch groß genug ist. Es kommt mir unglaublich laut vor. Hoffentlich bilde ich mir das nur ein, hoffentlich hallt es nicht durchs ganze Haus. Mit angehaltenem Atem horche ich in die Stille. Adrian packt mich an den Schultern und zerrt mich von der Tür weg, sein Gesicht ist genau vor meinem, trotzdem nehme ich ihn nur wie durch eine dicke Glaswand wahr.

»Bist du wahnsinnig geworden?«, zischt er mir zu. »Da hättest du auch gleich klingeln können, das hätte ungefähr den gleichen Effekt gehabt!«

»Ach komm, so laut war es nicht«, raunt Janus. Er greift durch das Loch und schiebt den Griff hoch. »Wenn wir Glück haben, dann ist der Hachenbach weit genug weg und hat nichts gehört.«

»Weit genug? Du meinst so ungefähr auf dem Mars?«, fährt Adrian ihn an.

Ich sehe, wie Janus den Raum betritt, will ihm folgen, aber Adrian hält mich fest.

»Ich gehe zuerst, und du bleibst hinter uns. Verstanden? Wenn der Hachenbach auftaucht, rennst du raus.«

Hallo? Als ob! Dann hätte ich auch gleich im Park bleiben können. Die Scherben knirschen und knacken unter unseren Schuhsohlen, obwohl wir uns bemühen, keine unnötigen Geräusche mehr zu machen. Selbst mein Atem kommt mir viel zu laut vor. Aber alles bleibt ruhig. Wenn Sebastian mitbekommen hätte, dass wir die Tür aufgebrochen haben, wäre er längst hier. Ist er überhaupt zu Hause? Vielleicht hat er ja auf das Motorrad gewechselt? Vielleicht versteckt er Vivien woanders?

»Und jetzt?«, flüstert Janus. Er dreht sich zu uns um. »Sollen wir das ganze Haus durchsuchen?«

»Ich glaube immer noch nicht, dass sie bei ihm ist. Warum haben wir das hier nicht der Polizei überlassen?« Adrian sieht mich an. »Das ist nicht nur Hausfriedensbruch, sondern Einbruch, Leute!«

»Schwachsinn!«, fauche ich. »Wir hätten nicht warten können, wir …«

Was liegt da auf dem Tisch? Noch ein Brief? Ich gehe auf die einzige Lichtquelle im Raum zu und beuge mich über das Papier. Meine Brust zieht sich zusammen, und ich kann fast nicht mehr atmen. Meine Hände sind total schwitzig. Mann, ich muss mich wieder einkriegen, wir sollten weitergehen, Vivien suchen, Sebastian konfrontieren, egal. Alles, nur nicht noch länger hier herumstehen! Jede Sekunde zählt, ich spüre es. Ich will mich wegdrehen, aber mein Blick bleibt an der ersten Zeile hängen, und ich erstarre.

Hallo Janus,

vielleicht wunderst du dich, warum ich ausgerechnet dir schreibe.
Ich mache es kurz.
Du hattest von Anfang an recht, ich war diejenige, die euch die Briefe hinterlegt hat. Ich war so wütend auf dich und auf Elise, weil ganz allein ihr an Viviens Verschwinden schuld seid.

Hätte sie nur auf mich gehört ...
Ich stehe zu dem, was ich euch in den Briefen vorgeworfen habe. Einzig Adrian hätte ich raushalten sollen. Er musste ihr die Wahrheit sagen, alles andere wäre falsch gewesen.
Trotzdem mache ich mir selbst die größten Vorwürfe. Ich war Viviens beste Freundin. Hätte ich nicht wegen einem Idioten wie dir mit ihr gestritten, wäre sie ganz sicher niemals in den verdammten Fluss gesprungen.
Wenn du diesen Brief bekommst, haben sie mich vielleicht schon aus dem Wasser gefischt. Oder ich bin abgetrieben und verschwunden. Genau wie Vivien. Im Tod vereint, das wäre ein gutes Ende. Ich hoffe, sie verzeiht mir. Drüben, auf der anderen Seite.
Tu mir einen Gefallen. Sag meiner Mutter, dass es mir leidtut. Ich habe es versucht, aber ich kann nicht mit der Schuld weiterleben. Wenn ich nicht so verdammt stolz gewesen wäre, könnte Vivien noch leben.

Neben dem Papier liegt ein Stift. Der Brief ist nicht unterschrieben, aber ich weiß, wessen Name dort stehen soll.

Von weit weg höre ich jemanden etwas sagen, eine Hand fasst nach meiner Schulter. Ich reagiere nicht. Alles, was ich sehe, ist dieser Brief. Die Worte tanzen vor meinen Augen, ich muss mich am Tisch abstützen, meine Beine fangen an zu zittern. Nein, ich, ich zittere. Am ganzen Körper.

Vivien ... sie ist tot?

»Scheiße.« Janus steht neben mir.

Ich kralle meine Finger in die Tischplatte.

Was meint er? Den Brief? Die Aussage? Jemand zieht an meinem Arm, aber ich bewege mich nicht, darf den Tisch nicht loslassen, sonst falle ich.

Vivien ...

»Wir müssen sofort raus hier!« Adrians Stimme ist ganz nah an meinem Ohr. »Das hier ist total psycho. Bitte, Nora, lass uns verschwinden!«

Ich kann nicht.

Janus packt meinen Arm. »Adi hat recht. Lass uns draußen auf die Polizei warten.«

Er streckt die Hand nach dem Brief aus und steckt ihn in die Tasche.

»Vivien«, flüstere ich. »Was ist, wenn sie hier ist?«

»Dann wird die Polizei sich darum kümmern.« Adrian fasst meinen anderen Arm und geht einen Schritt nach hinten.

Sie halten mich zwischen sich. Wie eine Gefangene. Ich schaue auf, kann die Panik in ihren Gesichtern sehen.

Nein. Ich kann nicht gehen, ich muss wissen, ob Vivien hier ist. Der ganze Brief ist eine Lüge, sie lebt. Ich muss …

Im Flur knallt eine schwere Tür zu, und im nächsten Augenblick fliegt die Tür zu dem Zimmer auf, in dem wir stehen. Ein Schemen nimmt den kompletten Rahmen ein.

Sebastian Hachenbach.

Ich weiß es, auch ohne das Gesicht zu sehen, das im Dunkeln bleibt, weil das Licht der kleinen Lampe nicht bis zur Tür reicht. Ist das eine Pistole in seiner Hand? Ich weiche einen Schritt zurück, stoße gegen die Wand. Adrian schiebt sich vor mich. Was will er? Den Helden spielen?

»Du hast deine neuen Freunde mitgebracht.« In Sebastians Stimme ist keine Spur von Freundlichkeit oder Vertrautheit mehr.

Sie klingt wie die Stimme eines Fremden. Falsch. Ein Fremder würde mich nicht hassen. Jedes seiner Worte trieft vor Verachtung, genau wie die Briefe. Ich kann den Blick nicht mehr von der Pistole lösen. Sie ist nicht echt, er blufft. Oder? Wir sind nicht in Amerika, wo jeder Idiot sich eine Schusswaffe kaufen kann.

»Nora, Nora, Nora …«, fährt er fort. Kann er damit aufhören, meinen Namen zu wiederholen und dabei zu klingen, als würde er von einer tödlichen Krankheit reden? »Das verkompliziert alles.«

Der Lauf der Pistole zeigt auf Adrian, der immer noch vor mir steht.

»Lässt du die beiden gehen, wenn ich das hier unterschreibe?« Ich deute auf den Tisch, dorthin, wo bis eben noch der Brief lag, obwohl es schwachsinnig ist.

Er kann keinen von uns gehen lassen. Wenn ich morgen im Fluss treibe, ist er dran.

Er lacht und kommt einen Schritt auf uns zu. »Dafür ist es ein bisschen spät. Glaubst du nicht?«

War da ein Zittern in seiner Stimme?

»Wo ist Vivien?«, frage ich.

»An einem Ort, an dem du sie nicht mehr erreichen kannst. Keiner von euch!«

»Ist sie tot?«, stößt Janus hervor.

Sein Gesicht ist angespannt, er hat die Hände zu Fäusten geballt. Ich stehe so nahe bei ihm, ich kann spüren, wie er zittert.

Hat er das erst jetzt kapiert? Hat er nie darüber nachgedacht, was es bedeuten könnte, als Viviens Hut und ihre Sonnenbrille ans Flussufer getrieben wurden? Statt zu antworten, sieht Sebastian Janus nur an, die Augen zu Schlitzen verengt.

»Egal, was du mit Nora vorhattest, du bist geliefert«, sagt Adrian in die Stille hinein, die jeden Moment explodieren wird. »Wir haben die Polizei verständigt, und sie wird gleich hier sein.«

Ist er verrückt? Das kann er doch nicht sagen, hat er nicht gesehen, wie Sebastian Janus gerade angeschaut hat? Wenn wir ihn in die Enge treiben, dreht er komplett durch. Hundertpro!

»Wenn das so ist«, murmelt Sebastian und lässt seinen Blick über uns schweifen, mein Magen zieht sich zusammen, nur mit Mühe schaffe ich es, nicht zu blinzeln.

Ich kann nicht einen Funken Wärme mehr in diesen Augen erkennen, und zum ersten Mal in meinem ganzen Leben habe ich Angst vor ihm. Killerblick. Erst jetzt verstehe ich, was alle damit gemeint haben.

»Dann habe ich ja nichts mehr zu verlieren«, beendet er seinen Gedankengang.

Die Pistole klickt. Der Lauf zeigt immer noch auf Adrian.

»Nein!«, brülle ich und schubse Adrian zur Seite, stürze nach vorn, auf Sebastian zu.

Das Messer halte ich noch in der Hand. Eingeklappt, nutzlos. Egal, ich hole aus, ziele auf Sebastians Kopf. Adrian darf nichts passieren, er sollte überhaupt nicht hier sein, ich hätte die Tasche niemals im PC-Raum liegen lassen dürfen. Es ist meine Schuld. Alles.

Ein lauter Knall hallt durch die Luft, und im nächsten Moment schleudert ein Stoß in der Seite mich nach hinten. Ich schreie, aber es hilft nichts gegen den Schmerz, der in jede Faser meines Körpers fährt. Meine Beine sacken unter mir weg, ich taumle, jede Bewegung jagt brennende Stiche durch meinen Körper, die Welt dreht sich. Meine Hand ist nass.

Blut. An meinen Fingern. Wo kommt das Blut her? Das Zimmer rast an mir vorbei, etwas kracht mir auf den Kopf. Warum kann ich die Lampe an der Decke sehen?

»Pass auf sie auf, Adi!« Ein Schatten springt über mich hinweg.

Hinter meinem Kopf knallt etwas auf den Boden.

»Nora?«

Ich blinzle. Adrian, sein Gesicht schwebt über mir. Er hat verdammt große Augen hinter den Brillengläsern. Seine Hände berühren meine Schultern, und sofort reißen die Schmerzen wieder an meiner Seite. Ich stöhne auf.

»Alles wird gut, hörst du? Bleib wach, bitte, schau mich an. Alles wird gut …« Er sagt es wieder und wieder.

Ist das eine Träne auf seiner Wange? Warum weint er? Ich hebe die Hand, langsam, beiße die Zähne zusammen. Jede Bewegung reißt mich ein Stück weiter auf. Ich streiche ihm übers Gesicht, lächle. Auf seiner Wange bleibt eine rote Spur zurück. Hat Sebastian ihn getroffen? Ich öffne den Mund, will Adrian fragen, aber sein Gesicht verzerrt sich, wird kleiner, und auf einmal ist alles schwarz.

Nicht! Bleib, lass mich nicht allein. Bitte.

ZWISCHEN WACHEN UND TRÄUMEN

Arme greifen nach mir, ich schwebe, nein, sie heben mich hoch, tragen mich. Jemand hält meine Hand. Ein Stich in meinem Arm. Langsam öffne ich die Augen, helles Licht blendet mich, ich blinzle. Wo bin ich?

»Alles wird gut«, murmelt eine Stimme in mein Ohr.

Die Worte wirbeln durch meinen Kopf und verlieren den Sinn.

Alles wird

gut alles

wird …

Adrian, sein Gesicht ist genau über mir. Warum sind seine Augen so rot? Wer ist die Frau in dem weißen Kittel? Mama? Die ganze Welt vibriert, irgendwo weit weg kreischt eine Sirene. Bei jedem Ruckeln durchfährt ein schneidender Schmerz meinen Körper. Es fühlt sich an, als wollte mir jemand den Bauch aufreißen. Ich beiße die Zähne zusammen. Adrian streicht mir über die Stirn, aber ich kann die Berührung kaum fühlen.

Warum spüre ich sie nicht?

»Nicht weinen«, flüstere ich und versuche zu lächeln.

Warum ist er so traurig? Ich suche in seinem Gesicht nach einer Antwort, aber ich bin zu müde. Kann die Augen nicht mehr offen halten, versuche, seine Hand zu drücken. Meine Finger sind taub.

Es ist wieder dunkel, ich treibe.

Irgendwo zwischen Wachen und Träumen.

NICHT OHNE DICH

Die Welt steht still. Unter mir ist eine weiche Unterlage und auf mir liegt eine Decke. Langsam strecke ich den Arm. Meine Seite brennt wie Hölle. Ich erstarre. Was ist passiert?

Ich öffne die Augen, will mich aufstützen, aber sobald ich die Muskeln anspanne, explodiert der Schmerz in meiner Seite.

»Au!«

»Nora!« Warum ist meine Mutter hier?

Sie drückt meine Schultern zurück auf das Kissen, streicht mir über den Kopf. »Mach langsam, Schatz. Sie haben dich gerade erst zusammengeflickt. Es …«

Ein Bild blitzt vor meinen Augen auf. Der Lauf der Pistole, das Klicken, der Schuss …

»Adrian! Hat Sebastian auf ihn geschossen?«

»Das hast du erfolgreich verhindert.«

Warum weint sie? Lügt sie mich an? Will sie mir nicht sagen, was wirklich passiert ist? So wie damals?

»Sag die Wahrheit!« Meine Stimme zittert.

Vor Wut. Und Angst.

Sag, dass ihm nichts passiert ist. Sag es. Bitte!

»Es geht ihm gut«, flüstert meine Mutter und greift nach meiner Hand. »Du hast die Kugel für ihn abgefangen. Wir haben uns solche Sorgen gemacht.«

»Wer?«

Sie hebt die Decke ein Stück an und zieht mein T-Shirt nach oben. Bis ich den Verband sehen kann, der um meinen Bauch gewickelt ist. Auf einmal spüre ich bei jedem Atemzug ein leises Pochen.

Ich sehe wieder Adrians Gesicht vor mir, die Spur aus Blut und Tränen auf seinen Wangen.

Es war mein Blut, die ganze Zeit.

Alles ist gut.

Ich lächle.

»Du musst ihm ganz schön viel bedeuten«, redet meine Mutter weiter. »Er ist total fertig. Er dachte, du würdest sterben. Wir alle haben das gedacht. Zum Glück war der Krankenwagen so schnell bei dir, und die Kugel hat keine lebenswichtigen Organe getroffen.«

Sterben …

Für einen kurzen Moment stehe ich wieder in dem halbdunklen Zimmer, hinter Adrian und Janus …

»Was ist mit Janus?«

Ist er nicht auf Sebastian losgegangen, als ich am Boden lag?

»Viviens Freund?«

Bitte? Ich starre meine Mutter an. Wie lange war ich weg?

»Ich weiß nicht genau, was passiert ist«, fährt sie fort. »Aber dieser Mensch hat wohl nur einmal geschossen, und die Polizei war kurze Zeit später vor Ort.«

»Haben sie Vivien gefunden? Hat er …«

Ich kann nicht weitersprechen. Mein ganzer Körper ist kalt, und mir ist schlecht.

»Es geht ihr den Umständen entsprechend gut. Dieser Kerl hatte sie wohl die ganze Zeit in seinem Keller eingesperrt. Mein Gott! Wenn ich mir das vorstelle! Nora, was hast du dir dabei gedacht?« Sie drückt meine Hand und sieht mich an. Mit großen, sorgenvollen Augen. »Du hättest niemals dort hingehen dürfen! Stell dir vor, deine Freunde wären nicht da gewesen. Was glaubst du, was alles hätte passieren können?«

Meine Freunde? Redet sie von Janus, Elise und Cedric? Was ist? Warum weint sie wieder?

»Mama?«

Bitte, hör auf.

Ich habe keine Ahnung, wo ich hinsehen soll, kralle die Finger meiner freien Hand in die Matratze des Krankenhausbetts und schaue auf den weißen Bezug.

»Ich habe deinen Brief gelesen«, murmelt sie.

Scheiße. Wie hat sie den so schnell gefunden?

»Nora?«

»Hmm?« Ich sehe sie nicht an, bringe es nicht fertig.

Sie drückt meine Hand. Ganz fest. Die Berührung ist das, was mich hält. Wenn sie nicht wäre, ich würde mich an einen anderen Ort denken. Jetzt. Sofort.

»Es ist nicht wahr«, flüstert sie.

»Was ist nicht wahr?«, frage ich und sehe auf.

In ihre roten Augen, zu den Tränen auf den Wangen und der zitternden Unterlippe.

»Ich habe nie eine andere Tochter gewollt«, sagt sie, und ihre Stimme klingt auf einmal total sicher.

Als gäbe es nicht den geringsten Zweifel.

»Ich wollte immer nur dich«, setzt sie nach. »Wenn ich gekonnt hätte, hätte ich dein Lächeln zurückgezaubert. Das unbeschwerte. Das, das noch an Wunder geglaubt hat. Aber ich war zu schwach … es tut mir so leid. Wirklich, ich habe selbst kaum gewusst, wie ich mich zusammenhalten soll, ich …«

»Du hast dein Bestes gegeben. Ich weiß das, okay? Außerdem …« Ich kann nicht weiterreden.

Schmerzen, ich tu besser so, als ob meine Seite auf einmal wieder höllisch wehtun würde. Alles, um dieses Gespräch zu beenden.

Das machen wir doch jetzt schon seit sechs Jahren, abbrechen, im letzten Moment. Aus Angst, jedes weitere Wort wird alles kaputtmachen, mich, sie und uns. Für immer.

»Außerdem?«, fragt sie.

Ganz leise. Aber sie fragt. Will sie echt reden? Nach all der Zeit? Ich sehe sie an. Sie nickt mir zu.

»Außerdem hättest du keine Chance gehabt. Egal was du getan hättest, ich wollte nicht lächeln. Nie wieder. Ich habe die ganze Welt gehasst.« Ich beiße auf das Zungenpiercing.

Das war zu viel, hundertpro. Ich habe uns kaputtgemacht, wieder mal. Meine Mutter betrachtet mein Gesicht. Mann, bitte, ich ertrage diesen Blick nicht. Gleich fängt sie wieder an zu weinen, ich spüre es. Und dann wird sie vor meinen Augen auseinanderfallen. Wie damals. Verdammt, wir hatten einen guten Grund, warum wir so lange geschwiegen haben. Habe ich echt geglaubt, es könnte anders werden? Besser?

Auf einmal streicht sie mir über Wange. Ich zucke zurück. Von der Seite jagt ein Schmerz durch meinen Körper bis in die Fingerspitzen hinein. Ich schaffe es gerade noch, die Zähne zusammenzubeißen, will nicht aufschreien, auf keinen Fall.

»Du hattest recht«, sagt sie, und ich kapiere nicht, was sie meint. »Papa hätte gewollt, dass ich wieder glücklich bin. Aber er hätte mindestens genauso sehr gewollt, dass du glücklich bist.«

»Vielleicht.«

Was soll das jetzt? Okay, ich habe mit meinem Vater angefangen, in diesem verdammten Brief, den sie nie hätte lesen sollen.

»Nora?«

»Hmm?«

»Die Idee mit dem Neuanfang ist gar nicht so schlecht. Aber weißt du was?« Sie drückt meine Finger.

Total fest. Ich sehe auf unsere Hände, meine Hand in ihrer, und schüttle den Kopf.

Nein, ich weiß nichts. Genau das ist das Problem. Oder ein Teil davon.

»Ich will keinen Neuanfang ohne dich, verstehst du? Du bist der einzige Mensch in meinem Leben, den ich niemals verlieren will.« Ihre Stimme zittert schon wieder.

Scheiße. Sie weint. Oder? Sie beugt sich ein Stück nach vorn, ich drehe den Kopf und sehe sie an. Sie weint nicht, sie lächelt. Warum hat ihre Stimme so gezittert?

»Was meinst du?«, flüstert sie. »Wenn ich irgendwann einen anderen Mann kennenlernen würde, glaubst du, du könntest ihm eine Chance geben?«

Ich denke an das Foto, aus dem ich sie herausgerissen habe, weil sie es weggeräumt hat. Nach all der Zeit. Als wäre mein Vater nicht mehr als eine verblasste Erinnerung. Mann! Jetzt muss ich auch gleich heulen.

Ich schlucke die Tränen hinunter und ziehe die Schultern hoch. Vorsichtig. Keine ruckartigen Bewegungen mehr.

»In dem Fall könnte ich wenigstens mal mit ihm reden, schätze ich«, presse ich heraus.

»Das wäre ein Anfang.« Jetzt laufen ihr doch Tränen über die Wangen, aber sie wirkt nicht traurig, ihre Augen leuchten, und das Lächeln ist nicht mehr klein und schief, es ist total breit.

Moment. Wir reden hier immer noch von einem hypothetischen Fall, der irgendwann einmal eintreten könnte. In ferner Zukunft. Nicht wahr?

PARALLELWELTEN

Meine Mutter ist vor einer Weile gegangen.

»Ich glaube, es gibt noch ein paar Leute, die darauf brennen, dich zu sehen«, war alles, was sie gesagt hat, bevor sie die Tür zugezogen hat.

Ein Lächeln auf den Lippen. Wann habe ich sie das letzte Mal so lächeln sehen?

Ich habe keine Ahnung, wie lange ich jetzt schon die schwarzen Löcher in den Platten an der Decke anstarre. Tausend Bilder wirbeln in meinem Kopf durcheinander, verschmelzen zu einer Masse, in der ich nichts mehr erkennen kann. Ab und an blitzt ein Gedanke auf, aber ich bin zu müde, kann nicht einen einzigen von ihnen greifen.

Ein Klopfen reißt mich aus meiner Trance, und noch bevor ich den Mund öffnen kann, fliegt die Tür auf.

»Nora!« Die Stimme hätte ich unter einer Million Stimmen herausgehört.

Mein Herz bleibt stehen, nein, nicht nur mein Herz, die ganze Welt.

»Viv«, flüstere ich.

In der Tür steht sie. Vivien. Ich glaube es nicht. Ohne den weißen Hut und die übergroße Sonnenbrille. Statt enger Jeans hat sie eine Jogginghose mit schwarz orangen Streifen an. Dazu passend einen schwarz-weißen Kapuzenpulli. Sie gibt mir keine Zeit, irgendetwas zu sagen oder zu denken, rennt sofort auf mich zu und schließt mich in die Arme. So fest, meine Seite explodiert. Egal.

»Danke«, flüstert sie in mein Ohr.

Über meinen Hals laufen Tränen. Weint sie? Oder ich? Wir beide? Nicht wichtig. Sie ist wieder da. Alles ist gut.

Die Tür fällt zu, ich höre mehr Schritte, vergrabe mein Gesicht an Viviens Schulter und halte sie, so fest ich kann. Ich schwöre, ich lasse sie nicht los. Nie wieder.

»Darfst du sitzen?«, fragt sie und hält schon die Steuerung für das Bett in der Hand.

»Ich schätze …«, antworte ich, obwohl ich mir nicht sicher bin.

Wenn ich das dürfte, hätte meine Mutter das Kopfteil hochgestellt. Oder?

»Gut.« Vivien grinst und drückt ein paar Knöpfe.

Mit einem Surren fährt das Kopfteil nach oben. Meine Seite sticht bei jedem kleinen Ruckeln, aber ich sage nichts, bin froh, mich richtig umsehen zu können. Vivien setzt sich auf den Stuhl, den meine Mutter ans Bett geschoben hat, und greift nach meiner Hand. Hinter ihr steht Janus. Er legt die Hände auf ihre Schultern. Sind sie echt wieder zusammen? Ich schaue von ihr zu ihm und muss grinsen.

»Was ist?«, fragt sie.

»Nichts.«

Krass. Da habe ich die ganze Zeit gedacht, Janus würde ihr das Herz brechen. Dabei war es genau umgekehrt. Vielleicht habe ich mich echt geirrt. Vielleicht liegt ihm doch mehr an ihr, als ich ihm zugetraut hätte?

»Nora?« Jemand setzt sich auf die andere Seite, direkt auf mein Bett.

Noah? Er hält mir eine Spielkonsole hin. Was ist das? Ein Gameboy? Das ist total retro, oder? Und so typisch Noah.

Am Rand meines Blickfelds sehe ich Adrian am Fußende stehen, neben Elise und Cedric. Ich will mich zu ihm drehen, stoppe mich im letzten Moment. Nein, ich werde ihn jetzt nicht ansehen. Ganz bestimmt nicht. Mann, muss mein Gesicht so glühen?

»Für dich!« Noah stupst mich mit dem Gameboy an. »Adi hat gesagt, dass du länger bleiben musst. Damit dir nicht langweilig wird, kannst du versuchen, meine Scores zu schlagen.« Er schaltet das Ding an.

»Noah! Lass sie jetzt. Sie ist eben erst operiert worden und braucht Ruhe. Okay?«, fährt Adrian dazwischen.

Macht er sich Sorgen um mich? Oder ist ihm sein Bruder peinlich?

»Warum seid ihr dann alle hier?« Noah startet einfach ein Spiel und hämmert auf die Knöpfe.

»Weil wir uns Sorgen gemacht haben«, antwortet Elise, obwohl Noah nicht den Eindruck macht, als würde er noch zuhören.

Ihre Nase ist total blau. Zwei Pflasterstrips kleben quer über dem Nasenrücken.

»Scheiße. Ist sie gebrochen?«, frage ich.

Elise läuft knallrot an. »Angebrochen. Das kommt davon, wenn man sich mit einem Muskelpaket anlegt …«

»Hey keine Sorge. Es sieht ziemlich badass aus, würde ich sagen.« Ich versuche das *Scheiße* von eben mit einem Grinsen zu überspielen.

»Aber nur halb so beeindruckend wie dein Verband.« Sie grinst zurück.

Es fühlt sich gut an. Und seltsam. Kein offener Angriff, keine versteckten Sticheleien. Nichts. Nur ein gemeinsames Lachen. Bin ich in einer Parallelwelt aufgewacht, oder was ist auf einmal los?

»Ich glaub, ich stell euch beide als meine persönlichen Bodyguards an.« Cedric nickt mir zu und klopft Elise auf die Schulter.

»Kannste vergessen«, wirft Janus ein. »Nora nehm ich, die ist nicht totzukriegen!«

Er lacht. Nein, wir lachen alle, bis Adrians Schnauben das Lachen aus meinem Gesicht vertreibt und ich ihn doch ansehe. Er beißt die Zähne zusammen und schüttelt den Kopf.

»Okay. Spaß beiseite. Die Aktion war ziemlich heftig, Nora. Wir dachten echt, du stirbst«, setzt Janus nach.

Sagt er das wegen Adrian? Janus ist doch garantiert der Letzte, der sich wegen mir Sorgen macht. Mann, warum sieht er mich so ernst an?

»Wenn ich nichts getan hätte, hätte er Adrian erschossen«, murmle ich und drücke Viviens Hand.

Sie erwidert den Druck. Zum Glück. Wenigstens eine, die mich versteht.

»Ich hatte mich mit Grund vor dich gestellt«, platzt Adrian heraus. »Der Typ wollte dich umbringen! Hast du den Brief schon vergessen?«

Ich zucke zusammen. Seine Stimme klingt total gepresst. Als müsste er sich mit aller Kraft zurückhalten, um mich nicht anzuschreien.

Der Typ. Das hört sich an, als würden wir von irgendjemandem reden. Aber es geht hier um Sebastian Hachenbach, zu dem wir alle ein wenig aufgesehen haben. Auch wenn wir das jetzt nicht mehr zugeben würden.

»Und? Glaubst du, ich bleibe hinter dir stehen und sehe zu, wie er dich abknallt?« Ich hebe den Kopf und schaue Adrian direkt in die Augen, nein, mehr in die zwei kleinen Schlitze, zu denen sie sich verformt haben.

Für jemanden, der sich angeblich so viele Sorgen um mich gemacht hat, schaut er mich ganz schön kalt an. Noah rückt näher an mich heran und tippt wie blöd auf dem Gameboy herum. Ich muss lächeln. Will er mich vor seinem großen Bruder beschützen? Oder soll ich ihn beschützen, vor der Anspannung, die auf einmal im Raum ist?

»Janus hat mir erzählt, dass du die Einzige warst, die nicht an meinen Selbstmord geglaubt hat«, sagt Vivien und ignoriert den

Schlagabtausch zwischen Adrian und mir. »Ohne dich säße ich wahrscheinlich immer noch in diesem Kellerraum …«

»Na ja, wenn Adrian nicht heimlich den Brief gelesen hätte, wäre wahrscheinlich alles danebengegangen.«

Es ist ein Friedensangebot. Adrian schnauft lautstark. Gut, dann nimmt er mein Angebot eben nicht an. Jemand lacht, ich schaue auf und bemerke das Grinsen in Cedrics Gesicht.

»Ist das normal? Wird man nach einer Nahtoderfahrung melodramatisch?«

»Haha. Ich meine das ernst. Wenn ihr nicht aufgetaucht wärt, hätte der Hachenbach mich zu Fischfutter verarbeitet. Also danke, dass ihr das verhindert habt. Okay?«

Der Hachenbach. Bis gestern habe ich ihn noch Sebastian genannt und war stolz darauf. Menschenkenntnis gleich null. Der Typ wollte mich umbringen. Eiskalt.

»Du hast dir ja alle Mühe gegeben, trotzdem zu sterben«, meint Janus und deutet auf den Verband.

»Hey!« Vivien dreht sich zu ihm und boxt ihn in den Bauch.

Nicht fest. Mehr wie eine Warnung oder wie eine Aufforderung.

»Okay, okay …« Er streicht sich die dunklen Strähnen aus dem Gesicht und sieht mich schon wieder total ernst an.

Was soll das jetzt? Ich rücke ein Stück zur Seite, stoße an Noah, der immer noch völlig von dem Gameboy absorbiert ist. Er nimmt ganz kurz meine Hand und drückt sie. Dann spielt er weiter. Okay. Absorbiert ist anders.

»Es war eine Scheißaktion von uns, dich bei der Freiberger anzuschwärzen«, dringt Janus' Stimme zu mir durch.

»Wir machen das wieder gut«, fällt Elise ihm ins Wort. »Versprochen. Wir reden morgen mit ihr und klären alles auf. Damit sie dich in Zukunft in Ruhe lässt.«

Hallo? Ich bin echt in der falschen Realität aufgewacht. Wahrscheinlich bin ich doch tot, und das hier ist eine Traumwelt.

»Warum habt ihr das überhaupt gemacht?«

»Na ja …« Janus weicht kurz meinem Blick aus. »Nach deinen Anschuldigungen bei den Fahrradständern wollte ich dich nur loswerden.« Er seufzt, und Vivien legt ihre Hand auf seine, die er immer noch auf ihrer Schulter hat.

Sie lächelt, aber sie sieht mich dabei an, nicht ihn. Ich lächle zurück. Mehr aus Reflex. Sie wirkt total anders ohne die Sonnenbrille. Fast wie das Mädchen, mit dem ich vor Jahren unser Geheimversteck eingerichtet habe und nicht so cool und unnahbar wie die Vivien im letzten halben Jahr.

»Dabei warst du die Einzige, die von Anfang an verstanden hat, dass etwas absolut nicht in Ordnung ist«, redet Janus weiter.

Jetzt ist es sicher. Ich bin hundertpro in der falschen Welt aufgewacht.

»Es ist der Hammer. Du hast nicht lockergelassen, obwohl wir es dir am Anfang ziemlich schwer gemacht haben«, sagt Elise. Für eine Millisekunde lächelt sie. »Okay, du hast es uns mit deinen Vorwürfen auch nicht leicht gemacht. Ich würde sagen, wir sind quitt!«

Wenn ich es mir genau überlege, ist die neue Welt nicht so schlecht. Auch wenn es sich verdammt seltsam anfühlt. Wann haben wir mit den Anfeindungen aufgehört? Noah lehnt sich gegen meine Schulter, ohne den Blick von dem Gameboy zu lösen.

»Okay Leute, ich will ein Foto mit euch allen. Ohne euch wäre ich garantiert bis in alle Ewigkeit in diesem Kellerraum versauert.« Vivien steht auf, setzt sich neben mich und legt einen Arm um meine Schultern.

Sobald sie Noah streift, springt er auf, läuft zur Tür und lehnt sich dagegen. Jetzt sieht er nicht mehr auf den Gameboy, sondern von mir zu Vivien, Janus, Cedric und Elise, bis sein Blick an Adrian hängen bleibt.

»Los kommt her! Janus, du musst das Foto machen und mir schicken, wenn ich wieder ein Handy habe. Verstanden?« Vivien greift nach seiner Hand, zieht ihn zu sich und legt ihren anderen Arm um seine Schultern.

Elise und Cedric schieben das Bett ein Stück von der Wand und klemmen sich dahinter. Nur Adrian bleibt am Fußende stehen.

»Adi, mach schon!« Janus deutet auf den Platz neben mir, auf dem bis eben noch Noah gesessen war.

»Ich …« Adrian sieht zu mir und zieht die Schultern hoch.

»Los jetzt, wir können das Foto schlecht ohne dich machen!«, setzt Elise nach.

Adrian seufzt. »Wie wär's, wenn ihr drei Mädels auf dem Bett sitzt und ich stell mich nach hinten zu Cedric?«

»Setz dich endlich, ich will nicht ewig mit dem Foto warten!« Viviens Tonfall macht deutlich, dass die Diskussion zu Ende ist.

Manches läuft in dieser Realität wie immer. Wenn Vivien sich etwas in den Kopf gesetzt hat, wird es genau so gemacht. Und nicht anders. Adrian schnauft, aber er sagt nichts mehr. Ich schiele zu Noah, der bemerkt meinen Blick sofort und schüttelt den Kopf.

Mit Vivien und mir ist auf dem Bett nicht mehr viel Platz, aber Adrian schafft es, sich hinzusetzen, ohne mich zu berühren. Wahrscheinlich knallt er gleich von der Kante.

»Jetzt alle lächeln!« Vivien legt den Kopf auf meiner Schulter ab, zieht Janus zu sich und strahlt ohne Ende.

Er grinst auch total breit. Cedric und Elise stützen sich auf der Bettkante hinter uns ab, Arm in Arm. Hat er mir gerade zugezwinkert? Bescheuerte Front-Facing-Kamera. Alle lachen, außer Adrian und ich. Ich versuche mich wenigstens an einem Lächeln.

Immerhin ist Vivien wieder da! Ich habe allen Grund zu lachen. Aber er schaut so ernst in die Kamera, als stünden wir kurz vor dem Weltuntergang.

»Fertig! Ich schick es euch später.« Janus steckt das Handy weg und steht wieder auf.

Adrian auch. Nein, das ist die totale Untertreibung. Er springt auf. Klar, neben mir ist es nicht auszuhalten.

»Ich kann's kaum erwarten, es hochzuladen!«, ruft Elise, während sie sich hinter dem Bett vorschiebt.

»Was?« Ich habe keinen Bock, auf Elises Account aufzutauchen. Echt nicht.

Aber sie grinst nur und winkt ab. Von der Tür kommt ein Husten. Noah. Eigentlich hätte er mit aufs Foto gemusst, auch wenn er nicht bei Viviens Rettung dabei war. Ohne ihn und die Guardians hätte ich aufgegeben. Unter Garantie. Na ja, vielleicht auch ohne Adrian.

»Hey Noah, kann ich noch ein Bild von uns beiden machen?«

Er schüttelt den Kopf. Das ist jetzt nicht sein Ernst, oder?

»Ich mach das Bild und schick es dir.« Mit leuchtenden Augen zieht er sein Handy aus der Tasche und kommt zurück zum Bett.

Mann, ich hatte gehofft, ich könnte es Adrian schicken. Wäre wenigstens ein Grund gewesen, ihn anzuschreiben.

Noah setzt sich ganz dicht neben mich, den Kopf direkt an meinem und macht ein Bild von unseren Gesichtern. Ich versuche, nicht an Adrian zu denken und lächle, so gut es geht.

Sobald wir fertig sind, steht Vivien wieder von dem Stuhl auf. »Wir müssen langsam los. Deine Mutter hat gesagt, dass du noch Ruhe brauchst.« Sie sieht zu Adrian, der sich schon zur Tür dreht. »Du bleibst!«

»Hast du nicht eben gesagt, dass wir gehen sollen?« Er verschränkt die Arme und kneift die Augen zusammen.

»Ich gebe dir den Rest von unserer Zeit, damit du dich mit Nora aussprechen kannst.« Sie zuckt mit den Schultern und lächelt mich an.

Was? Warum können nicht Vivien und ich noch reden? Allein? Es gibt so viel, was ich ihr sagen muss!

»Es gibt nichts, worüber wir uns aussprechen müssten«, knallt Adrian ihr hin.

Danke. Kann er nicht wenigstens ein bisschen Rücksicht nehmen? Ich beiße auf das Zungenpiercing und versuche, das Ziehen in meinem Bauch zu ignorieren.

»O doch.« Vivien beugt sich zu mir. »Keine Sorge, ich komme später noch mal vorbei, alleine«, flüstert sie in mein Ohr.

Dann richtet sie sich wieder auf und geht zur Tür. Neben Adrian bleibt sie noch einmal stehen. »Überleg dir gut, was du zu ihr sagst.«

Bitte? Ist Vivien jetzt in den Beschützermodus gewechselt? Toll, wie wäre es, wenn sie sich nicht in Sachen einmischt, die sie nicht verstehen kann? Adrian hat es doch gerade klargemacht. Wir haben uns nichts zu sagen.

»Viel Glück«, murmelt Elise, und bevor sie sich wegdreht, zwinkert sie mir zu.

Glück? Klar, als ob mir das noch helfen könnte. Noah sieht von mir zu Adrian.

»Ich warte draußen«, sagt er zu seinem großen Bruder. »Direkt vor der Tür«, ergänzt er mit einem Blick zu mir.

Ich lächle ihn an, ganz leicht. Wenigstens einer, der zu mir hält. Er drückt mir den Gameboy in die Hand und geht noch vor den anderen nach draußen. Janus und Cedric heben kurz die Hand, Vivien lächelt mich an, dann zieht sie die Tür zu und lässt mich zurück. Mit dem Jungen, dem ich das Herz gebrochen habe.

WER WIR SIND

Adrian stellt sich wieder ans Fußende. Klar, wenn es nicht total dämlich aussehen würde, würde er sich ans Fenster stellen oder neben die Tür. Jede Wette.

Ich beiße auf meine Lippe und drücke das Zungenpiercing gegen die Zähne, schaue auf die Bettdecke statt zu ihm. Warum ist er geblieben?

»Weißt du, was ich nicht verstehe?«, fragt er in die Stille hinein.

Ich fahre mit dem Finger über den blütenweißen Bezug und schüttle den Kopf. Habe keine Ahnung, ob Adrian mich ansieht, will es auch nicht wissen.

»Warum bist du dazwischen gesprungen?« Er stockt, holt Luft und redet weiter. »Wenn du mich so scheiße findest, hättest du ihn doch einfach schießen lassen können. Was hattest du davon, die Heldin zu spielen?«

»Du Idiot! Wer sagt, dass ich dich scheiße finde?«

Wir starren uns an. Meine Unterlippe zittert, ich bekomme sie nicht unter Kontrolle. Mann! Bevor ich jetzt losheule, löse ich mich lieber in Luft auf.

»Glaubst du echt, ich würde mich auf jemanden einlassen, den ich bescheuert finde? Schaue ich so aus?« Verdammt. Meine Stimme klingt total quäkig.

»Ganz ehrlich, Nora? Ich habe keine Ahnung mehr, wer du bist, oder was du denkst«, murmelt er.

Er nimmt die Brille ab und reibt sich die Augen.

»Es tut mir leid. Okay?«, flüstere ich.

Meine Wangen glühen. Jetzt wäre ein guter Zeitpunkt, um mich aufzulösen. Bitte.

»Muss es nicht.« Adrian setzt die Brille wieder auf und sieht mich an.

Der Blick nimmt mir für einen Moment die Luft. So leer, so verdammt leer.

»Ich weiß nicht, warum ich die ganze Zeit versucht habe, mir etwas vorzumachen. Als ob du wirklich was von einem Nerd wie mir wollen könntest.« Er schaut an mir vorbei, kratzt sich unter der Wollmütze und hält sich mit der anderen Hand am Bettgestell fest.

Bitte? Was ist das denn jetzt für ein Schwachsinn?

»Warum hast du dich mit mir getroffen, statt mit Cedric? Der flirtet doch die ganze Zeit schon mit dir. Der weiß wenigstens, wie man sich mit einem Mädchen unterhält, statt blöd rumzustottern. Und er verbringt nicht neunzig Prozent seiner Freizeit mit seinem kleinen Bruder vorm Computer.« Jetzt sieht er mich wieder an. »Ich hab's kapiert, okay? Das am Samstag war nur eine Ablenkung für dich, weil du es allein in der Wohnung nicht ausgehalten hättest. Wenn du willst, können wir so tun, als ob nichts passiert wäre. Ich kann deine Nummer löschen und dich in Ruhe lassen. Ich …«

»Sag mal, spinnst du?«, fahre ich ihn an. Ich klammere mich an der Bettdecke fest, versuche, das Herzrasen zu ignorieren, genau wie das Stechen in meinem Bauch und das Brennen in der Seite. »Erstens flirtet Cedric mit jedem Mädchen. Kapiert? Mit jeder! Das ist sein Standardmodus, falls es dir nicht aufgefallen ist. Zweitens habe ich es nicht nötig, irgendwen mit nach Hause zu nehmen, ich bin es gewohnt, nachts allein in der Wohnung zu sein.« Toll, ich sehe Adrian nur noch verschwommen, muss die Scheißtränen runterschlucken. Werde jetzt ganz sicher nicht vor ihm das Heulen anfangen. »Du kapierst überhaupt nichts, oder? Es hat nichts mit dir zu tun. Ich bin das verdammte Problem! Okay?«

Klasse. Ich kann die Tränen nicht mehr aufhalten. Bevor Adrian das mitbekommt, ziehe ich mir die Bettdecke vors Gesicht. Ich habe es total verbockt. Mal wieder.

»Wovon redest du?«

Statt zu antworten, schüttle ich nur den Kopf. Wenn ich den Mund aufmache, schluchze ich. Hundertpro. Verdammt, ich muss mich wieder einkriegen!

»Nora?«

Bitte Adrian, lass es, geh einfach. Glaub, was du willst, aber lass mich!

Schritte. Mein Magen zieht sich zusammen, und ich bekomme fast keine Luft mehr. Er geht. Warum bin ich nicht erleichtert?

Ein Gewicht sinkt neben mir auf dem Bett ein. Das ist jetzt nicht wahr.

»Nora«, flüstert Adrian und greift nach der Bettdecke.

Ich kralle mich fest, er soll mich auf keinen Fall so sehen, aber es hilft nichts.

»Warum weinst du?« Er sitzt total nahe bei mir, die Decke noch zwischen den Fingern.

Ich schließe die Augen, kann ihn nicht anschauen. Nicht jetzt, nein, nie wieder. Warum ist er nicht gegangen?

»Es tut mir leid, okay?« Er legt beide Hände auf meine Wangen und streicht sie mit den Daumen trocken.

Ich sehe auf. Eine Träne hat sich in seiner Wimper verfangen. Ich hebe die Hand und wische sie weg. Vorsichtig.

»Warum weinst du denn?«, flüstere ich und sehe ihm in die Augen, in das dunkle Blau mit den leuchtenden grünen Sprenkeln und merke erst jetzt, wie sehr ich ihn vermisst habe.

»Keine Ahnung«, murmelt er, ein schiefes Lächeln auf den Lippen. »Schätze, es ist genauso ansteckend wie Lachen.«

Jetzt muss ich auch lächeln, obwohl mir immer noch Tränen übers Gesicht laufen. Ich schließe wieder die Augen, spüre die Wärme seiner Hände, die Berührung seiner Daumen, die ganz leicht über mein Gesicht streichen. Wieder und wieder. Auf einmal ist ein Kribbeln in meinem Bauch. Es fehlt nicht mehr viel, wenn ich nicht aufpasse, lehne ich mich an Adrian. Ist das derselbe Junge, der sich bis eben noch nicht einmal neben mich setzen wollte?

»Sagst du mir jetzt, was los ist? Bitte?« Seine Stimme ist so nah.

»Ich habe ein schlechtes Gewissen bekommen«, murmle ich und öffne wieder die Augen, will ihn ansehen, will wissen, was er denkt. »Vivien war verschwunden, und ich hatte nichts Besseres zu tun, als was mit dir anzufangen, statt weiter nach ihr zu suchen. Das war nicht richtig, nicht …«

Ich breche ab, kann ihm das andere nicht sagen, schäme mich zu sehr.

Nicht nachdem ich mich so aufgeführt hatte wegen Janus und ihr. Weil ich nicht kapiert hatte, was er ihr bedeutet. Nicht verstanden, dass ich sie nicht vor die Wahl stellen kann. Dass das nicht fair ist.

Adrian beugt sich nach vorn und lehnt seine Stirn gegen meine. Seine Hände liegen immer noch auf meinen Wangen. »Und jetzt?«, flüstert er. »Ist es jetzt okay?«

Diese Frage wirbelt tausend Gefühle in mir auf.

Ist es jetzt okay?

Ich habe keine Ahnung, ich weiß nur, dass ich ihn nicht verlieren will. Nicht noch einmal. Statt zu antworten, lege ich meine Hände auf seine Wangen, streiche mit den Fingern am Rand der Wollmütze entlang und fasse in seinen Nacken. Ein winziges

Zucken geht durch seinen Körper. Ich spüre es nur, weil er so nah bei mir sitzt und muss wieder lächeln. Bevor er die Chance hat, irgendetwas zu machen, ziehe ich ihn noch näher zu mir. Mein Herz rast, und das Kribbeln in meinem Bauch vermischt sich mit dem leisen Pochen in meiner Seite. Adrians Hände verfangen sich in meinen Haaren.

Ist es jetzt okay?

Ich weiß es nicht. Meine Lippen berühren seine, und ich schließe die Augen. Wenn ich Glück habe, muss ich sie nie wieder öffnen.

NICHT DU. NICHT ICH. WIR.

Die Besuchszeit ist längst zu Ende, die Nachtschwester hat schon ihre Runde gemacht, und Vivien ist immer noch nicht aufgetaucht. Meine Mutter war noch einmal da. Sie versucht, es zu verbergen, macht sich aber total Sorgen, obwohl die OP gut verlaufen ist. Wenn ich nicht schon zu alt dafür wäre, hätte sie hier übernachtet. Unter Garantie.

Noah hat mir unser Bild geschickt.

Hast du schon einen Score geschlagen?

Klar. Das ist total Hardcore. Zum Glück haben wir um nichts gewettet. Ich hätte gnadenlos verloren.

Janus hat mir auch das Foto geschickt. Von unserem neuen Dream-Team. Wir sechs auf einem Bild. Vor ein paar Tagen wäre das undenkbar gewesen. Offensichtlich hat Vivien ihm meine Nummer gegeben. Ich weiß noch nicht, wie ich das finden soll.

Wenn du wieder fit bist, musst du mal mit Vivien zum Skatepark kommen.

Bitte? Da steckt doch Vivien dahinter. Janus würde mich nie von sich aus einladen. Ist auch gut so. Ich habe echt Besseres zu tun, als die Jungs bei ihren Stunts zu bewundern.

Nur wenn deine kleine Schwester mir das Skaten beibringt.

Solange du ihr nicht die Haare färbst, hab ich kein Problem damit. Lia ist bestimmt glücklich, wenn sie endlich jemanden hat, der zu ihr aufsieht!

Aufsieht? Das bezweifle ich, aber egal. Eine halbe Stunde später hat er noch mal nachgesetzt:

Grüße von Cedric. Er bringt dir auch gern alles bei.

Cedric? Klar, für wie doof halten sie mich?

Danke, aber ich halte mich lieber an Lia. Cedric überlasse ich Elise.

Elise???

Hallo? Wie blind ist er bitte? Hat er nicht bemerkt, wie sie Cedric anflirtet? Selbst Elise hat sich gemeldet. Offensichtlich haben jetzt alle meine Nummer.

Sag Bescheid, wenn du was brauchst.

Ich habe mal mit *Danke* geantwortet, sicherheitshalber. Kann mir nicht vorstellen, was ich von ihr brauchen sollte. Sie hat das Foto von uns allen hochgeladen. Logisch. Konnte es ja kaum abwarten. Und sie hat eine Anfrage gestellt, damit sie mir folgen kann. Ich habe sie aber noch nicht bestätigt.

Zum hunderttausendsten Mal sehe ich mir jetzt schon das Bild an. Die ganzen strahlenden Gesichter und dazwischen Adrian und ich, wir zwei Idioten, die nicht wissen, wo wir hinschauen sollen.

> @viv_tree ist wieder da!!!
> Unsere absolute Heldin ist @ra_no_questionable.
> Hand aufs Herz: Wärt ihr bereit für eure Freunde euer
> Leben aufs Spiel zu setzen? Ich weiß nicht, ob ich den
> Mut dazu gehabt hätte, aber Nora hat es durchgezogen.
> Ohne Kompromisse!
> *schmatz*

Das Foto hat ewig viele Likes, eine Menge Leute von unserer Schule haben kommentiert, weil sie wissen wollten, warum ich die Heldin bin. Janus, Cedric, Elise, alle haben reagiert. Nur Adrian hat nichts geschrieben, obwohl er auch verlinkt ist. Ich habe jetzt ungefähr dreißig Anfragen von Leuten, mit denen ich noch nie ein Wort gesprochen habe. Und ich weiß gerade echt nicht, was ich von allem halten soll.

Okay, es ist schon irgendwie cool, wie die drei auf einmal mit mir und über mich reden, und irgendwie habe ich echt Lust, mal beim Skatepark vorbeizuschauen. Solange Vivien dabei ist, kann ja nichts schiefgehen, hoffe ich.

Obwohl. Wo stehen Vivien und ich im Moment? Es muss ja einen Grund geben, warum sie bis jetzt noch nicht aufgetaucht ist. Oder?

Im ersten Kommentar hat Elise noch hinzugefügt, dass sie ihren Feed verändern will. Einfach ein bisschen weniger posten, weil sie sich in letzter Zeit viel zu sehr auf Instagram konzentriert hätte.

Ich hatte immer Angst, meine Follower wieder zu verlieren, wenn ich zu selten poste. Die letzten Tage haben mir gezeigt, wie schnell alles vorbei sein kann. Deshalb will ich mich ein bisschen mehr auf die Menschen im Real Life konzentrieren. Ich hoffe, ihr versteht das. Ihr seid mir trotzdem wichtig!
Kuss

Sie will weniger am Handy hängen? Ich weiß nicht, ob ich ihr das abnehme.

NACH DEM STURM

Ich spiele immer noch mit dem Handy herum. Wenn Viviens Eltern ihr ein neues besorgt hätten, könnte ich sie jetzt fragen, wo sie bleibt. Draußen ist es längst dunkel, und hier drin wirft nur die Notbeleuchtung über der Bodenleiste einen schwachen Lichtschein auf das Linoleum. Toll. Um die Uhrzeit lassen sie Vivien garantiert nicht mehr herumspazieren. Ich hätte mich bei meiner Mutter erkundigen sollen, auf welcher Station sie ist.

Die Tür schwingt auf, ich lasse das Handy unter der Decke verschwinden. Macht die Nachtschwester noch eine Runde?

»Nora? Bist du wach?« Beim Klang der Stimme halte ich für einen winzigen Moment die Luft an.

»Viv?«

Die Tür klackt zurück ins Schloss, und ich kann Viviens Schemen erkennen, wie sie sich zum Bett tastet.

»Deine Mutter hat mit ihren Kollegen geredet, sonst hätte ich nicht mehr kommen können.« Ein Stuhl scheppert über den Boden. »Autsch!« Vivien hält sich das Bein und humpelt das letzte Stück. »Machst du mal Platz?«

Krass. Da haben wir gestritten, dann war sie zwei Wochen lang verschwunden, und trotzdem ist alles genauso wie früher. Ich rutsche an die Kante und kann nicht aufhören zu grinsen. Vivien legt sich neben mich, ganz vorsichtig, auf die Seite, mit dem Gesicht zu mir. Wegen der blöden Wunde muss ich auf dem Rücken liegen bleiben, kann nur den Kopf drehen. Das Bett ist total schmal. Hoffentlich rutscht sie nicht rückwärts runter.

»Warum kommst du erst jetzt?«, frage ich.

»Weil meine Eltern ewig nicht gehen wollten. Ich meine, okay, sie haben sich total Sorgen gemacht und alles, aber irgendwann war es nur noch anstrengend …«

»Verstehen sie sich wieder?« Ich muss an meinen Besuch bei ihnen denken. Die Vorwürfe, die Kälte und die Traurigkeit, die alles erdrückt hat.

»Keine Ahnung. Sie geben sich Mühe, einen auf normal zu machen. Aber ich glaube, er ist immer noch mit Adrians Mutter zusammen.«

»Scheiße«, murmle ich, obwohl es für Adrian wahrscheinlich eine Katastrophe wäre, wenn es nicht mehr so wäre. Oder wenigstens für seine Mutter. »Warum hast du es mir nicht erzählt?«

»Wir waren zerstritten, schon vergessen?«

Ich schüttle den Kopf, und wir schweigen. Viviens Atem ist genau neben mir, sie ist so nah und doch ganz woanders. Ich greife nach ihrer Hand und drücke sie.

So fest ich kann.

»Es tut mir leid«, sage ich in die Stille hinein.

»Muss es nicht.« Vivien erwidert den Druck. »Wenn wir nicht zerstritten gewesen wären, hättest du es sofort gewusst. Aber wie hättest du es denn so merken sollen?«

»Hallo? Es war ja wohl offensichtlich, dass etwas nicht in Ordnung ist. Spätestens als zwischen dir und Janus Schluss war.«

»Schwachsinn. Ehrlich Nora, ich wusste, dass du dich nicht melden würdest. Es war so klar, dass du denkst, er hätte mich abserviert und darauf wartest, dass ich auf dich zugehe.«

»Und ich wusste, dass du zu stolz dazu sein wirst. Wenn ich mich gleich bei dir gemeldet hätte, wäre das alles nicht passiert.«

Sie schnaubt. »Das weißt du nicht. Hör auf, dir die Schuld an etwas zu geben, das ich allein verbockt habe! Ich hätte dich sowieso abblitzen lassen, unter Garantie.«

Klar. Als ob das jemals funktioniert hätte, als ob ich mich von ihr in die Irre hätte führen lassen. Es ist eine Freundschaftslüge. Aber das macht sie auch nicht wahrer.

»Sicher. Deshalb hast du auch die Poetrytexte in die Dose gelegt, weil sie keiner finden sollte.« Egal wie sehr ich mich bemühe, ich bekomme die Ironie nicht aus meiner Stimme.

»Okay, ein Teil von mir hat darauf gehofft, dass du sie entdeckst. Aber auf der anderen Seite war mir auch klar, dass du nicht ohne mich in unser Versteck gehen wirst.«

Sie hat recht. Natürlich hat sie recht. Wir kennen uns lange genug, um zu wissen, was die andere macht und was nicht.

»Warum hast du nichts gesagt, Viv?« Ich kann nicht anders, muss sie noch einmal fragen, will es verstehen.

Sie schweigt eine Weile. Ich spüre ihren Blick, drehe den Kopf und schaue ihr in die Augen, die in der Dunkelheit mehr schwarz als braun sind.

»Ich wollte es nicht mehr spüren. So auf die Art: Wenn ich nicht darüber rede, ist es auch nicht mehr da.«

»Pfff. Nur weil du es vor allen versteckst, hört es doch nicht auf, dir wehzutun!« Wir sehen uns an.

»Ich weiß«, flüstert sie endlich.

»Versprichst du mir was?«

»Was?«

»Keine Geheimnisse mehr. Du musst mir vertrauen, egal ob wir gerade gestritten haben oder nicht!« Mit jedem Wort schlägt mein Herz ein wenig schneller.

Bitte, Vivien, bitte versprich es mir.

Sie nickt wieder, und in der Dunkelheit erkenne ich gerade so, wie ihr Mund sich zu einem Lächeln verzieht.

»Bist du echt gesprungen?« Die Frage ist bescheuert, aber ich muss wissen, was geschehen ist.

»Spinnst du?« Vivien stützt sich mit einem Arm auf, ihr Gesicht ist jetzt über meinem. Sie sieht mich total ernst an. »Ich war betrunken, okay? Bin auf die bescheuerte Idee gekommen, auf dem Brückengeländer zu balancieren, weil mir in dem Moment alles egal war. Und es wäre auch nichts passiert, wenn mich nicht plötzlich dieses verdammte Auto geblendet und ich das Gleichgewicht verloren hätte.« Sie schüttelt den Kopf. Ihre langen braunen Haare fallen mir ins Gesicht. »Keine Ahnung, wo Sebastian auf einmal herkam. Aber ohne ihn wäre ich wahrscheinlich echt ertrunken, und ihr hättet alle gedacht, dass ich mich umgebracht habe …«

»Er hat dir das Leben gerettet?« Ich glaube es nicht.

Der Kerl wollte mich zu Fischfutter verarbeiten. Wir sehen uns an. Lange.

»Ja. Am Anfang war es total gut. Ich weiß nicht, vielleicht war es nur der Schock. Aber ich konnte endlich alles rauslassen, und er war einfach da und hat mir zugehört. Es hat …« Sie schüttelt den Kopf und beißt sich auf die Lippe.

»Was hat es?«, flüstere ich.

Will ich es wirklich wissen?

»Es hat gutgetan«, sagt sie ganz leise und kneift die Augen zu. Fängt sie an zu weinen? »Ich weiß, dass das total verrückt klingt. Aber zuerst fand ich seinen Vorschlag gut, für ein paar Tage bei ihm unterzutauchen und einfach mal zu sehen, was passiert.«

»Und dann?« Ich bekomme die Frage kaum heraus, kapiere nicht, was sie da sagt.

Sebastian hat sie eingesperrt. Das kann sie doch nicht okay gefunden haben.

»Na ja, nach ein paar Tagen habe ich gemerkt, dass ich das nicht mehr weiter durchziehen will. Dass ihr euch doch alle Sorgen um mich macht, und ich wollte gehen …«

»Aber?«

Sie lacht und schüttelt den Kopf. Ihre Haare streifen über meine Stirn. Es kitzelt, aber ich unterdrücke den Impuls, sie wegzustreichen.

»Erst da habe ich bemerkt, dass er mich die ganze Zeit eingesperrt hatte. Ich war so naiv! Und dumm!«

»Warum hat er das überhaupt gemacht?« Das frage ich mich schon seit gestern Abend.

Wie Sebastian dazu in der Lage war, wo er sich doch wie der große Bruder von Vivien gefühlt hat. Immer.

»Er hat gedacht, dass ich mich umbringen wollte und mir die ganze Zeit erzählt, dass er mich nicht gehen lassen kann, weil er mich vor euch und vor mir selbst beschützen müsste. Ihr würdet mich nur verletzen, und ich könnte ja jederzeit wieder so eine *Kurzschlussreaktion* haben.«

»Das ist total durchgeknallt!«

»Mhm.« Sie zupft an der Bettdecke und schweigt.

Irgendetwas stimmt nicht.

»Was ist los?«

Statt zu antworten, schüttelt sie nur wieder den Kopf. Ich drücke ihre Hand und sehe ihr in die Augen.

Bitte, Vivien, sag mir, was los ist.

»Ich glaub es ihm«, sagt sie endlich. »Er wollte mir nichts Böses, er wollte mich wirklich beschützen, auf eine total verquere Art.«

»Er hat dich eingesperrt, Viv.«

»Ich weiß.« Sie seufzt. »Aber im Grunde wollte er mir helfen …«

»Stockholm-Syndrom.«

»Bitte was?«

»Egal.« Ich kann das jetzt nicht erklären, muss mich beherrschen, sie nicht anzufahren.

Sebastian hätte mich umgebracht, nur um jeden Verdacht von sich abzulenken und sie weiter bei sich im Keller einzusperren. Hat Vivien das überhaupt kapiert?

»Er hat uns Briefe geschrieben«, murmle ich in die Dunkelheit. Bin nicht sicher, ob Vivien mir noch zuhört.

»Janus und Elise haben mir davon erzählt.«

»Hast du sie gelesen?«

Fühlt sie sich von uns verraten?

»Nein, die sind bei der Polizei. Aber Janus hat für mich zusammengefasst, worum es ging. Sebastian hat meine Worte total verdreht, ich habe euch nie die Schuld gegeben. Ehrlich Nora.«

»Egal. Ohne die Briefe hätten wir dich niemals gefunden.«

Erst nachdem ich den Satz ausgesprochen habe, begreife ich es. Es ist wahr. Hätte Sebastian uns mit seinen Anschuldigungen nicht bestrafen wollen, hätten wir nie zusammengefunden, und er hätte nie versuchen müssen, mir eine Falle zu stellen, um seine Spuren zu verwischen. Ohne die Briefe wäre Vivien jetzt noch seine Gefangene. Vielleicht für immer. Irgendwann hätten wir an ihren Selbstmord glauben müssen. Auch ihre Poetrys haben genau ins Bild gepasst.

Lebensleer

Scheiße. Nach ein paar Wochen hätten ihre Eltern wahrscheinlich einen leeren Sarg beerdigt. Mir wird schlecht, und ich drücke wieder Viviens Hand. Muss mich vergewissern, dass sie da ist.

»Danke, dass du nicht aufgegeben hast«, flüstert sie.

Hallo? Das hätte ja wohl jeder gemacht!

»Was ist das eigentlich mit dir und Adrian?«, spricht sie weiter.

Ich zucke mit den Schultern, meine Wangen werden total heiß. Zum Glück ist es dunkel.

»Seid ihr zusammen?«

Ich habe keinen Schimmer, was ich ihr darauf antworten soll.

»Ich glaube …«

»Du glaubst?« Sie lacht.

»Viv?«

»Ja?«

»Es tut mir leid, dass ich wegen Janus mit dir gestritten habe. Ich meine, ich habe mir Sorgen gemacht, ehrlich. Aber …« Ich schlucke, muss meinen ganzen Mut zusammennehmen, um weiterzureden. »Aber ich glaube, ich hatte auch Angst, dich zu verlieren …«

Vivien lehnt die Stirn gegen meine Schulter. »Ganz ehrlich, Nora? Wer hätte denn ahnen können, dass Janus es wirklich ernst meint? Das habe ja noch nicht einmal ich geglaubt, aber ich wollte es nicht hören.«

Eine Weile liegen wir einfach nur da. Kopf an Schulter.

»Ich habe dich vermisst«, flüstere ich. »Nicht nur in den letzten beiden Wochen, sondern auch vorher. Der ganze Streit war völlig bescheuert.«

»Ich dich auch«, flüstert Vivien zurück. Sie hebt den Kopf und spricht genau in mein Ohr. Wie eine Hexe, die mich mit einem Zauberspruch belegt. »Wir werden nie wieder wegen irgendjemandem streiten, okay?«

Ich nicke, und Vivien legt ihren Kopf wieder auf das Kissen, drückt ihr Gesicht in meine Haare.

»Freunde für immer?«, flüstert sie.

»Freunde für immer«, antworte ich und lächle.

Es war niemals nur Schein.
Es ging sehr wohl um dich
und um uns.
Wir waren immer schon eins.

Und so geht es weiter:

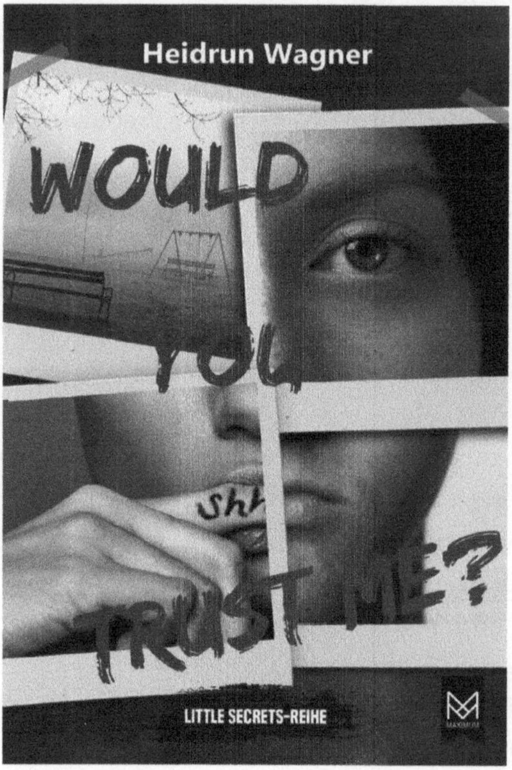

Heidrun Wagner
Would you trust me?
Erscheint am 06. März 2023
ISBN: 978-3-948346-79-9

WEM VERTRAUST DU, WENN DIE WELT UM DICH HERUM ZERBRICHT?

»Ich schaffe es nicht. Heißt das, ich hänge hier fest? Wie konnte ich nur so dumm sein? Solange mich niemand bemerkt hat, hat mich auch keiner gehasst.«

Die 15-jährige Alia ist stinksauer. Nach der Trennung ihrer Eltern muss sie mit ihrer Mutter zu deren neuen Lover ziehen – hunderte Kilometer weg von ihren Freunden und ihrem Leben. Zu allem Überfluss setzt ihr Stiefbruder Colin alles daran, sie möglichst schnell wieder loszuwerden. Ist er wirklich so dumm zu glauben, sie hätte eine Wahl gehabt?

Zumindest in der Schule scheint es anfangs ganz gut zu laufen und das introvertierte Mädchen findet über den sympathischen Valentin schnell Anschluss an eine Clique. Auch Rieke, seine beste Freundin seit Kindertagen, empfängt sie mit offenen Armen. Nur ihre Freundin Lorena reagiert eifersüchtig auf Alia.

Aber dann tauchen Drohzettel mit einer klaren Botschaft auf: „Niemand will dich hier!“. Stecken Colin oder Lorena hinter dieser Aktion? Sind die zerstochenen Fahrradreifen und die blutrote Botschaft an der Mensawand erst der Anfang? Alia ist unsicher, ob sie ihre neuen Freunde um Hilfe bitten soll. Treibt vielleicht einer von ihnen ein falsches Spiel? Wem kann sie wirklich vertrauen?

Der zweite Band der spannenden „Little Secrets“-Reihe.

DANKE

Die erste Idee zu *Would you miss me?* ist im Herbst 2017 entstanden, damals noch mit dem Arbeitstitel *Wir wollten alles sein.* Eine Inspiration für diese Geschichte war für mich das Buch *Thirteen Reasons why* von Jay Asher, weil es bewusst macht, wie wenig wir wissen, mit welchen Dämonen unser Gegenüber kämpft und welche Unsicherheiten ihn oder sie quälen. Deshalb ahnen wir oftmals nicht, was für eine Lawine unbedacht gewählte Worte auslösen könnten. Ich hätte mir nur ein anderes Ende gewünscht. Das war ein Grund, warum ich diese Thematik in Noras und Viviens Geschichte ein Stück weit aufgegriffen habe.

Noras und Viviens Geschichte wäre ohne meinen Lieblingsmenschen nicht das, was sie heute ist. Durch unsere Diskussionen hat die innere Logik an Tiefe gewonnen. In diesem Zusammenhang gilt mein Dank auch Conny, meiner Agentin, die an die Idee von Anfang an geglaubt und durch ihre Vorschläge Leben in die Geschichte gebracht hat. Ich habe die Geschichte noch vor *Das Gestern von morgen – Fight.Fail.Repeat.* geschrieben, und trotzdem kommt sie erst jetzt heraus, neun Monate später. Dafür, dass sie nun endlich erscheint, bedanke ich mich bei der Familie Mattfeldt, die Noras und Viviens Geschichte so begeistern konnte, dass sie ihr einen Platz im neuen Jugendbuchsegment des Maximum Verlags gegeben haben.

Last but not least geht ein dickes Dankeschön an meine Autorenkolleginnen Ingrid, Mara und Fabi, die mir immer zur Seite stehen, wenn ich irgendwo hänge und nicht weiterweiß! Und an meine beiden Mädels. Ihr seid sowieso die Besten!

Heidrun Wagner

Heidrun Wagner lebt mit ihrer Familie in Freiburg. Sie arbeitet seit vielen Jahren im Suchtbereich und berät Menschen zu den Themen Alkohol- und Medikamentengebrauch, sowie pathologischem Glücksspiel. In ihrem Arbeitsalltag hat sie das Glück vielen unterschiedlichen Menschen zu begegnen. Neben persönlichen Erfahrungen sind diese Einblicke in andere Lebensgeschichten eine Inspirationsquelle für Ihr Schreiben.

Wenn sie nicht Zeit mit ihrer Familie verbringt oder schreibt, liest und spielt sie gern – früher auch Live-Rollenspiele.

Neben ihrem Blog hat sie zunächst Kurzgeschichten veröffentlicht. Ihre Erzählung „Das Porträt" schaffte es auf die Shortlist des Walter Kempowski Literaturpreises. Die Trilogie "Wenn du vergisst", "Brennt die Schuld", "In deinem Herzen" war ihr Romandebüt und der erste Band stand auf der Shortlist des Deutsch-Französischen Jugendliteraturpreises.

„Would you miss me" ist ihr neuer Roman und der Auftakt der „Little Secrets"-Reihe.

Mehr Infos zur Autorin finden Sie unter:
heidrunsfeder.blogspot.com